时代记忆文丛

杜晚香
丁玲中短篇小说选

丁玲 著　罗岗 孙晓忠 张屏瑾 选编

国家社科重大项目"人民文艺与20世纪中国文学的历史经验研究"（17ZDA270）的阶段性成果

青海人民出版社

图书在版编目（CIP）数据

杜晚香：丁玲中短篇小说选 / 丁玲著；罗岗，孙晓忠，张屏瑾选编. -- 西宁：青海人民出版社，2020.1
（时代记忆文丛）
ISBN 978-7-225-05834-4

Ⅰ. ①杜… Ⅱ. ①丁… ②罗… ③孙… ④张… Ⅲ. ①中篇小说—小说集—中国—现代②短篇小说—小说集—中国—现代 Ⅳ. ① I246.7

中国版本图书馆 CIP 数据核字 (2019) 第 225147 号

时代记忆文丛

杜晚香

——丁玲中短篇小说选

丁玲　著

罗岗　孙晓忠　张屏瑾　选编

出 版 人	樊原成
出版发行	青海人民出版社有限责任公司
	西宁市五四西路71号　邮政编码：810023　电话：（0971）6143426（总编室）
发行热线	（0971）6143516 / 6137730
网　　址	http://www.qhrmcbs.com
印　　刷	陕西龙山海天艺术印务有限公司
经　　销	新华书店
开　　本	890 mm × 1240 mm　1/32
印　　张	12
字　　数	300 千
版　　次	2020 年 1 月第 1 版　2020 年 1 月第 1 次印刷
书　　号	ISBN 978-7-225-05834-4
定　　价	68.00 元

版权所有　侵权必究

总　序

"人民文学"的传统在当代

李云雷

20世纪中国最重要的事件是中国革命和改革开放，中国革命的胜利使中国彻底摆脱了半封建半殖民社会，获得了民族独立，"中国人民从此站起来了"；改革开放的成功则让中国走出了一穷二白的状态，奠定了民族复兴的基础。在21世纪的今天，我们正走在中华民族伟大复兴的征程上，当回望20世纪的时候，我们应该感激与铭记中国革命与改革开放，或许我们身在其中并不觉得有什么特别，但是放眼世界我们就会发现，并不是所有国家的革命都能够获得胜利，在20世纪末仍大体保持着19世纪末古老帝国版图的，只有中国；也并不是所有国家都能够进行改革开放，都能够取得改革开放的成功，或者说能够顺利推进改革开放并使国势国运日趋向上的，也只有中国。中国革命和改革开放是20世纪中国最重要的遗产，也是我们在21世纪不断开拓进取、实现民族复兴最重要的根基。

"人民文学"是在中国革命的进程中产生，并对中国革命、建设、改革产生重要影响的文学。在这里，我们所说的"人民文学"是一种泛指，在不同的历史时期曾被称为"革命文学""解放区文学""十七年文学"等，又在不同的理论视域中被命名为"左翼文学""社会主义文学""红色文学"等，"人民文学"的概念既是对上述各种称谓的通约性表达，也是在新的历史语境中的一种通俗性表达。"人民文学"与20世纪中国革命紧紧联系在一起，既是20世纪中国革命组织、动员的一种方式，也是其在文化上的一种表达。"人民文学"的重要性体现在它在转变观念、凝聚情感、社会动员与组织，以及寓教于乐等方面所发挥的作用。在1940—1970年代，中国内忧外患不断，生产力低下，群众的识字率较低、知识文化水平贫乏、娱乐方式简单，"人民文学"在那时起到了独特而重要的作用。作为一种文化政治传统，"人民文学"伴随20世纪中国革命以及建国后的社会主义建设实践而逐渐生成，并以不同方式在改革开放的历史语境中延续和变迁，它直接参与和内在于现代中国的进程，发挥着独特的革命文化能量，进而建构了新的社会主义文化经验和价值传统。

"人民文学"在1940—1970年代的中国文学界曾占据主流，但在改革开放的历史新时期，对"人民文学"的评价却发生了分歧与分裂，其中既有20世纪80年代、90年代和21世纪初等不同时期的差异，也有国家、文学界、知识界等不同层面的差异，以下我们对这些分歧简单做一下勾勒，并对"人民文学"在新时代的状况做出分析。

在20世纪80年代，伴随着对"文革文学"的批判与反思，中国文学进入了一个繁荣发展的新时期，文学思潮层出不穷，从"伤痕文学""反思文学"到"改革文学""知青文学"，再到"寻根文学""先锋文学",获得解放的文学释放出无穷的活力。在政治层面,中国进入了一个思想解放的时期,文艺政策也从"为政治服务"调整为"为人民服务,为社会主义服务"。在知识界,则发生了一场声势浩大的新启蒙运动。文学上的种种变化,被后来的文学史家概括为从"一体化到多元化"的转变,所谓"一体化"是指"人民文学"从1940年代到1970年代逐渐占据主流、成为主体,并趋于激进化的过程,而"多元化"则是指"一体化"因"文革文艺"的泡沫化而终止,逐渐走向开放、多元的过程。在这一历史时期,曾被激进的"文革文艺"压抑的其他文艺派别获得了重新评价,这些文艺派别既包括左翼文学内部的周扬、冯雪峰、胡风等人的文艺理论,丁玲、赵树理、孙犁、路翎等人的小说,也包括左翼文学之外的其他派别,比如自由主义文学、新月派、京派文学,等等,但在80年代,所谓"多元化"仍有其边界,大致限于"新文学"的范围之内,但这要到时代的进一步发展之后才能为我们知悉。1980年代的文学大致以1985年为界,呈现出迥然不同的样貌,在1985年之前,左翼文学与现实主义仍然占据主流,而在1985年之后,先锋文学与现代主义蔚然成风,逐渐占据了文学界的主流,而这则伴随着文学评价标准的重大变化,那就是从革命化到现代化、从人民文学到精英文学的转变。在这一过程中,以"重写文学史"的兴起为标志,对"人民文学"的评价逐渐走低,以"写什么和怎么写"的讨论为中心,对现实主义作品的评价也逐渐走低,或许在一个渴望转变与新异的时代,这样的变化也是难免的,要等到一个新的时代,我们才能对之进行客观冷静的评价。

在1990年代,市场化大潮席卷而来,文学界与知识界也产生了分化与争论,1993年、1994年发生的"人文精神大讨论"突显了作家与知识分子面对市场大潮的分歧,一些作家与知识分子热烈拥抱市场化与世俗化大潮,而另一些作家与知识分子则在市场大潮中坚守道德理想,或者坚守个人的岗位意识。与此同时,大众文化迅速崛起,影视与流行音乐逐渐占据了文化领域的中心位置,文学的位置开始边缘化。在文学界内部,伴随着金庸、琼瑶等通俗小说的流行,以前备受"新文学"压抑的通俗文学获得了重新评价的机会,从鸳鸯蝴蝶派到张恨水,从还珠楼主到港台新武侠,都获得了前所未有的关注。"多元化"的发展突破了"新文学"的界限,而逐渐开始向通俗文学、流行文学开放,文学评价的标准也逐渐向是否能够畅销,是否能够获得市场与读者的认可转移。在这样的潮流中,"新文学"的传统趋于边缘化,"人民文学"则处于边缘的边缘。但是在知识界,也出现了重新评价左翼文学的"再解读"思潮,他们从现代化、现代性的视角重新审视左翼文学的经典作品,对之做出了与革命史视野不同的阐释,不过这种解读更多借助于西方的"市民社会""公共空间"等理论资源,其中不乏深刻的洞见,但也有失之凿枘不合之处。发生在1997年、1998年的"新左派与自由主义论争",显示了80年代新启蒙知识分子的分裂,他们在如何认识中国、如何评价中国革命、如何看待中国与世界等诸多问题上产生了深刻分歧,自由主义者更认可西方的普世价值与世界体系,但是新左派借助于新的理论资源,更认可中国道路的主体性与独特性。这一论争是20世纪最后一场思想论争,也是迄今为止影响最大的思想争鸣,这一论争主要发生于人文领域,其中很少看到文学知识分子的身影。但这一论争涉及对中国革命与红色经典的评价问题,也为人们重新认识红色文学打开了新的视野。

在21世纪最初10年,市场化大潮与大众文化的深刻影响仍在持续,但是在文学界内部,又出现了新的因素,那就是网络文学的迅速崛起,网络文学借助新的媒体形式,形成了一种新的文学生产、传播与接受方式，也形成了一种新的文学观念与文学模式。在观念上，网络文学打破了"新文学"以来的文学内涵，"新文学"将文学视为一种严肃的精神或艺术上的事业，无论是左翼文学、自由主义文学、"为艺术而艺术"，还是"改革文学""先锋文学""寻根文学"，中国现当代文学史上彼此相异与争论的诸多文学思潮，其实都分享着这样共同的文学观念，但是网络文学的出现却改变了这一共识，网络文学重视的是文学的消遣、娱乐、游戏功能，并将之推向了极致，而不再注重文学的教化、启迪、审美等功能，这极大地改变了文学的定位与整体格局。网络文学的盛行催生了穿越、玄幻、盗墓等不同的类型文学，并逐渐形成了一整套成熟的商业模式。与此同时，在更加市场化的环境中，通俗文学占据了越来越多的市场份额，"新文学"与"人民文学"的传统被进一步边缘化，主流文学界只有依靠体制的力量——作协、期刊、出版社——才能够生存下来。在这种情形之下，"底层文学"作为一种新的文艺思潮兴起，对80年代以来日趋僵化的"纯文学"及其体制进行了批判与超越，在文学界与社会各界引起了广泛关注。有论者将"底层文学"与"人民文学"的传统联系起来，但围绕这一议题也发生了分歧与争论，纯文学论者竭力贬低底层文学与"人民文学"的传统，但更年轻的一代研究者对之则持更为积极的态度。在文学研究界同样如此，新世纪以来，"左翼文学""延安文艺""十七年文学"逐渐成为文学界关注与阐释的热点问题，更年轻的学者倾向于从肯定的视角重新阐释"人民文学"及其经典作家作品，但他们的努力常被主流文学界视为异端与另类。

在21世纪第二个10年之初，市场化与大众文化进一步发展，网络文学及其商业模式则更趋于成熟，逐渐形成了"三分天下"的整体文学格局，即纯文学（严肃文学）、畅销书、网络文学三者各据一隅，纯文学（严肃文学）以期刊、作协、评奖为中心，畅销书以出版社与经济效益为中心，网络文学以点击率与IP改编为中心，各自形成了一套相对独立的文学运转与评价体系。但在2014年，这一整体格局开始发生转变。2014年及其之后，习近平总书记发表《在文艺座谈会上的讲话》等一系列关于文艺问题的重要论述，这是继毛泽东《在延安文艺座谈会上的讲话》之后，我党最高领导人首次系统阐释对文艺问题的观点，讲话所提出的"坚持以人民为中心的创作导向""文艺不要做市场的奴隶""创作是自己的中心任务，作品是自己的立身之本"等观点，继承了我党"文艺为人民服务，为社会主义服务"的优秀传统，又对文艺界出现的新问题、新现象、新经验做出了分析与判断，为新时代文艺的发展指明了方向，已经改变了并将继续改变文学界的整体格局。

改变之一，是"人民文学"的传统得到弘扬。自20世纪80年代中期以来，"人民文学"传统先后遭遇"先锋文学"、通俗文学、网络文学等巨大变革的挑战，日渐趋于边缘化，虽曾以"底层文学"的名义短暂复兴，而并没有得到主流文学界的认可，但"以人民为中心的创作导向"提出之后，极大地扭转了文学界的整体状况，"人民文学"传统受到重视，红色文学的经典作品也得到重新阐释与更大范围的认可。

改变之二，是"新文学"的观念得以传承。中国的"新文学"虽然有内部不同派别的论争以及不同历史时期的巨大断裂，但却都将文学视为一种精神或艺术上的事业，这一点与通俗文学、类型文学注重消遣娱乐有着本质的不同，习近平总书记系列讲话中将作家艺术家视为"灵魂的工程师"，将文艺视为中华民族伟大复兴进程中的重要力量，指出"文艺是时代前进的号角，最能代表一个时代的风貌，最能引领一个时代的风气"，在这一基点上鼓励探索与创新，这是对新文学观念与传统的认可、尊重与倡导。

改变之三,是"三分天下"的格局得以改观。"三分天下"是各自形成了一套相对独立的文学运转与评价系统,但习近平总书记系列讲话是对文艺界整体讲的,也是对文学界整体讲的,不仅包括纯文学(严肃文学)界,也包括通俗文学、网络文学等领域。目前通俗文学、网络文学领域已经发生了巨大的变化,比如官场小说的转型、科幻小说的兴起,以及网络小说更加关注现实题材,更加注重现实主义等,"三分天下"的格局有望在相互竞争与争鸣中形成一种新的、开放而又统一的评价体系。

但是从另一个角度来说,现在的改变仍然只是初步的,一个突出的表现是《创业史》等人民文学的经典作品虽然得到了国家与政治层面的推崇,也得到了知识界愈发深入的研究,但是在主流文学界并没有内化为重要的写作资源与参照,很多作家心目中的理想作品仍然是中国古典、俄苏19世纪批判现实主义以及欧美20世纪现代派作品,并未真正将"人民文学"作为自己可资借鉴的重要传统;另一个突出表现是习近平总书记《在文艺座谈会上的讲话》发表已经5年,但并没有真正出现"以人民为中心的创作导向"的经典作品,现有的艺术性较高的优秀作品并没有坚持以人民为中心的创作导向,而有些试图坚持以人民为中心的创作导向的作品则在思想性、艺术性上存在不少缺憾,并没有达到更高层次上的融合与统一。这似乎也很难归咎于作家努力得不够,一个人思想观念的转变是艰难的,而新时期以来"人民文学"及其传统的不断边缘化,红色文学被贬低几乎成为文学界的集体无意识,要转变这样的观念,需要我们做出更加艰苦的努力。

在今天,我们需要在新的时代背景下重新认识"人民文学"的合理性与历史经验,重新梳理新中国前三十年与后四十年文学的关系,重新理解文学与人民、时代、生活的关系，面对21世纪正在渐次展开的历史，我们应该从"人民文学"中汲取理想主义等稀缺性精神资源，从而创造中国文学新的未来。

在这种情况下，青海人民出版社编辑出版的《时代记忆文丛》显示了历史性与前瞻性的眼光，将对重新认识和发掘"人民文学"的精神资源，传承"人民文学"的优秀传统产生重要影响。此套丛书邀请前沿学者或熟谙作品的作者子女选编人民文学代表作家的代表作品，选编丁玲、贺敬之、郭小川、李季、艾青、臧克家、赵树理、孙犁、田间、李若冰等经典作家。每种选编作品前置有一篇序言，系统介绍作家生平、创作，梳理关于他们的研究史与评价史，既有历史与文学价值，也具有新时代的眼光与视野，可以让我们看到这些文学前辈是如何在与时代、人民、生活的融合中进行艺术创作的，他们的经验值得我们借鉴，他们的作品值得我们学习。新时代的中国作家只有自觉地继承"人民文学"的传统，才能在"坚持以人民为中心的创作导向"中大有作为，我们期待这套丛书能够为新时代作家的艺术创作提供可资借鉴的资源，也期待这套丛书能受到广大读者的喜爱与欢迎。

2019年10月28日

代　序

我感到评论界对她不够公正

张凤珠

没有哪个作家像丁玲这样，一生在荣辱毁誉间，经历过如此巨大的落差。我曾目睹过当年她在人群中，在作家协会机关院内，被前后簇拥着，被爱戴的目光包围着的盛况。曾几何时，天地似乎转了个儿，到 1957 年夏季，在王府大街文联大楼的会议室内，作家协会连续召开了十几次扩大会议，批判以丁玲为首的右派反党集团。文艺界的头面人物全参加了。会上那些发言，会议主持者为会议所营造的气氛，真够得上一场"文化大革命"的演练，虽然还没有像红卫兵那样，对肉体施予各种残暴；但是那种对人的灵魂的肆意羞辱，对丁玲这样的人，承受起来恐怕比皮鞭更惨烈吧，那真是千夫所指啊！丁玲坐在一张小桌子的后面，旁边是陈明，我毫不怀疑她的心在颤栗，但脸面上还能平静地承受各种指责，真难为了她的修炼功夫。

丁玲生前有两次见面给我留下终生难忘的印象。

第一次是 1952 年，我十分向往到中央文学研究所学习，因为它的所长是丁玲。冰心、卢隐、丁玲，这是我中学时代热烈崇拜的作家。只是那时感到她们距离我十分遥远。现在革命胜利了，丁玲是从延安来的大作家，是老革命，在我眼中她身上的光彩就更加灿烂夺目。到她做所长的地方去学习，成为我梦寐以求的愿望。可能因为我的申请太热切，感动了领导，我工作所在的东北文联，同意我去学习。舒群并为我写了一封推荐信给丁玲。丁玲正在大连养病，于是我带着这封信登上去大连的火车。即将见到丁玲了，只感到又兴奋，又忐忑不安，甚至有些胆怯了。

在此之前，我曾见过丁玲一次。那是 1949 年 10 月，她作为团长率领一个代表团去苏联，在沈阳作短暂停留，我作为工作人员也随同到车站去迎接。1949 年，几乎是节日连着节日，迎接这个代表团，对我也是个节日。代表团里还有诗人肖三、鲁迅夫人许广平、剧作家曹禺、电影演员白杨等。列车停稳后，丁玲先下来了，东北文联的领导们都拥上前去握手、问候。丁玲似乎身体有什么不适，立刻由舒群陪同去医院了。她留给我们的只是惊鸿一瞥。在我的印象中，最突出的是她那张微黑的圆脸上，有一双又黑又亮的大眼睛。

我是在一个落雪的清晨从大连车站下火车的。漫天飞舞的雪花，把城市装扮成一片素白，空气中有一种凛冽的清新。我顾不上观赏市容雪景，直奔丁玲休养的疗养院。当我被让进屋内时，感到这里和窗外的冰雪严寒相比，真是温暖如春啊！丁玲、陈明，还有电影界著名导演袁牧之，他们正在用早餐。这是我第一次近距离地面对丁玲，只见她身着一件室内穿的长袍，神态雍容，一看就感到这是一个见过世面的大作家，很有气魄。那时她刚刚获得斯大林文学奖不久，声望正如日中天。但我没感到她摆名人的架子，对一个前来求见的年轻人，她的一些随意的问讯，很快消除了我内心的紧张，倒有些亲切的感觉了。

再一次印象深刻的会面，则是斗转星移廿多年之后的1979年。世事几经翻转，丁玲终于穿过炼狱般的折磨又回到北京。对她来说，此时也仅是曙光在望，强加到她身上的条条锁链并没有松开。

我和徐光耀听到丁玲回来的讯息后，立刻相约去看她。一路上，我也是心里忐忑不安。睽别廿多年了，她走过很长一段风霜雨雪的崎岖路程,如今已过古稀之年，她会是一种什么面目？白发萧疏,老态龙钟，很可能是伤痕累累吧。出乎意外，当我站到她面前时，我不胜惊讶了！她完全不是我想象的样子。她当然老多了，岁月和苦难是不会不留痕迹的，但是她的精气神儿却让人宽慰。还有那双眼睛，虽然不再波光闪烁，却仍有神采。她没有佝肩驼背之像，腿脚利索，说话也还是那样爽朗，笑容依旧，而且那笑声，使我为自己因重逢而流露的凄伤感到惭愧。

我们极想了解她这些年的经历，但是她不诉说自己，却关心文坛，一再讯问我们所熟悉的人和事。她勉励徐光耀，认为这一批从战争中走出来的作家，是文学上宝贵的力量，应该起脊梁作用。她仍然是那样谆谆善诱，恍然间我们好像又回到50年代的文学研究所。我和徐光耀都很感动，也觉得不可思议，在经过这么多年的磨难，有时承受的几乎是非人的遭遇以后，她何以还能保持住这样的豪情和锐气？她对生活依然充满热爱！我感到面对的几乎还是50年代那个爽朗的丁玲。我不胜惊奇，却没有很深的理解。

后来在逐渐地接触当中，了解一些二十多年中她所遭遇的各种磨难。她讲述这些遭遇时的语气，她对这些遭遇所持的态度，使我多了一些感受。她真不容易啊！在面对苦难时的坚忍毅力，即使身处绝境，仍不放弃希望的乐观精神，在这方面老太太是无与伦比的。

丁玲回到北京初期，没有秘书。但人们已知她又回北京，重新出现在文坛，因此有很多读者来信。她无力都来亲自作覆，有时把我找去帮忙处理一下，这一阶段和丁玲接触多些。老太太是个喜欢聊天的人，也善于聊天。记得在50年代我就听她说过：和几个谈得来的朋友在一起聊天，是一种享受，往往比一些娱乐更使人愉快，许多娱乐时间长了，不免令人生厌，而和朋友聊天，却可以永远有新鲜话题。

现在我又有机会听老太太聊天了，那确实是一种享受，不仅有趣，而且能启迪你从不同角度认识人生。

记得有一天晚间，我去她那里，她的一位老战友也去看她。当时她还住在友谊宾馆，食堂不在楼里。老战友注意到她的走路，就劝她："你走路太快了，这不好。已经是七十多岁的人了，要谨防摔跤。走那么快做什么？还有什么可赶的？"

丁玲笑说："我不是赶什么，是习惯。可能是当年在西战团每天行军练出来的。更主要的是'文化大革命'时，为了躲避挨打，更得急行军。那时每天去劳动，路上小孩子们，追着喊着'打大右派'，砖头、瓦块、土坷垃，什么都往身上丢，逼得我只能健步如飞……"说着她竟哈哈大笑起来。没有感伤，仿佛倒像在讲一件挺有趣味的事。

那位老战友看着她，默默地摇了摇头。

另一次听她聊天，是在她家里。这时她已经搬到木樨地一幢高层公寓楼里，她曾很兴奋地在一次大会讲话时说："我现在是住在九重天上了！"实际这个家不如她当初住在多福巷的那个四合院。四合院没有了，它的上面竖起了壮丽的华侨大厦。

那一晚，吃过饭后，她在室内来回散步。话题讲到她在秦城监狱的生活。她讲到为了保住活力，把报纸和旧衣服团成一团，当作球来扔；为了不丧失说话的能力，她吟诗、唱歌、朗读。当说到在牢里后来允许读马克思、恩格斯文集了,她的面容、声音都有了变化,似乎在回忆最亲密的人、最神往的事情。她说:我读过的所有小说中描写的人物,都没有马克思、恩格斯那么好,有那么高尚的情操,他们之间的友谊是神圣的,几乎前无古人。马克思最心爱的儿子死了,十分伤心,马克思说:"他只是因为恩格斯才活下去。"马克思著作中有许多数学演算,恩格斯都要为他复核一遍。恩格斯自己手头正有著作,当马克思写《资本论》时,恩格斯立刻停上自己的著作,去帮助马克思。恩格斯整整花了十年时间,为马克思整理遗稿,世界上有这么好的人,这么伟大的友谊吗?

她沉默下来,在座的只有陈明和我。我被她的叙述感染了,只是无言地望着她,她的脸庞好像很丰满,她每当沉思时,眼睛总是微眯着,心神似已飞驰到她所向往遥远的时空里。而她的眉宇间蕴含着太丰厚的人生内涵。忽然地她又粲然一笑,略带自嘲地说:我看马克思、恩格斯的书真看的入迷了,竟希望最好能等我看完以后再从监狱里放出去。

那一晚她兴致好,谈锋很健。后来又谈到安徒生的创作。她深深赞叹艺术大师的造诣,自己好像也沉醉在无边无际、翻动着波涛的大海的奇异景象之中了。她站在窗前,望着远处的灯火,动情地说:"每当我读这些用诗的语言,去歌颂那些不惜牺牲自己生命,去追求高尚理想的伟大作品时,我就感到自己的灵魂都受到一次清洗。我虽然不能和这样的大师相比,但是我内心里还是有许多许多的东西,许多的感情要表达。我今年七十五岁,如果只给我五年时间,那就太少了,无论如何我还得写十年。

我说:你的经历本身,已经构成一部绝好作品。

她立刻说:一个写文章的人,只需要写文章,不要总存在着表白自己的念头。你可以写各种各样的人,各种各样的事,心灵、感情、尘世的纠纷，人间的情意，历史的变革，社会的兴衰，无论你写壮烈的，还是哀婉的，只要能动人心弦的，使人哭，使人笑，使人奋起，令人叹息，安慰人或鼓舞人的各种文章，都可以写。只是不要絮絮叨叨在读者面前表白自己，这很乏味的，尤其不要哭哭啼啼用眼泪去赚取读者的同情。

我想这就是她一贯坚持的文学观吧。她写的《"牛棚"小品》，虽然很受读者欢迎，但她认为她还是应该写《杜晚香》这样的作品。她说，建设四个现代化需要有更多杜晚香这样的人物。

我不是理论家，也不是研究丁玲的人，无法评论她这种坚持妥当与否。记得她刚刚写完《"牛棚"小品》后拿给我看，我一边看，一边心里又惊异又赞叹：丁玲又写这样作品了，就像过去她写的《不算情书》，人世间能有这样真挚的情感，是多么感动人啊！丁玲和陈明之间的亲昵我看过很多，我曾说，他们的爱情是书本上才有的古典爱情。现在《"牛棚"小品》里把这种爱情细腻地，绵绵如絮地描绘出来了，这就是丁玲。这就是写出《莎菲女士的日记》的丁玲，才能在过了古稀之年，仍葆有青春少女的情怀，实在可圈可点。

我看过后，丁玲问我如何？我不敢提《不算情书》《莎菲女士的日记》的传统这样的话。只对她笑笑，就把稿子还给她。后来我看她发表的日记里记着：张凤珠看过《"牛棚"小品》后，一言未发。

丁玲在北大荒生活十二年。用她的话说，她是脸上刺着金印去北大荒的。那一年她五十三岁，还不是从零做起，而是要从负数做起。在北大荒她受尽了冷遇和屈辱，当然也有暗中的同情，纯朴友好的帮助。不幸的是漏屋又逢连夜雨，由于王震的关照，她的处境本已经有了改善，并给她创造写作条件。想不到"文化大革命"来了，那样的革命，在丁玲这样人的身上，会实行什么样的专政，是可想而知的。她把这十二年的经历写了一部书，叫《风雪人间》，对照另一本，写国民党软禁她的那个《魍魉世界》，北大荒经受再大苦难，她认为这里还是人间。就是离开以后，对北大荒她仍充满感情，有时谈起养鸡场的饲养经，她总是津津有味，谈收获季节的壮观场面，常兴奋起来，说话节奏都成跳跃式。

1979年末，第四次文代会期间，高莽为她画一幅像，约我一起送去给她看，她很高兴，认为画得像。高莽请她题辞，她不假思索写了"依然故我"四个大字虽然只有四个字，却拥有她个人心灵上太丰富的内涵。我想这是她在宣告：这就是丁玲，她的心，她的感情，她的灵魂是没有什么力量能够改变的！

后来美术学院教授侯玉民要为她画像，她接受了，提出希望：以北大荒原野为背景，在春天的早晨，她在出工的路上看见日出，风吹拂在脸上还带有寒意，树枝上还残留积雪，但土地在苏醒。离开北大荒八年多了，苦难筛选透掉，留下的记忆：是充满希望的劳动欢快的北大荒。

有一次旅美华裔作家於梨华来拜访丁玲，丁玲那时还住在友谊宾馆。丁玲谈起她在北大荒的生活，讲述她在那里养了八年鸡，几乎成为饲养能手。她有很多饲养方面的趣事，讲的很有兴头。但是於梨华听得难过，甚至流了眼泪，於梨华说："丁玲是世界知名的大作家，怎么竟会让你去养鸡呢？这不是对天才的糟蹋吗？你怎么忍受得了呢？"

对於梨华这一连串的问，丁玲沉默有顷才回答："我爱我的文学事业，但我首先是共产党员，共产党员可以在任何处境下，去做任何事情。在延安时我们参加过大生产运动，劳动对我不是负担，也不是耻辱。我是作家，下到基层去，更接近了人民。这对作家，从另一个角度看，还是难得的收益。"

对丁玲这些话，有一段时间我总在心里琢磨，犯疑惑。在蒙受廿多年沉冤，吃尽千辛万苦，忍受非人的折磨以后，她怎么竟会是这样的心理状态？矫情吗？故作姿态？又不像。这类话，她不仅对我说，写文章说，私下朋友间谈话，也是这个态度。有一次七一纪念党的生日，在党员座谈会上，她十分动情地说："党和马克思主义是我青年时代的追求，是经过多少挫折和徘徊，好不容易才找到的。在任何处境下，我都不会有丝毫的动摇。我何必诉苦，也不必去埋怨，我受难，党不也在受难吗？共产党员对党只能一往情深，不能和党算账，更不能讲等价交换。"

我听了她这个发言很感动，她讲的真诚。我年轻时就在她身边工作过，不敢狂妄地说对她了解，但她绝不是个虚伪的人，不是好做戏的人。这些话我相信是从她心底发出的。我曾和人说过，湖南人性格大约是这样的，认定的东西就执著到底，至死不渝。

关于丁玲"左"还是不"左"的话题，议论很多，从80年代说到90年代，各有说法。要把这些说法弄个清楚明白，似乎不是容易事。因为在表面文章的背后，有文坛太多的恩恩怨怨、是是非非。现实总会有历史的沉淀。看丁玲也只能从她整个儿一生去看。她的一生太传奇。她的经历、所承受的苦难，在作家中找不出第二人。20年代的丁玲，用今天的语言描述，她应该算是最前卫的女性。所以她才能写出《莎菲女士的日记》那样的作品。她也曾不无得意地说过："我一出台就是挂头牌。"事实如此。在文学创作上她出手不凡。她寄给叶圣陶主编的《小说月报》第一篇小说《梦珂》，就很得叶圣陶赞赏，亲笔写信给她，让她继续寄稿。她又寄去《莎菲女士的日记》，《小说月报》以头条刊出，丁玲名声大震，文坛争相询问：丁玲是何许人？至此，她在文学上找到了自己的人生位置。

50年代在她身边工作时,曾听她谈起在北平时想做电影演员的故事。她去找戏剧家洪深,洪深看着眼前这位年轻姑娘,一身朴素,以为她想当演员为了寻求生路,便劝她不要轻易去干这一行,要想找份工作可以另想办法。丁玲对洪深说:我想演电影是为了实现对艺术的追求,我把它看作一种事业。洪深被她语气的热切打动了,介绍她到上海去找田汉。丁玲还真的在明星公司的水银灯下试过一些镜头,但她不能适应电影圈里那种生活方式,男男女女整天演戏似地打情骂俏、搂搂抱抱,这种行为令她厌恶,无法接受。她谢绝田汉的再三挽留,逃离似的又回到北平。明星梦破灭了。讲完这段经历后,她哈哈大笑说:当初若是留下演电影,今天很可能就是吴茵了。

丁玲在文坛出现以后,连续发表作品,盛名一直不衰,这是她人生的第一个高峰吧。孙犁曾这样形容过她:"在30年代,丁玲的名望,她的影响,她的吸引力,对当时文学青年来说,是能使万人空巷、举国若狂的。不只因为她写小说,还因为她献身革命。"

几乎每一次都是在她人生得意之后,噩运也就在不远处等待她了。

1931年胡也频被捕牺牲,她是在胡也频牺牲后,白色恐怖最严重的情况下参加党的。她说过:人们都以为我是受了胡也频的影响才革命的,实际不是。我18岁就到陈独秀、李达等共产党人创办的平民女校读书,接触过像瞿秋白这样共产党领导人。在北平时,胡也频对革命没有什么接触。那时他和沈从文相好,他写的东西,沈从文给拿在京报的副刊上发表。我从来没在北平的报纸上发表过东西,我恨透了京派文人。在这种心境下,写了《莎菲女士的日记》,宣泄自己的孤寂和愤世嫉俗。胡也频是受了我的影响,接触左翼文学,参加革命的。胡也频是一旦接受了,参加了,就奋不顾身,在这点上我不如胡也频。胡也频的牺牲激励了我,我不能再让自己在党的外边徘徊,当我决定参加了,我也就再不会回头。

1933年丁玲被国民党逮捕,在南京被禁三年。这三年的经历,构成她一生心灵上沉重的阴影。

丁玲1936年到保安。毛泽东等中央领导人都热烈地欢迎她的到来。丁玲说她去见毛主席,毛主席第一句话就是:"你是杨开慧的同学噢!"丁玲到保安后住外交部招待所,毛主席常在晚饭后,到她的窑洞里聊天,这最是丁玲的所好。她说毛主席一条腿支在炕沿上,背靠墙壁,海阔天空什么都谈。周小舟是毛主席的秘书,也常随着一起来聊天。丁玲一心想当红军,要求到前方去,毛主席很赞成她这种愿望。总之,丁玲来到陕北,是位很受欢迎的人。被国民党软禁三年,饱受重创的心灵,现在得到极大舒解和抚慰。这从毛泽东赠丁玲的那首流传很广的词《临江仙》可以得到印证。当时丁玲已到前方,刚刚发生了"西安事变",她在前方正准备迎接新年,忽然聂荣臻司令员交给她一封电报,打开一看是毛主席发来的一首词《临江仙·给丁玲同志》:

壁上红旗飘落照,
西风漫卷孤城。
保安人物一时新。
洞中开宴会,
招待出牢人。

纤笔一支谁与似?
三千毛瑟精兵。
阵图开向陇山东。
昨天文小姐,

今日武将军。

读过电报后,丁玲又惊又喜的心情是可以想象的。一首词竟用电报发到前方,可以看出毛泽东对丁玲到来的高兴程度。

丁玲回到延安后,去见毛主席,向毛主席道谢,并表示遗憾,没有手迹。毛主席立刻找张纸,把原词抄了下来送她。丁玲非常珍惜这一不寻常的礼物。抗战开始后,她担心战乱的环境,怕不保险会丢失,便把这幅字仔细包好寄到重庆,请胡风代为保存。胡风知道这份托付和信任的分量。四十年间,他自己过着朝不保夕的日子,几经迁徙流放,这幅字仍妥为保存,在1981年完璧归赵。这种对朋友的信义,是十分难得了。

丁玲对胡风一直是心存感激的。当年丁玲在延安,凡有作品寄胡风,胡风总是想方设法把稿费寄给丁玲在湖南的母亲。丁玲把这份情谊看得很重。但在后来批判、声讨所谓"胡风反革命集团"时,丁玲不管她内心如何想,她都只能一个调子去批判了。这在她的心里会有一份歉意。那个年代,这类违心的表态太多。巴金晚年在他的《随想录》里,把一笔笔心债都逐一清算了。可惜时间没留给老太太做这件事。

还有一段小插曲,我想就插在这里说说吧。当我在丁玲家看到梅志送还的,毛泽东手书《临江仙·给丁玲同志》的条幅以后,立刻就感到这是《新观察》杂志应登的文章。我抄下这首词,加了几句按语,在《新观察》上发表了。刊物出来后,《解放军报》立刻就转载。想不到时过不久,副主编杨犁告诉我:作家协会一位领导,对《新观察》登这篇文章不满意,并问:这篇东西是不是张凤珠拿来的?杨犁和我说:"我只能如实相告。"

这就奇怪了!文章《解放军报》已经转载了,可见没有政治问题。

毛主席的诗词嘛，有什么可不高兴的？难道就因为这道词是写给丁玲的？这和谁拿来的又有什么关系？文艺界真是内幕重重，而丁老太太的处境微妙得很哪！

丁玲到陕北最初几年，可以算作她人生旅程上第二个高峰，是她生命最昂扬的时期。当红军，到前方去，结识了许多领袖人物，开国后的元帅，像彭德怀、贺龙、聂荣臻等。她那篇《彭德怀速写》直到今天仍是脍炙人口的好文章。

抗战起后，丁玲组成"西北战地服务团"任团长，开赴晋察冀，1939年又回到延安。逐渐地，生活似乎不再像初到陕北时那样单纯了。丁玲常说她处事太天真，因为考虑不周全，常搞不好人际关系。有两件事她得罪了江青。江青和毛主席结婚时，丁玲收到请柬，那是周末。恰好延安保育院捎来信，女儿蒋祖慧病了，让她去接。她已和党校借好马，如退掉再去借，很麻烦。她没有出席这个宴请，不料被认为是对婚事的态度。另外一件事，便是她那篇获罪文章，到1957年还要拿出来"再批判"的"奇文"《"三八"节有感》里面有一句："而有着保姆的女同志，每一星期可以有一天最卫生的交际舞。"被认为这是讽刺江青的。

我想那时的丁玲确实没"改造"好，一片天真，有所感便有所发，全不懂世故和此中的利害，她哪里会想到，为一篇小文章，要背几十年的包袱。

《"三八"节有感》虽然在延安引起轩然大波，但在整风中毛主席保了丁玲，毛主席说：《"三八"节有感》和《野百合花》不同，丁玲的文章有批评也有建议，而王实味是"托派"。有此话，两人的处境当然就有极大不同。丁玲是十分感念毛主席的。50年代她常说：毛主席是真正懂文艺的。也说毛主席了解她。当她从山西回北京后，我曾问过她：知不知道1957年"再批判"的编者按，是毛主席修改的？她说：当然知道。对毛主席的文章我们是熟悉的，一看就明白了。她没有说她明白以后，是什么样的心态。

《"三八"节有感》对丁玲的打击虽不是致命的，但造成心理上的影响却很深远。几十年后在她的日记中还记有："文章要写得深刻点，生活化些，就将得罪一批人，中国实在还未能有此自由。《'三八'节有感》使我受几十年的苦楚。旧的伤痕还在，岂能又自找麻烦，遗祸后代。"

这是沉痛的自白，几十年的苦楚，如不是身受者，如何能有这份切骨的体味呢！读过她这样自白，对解读她晚年的心境，可能多一点了解。

新中国成立后，丁玲有几年短暂的辉煌。《太阳照在桑干河上》1952年荣获斯大林文艺奖，更使丁玲如子夜高悬的璀璨明星，我想这是她人生的顶峰了。正如老子所说："福兮祸之所伏"，从1955年开始，她就逐步走向深渊，而且几乎是灭顶之灾。

丁玲一生的遭遇都是死去活来的。两度坐牢，所以有人讽刺说她：30年代坐牢，因为文章是红色的；70年代坐牢，文章成为白色的了。

按理说，丁玲不应该对别人构成威胁。她没有当官的欲望，只有创作的雄心，名作家意识。抗美援朝时，她送巴金等一批作家去朝鲜前线，自己因为职务在身走不开，难过得流眼泪。50年代，我看过她写给乔木的一封信，也是希望能卸掉职务，让她搞创作去。我记得她信里一句话说：五十岁对女同志是一个痛苦的年龄。我那时年轻，不懂为什么五十岁对女同志痛苦，因此印象深刻，记住了。

1955年，她本来一身轻松躲到无锡写长篇去了，却仍然没有躲过灾难。我曾想过，这是否和她性格有关呢？解放初期她主编《文艺报》

在开展文艺批评上,气势凶猛,得罪了一些人。直到90年代还有人在说:一篇文章"消灭"了肖也牧。康濯晚年在丁玲面前也提过肖也牧这件事,老太太很气愤,认为她写那篇文章,是善意帮助,有分析,不是打棍子。可能是这个意图,但以《文艺报》的地位,又不止一篇文章,在当时的气氛下,等于给一个人定了性。肖也牧后来再没有作品,而且遭遇凄惨。我又想过,她在《文艺报》的合作者,如果不是陈企霞,又会怎样?我不熟悉陈企霞,只感到他太锋芒毕露,使不很尖锐的矛盾,也尖锐起来了。

对党内斗争,丁玲心里有清醒意识。一开始批判胡风,她就敏感到可能对她也要下手了。1955年春,有一天我遇到马烽,马烽和我说:你给丁玲写封信,告诉她,如果作协通知她回来,立刻就回,不要推拖。我不大明白马烽的意思。后来才清楚原来马烽已看出批判的潮头推向丁玲去了。

1955年末,中宣部向文艺界传达中央关于"丁玲、陈企霞反党集团"的批示。在此之前虽然风闻作协正开会批判丁玲,但没想到竟达到反党高度。而所加给她的罪名,却不免使我犯疑惑。说她提倡"一本书主义",这是新词儿。只听丁玲常鼓励文讲所的学员,要拿出好作品,写出好书,不只一本。现在加上个"主义"怎么就把原义全变了呢!还有制造个人崇拜,具体例子就是文讲所挂像的事。这件事从头到尾我都清楚,文讲所在1953年接待德国作家,在会议室里挂了鲁迅、郭沫若、茅盾、丁玲几个作家的照片。丁玲并不知道此事。文讲所的逯斐有一天来看丁玲,谈起此事,丁玲立刻把我叫了过去,问我是否看见了这些挂像?我说看见了,她一边批评我不向她报告此事,一边让我立刻给田间打电话,把她的照片拿掉。我不明白她的用意,先去把电话打了。第二天她又嘱咐我,去文讲所看看照片是否已拿下来。这一回她才说了理由:怎么能这样挂像呢？还有几个副主席嘛，为什么不挂巴金、老舍的？他们这样做事太欠考虑。

挂像的事与丁玲无关、而且她纠正这种做法，这怎能算她的错误呢？那时我太没有政治经验，正如有人批判我不知天高地厚。在党的小组会上，我把挂像的前后经过说了一遍，意在澄清一下事实。小组会上没人反驳我。但这件事一到作协领导那里，我就成为大逆不道了！在开作协全体党员会时，让位领导在讲话中，忽然把手指向我，声色俱厉地训斥，说我斗胆妄为，在听过中央文件传达后，还敢替丁玲辩护，要查查这样人是怎么入的党。我想如果没有党章管着，他会立刻宣布开除我的党籍。

我没经历过这种阵势，完全吓傻了，低着头，不敢眼看他，但可以想象得出，他那张本就白皙的脸，加上一副蔑视的神情，是多么令人发怵了。一位诗人形容过他：哪怕摔个跟头，也要摆个姿势。

我不知道我犯了什么错误，我说的是我亲自经历的事实。丁玲不管犯了多大错误，但这件事责任不在她身上。为什么如此凶恶地不许人说出事实真相呢？当时我云里雾里，内幕是多少年后才有所闻。已经有多少人付出青春的代价。

文件传达后，周扬在讲话中，讲到丁玲在上海被捕问题，说组织上将进行审查。

被国民党在南京软禁三年这件事，一直是丁玲心灵上的阴影。50年代她在同别人谈论周扬时，曾说:那是个幸运的人，历史上没经过什么，从上海就到延安了。对她这样含义不清的话，我当时没什么联想。现在看来丁玲也不了解周扬，他们是各有心腹事。前两年读龚育之一篇文章写道:周扬在做肺癌手术前，曾和人说，他有两个癌，一个肺，一个就是30年代。那已是"文化大革命"前夕了。假如当年他们之间，能坦诚沟通一下，又会如何呢？

南京这段历史缠绕丁玲半个世纪。一个人这样长期地处于要为自己辩白的心态，这是一个沉重的压力。1984年，中央组织部下发了为她彻底恢复名誉的文件，称赞她是一个忠诚的共产党员。看到文件后，丁玲和陈明说：我可以死而瞑目了。

实际仍有异议。无非两个问题：冯达的事，还有就是写过一个小纸条，表示出去后，回家养母，不参与社会活动。

丁玲说，在延安时，她曾和周恩来总理谈过冯达这件事。周总理说：你们原来就是夫妻，在当时那种具体困难处境下，可以理解。

李之琏50年代是中宣部党委书记，是丁玲历史审查小组成员，组长是张际春。李之琏在一篇回忆文章里写道：他听取丁玲"陈述她被捕后怎样应付国民党当局对她的折磨，和三年多陷于无可奈何，既抱有希望，又难料后果，处在悲愤痛苦的日子的时候，她禁不住时断时续地泪流不止。""谈话结束，丁玲走后，张际春对同志们说：'看来确实不容易呼！一个女人，那时还不到三十岁……'表现了无限的感慨。"

不是说看人不要看一时一事吗？看丁玲一生的历史，难道还不能证明她对革命的态度？她是在丈夫牺牲后，白色恐怖最严重的时候参加党的，这个行动可以称得上悲壮。国民党逮捕她后，迫于国际、国内舆论的压力，不敢公开审讯关押她，改用软禁政策。她始终没暴露自己是共产党员，拒绝敌人一切威胁利诱，不给敌人做一点事，国民党宣传方面的头子张道藩亲自邀请也不答应，只一心地千方百计找党的关系，一旦接上关系，就一心奔陕北苏区去。她到西安了，潘汉年还找到她，希望她用自己的影响到法国去工作。她仍不为所动，一心只想去陕北。谁都知道那时革命很艰苦。

1979年，她又回到北京，虽然已是右派改正高潮，但她的问题还没有解决，纠缠的仍是这段"历史问题"。这压在心上的沉重石块，不能不影响到她晚年的心境和处事。

1979年7月《人民日报》发表了丁玲《太阳照在桑干河上》的《重印前言》，当时她还住在友谊宾馆。我去看她时，她问我读到这篇文章没有？听我回答读到了后，她又问：有什么反响吗？我说：这是你亮相文章，怎么会没有反响，都很注意。她问：都有些什么议论？我迟疑一下，回答她：有两种看法，一是不相信。她立刻问：不相信什么？我说：不相信你说的是真话。还有一种就是不理解。她问：你是哪一种啊？我说：第二种。我不能理解你经过廿多年致命的打击以后，怎么还能像苏联小说中，红军战士喊着为斯大林去冲锋那样，说自己是为毛主席而写作。她说：我写《太阳照在桑干河上》时就是这种感情。我说：可是你这篇文章是现在写的啊！她沉默有顷，笑笑说：看来这廿多年，你政治上进步不大。

我倒是认可这种说法。但是老太太说的政治的具体含义，我并不清楚。

在1979年，那时老太太很想让我在她身边工作，但我力不从心了。我和她说：我现在不是二十年前，单身一个人，如今携家带口，负担很重。你最好找个年轻些的。你要个秘书还不容易吗，想来的人多着呢。老太太回了我一句：我能随便请个坐探到身边来吗？这话当时让我吃了一惊，这是我从来没有想过的。

我比较迟钝。我不大体会丁玲回京后，所承受的如她所说的，文艺界宗派势力的压力。另一方面，我对周扬在文艺和政治思想方面所进行的反思，他的忏悔和得到一些中青年作家的谅解和拥戴这方面却感受突出。我认为丁玲常在讲话中，敲打周扬几句，不明智，效果适得其反。丁玲有次在鲁迅文学院讲话，用挖苦语气影射周扬。就有学员在下边议论，怎么只反大臣，不敢碰皇上呀！我自以为比老太太懂行情，便经常在她面前讲：周扬如何反思，如何检讨自己，如何受到欢迎等事。我的用意无非想提醒丁玲不要再在讲话时讽刺周扬，弄不好，反而损坏自己形象。老太太不爱听我这些话。有一次在一个人面前说：张凤珠什么意思？总在我面前给周扬唱赞歌。这个人劝告我：别说了，没有用。

后来我又听说丁玲写了一篇《也频与革命》，是指责沈从文的。丁玲认为在30年代，沈从文写的《记丁玲》是对革命者的污蔑，据说有一百多条不实之处，说沈从文以为她死了，就任意编造。

我没读过《记丁玲》，是非曲直无法判断。

但是有一点感觉很明确，何必去批沈从文。我不敢向丁玲表达此意，便和陈明说：沈从文自解放后，被迫停笔，终止文学创作，10年在故宫当讲解员，人们都非常同情他，对他过去文学上的成就，也重新评价。在这时候去批评他，会引起人们反感。

陈明说：他的书里失实之处太多。丁玲也不能任这种以好友自居编造的谎言谬种流传啊！

我无话可说。

丁玲可能从来就不喜欢沈从文，包括他的作品。有一次古华来她家做客，古华的《芙蓉镇》刚刚得了茅盾文学奖。谈话间，老太太忽然说：古华，你们不要学沈从文那一套。听到这样一些话，我只能感到老太太对这一代人的所喜所恶，不够了解。

丁玲曾说：作家的生命在于作品。后世人会记得那些古往今来的大作家，他们书中所写的人物，却不一定去考究作家的生平。

非常可惜，丁玲的晚年，却因为太多的干扰，影响了她有更多作品问世。

丁玲真是"极左"吗？

凡是听过丁玲谈文学、谈艺术的人，都认为那绝对是一个作家的见解和体验。去年苗得雨把当年丁玲在文学讲习所谈读书的笔记，整理出来发表。邓友梅又补充一些谈话背景。邓友梅说："这些观点和主张，在那个时代是'另唱一个调子'，用现在的话说，有点新潮、前卫，我们这些年轻人听了震惊，又喜悦。""在她晚年，不止一人说她保守，叫她'老左'，我们同学中就没有人对此表示过同感，就因为我们了解她。"

最近又读到一篇文章，讲到丁玲在短篇小说评奖中主张"首先要保证艺术性，没有艺术性怎么有思想性"。

50年代，有一件事我至今印象深刻。那时我住在丁玲家里。有一天我在院子里，忽然听见上房传来哭声，当时陈明不在家，我非常惊异，忙跑到窗前往里一望，见丁玲坐在一个凳子上，掩面大哭。我不知发生了什么事，赶忙推门进屋，丁玲止住哭声，把手拿开，看见是我，擦了擦眼泪才说：我正看胡考的一本小说。这个胡考真会写东西，写得好，看着看着我不由得就哭起来了！

听到有这样的书，能把丁玲感动得大哭，我恨不立刻就抓到手看。后来我看了，写新四军行军途中一个老人和一个小孩的故事，确实感人。由于引起联想不同，我没像丁玲那样大哭。

后来这篇作品传给作协一些领导看，则完全是另一种声音：怎么写行军竟写一些瓶瓶罐罐、婆婆妈妈的事，看不见一点英雄行为。

丁玲还能说什么呢？

大约是在80年，刘宾雁写了一篇小说，题目好像叫《警告》，丁玲不喜欢这篇小说，说他怎么把环境和色彩都写的那样阴森呢？

我向老太太说：你可别去写文章批他。老太太说：我怎么会去批他，他现在写得很艰苦，又总被点名，我不会去批他。不过我也想写个类似的故事，题目叫《公墓》。这是一个真实的故事。在北大荒，有一个老场长,是个老红军,艾青当年就在他的场里。这个老场长在军垦战线上,是功勋卓著的人。他是第一批带人到完达山脉进行勘察的人,建立起农场。"文化大革命"中挨斗,被专政。后来死去了,造反派说:死不改悔的走资派,不能葬在公墓里边。看公墓的老头心里说:好吧,不让葬在公墓里边,就不葬在里边。他另寻一块风水好的地方,把老场长安葬了。不久,又一个老军垦战士死去了,死前遗言,告诉家人,不要把他葬到公墓里去,就埋在老场长的旁边。陆续好几个故去的人都留下这样的嘱咐。于是在老场长的坟墓周围,一圈新坟起来了,形成一个新的公墓。

丁玲讲的比我所记的生动多了。她确实满腹文章,只可惜没来得及变成作品。

可庆幸的是她留下了《魍魉世界》和《风雪人间》两部作品,这是向历史作的交代。丁玲的经历,反映出中国半个世纪的曲折和苦难。她是历史人物。

以丁玲这样的丰富的历史,对人生体验的宽广,加上她所具备的艺术素质,如果天假以年,或者没有别的干扰,她一定能写出更为传世的作品。没有完成是留给文学的遗憾!这里有时代的悲剧,是否也有个人的悲剧呢?

丁玲本来是把人,把社会,把历史都看得透的人,但是她没能超脱。这也是时代的烙印吧。

我感到当代文学评论对她不够公正,但丁玲的作品会存在下去,而一切非文学的恩怨纠纷将会退隐到历史深处,后世人只能以丁玲的作品来论述丁玲的成就与不足吧。

原载《黄河》2001年第2期

目录

梦珂

莎菲女士的日记

阿毛姑娘

野草

庆云里中的一间小房里

韦护

年前的一天

我在霞村的时候

夜

在医院中

田保霖

三日杂记

杜晚香

326　313　306　286　278　258　248　136　128　120　80　42　1

梦珂

一

这是九月初的一天，几个女学生在操坪里打网球。

"看，鼻子！"其中一个这样急促的叫，脸朝着她的同伴。同伴慌了，跳过一边，从荷包里掏出小手绢，使劲的往鼻子上去擦。

网那边正发过一个球来，恰恰打在那喊叫的的腿上。大家都瞅着她那弯着腰两手抱住右腿直哼的样儿发笑。

"笑什么，看呀，看红鼻先生的鼻子！"

原来那边走廊上正走来一个矮胖胖的教员。新学生进校没多久，对于教员还认识不清。不过这一个教员，他那红得像熟透了的樱桃的鼻子却很惹人注意，于是自自然然把他那特点代替了他的姓名。其实他不同别人的地方还够多：如同眼呢，是一个钝角的三角形，紧紧的挤在那很浮肿的眼皮里，走起路来，常常把一只大手放到头上不住的搔那稀稀的几根黄发，还有那咳嗽，永远的，痰是翻上翻下的在喉管里打滚，却总不见他吐出一口或两口来的。

这时他是从第八教室出来，满脸绯红，汗珠拥挤的在肉缝中用力的榨出，右手在秃头上使劲的乱搔，皮鞋也便在那石板上大声的响；这似乎是警告，又像是叹息："唉，慢点呀！不是明天又该皮匠阿二咒我了。"

气冲冲的,他已大步的走进教务处了。

操场上的人都急速的移动,打网球的几个也就随着大众向第八教室走去。谁不想知道是不是又闹出了什么花样呢。

"是怎么一回事呢?"一个女生抢上前把门扭开。大家便一哄的挤了进去。室内三个五个人一起的在轻声的咭咕着,抱怨着,咒骂着……靠帐幔边,在铺有绛红色天鹅绒的矮榻上,有一个还没穿好衣服的模特儿正在无声的揩眼泪;及至看见了这一群闯入者的一些想侦求某种事实的眼光,不觉又陡的倒下去伏在榻上,肌肉是在一件像蝉翼般薄的大衫下不住的颤动。

"喂,什么事?"扭开门的女生问。但谁也没回答,都像被什么骇得噤住了的一样,只无声的做出那苦闷的表情。

挨墙的第三个画架边,站得有一个穿黑长衫的女郎,默默的愣着那对大眼,冷冷的注视着室内所有的人。等到当她慢慢的把那一排浓密的睫毛一盖下,就开始移动她那直立得像雕像的身躯,走过去捧起那模特儿的头来,紧紧的瞅着,于是那半裸体女子的眼泪更大颗大颗的在流。

"揩干!揩干!值不得这样伤心哟!"

她一件一件的去替那姑娘把衣穿好正伸过手去预备撑起那身躯时,谁知那人又猛的扑到她怀里,一声一声的哭了起来。

好容易才又扶起那乱蓬蓬的头,虽说止了哭声,但还在抽抽咽咽的喊:

"这都是为了我啊……你,……我真难过……"

"嘿!这值什么!你放心,我是不在乎什么的!把眼泪揩干,让我来送你出去。"

当她们还走不到几步,从人群里便抢上一个长发的少年,一面打着招呼,一面便向她述说他不得不请她慢点走的理由,因为他很伤心这事的发生,他很能理解这事的内幕,所以他想开一个会议来解决这事。同时又有六七个人也一齐在发表他们个人的意见。声音杂闹得正像爆豆一样,谁也听不清谁的。但她却在闹声中大叫了起来:

"好吧,这时你们去开什么会议吧!哼——我,我是无须乎什么的。我走了!"于是她挟着那泪人儿挤出了人众,急急的向教室门走去。

教室里更无秩序的混乱了。

"喂,谁呀?"

"三级的,梦珂。"两个男生夹在人声中也这样的低语着。

以后呢,依旧是非常平静的又过下来了。只学校里再没见着梦珂的影子。红鼻子先生还是照样红起一个鼻子在走廊上蹓去又蹓来。直过了两个月,才又另雇得一个每星期来两次,一月拿二十块钱的姑娘,是代替那已许久不曾来的,上一个模特儿的职务。

梦珂她是一个退职太守的女儿。当太守年轻时,他生得确是漂亮;又善于言谈,又会喝酒,又会花钱。从起身到睡觉,都耽乐在花厅里。自然有一般时下的诗酒之士,以及贩古董,字画的掮客们去承奉他,终日斗鸡走马,直到看看快把祖遗的三百多石田花完了,没奈何只好去运动做官。靠了曾中过一名举人,又有两个在京的父执,所以毫不困难的起始便放了一任太守。原想在两三年后再调好缺,谁知不久就被革了,原因是受了朋友的欺骗,在不知不觉中做了一点被牵涉到风化的事。于是他便在怨恨,悲愤中灰起心来,从此规规矩矩的安居在家中,忍受着许多不适意的节俭。但不幸的事,还毫不容情接踵的逼来,第二年他妻子便在难产中遗下一个女孩死了。这是他在十八岁上娶过来的一个老翰林的女儿,虽说也是按照中国的旧例,这婚姻是在两个小孩还吃奶的时候便定下的，但这姑娘却因了在母家养成的贤淑性格，和一种自视非常高贵的心理，所以从未为了他的挥霍，他的游荡，以及他后来的委靡而又易怒的神经质的脾气发生过龃龉。他自然是免不了那许多痛心的叹息和眼泪，并且终身便在看管他那唯一的女儿中，夹着焦愁，忧愤，慢慢地也就苍老了，在那所古屋里。

这幼女在自然的命运下，伴着那常常喝醉，常常骂人的父亲一天一天的大了起来，长得像一枝兰花，战蓬蓬的，瘦伶伶的，面孔雪白。天然第一步学会的，便是把那细长细长的眉尖一蹙一蹙，或是把那生有浓密睫毛的眼睑一瞌下，就长声的叹息起来。不过，也许是由于那放浪子的血液遗留得有在这女子的血管里的原故，所以同时她又很会像她父亲当年一样的狂放的笑，和怎样的去煽动那美丽的眼。只可惜现在已缺少了那可以从挥霍中得到快乐的东西了。

她在酉阳家里曾念过好几年书，也曾进过酉阳中学。到上海来是两年前的事。为了读书，为了想借此重振家声，她不得不使那老人拿叹息来送别他的独女，叮咛又叮咛的把她托付给一个住在上海的她的姑母，他的堂妹。

这天当梦珂把那当模特儿的姑娘送出校后，自己也就跳上一辆人力车。直转了十来个弯，到福煦路民厚南里最末的一家石库门前才停了下来。开门的是个三十多岁的娘姨，一见梦珂便满脸堆下笑来，仰起头直喊："小姐，小姐，客来咧！"楼窗上便伸出一个头来："谁呀？梦妹，快上来！"

这是梦珂最要好的朋友匀珍，她俩在小学，中学都是同在一块儿温书，一块儿玩耍。当梦珂到上海不久，匀珍的父亲也把匀珍同她的母亲，弟弟一股儿接到上海来了，自然是因为他的薪水加多了的原故。自匀珍搬来后，梦珂也就照例的每星期六来一次，星期天下午才又回校。

至于她姑母家里却要间三四个月才去打一个转。所以她来上海两年了,还不很能同表姊妹们厮熟,而匀珍家却已跑得像自己家里一样。

匀珍是正在替她父亲回一封朋友的信,听着门响便问梦珂今天怎么会有空来,是不是学校又放假,并请她坐,还接着说:"只有两句了,等一等好吗?"及至没听到答声,于是赶忙丢下笔,一面把头抬起:"不写了怎么你,你不好过吗?"

梦珂始终沉默着。

"哼,不知又是同谁呕了气。"照经验是瞒不过她,只要一猜便猜中,心里虽说已明白,口里却不肯说穿,只逗着她说一些不相干的闲话。

把脸收到手腕中靠在椅背上去了,是表示不愿听的样子。

明白这意思,又赶快停住口不说。

匀珍的母亲也走来问长问短,梦珂看见那老太太的亲热,倒不好意思起来,也就笑了。到晚上吃面时,老太太看到那绿色的,新杆的菠菜面,便不住的念起故乡来。是的,酉阳的确不能拿上海来相比。酉阳有高到走不上去的峻山,云只能在山脚边荡来荡去,从山顶流下许多条溪水,又清亮,又甜,当水流到悬崖边时,便一直往下倒,一倒就是几十丈,白沫都溅到一二十尺,响声在对面山上也能听见。树呢,总有多得数不清的二三十人围拢来还不够大的古树。算来里面也可以修一所上海的一楼一底的房子了。老太太不住的说,匀珍的父亲撚着胡子尽笑。毛子,匀珍的弟弟,却忍不住了:

"酉阳哪里有这样多的学校呢,并且也没有这样好……"

老太太还自有她的见地。本来,酉阳是不必那多学校的,并且酉阳的圣宫——中学校址——是修得极堂皇的,正殿上的横梁总有三尺宽,柱头也像桌子大小。便是殿前的那一榴台阶,五六十级,也就够爬了。"哼,单讲你那学校的秋千,看是多么笨,孤另另的站在操坪角上,比起我们祠堂里的来，像个什么东西！未必你们忘记了。想想看。好高！从那桐子树的横枝上坠下来，足足总有五六丈，上面的叶子，巴斗大——正正的底下从不曾有过太阳光，小孩子在那里荡着时，才算标致。你大哥在时，还常常当打到东边就伸手摘那边杈过来的桂花，只要有花，至少也可以抓下一把来，底下看的人便抢着去捡花片。匀儿总该记得吧！"

匀珍眼望着父亲，含含糊糊的在答应。

梦珂因此却涌起许多过去的景象。仿佛自己正穿着银灰竹布短衫，躲在岩洞里看《西厢》。一群男孩子，有时也夹些女孩在外边溪沟头捉螃蟹，等到天晚了，这许多泥泞的脚在洞外便跑了过去，她也就走出洞来，趁着暮色回去。幺姑娘——看名称总够年轻吧——小孩们有时是叫幺妈的，这幺妈是曾在她家做过三四十年的老仆，照例是坐在朝门外石磴上等着她。

"快进去，爹在找你呢！"

先要把书塞给幺妈，是怕爹看见了骂人。爹一听到格扇门响，便在厢房里问道：

"是梦儿吧，怎么才回来？"

于是幺妈就忙了起来，喊三儿——幺妈的孙女——去给姑儿打脸水，四儿去催田大的饭，自己就去烫酒，常常把酒从酒坛里舀出，后倒进壶里去，却漏满了一地，直到喝的时候，才知道是个空壶，父亲和梦珂都大笑，三儿四儿也瞅着奶奶好笑。被笑的就不快活，咕着嘴跑到外面坪上去唤鸡，三儿才又舀一壶酒来烫着。

喝酒的时候，两人便说起梦话来。父亲只想再有像从前的那末一天，等到当日那般朋友又忘形的再向他恭维的时候，然后自己尽情的去辱骂他们，来一雪这许多年来所尝的人情的苦味……梦珂是只愿意把母亲的坟墓修好，筑得正像在书上所看见的一样，许多远便应排起石人石马，一对一对的……末了，父亲发气了，专想找别人的错处好骂人。有时态度也会很温和的，感伤的，把手放到他女儿的头上，摸那条黑油油的长辫子，唉声的说："梦，你长得越像你母亲了。你看你，是不是近来又瘦了……"梦珂于是便把手遮住眼睛，靠在父亲的膝盖上动也不动。

一到雨天，梦珂便不必上学校去。这天父亲就像小孩般的高兴，带着女儿跑到花厅上——近来父亲一人是不去的——去听雨。父亲又一定要梦珂陪他下棋，常常为一颗子两人争得都红起脸来，结果，让步的还是父亲。

想到父亲绯红着脸只朝着她抢棋子的样儿，她不觉得微笑了。匀珍轻轻推了她一下："笑什么？"

望着匀珍更兀自好笑。那梳双丫髻的匀珍的影儿在眼前直恍。还有王三，袁大，自己二伯家的二，和大，几人在一块时，总喜欢学那些男孩子跑到后山竹园里接竹尖。常常自己接到半路便在一棵大树上溜了下来，却窜到桃树上去，并且捡起大桃子去打匀珍的丫髻。尤其好欺侮猪八戒，这是她给袁大的浑名，但袁大却顶同自己要好。这自然是因为又常护着她的原故。顶有趣还是瞒着么妈偷一篮笋头，各人跑到山嘴上一棵大松树下烧来吃。捡毛栗，耙菌子……现在想起这些来，都像梦一般了。还有那麻子周先生，讲起故事来多么有味，胡子在胸上拂来拂去的……

越想越恍惚，什么事又都像明确在眼前一样，连看牛的矮和尚，厨房田大，长工们也觉得亲热了起来……

最可忆的，还是么妈，三儿，四儿……爹爹的铁青缎袍，自己的长辫，银灰竹布短衫……

刚剩她和匀珍两人时,她便把脚伸到匀珍的椅栏上去,先喊了一声"匀姊!"

"梦,想起什么了?"手慢慢伸过去,握着。

"匀姊!"

"……"只把手紧了一下。

"我厌倦了学校生活。"

"果然是同人呕了气。"口里还是不说出,只默默的望着她。

"我想回去,爹一人在家,一定寂寞得不像样……还有袁大她们都要念我的。"

匀珍心里却想:"你也常常忘记了你爹的。哼,袁大,人家都快有小孩,谁还会同你玩……"

及至她听了匀珍劝她不要回去的许多话,她又犹豫不决。真的,现在回去是再也没有人同她满山满坝的跑,谁也不会再去挡鱼,谁也不会再去采映山红。至于爹呢,现在有五叔家两个弟弟搬到这边来念书,想来也不会很寂寞。么妈也还康健,三儿,四儿想都长大了——但,但是……学校呢……

想到这里,忍不住又愤怒起来:

"匀姊!无论如何我是不转学校去。"

于是她诉说:怎样那矮胖子当大众还没到的时候欺侮那女子,那女子骇得乱喊乱叫,怎样自己听见了跑去骂他,惹得那人恼怒了她,反在许多人前面去诬蔑她,虽说那许多同学都像很能理解她,但那无用,那冷淡,那事过后的奋勇,都深深的伤了她的心。她真万分不敢再在那里面住下去。无论如何得换个学校也比较好点。

两人商量了一夜,还是决定得先写封信告诉姑母,她们在上海住得久,对于学校的好歹也知道些,并且早先进这个学校,也是姑母的意思。

二

第二天下午从街巷口上，车铃马铃便一路响了进来，这是姑母来接梦珂的车子。表哥晓淞亲自也来接她。这是一个刚满二十五岁的青年，从法国回来还不到半年，好久以前便常常在杂志看到他的名字，大半是翻译点小说。这天穿灰哔叽袍，非常谦卑的向匀珍说了几句感谢的话，便扶着他表妹跳进马车。穿制服的马夫把缰绳一紧，马便的得的得的走了起来，铃声又不断的响出去。街巷两边门里的妇女都随着铃声半开着门来瞧。车刚走出了里门，表哥便起始向她送过许多安慰的话；她写给她姑母的信，是被大众都看了，并且都能理解她，同情她，欢迎她去。"你是知道的，我家还住得有四个顶有趣的朋友。"最后他又称赞她的信写得非常之好，满含有文学的意味，令人只想一口气读完，舍不得放下，完了时，又希望还能再长点就好。

这是她第一次听到这样不伤雅致的赞语，想起在西阳中学时，那些先生们的什么"……如行云流水……"过火的批语，以及"第一名"的喊给别人听的粗鲁声音来，这真是使她不觉的眨起那对大眼惊诧的望着表哥。于是他也望着那浓密的睫毛惊诧起来："呵，竟还有如许的一双美丽的眼呵。"

马车走进了大门，便慢慢的踱着，绕过一大片草地，在台阶边停下。楼上凉台上有个黄毛小头伸出来在喊叔叔。走廊上也正走出来表姊：

"我刚想总该到了吧。"

微微的又感到了些不安，当自己被一种浓艳的香水，香粉气紧紧的拥着时候，手指不觉的有点跳动在另外一只柔腻的纤手中。

客厅中有个乱发的男子，穿一件毛织的睡衣，蜷在屋角里的一张沙发上。

梦珂认得他。他还是她在小学时一个上一级的男生。是如何的顽皮呀，常常被先生扣留着要在吃晚饭时才准回家的一个孩子。

她把头侧过去，注视的想考察那一张已不像从前肮脏而是洗得干干净净的脸。

"呵……是……"当他忽然认识出她是谁来的时候，嘴里如此结结吧吧的喊着，杂乱的短发便在沙发上鲁莽的摇了几下。但表姊已携着她的手走出了客厅的门。表哥才走过去拍着他的肩：

"喂，好了些吗？"

在屋后的走廊上才找着姑母，一个已正在稍微发胖的四十多岁的太太，打扮得还很年轻。头顶上已脱了一小撮头发，但搽上油，远看也就看不出什么，两边是拢成髻头形，盖住一大半耳朵。拖着一幅齐脚的缎子长裙，走路时便会发出一种縩縩沙沙的响声。这时是刚从厨房吩咐怎样的做法去做玫瑰鸭子转来，微带点疲倦把眼皮半垂着，躺在一张摇椅上，椅子便在那重的身躯下缓缓的，吃力的摇着。走廊的那端，有四个人围着一张小圆桌在玩扑克。

梦珂一看见姑母，却装成快乐的样子一路叫了进来，这大约是由于她明白，她懂得她父亲的嘱托，懂得自己一人独自在上海时，一切是必得依着姑母的话，虽说自己是只想暂住在匀珍家里。

姑母也给了她许多安慰的话，要她不要着急，等明年再去考学校，这里伴又多。就是要练习图画时，等下还可以给介绍一个教员呢。

大表哥两口子早就丢了扑克跑过来。表嫂非常凑趣，接着姑母便说：

"可不是，我们家又更热闹了呢，（扭过头去）哼，杨小姐！我可不希罕你，你尽管回去。"接着又得意的笑。那穿黄条纹洋服的少年，从桌边踱过来也附和着笑。

可是杨小姐呢，正狂热的在摇着梦珂的手，并把左手抱着她的肩膀："呵，梦妹，梦妹，好久不见你了呵……"

这热烈的表示，又微微的骇了她一下，但竭力保持那原有的态度，"呵，是的，好久不见了，是的……"于是又张开那惊疑的大眼望着。

表姊给她介绍了那学经济的学生，那穿黄条纹洋服，戴宽边大眼镜的。挺着那高大的身躯，红的面颊上老是现着微微的笑，不待听他说话的腔调，一眼便可认出这正是个属于北方的漂亮的男子。

不久行李也从学校搬来了。梦珂独自留在特为她收拾出的一间房子里，心旌摇摇的站在窗台前，模模糊糊的回想适才的一切。客厅，地毡，瘦长的花旗袍，红嘴唇……便都在眼前舞蹈起来。为想故意去打断这思想，把手撑在窗台上，伸着头去看楼外的草坪：阳光已跑到园的一小角上去，隔壁红楼上一排玻璃窗正强烈的反射出刺目的金光。汽车的喇叭声，不断的从远处送来。及至反身来，又只看见自己的两只皮箱凌乱的，无声的，可怜的摊在那边矮凳上，大张着口呆呆的朝自己望着。于是她不觉的又倒在靠椅上。一双手便盖到脸上去，忐忑的心又移到了那渺茫的将来。

夜晚，她更是不能安睡的辗转在她的那张又香又软的新床上，指尖一摸触到那天鹅绒的枕缘，心便回味到那一切精致的装饰，漂亮的面孔，以及快乐的笑容……好像这都是能使她把前两天的一场气忿消失得尽净，而只醉一般的来领略这所从未梦想过的物质享受，以及这一些所谓的朋友情谊。佢，实实在在这新的环境却只扰乱了她，拘束了她，当她回忆到自己的那些勉强装出来的样子，做得真像是非常自然的夹在那男女中笑谈着一切，不觉羞惭得把眼皮也润湿了。过后才又拿起许多"不得已"的理由，算是来宽恕了自己被逼迫做出来的那些丑态，但暗地里却不敢真的便把那一点愧心放下。如此的翻来覆去的，好半夜都不能睡着。真的，想起那自由的，坦白的，真情的，毫无虚饰的生活，除非再跳转到童时。"难道这里来的人都是不坦白，不真诚……"最后只好归怨到自己。为什么自己不忠实的来亲切这里所有的人。

"他们待我都是真好的……"在这样默念中，才稍稍含了点快意睡觉去。

的确的，这家里是谁也都欢迎她的。第一是表姊提议到她的那件黑线呢长袍样式已过时，应当还长些，并且也大了，衣料更觉得太粗，所以第二天一清早便把自己刚做好的一件咖啡色纽约绸的夹袍送来。她怕过分拂了别人的好意，虽说她一走路便感觉到十分不适意那窄小的袍缘，蟋蟀的绊着脚背，便是那质料的柔滑，光泽也使她在人前时会害羞得举止倒呆板起来。尤其当她忘记了快走时，那珠边很鲁莽的就碰在桌边或门缘，她又得急速的改变那走路的姿势，心就去惦记着那珠子总得又碰碎了几颗。

澹明，一个专门学校的图画教员，在她来的第一个晚上便得知这正是一个在学习绘画的女子，并且那明眸，那削肩又给了他许多兴趣，也就清理了几本顶好的是从法国带回来的裸体同风景画给她。她自然非常珍贵的把来放在特为她安置的写字台上，以便无事时翻来看。

白天常常同表嫂陪姑母谈话，当表姊们上学去时。后来又在她们处学会了扑克。倦了就找丽丽（表嫂的三岁的女儿）玩。晚上多半躺在床上把在晓淞处借来的几本小说从头到尾的细看。晓淞又特买了一盏杏黄色小纱灯送她，这是正宜于放在床头小几上的。

时光是箭一般的逝去。梦珂的不安也就随着时光逝去。慢慢也就放心放胆的过活起来。自然是比较又习惯了些这曾使她不敢接近的生活。

晚餐后是一天顶热闹的时候，大家总得齐集在客厅里，那学经济的北方先生便放开嗓子唱起皮黄来。醉心京调的杨小姐和表姊也就打起尖锐的小声跟着那转折处滚。晓淞同澹明常常述说着巴黎的博物馆，公园，戏院，饮食馆……梦珂总是极高兴的听着，有时也插进些问话。自己又存心的靠近那幼小时的同学坐着，希望能又找到一个可以重覆再谈着过去的一些乐事的人，当又没有同匀珍在一块的时候。在第四夜这谈话终于开始了。

"我想你会不很记得了，我是和梦如同班，在百阳县立高小时。"

"怎么，会不记得你，'丙丙'！"

"早就不叫这个名字了，'雅南'，是在中学时就改了的。"不好意思的笑里又微露出一点被人不忘的得意。"近来梦如她们呢，还好吧？"

"我大姊吗，前年就嫁到秀山，近来二伯母一想起她时就哭。你是几时来的呢？"

"上月才从南京到这里，病了学校不好住。如果我早知道你也在上海，又同他们有亲，那我早就去访你了。亲，如若不是为了也有这芝麻大点亲时，我也不会住在这儿，也不会遇见你……"

于是每夜他们总坐在一张长靠背椅上讲着五六年前的一些故事，但当雅南有点讽刺的影射到这家里某人时，梦珂便把眉头一蹙："呀，九点半，我要去休息了。"或者便惊讶的问着："表姊呢？表姊在哪儿呢？"于是站起来离了客厅。雅南微微感到失意的把头又缩进睡衣点，蜷在一团，默默的听其余的人谈音乐，跳舞，戏剧，电影……等到大众要散的时候，他才一步一步拖回自己的房去。

很明显的，表姊是不喜欢雅南。有一天晚上，当她刚离开客厅的时候，表姊便也随着她出来。一手附着她的臂膀，两人排排的踏上楼梯。

"梦妹，怎么你们会说的那样亲热？"语调里似乎含有些冷冷的讥讽。

"他是住在我们对门山上的。小时就同学。"

"老说老说从前，也无味吧。梦妹，你可以去同澹明谈谈，他真是一个有趣的人。"

"我自然也是喜欢同他谈话的。"

表姊把她送到房门边，依旧又很快乐的向她说着："明天见。"

过了几天，她听了她们的怂恿，在澹明处拿了许多颜色，画布，开始学起涂油来。常常整天躲在房子里照着那些自己所爱的几张画模仿着。或涂着那从窗户里看见的蔚蓝的天空，对门的竹篱，楼角上耸起的树……末后，费了四个钟头才画好一张，也是从窗户里望见的景致，是园里的一角，在那丁香花丛中搬来了屋后那草亭，前面的草坪中，丽丽正在玩一个大球。自己看后觉得还满意，于是就去送给表姊，杨小姐就抢去给楼下大众看。澹明第一个便说："好呀。"晓淞也给她许多鼓励的话。于是她仿佛也惊异起自己的天分来，从此更努力的作画，并且也不再像先前只躲在自己房里画画窗外的景致，或又画画自己的手和脚了。

晓淞又送来许多画具和颜料。还有一个极精致的画架，配上一个三角小凳。这自然更能加增她出外写生的兴味。晓淞又欢喜陪她，澹明也常常往学校请假。三个人便坐车到野外去，有时也画一两张，有时因为谈话谈得太起劲，忘了画，尽把带去的一些罐头牛肉，水果，面包，酒……吃完就回来了。但这个小小的旅行却始终很有趣味。澹明既是具有那天生的活泼和滑稽，表哥又是如此的温雅，体贴周到得像一个慈爱的母亲，而梦珂真的便显得非常天真非常幼稚，简直像一个小妹妹的样子了。

如同有一次，她正在晓淞房里帮表哥换金鱼缸里的水，只听见隔壁房里大嚷大闹。丢了金鱼冲到澹明房里去，看见那学经济的朱成红着脸在嚷要回棋。澹明呢，紧捻着那颗"车"笑，硬不给回。后来还是听了她的调停，把"车"还给朱成，但说定以后是不准再回的了。于是她也坐下去。棋又开始走了；先走得都很平稳，过后因为澹明想吃将军，把"马"放过去，却不知正走进人家的'马"口。朱成也没看到，还以为自己危险，想了半天才叹了一口气把"将"偏了一步。澹明还想再去走"马"。猛不防梦珂伸出一只左手把澹明的手压住，右手便把朱成的那个"马"吃了。口里直叫"将军，将军！明哥莫动，我替你走。"朱成才知道自己忘记吃人家的"马"，反给人家把"马"吃了，并且自己的将军只能又退回来，如果对面的一颗"车"再逼下来，这盘棋便算完了，于是又嚷着要回。梦珂却已把桃子和乱了，纵声的笑起来，澹明也附和着这得意，并且很放肆的望着她，还大胆的说了一些平日所不敢说的俏皮话，反使得她有好几天局促的不敢去亲近他。但不久也就又好了，因为她愿意自己再小孩一点；而他呢，也愿意装得更坦白一点，更老成一点。

又是在一个下棋的晚上。她是正坐在澹明的对面，晓淞是斜靠拢她的椅背边坐着，强认的要替她当顾问，时时把手从她的臂上伸出抢棋子。当身躯一向前倾去时，微弱的呼吸便使她后颈感到温温的微痒，于是把脸偏过去。晓淞便又可以看到她那眼睫毛的一排阴影直拖到鼻梁上，于是也偏过脸去，想细看那灯影下的黑眼珠，并把椅子又移拢去。梦珂却一心一意在盘算自己的棋，也没留心到对面还有一双眼睛在审视她纤长的手指，几个修得齐齐的透着嫩红的指甲衬在一双雪白的手上。皮肤也像是透明的一样。莹净的里面，隐隐分辨出许多一丝一丝的紫色脉纹，和细细的几缕青筋。澹明似乎是想到手以外的事了，所以总要人催促才能动子。看样子还以为在过分的用心,而结果是输定了。于是她高兴的掉过脸去,"讲的不要你帮!二表哥,是不是我进步了?你看他老输!"表哥照例是表同意的无声的微笑。输的也高兴,反竭力的去夸赞她。

棋还没下完时,杨小姐同表姊手牵手的走了进来。

"看我,梦妹!"杨小姐一进门便嚷。

"呵,美透了!"澹明走去便把右手伸给她。还在那一束鸵鸟毛上嗅起来,这是在那一顶金色软帽上垂下的。嘴里不住的又在赞美那随着进来的香气。

梦珂是并不称许那一套漂亮衣服的,尤其是那件大红小坎肩,多么刺戟人的颜色呀!袍子也嫌太花,反不如表姊的那件玄色缎袍,只下边袍缘上一流织就的金色小浪花。但她却不得不慷慨她的赞谀,但又不知应如何说才惬合。过了半天只好也重覆的学着别人:"呵,美透了!美透了!"眼睛便又放到那颜色太不调和的脂粉的面孔。

"梦妹!这是大哥提议,也是他做东,据他交易所的同事说,那新世界的黑姑娘的梨花大鼓,是如何的了不起。去,快换衣服去,你看他今夜回来得多么早!"

"不",毫不思索的便回答了,这是因为她一听到"新世界",便连想到过去的一幕:是刚到上海没多久,同着几个同学去玩,受窘于一群挤眉弄眼的男子。

懂了梦珂眼光的问询的晓淞,是微微的笑着,退到一张躺椅上去看书,是表示不愿出去的意思。表姊接着再要问时,杨小姐已一手拖着那还在迟疑的澹明折转身子走了:"好,他们不去的!我们找'睡虫'去。"

大表哥亲自又来一次,但梦珂已上楼去了。

朱成已被他们吵醒，在睡眼惺忪的忙着洗脸。

从窗子下面传来汽车的喇叭声，知道大众已经走了。梦珂觉得有点烦闷，把袍子脱下，便走到凉台上去吹风。这是二十岁里，月亮还没出来，织女星闪闪的在头上发出寒光。天河早已淡到不能揣拟出它的方向。清凉的风，一阵一阵去飘起她的头发。这沈寂的夜色，似乎又触着她那种无来由的感动，头是慢慢的低下去，手心紧紧的按着额头，身体也便无力的凭靠着石栏。

在这时，表哥无声的走上凉台。

"着凉！梦妹！"手是轻轻的附着她的臂膀。

看见了星光下的两颗亮晶晶东西在那双自己所爱恋的黑眼睛里闪耀，忍不住便紧紧的握住那另外的两只手。

梦珂反更张大起一双大眼望着表哥笑了起来。

两人挟着又走进屋里去。

表哥坐在一个矮凳上看梦珂穿衣。在短短的黑绸衬裙下露出一双圆圆的小腿，从薄丝袜里透出那细白的肉，眼光于是便深深的落在这腿上，好像还另外看见了一些别的东西。及至梦珂穿好了袍子时，他却狠狠的懊悔着适才自己不该催促她穿衣。

这件宽袍直把腰间的曲线也给遮住。因为这栏倒不能不称许女人的袍子是应当要瘦小点才好。

"我不喜欢这样，你痴痴的在想什么？"

毫不会感到困难，立刻他便想好了回答："梦妹！我是在想你——想你会不会答应同我去看电影。今晚，卡尔登演映《茶花女》……"

三年前梦珂便曾读过这篇杰作的翻译本，那时还曾洒过几次可笑的眼泪，既然现在正有这影片，为什么不去看？高高兴兴的倒催晓淞去换衣。

走到楼梯边时，听见丽丽在哭，跑到丽丽房里，只见表嫂也红起眼睛，丽丽倒在小床头放声的哭，小手小脚不住的在空中蜷缩，表嫂看见梦珂，才抱过丽丽来，说是丽丽有点肚子痛。丽丽睡到了母亲怀里，哭却停止了，但听见母亲扯谎，便又使劲的用拳头捶着母亲的胸脯。梦珂邀她同去看电影，她始终却说为了丽丽的保姆不在家而辞谢了。

梦珂又去找雅南，据听差说，一吃过晚饭南少爷就早走了。

因此只剩了她和表哥，两人便走往飞凤车行去雇车。

到卡尔登时，影片已开映了。由一个小手电灯做引导，梦珂紧携着表哥一只手，随着那尺径大的一块光走去，直到侧面最末的一间包厢才算空着。表哥让她坐好后，自己也就轻轻移动了一下那小软椅才靠紧她坐下。这时幕上正映着一个胖子，穿一件睡衣在飞机上翻来翻去。飞机又一时横过海面，一时又掠过高山，后来便在一座城市上打旋。梦珂心里正在疑惑，这又是什么呢，恰好表哥便凑过头来悄声的说："还好，正片还没开始呢。"梦珂懒得去看那胖子，拿眼睛便去搜索别的可看的东西。几盏小灯隐隐地在那音乐台上的蓝色纱幔里透出。上排和楼下望去尽是模模糊糊的显出密密人头的线条。隔壁包厢不时送过一阵阵的香味。背后有个人发出小小的嘘声，正谐和着那音乐的节奏，还不时用脚尖蹴出那拍子。

当刚映出那拖黑色长裙的女人出现在那石阶梯上时，梦珂便专精注神的把眼光紧钉在幕上，一边体会着从前所看的那本小说，一边就真真把那化身的女伶认作茶花女，并且还去分担那悲痛，像自己也是陷在同一命运中似的。

有时也会感到旁边正有一个眼光也紧钉着她时，便伸过手去。

"真动人！看呀，表哥！"

"是的，真动人！"这是他不能体会出那言外的意思的一句答语。

正是她看得有味的时候，忽的那音乐便停止了，灯球也燃了，强烈的光四射着，这是休息的时候。表哥便问她要喝点咖啡啵，她只默默地摇动一下头，神经里还在晃着那修眉，大眼，瘦腰，那含愁的笑容，舞态……

表哥已从拥挤的走廊中走出外面了，因为这电影院中沉闷的，昏热的空气实苦了他。在他那已被激动的感情上加了许多苦痛。他是知道得很清楚，在一个还不很了解风情的女人面前，放肆了是只会坌事的。

食堂里挤进许多人和小孩，卖糖果和卖香烟的地方顶热闹。

没有走动的一些男人，便从坐位上站起来，伸长起颈项在找他们的朋友，其实眼光却又正在追随一些别的，那里肯给遗漏掉一个女人的影子呢。

女太太们总喜欢几人把头凑在一处，悄声的去评论隔座太太们的装饰，眼光也常常从发边漾过去瞟一下比较漂亮些的男人的面孔。有的又正朝着小镜在搽粉，或拢整颊上的短发。

梦珂隔壁包厢里，有一个意大利女人正和几个有钱的男人在大声的笑，惹得周围便给吸去了许多眼光。一只大手直放到挨梦珂的厢壁上，指上夹有一枝香烟，并带有一个宝光四射的戒指。

表哥走回时，在障呢的铜栏边，还在向远远的一个人告别。

继续的又开映了。她竟在伤心处流下泪来，等不到演完，站起来就朝外走。表哥随着她上了汽车。她默默靠在他伸过来的一只手上，腰肢便轻轻的给那只手围住。两人都无言的在咀嚼那，沈醉那各人所感动的。

车刚停住，她就跑上自己的屋里了。

这时小马车已停在台阶前的柏油路上，是姑母刚从李公馆吃寿酒回来。满屋依旧静悄悄的。逛新世界的，怕不是正在劲头上呢。

晓淞去陪着母亲闲坐，讲讲那些拜寿的客人，以及那些铺张，酒，戏……还和今夜的电影。看见母亲的眼皮睁不起时，便退出来，这时自己的神志却很清白了，想起梦妹只觉得孩气可笑。连自己适才的许多昏迷思想，动作，也只能让自己来暗自发笑，并怀疑。但梦妹是确算得可爱的，于是又细想那自己所赞赏的一些美处。

"……这都是只要我愿意便行的！"

想到这里，不自觉的现出那得意的微笑，脱下衣服，安安稳稳的去睡在那软被里了。

梦珂这时是正回想到那电影，简直是爱上那幕上的女伶了。那些剧情和许多别的配置都忽略过去，单单只零星的记牢了那女伶的一颦一笑，还和那仿仿佛佛的一种可恶的身世，这身世也只是那女伶的。于是便又去记忆那女伶的名字，但总记不起，想下楼去问表哥，又怕别人已睡觉，只好留在明天再打听，以便将来一有这可爱人儿的片子便去看。

翻来覆去，老是睡不着，披起一件衣服便又去捡出骨牌来过五关，但牌还没有和好时，心似乎又想发气，手一送，许多牌便跳到地上去了。回头看见圆桌上还有几个苹果，便又把那小高脚盘移来书桌上，一边吃，一边像想什么的把眼注视到灯罩，慢慢等把三个苹果吃完后，从抽屉里拿出一个红色金边的袖珍本，翻到没有字的一页上，拿钢笔细细的写下去：

我淡漠一切荣华，

却无能安睡，在这深夜，

是为细想到她那可伤的身世。

……

还要写下去时，但已听到楼梯上的杨小姐在喊"梦妹"的声音，忙忙乱乱关了灯，溜到床上，装睡着。

"就睡了吗？梦妹！"

这时同表姊两人都已站在她房门口，外面走廊上的灯光正射到她两人的身上，梦珂眯着眼睛清清楚楚的看见她们。她们没有听到回声，随手又把门带关走了。梦珂独自好笑，默想若不如此装睡，恐怕又要惹出许多麻烦呢。

隔壁的两人也睡不着，尽谈着那黑姑娘的像貌，声音，还有那戏，顶有趣的要算那开始的"打花鼓"，那丑角的一些唱词，并且常常还夹上些英文。于是杨小姐学着那声音唱起来，什么"Sorrysorry 真悲伤……"表姊也学着唱："那个 miss 也不想……"的等等从"打花鼓"中听来的小调。

"嘿，姊！听你唱的些什么？多么丑！"

"这是学别人的。"

"其实那里面还有许多都是骂女人的，那丑角已真惹厌！"

两人尽着咕哩咕哝，在梦珂却像催眠一样，慢慢地也就睡着了。

天气已一天冷似一天，梦珂看见自己的旧棉袍已不暖和，想另做一件新的，并且那紫花洋绸的面子，和蓝大布罩袍，都有点害羞拿出来得。表姊们出去时都披上斗篷了。自己只想能花五六十元做件皮袍也好，凑巧，父亲在这几天竟一次汇来三百元，是知道她已住在姑母家里，怕她要钱用，特赶忙把谷卖了一大半，凑足了寄来的，并说这必得等第二年菜油出脱时才能有钱来，但决不会多……

她邀表姊同去买衣料，但表姊硬自作主替她买了一件貂皮大氅，两件衣料，和些帽子，皮鞋，丝袜零星东西，一共便去了两百四十五元。表姊还在挑剔那些东西的坏处；后来又只得把自己的许多好的手套，香水……送给她。梦珂还有点难过，当想到父亲时，及至一看钱所剩已不多，便请姑母辈吃了一餐大菜。

如此一天一天的玩下去，梦珂竟把匀珍忘了。还是雅南问着她时，才记起已是四五个星期不到民厚里了。要去时又被雅南留住，因为雅南已决定第二天便动身回学校。于是在这晚上，他给了一个深深的印象在这还不很见过世面的女子心上。

当他两人从半淞园出来时，天已黑了，雅南是这样对她说：

"我介绍两个顶有趣的女朋友给你好吗？"她是喜极了。

"她们都很了不起，你可以多亲近点她们，她们将告你许多你不曾知道的事和许多你应做的事。"

"真有这么一回事吗？那我们走吧！"

在一个黑弄里暂入，走进一间披满烟尘的后门，从房里传出来一阵又粗，又大，又哑的歌声，厨房里有个十五六岁的小厮在低着头吃饭，爬满桌上灶上的是许多偷油婆。雅南已走进客堂门。梦珂在自来水管边窗前，望清了房里，那儿正有两对男女在，歌声便是从那睡在躺椅上的男人所唱出，他的半身又已被一个穿短裤的女子压着，所以那粗声中还带点喘。书桌前面的那一对，是搂抱住在吸纸烟。梦珂正不知应如何时，雅南已又回转来在等她，一边大声的喊着一个外国名字，这是梦珂所不懂的。于是客堂里的灯光亮了，四个男女从门边跳出来。那穿短裤的女人双手握住了雅南，用力的摇，口里便不断的"同志，同志！"的叫喊。雅南也竭力的回敬，手既不得空，只好扭过脸去接受了另外那个麻脸女人的一个用力的大吻。雅南替她介绍时，她已被这些从未赏鉴过的这样热情，坦直，大胆，粗鲁而又浅薄的表情骇呆了。支持着自己，又只好机械的轮流握着那伸来的手。及至看见了那只遍生黑毛的大掌时，忍不住也抬起眼光来，啊，这就是那唱歌的人：一对斜眼！看样子，雅南还最钦佩他似的。

堆满一桌子的尽是些传单，报纸，梦珂走拢去假装着看。耳里忽然听得那斜眼人说什么："……明天开会时，自然可以通过。不过，曾做过什么运动没有？"

"有的，学生运动，在酉阳中学时。"是雅南的声音。

梦珂奇怪了，张大起眼睛望着雅南，意思是问："见鬼哟，难道你们说的是我吗？"

雅南回答她一个鬼脸。

斜眼的于是折向她来：

"来上海不久吧？"并不等待别人的答话又接下去："你可以常常来此地谈，这位就是我们所称呼的'中国的苏菲亚女士'。真值得再握一次手的。"有一只眼睛似乎是望到那穿短裤的。郑黄毛女子呢，是正缠着雅南，要他替她预备下星期开市民大会时用的演讲稿。听到这里在说"苏菲亚"，跳过来又攀着梦珂说话：

"下星期我准去约你。无论我是怎样的不得空。你看，有许多工作都未曾做，单说传单就有这么多，这还只十分之一呢！"

梦珂懂不了雅南的扯谎，以及这几个男女所发出的那些所谓工作的意义，于是当他们几人在清检小旗杆时，偷偷地溜了出来，在鹅石的马路上急急的走着，连头也不敢回过去望一望，是怕雅南来追。

第二天为想躲避雅南一清早便往民厚里去了。但民厚里已非早先的可留恋！一进门便听了许多似责备的讥讽话。她只好努力的去解释，小心的去体会。但匀珍总不肯转过她的脸色来。单单为那一件大衣，总足够忍受了四五次的犀锐的眼锋和尖利的笑声，因此反使她觉到曾经轻视过和还不曾施用过的许多装饰都是好的。为什么一个人不应当把自己弄得好看点？享受点自己的美，总不该说是不对吧！一个女人想表示点自己的高尚，自己的不同俦属，难道就必得拿"乱头粗服"

去做商标吗?……她忍不住回报了匀珍几句才回来。

虽说后来匀珍曾向她又修好过,但她一半为负气却没覆信。一个冬天尽陪着这几个漂亮青年听戏,看电影,吃酒,下棋,看小说过去了。

但这也并不很快乐的,尤其是单独同两位小姐在一块时,她们是在肆无忌惮的讥骂日间她们所亲热的人,她们强迫的教给她许多处世,待遇男人的秘诀。梦珂常常要忍耐的去听她们愚弄别人后的笑声,听她们所发表的奇怪的人生哲学的意义。有时固然为了她们的那些近乎天真的顽皮笑过,但看到她们如妖狞般的心术和摆布,会骇得叫了起来,拳头便在暗处伸缩。

澹明也比较大胆了,常常当着她说出许多猥亵的话,她又不能像表姊们拿调皮的样子去处理,只好装出未曾听见的样子,默默的走了开去。

朱成,她是便当同在一桌打牌时,都很少和他说话,因为她是并不像表姊们须要如此的一个又能供小奔走的清客。

那末,表哥呢?是的,她只依恋着晓淞,也像从前依恋着匀珍一样。单讲那态度,就够多么动人呀:看见壁炉前的梦珂是在沈思着什么了,便拿过一本书来站在她的椅背边,轻轻的拍她的肩,声音是细细的,怕骇着她似的:

"让我来念首诗吧。"

于是打开书,在一百三十六页上停住,开始念起来:

在火苗之焰的隐约里,

她如晚霞之余艳,

呵,能倩何物

传递我心灵之颤动!

梦珂的心微微的颤抖,一半是由于受惊,一半也是被那低沈的声音所感动，脸便慢慢的藏在那一双纤瘦的手中。晓淞乘势坐在旁边的矮凳上，从那眼皮上拿下那双手来。

"梦——"早已把"梦妩"二字分开了来叫，有时是又只叫"妹"的。这时声音也像是被感动得微微的抖了起来，两道眼光更紧逼到梦珂脸上。

她竟不敢抬起来。

表哥只是无语的望着，那沉默的动人是更超过用语言。

在不可忍耐时，抽身像燕子似的轻飘的跑走了。

于是表哥便倒在她适才起身的软椅上，得意的来称许起自己的智慧，自己审美的方法，并深深的去玩味那被自己所感动的那颗处女的心。这欣赏，这趣味，都是一种"高尚"的，细腻的享乐。

怕人看出自己的羞愧，大半时候都在找丽丽玩，丽丽一见她不说话，便生气，扳着她颈项问，梦姑是在想什么了。

因此表嫂却很同她亲热了起来，常常晚上她便在表嫂房里玩，这时大表哥是不会回来的。袁嫂是川西人，说起故事时，总挂念她屋前的西湖，和她八十多岁的祖母，她是在六岁时同年失掉了父母的。表嫂还常常低声向她诉说她为了祖母而忍心把自己让那鲁莽的粗汉蹂躏了的事。

"难道他不爱你吗？"梦珂便问。

"你是不会知道这个的！"表嫂却笑了。"你看，近来是都不常在家了。这是他故意的想呕我，因为他明白了我的藏在衣服里面的那颗心，谁知我却舒服多了。嘿，梦妹，你那里得知那苦味，当他凑过那酒气的嘴来时，我只想打他。"

"真的便打了他吗？"梦珂又问。

表嫂又笑了。还向她诉说她十七岁来做新娘时所受的许多惊骇，以及祖母三月后知道了她是怎样用惊哭去拒绝了新郎时的抱着她的伤心……原来表嫂还会填词，她从她那几本旧稿中得知了她的许多温柔，蕴藉的心性，以及她的慕才，她的希望，还和她的失意。梦珂心想：如果她那时是同二表哥结婚，那她一定不会自叹命蹇的了。于是便又问：

"你说，二表哥如何？"

表嫂又会错了她的意思，便告诉她，晓淞是如何的细心，如何的会体贴女人……

梦珂喟叹了，这是完全在悼惜表嫂，而表嫂却不能领悟这同情，反以为她想起别的感触，竭力的倒去安慰她。

春天来后，家里反静寂了许多。表姊和杨小姐每天又挟着乐谱上学校去。澹明，朱成，也都有课。便晓淞也在一个大学里每星期担任了两个钟头。姑母不时要在外面应酬；表嫂有丽丽作伴；只有她是闲着。于是她便整天的躺在床上，像回忆某种小说一样的去想到她未来的生活，不断的幻想开去，有时竟说是体悟出自己的个性来，生生的认定："无拘无束的流浪，便是我所须要的生命。"有时简直会羡慕起那些巴黎的咖啡店的侍女……但也常把自己幻想成一个英雄，一个伟人，一个革命家，不过一想到"革命家"时，连什么梦想也都将破灭，因为那"中国的苏菲亚女士"把她的心冰得太冷了。

澹明想再提高她已不热心了的画兴，又常常去邀她作画，但她已在那可爱的滑稽外得知了不安的轻浮，所以有时也会拒绝他的。晓淞是早已不提到画上了。

为了巴黎的梦，她又起始在表哥处学法文。

不久，父亲又寄来第二次的钱，并附有一封信：

"梦儿，接得你的信，知道你又很须钱用，所以才又凑足两百元给你，虽说为数并不多，但这也足够全家半年的日用。你如果是可能的话，我还是希望你省俭点也好，因为你无能的父亲已渐渐的老了。近来年成又都不好。我怕你在外面一时受窘了又要难过，所以才这样说。不过，你也不必听了这话又伤心，我总会替你设法，不愿使你受苦的。其实，都是你父亲不好……唉，这都不必说了……

从先你喜欢的那匹老牛在二月间死了。但又添了好些小羊。有只顶小的，一身的毛雪白，下巴处又带点肉红色，顶不怕人，一天到晚都听见它小声的"咩咩咩咩"的叫。四儿喜欢它，说它像你，于是就叫它作"小梦小姐"。现在是一家人谁一提"小梦小组"都会笑的，他们都念你咧。"

梦珂沈思了，似乎又看见父亲的那许多温情的仪态，三儿们的顽皮，以及晴天牛羊们在草坪上奔走的情形……还有那小白蚨蝶们……这过去的一些幸福日子，真多么够人回忆呵！

"如果你还住在姑母家时，你就拿这两百元做路费回来也好。我是足足有两年半没见着你了。你回来后，要出去时，我也可以送你的。梦儿，你要知道，父亲已不年轻，你莫遗给将来一些后悔呵！

还有一件很可笑的事。前天你姨母来，当面向我要你呢。我自然没有答应，这都是要尽你自己的。不过祖武那孩子也很聪明，你们小时也很合得来，只要你觉得还好，我是没有什么可说的。梦儿，你年纪也不小了呢！"

信纸一张张从手指间慢慢滑了下去，一种犹豫的为难弥漫着，但想起祖武那粗野样儿，以及家中亲戚中的做媳妇们的规矩，并为避免当面同父亲冲突，于是决定不转家，回信也只说自己在读书时代，不愿议及此等事……

回信上话既说得很宛转，心便又觉得安妥了一样，几天后也便不想到父亲，祖武了。一人玩得无聊时，只想去找表哥，但表哥已三天不在家了。梦珂是如此的感到寂寞，自己也不住的惊诧：难道表哥之于自己竟这样的可念吗？……这天夜里却出乎意料的接到表哥的一封信，原来是为了一件朋友很要紧的事不得空回来，并且也非常之挂念她，还详详细细的问她这三天的生活怎样……她把这封信看了有七八次，好半夜不得安睡。

这几天澹明却老厮守着她，又给了她许多不安和厌烦。

在没有见着表哥的第五天晚上，她正同丽丽剪纸玩，表嫂在旁边修指甲，轻声的向她说话：

"梦妹，你说对不对？"

"什么？"

"昨天在楼下找到的那本旧杂志上说的关于女子许多问题的话，你不是也看过了吗？我说真对，尤其是讲到旧式婚姻中的女子，嫁人也便等于卖淫，只不过是贱价而又整个的……"

"那也不尽然。我看只要两情相悦。新式恋爱，如若是为了金钱，名位，不也是一样吗？并且还是自己出卖自己，连归罪都不好横赖给父母了。"

"呵呀！你看，梦姑！你给小人儿的手也剪掉了。"丽丽着急了，用手去推她，"妈！你等下再和梦姑说话好不好？"

"好，这个不要了，再剪个好姑娘吧，拿一柄洋伞的，你说，还是提一个大钱包的呢？"于是又另外剪，并接下去说："表嫂！你莫神经过敏了吧，遇事便伤心……"

"你不要说什么神经过敏。真可笑，我也是二十多岁的人，并且还有丽丽，自然应当安安分分的过下去，可是有时，我竟会如此无理的幻想，真愿意把自己的命运弄得更坏些，更不可收拾些，但现在，一个妓女也比我好！也值得我去羡慕的！……"

梦珂听见了这些从来未听过,如此大胆的,浪漫的表白,又是在一个平日最谦和,温雅,小心的表嫂口中吐出,不禁大骇,丢了剪纸,捉着表嫂的手:

"真的吗?你竟如此想吗?你是在说梦话吧?"

表嫂看见了她那张皇样儿,反笑着拍她:

"这不过是幻想,有什么奇怪!你慢慢就会知道的……"

还要说下去时,杨小姐已闯了进来,抓着梦珂便跑,梦珂一路叫到屋前的台阶边,阶前汽车里的澹明,表姊,朱戌三人都嚷了起来。澹明打开车门,杨小姐一推,她便在澹明手腕中了。杨小姐上来后,车便慢慢的走了起来,她夹在杨小姐和澹明中间,前面的两人也转过脸来笑,她虽说有点生气,也只好陪着笑脸:

"打劫我做啥子?"

"告你吧,我一见晓淞二哥有四五天不在家,就疑惑,一问他俩人都不知道,心想明哥是同二哥一鼻孔出气的,他一定知道,不过假使他们要安心瞒我们时,问也不肯说的,于是我便使姊去诈他,果然一下就诈出来了。现在我们去安乐宫找二哥。你,若不行抢,你也不肯来,听到'安乐宫'便不快活了。"

"他住在安乐宫做啥子?"

"哈,安乐宫也能住吗?他们今夜要在那儿跳舞。做啥子,他们住在大东旅舍'做啥子'!"

大众都放声的大笑。

车走过大东旅舍时,杨小姐忽的喊要停车。澹明争着说不能这样进去,但看见杨小姐似乎要发气的样儿,也便告了她一个住房的号数,除了他一人不肯走外,其余的都陆续下了车。当他们走到一百四十三号门外时,杨小姐先从钥匙孔朝里望了一下,忍住笑才又弹门。

"进来！"显然是表哥的声音，她奇怪了。

门开了，表哥弯着腰在擦皮鞋，镜台前坐有一个披粉红大衫的妖娆的妇人，在悠悠闲闲的画眉毛。

"二哥哥，你——好！还不介绍给我们吗，这位二嫂……"朱成和杨小姐最感到有兴趣。

很明显的那两人都骇着了。表哥连耳根都红了，蹬在椅上的那只脚竟不会放下来，口中期期艾艾的不知在说什么。女的呢，把手掩在胸前，不住的说请坐，请坐。

杨小姐们更得意的大笑，满屋里走着去观察所有的陈设。

"你们真岂有此理！这位是章子伍太太，子伍还来信说要我送她转杭州呢。这是舍妹，这是……她们都太小孩气，没等通报就闯进来了，请章太太不要见怪吧！"

这种敷衍自然是没有效力，反更给了人许多以便于说笑的隐射的讽刺话。那善笑的女人这时也镇静了，拖着一双半截鞋，来应酬她所迷恋的人儿的朋友们。

只有澹明不安的坐在汽车里觉得有十二分的对不起晓淞，以后怎好见他，他是那样的嘱咐来！不过一想到如此或许竟于自己还有益处时，又踌躇着不安，要怎的去进行才好呢……

这时他已看见梦珂一人从旅馆里出来，跳下车便跑去迎接。

梦珂无言的随着他上了车。

问了梦珂往哪儿去，车便向家里开了。

他把梦珂的两手握着，梦珂也随他。

他又向她说了许多关于那女人的不名誉的事。

她哭了。这事是怎样地使她伤心，想起自己平日所敬爱，所依恋的表哥，竟会甘心搂抱着那样一个娼妓似的女人时，这简直也像连自己也侮辱到。

澹明倒很高兴的一直挽着她到家。

她拒绝了澹明送她进房，便一人关着门，躺在床上像小孩般的哭了起来。细细的去想到那从前所得的那些体贴，温存，那些动神动魄的眼光，声音……"呀！他是多么的假情呵！"于是她从枕头底下把前夜收到的那封甜情蜜意的信抽出来扯得粉碎，满床尽是纸屑，看见纸屑，心越气了，又把纸屑撒满一地。千怪万怪，只怪自己太老实，信人信得实实的。便吃亏，不是应该的吗……如此的自怨，怨人，哭了又笑，笑了又哭，也不知经过了多少时候，只觉得人已疲倦，头沈沈的作痛，躺在软枕上犹自流泪。

这时门上，有个轻轻的声音在弹着。

她跳起来，用力抵住门。

"梦！一次，最后一次，许可我吧！梦！我要进——来！"

听了这柔和的，求怜的，感伤的声音，心又大跳起来，身躯已无力的靠在门上，用心的去听外面的声息。

"梦，我的梦……你，……你误会我了！……"

手已抬起，是去开门，但人在这时却昏倒了。

外面没有听到有回声，以为这次的脾气发得是不算小，一边好笑，一边安慰自己的就下楼去。

等梦珂清醒时再去看，门外面只有那头走廊上射过来的灯光，映在粉墙上，现着如死的灰白的颜色。

她反身拿了一条手绢便朝外走。

然而她走错了，直走上后园的亭子才知道。于是她坐下来，但亭子上的灯光，很刺戟那哭后的眼睛，她又走到亭子后面去。那里树丛中正放有一张铁椅，她便躺在那张她曾同表哥坐过的长椅上。眼望着上面，星星是在那繁密的叶子中灿烂着；潮湿的草香，从那蔷薇花，罂粟花……丛中透出。等梦珂感觉到冷时，椅背上早已被露水湿透了。正想站起身来时，忽然听到皮鞋的声音，是有人在向亭子这方走来。梦珂从椅缝中望去，天哪！那正是表哥！还有澹明，迎着灯光来了。于是她又屏声静气的躺着，看他们。

表哥带着非常严肃的脸色走上亭子，把电灯关了，然后冷涩的说：

"说吧！你有什么说的！"

"我想你生我的气了。"

"为什么？"

"关于梦珂。"

"你以为你有希望吗？"接着只听见不住的冷笑。

"不敢说……"

"哈……哈……"

"晓淞！请不必如此，令人难堪。不过，我们七八年的交情，难道还肯为一个女人而生隔阂！我是这样同你开诚布公：若你不爱梦珂，我自然可以进行，万一梦珂竟准许我，那你可不要生气！——你说，你的态度到底如何？"

"哈！你错了！你以为你的机会来了是不是？我告你，章的事，有什么要紧！我自然想得出许多话向梦妹分解。"

"她如果还要信你的那些假劲，那真是她的不幸！"

"好，好假劲！我正在得意我的假劲咧！哈……你想打主意，你就干吧！只要你行，我是不会吃醋的。只是那时惹起小杨来，我却不管，她可不老实。"

梦珂只想跑出去打他俩人，但又把两只手叠着压住嘴唇忍耐着，直到那两人又笑着的走出园子。

人们正在酣睡的时候,她走回房去。澹明又留了一封信在她桌上,她看后便用那打颤的手把来扯了。其实一星期来她就很害怕这事的发生,当每次澹明一人留在她面前时,她便迅速的跑开,因为澹明那局促的,极动火的态度,和一些含糊的表白,举动,都使她觉得受逼得可怕,尤其是那一双常常追赶着女性的眼睛。不过出她意料之外的便是他竟敢写出这样一封不得体的信,像写给一个已同他定情过的风骚的女人。结果,她觉得她像其他的一些女人一样,痛遭了这种被人开玩笑般的侮辱。她不能再加一丝的伤心了!在第二天吃午饭时,在这所三层楼洋房里,曾发生了一点点不平静。当这屋主人,中年的太太,公布了她侄女的一封告别信时候,她是写得非常委婉,恳挚,说自己是如何辜负了姑母的好意,如何的不得不姑息着自己的乖戾性格的苦衷,她是必得开始她的游荡生涯,妃走了。每个人听了都感到无可挽回的叹息。晓淞,澹明,更觉怅然,但这是不久的,因为澹明既有杨小姐可追随,而晓淞是除章太太外还有两个很有希望的女朋友,所以都说不上是一个损失。

三

她本是为了不愿再见那些虚伪的人儿才离开那所住屋,但她便走上光明的大道了吗?她是直向地狱的深渊坠去。她简直疯狂般的毫不曾想到将来,在自己生涯中造下如许不幸的事。但这都能怪她吗?哦,要她去替人民服务,办学校,兴工厂,她哪有这样大的才力。再去进学校念书,她还不够厌倦那些教师,同学们中的周旋吗?还不够痛心那敷衍的所谓的朋友的关系?未必能整个牺牲自己去做那病院看护,那整天的同病人伤者去温存。她哪来这种能耐呵!难道为了自己所喜欢的小孩们去做一个保姆，但敢不敢去尝试那下人的待遇，同一些油脸的厨子，狡笑的听差，偷东西的仆妇们在一块……当然，她是应该回去的，不过，她一看到那仅仅剩下的二三十元便发恨，"呵！为什么我要回去！我还能忍耐到回去吗！……"结果，她决定了！她是有幻想的。她不知道这是更把自己弄到"还不堪收拾"的地方去了。

几天后吧，这女子便出现在那拥挤的马路上，在许多穿尖头鞋围丝围巾的小男人，拖大裤脚的上海女人中跑着，直走到一条比较僻静点街上，在一个有很长的竹篱的大门边站住。那黑漆的竹篱上还可以依稀辨认出几个粉字"圆月剧社"，门内既没有人，大着胆子便朝里走。在二层门卫那角上的铜栏柜台后忽的探出一个扁扁的脸。

"喂，啥事体？"

在扁扁的脸后又伸出一个小后生的头，看样子是当差，或是汽车夫吧，两只小眼睛便愣愣的钉住这来访的女客，又拍一下扁脸的肩。

梦珂朝着这正挂有一块演员领薪的日期并规则的牌匾的铜栏走去："我是姓林。"摸了一下口袋，"呵，我竟忘了带名片……"

"倷找啥人？"

"张先生？龚先生？……"这是那个小后生在夹着问。

"不，我想会会你们这里的经理……"

"哈，经理！格个辰光弗在此地。"

"哦……什么时候可以……"

"倷是伊啥人？"

"我还不认识他……"

"哈……"那小后生的白牙齿露出来了。

"明天来。"

"上午……"

"啥格辰光，阿拉弗晓得，经理来弗来也吪没定规。"

"哦……那你们此地还有什么办事人，我很想能见一见……"

"倷到底有啥事体？"

"劳驾，请去问一声，我是姓林。"

"哈哈……"扁脸把脸笑得更扁了，眼睛只剩一条缝："阿宝，倷去问声张先生看，说是有位姓林的小姐要会他。""姓林的小姐"几个字说得分外加劲。又从那肉缝中，挤着两颗黄眼珠，来仔细地再打量一下站在柜台前的林小姐。

一会，那小后生一颠一跛的跑出来："呀——请，小姐！"脸还是笑笑的，导引着又朝里面走。

在会客室里等着的，是一位非常整洁的少年，穿一身黑绿色的哔叽洋服，斜躺在锦质的沙发上，悠悠闲闲的望着那边窗台上的花，刚听到门扭响，便很敏快的站起来，姿势还是很从容，闲适得又非常有礼，顺手把那一寸多长的残烟丢到痰盂里，走上两步迓住了这位来客。腰微微的弯着，头也就势有点偏，声音是清晰而柔柔的：

"哦，林小姐，请坐！"

"真冒昧得很，我是有……"

"不要紧，不过经理不在此地。如若有什么事，我们都可商量商量。"接着递上一张名片，头衔是留美戏剧专家，现任圆月剧社的话剧和电影的导演，名字是张寿琛，籍贯是江苏。

梦珂于是向这戏剧专家点了一下头："对不起，我忘了带名片来，'林琅'便是我的名字。"

"不要紧，请坐！林小姐今天来，我想是有点儿事，或是对于我们近来公演的《少奶奶的扇子》有什么批评，或是这次出品的《上海繁华之夜》的影片有什么不好的地方，不妨都请你能不客气的赐教。或者有什么用得着我们公司或我自己,这都非常愿意竭力效劳。"

梦珂却正在憨憨的张着两只大眼审视这生人,在那一张刮得干干净净的脸上,有个很会扇动的鼻孔;在小小的红嘴唇里,说话中不时露出一排雪白的牙齿。左手是那样的细腻,随意的在玩弄着胸前的表链。呵,领结上的那颗别针,还那样讲究呢!她不转眼的望着这人,心便怀疑到这人以外的一些东西,竟未曾把对面那人所说的一些客套话听清楚,直望见那一道同时也注视到自己脸上的眼光,是现着在期待她说话的神情,于是她才迟迟疑疑的开始来说明她来此地的希望。先是绕着大弯子讲,渐渐也就放大了胆,最后还这样说:

"……现在我当然可以不必多解释我自己,将来你总会明白的,因了我内在的行动和需要。我相信我不会使你们太失望……"

这事很使这少年的导演吃惊,自然他可以答应下来,但他却向这热心于戏剧的女子解释了许多特殊的情形。又再三盘问了这女子的家庭,经济……状况。最后还使人不得不允许了他如此一个令人不快的要求:当她无声的举起一双手去勒上两鬓及额上的短发,显出那圆圆的额头并两个小小的玲珑的耳垂给人审视的时候,她伤心——不,完全是受逼迫得哭一样。但她却很受欢迎了。他又赞美她,又恭维她,又鼓励她,又愿帮助她,意思是要她知道,他总可以使她在上海成为一个很出众的明星。他并且要她明天来,他将给她介绍石三先生,就是此地的经理。

当她告别时,他又把自己的那只白嫩的手递给她,又给她行礼,又笑笑地送她出了客厅。

扁脸也笑笑的去替她拉开玻璃门:"偧去哉,林小姐。"

她出来了,急急的走去,头也不敢再掉过来望一下那黑漆的竹篱。心里昏昏迷迷的,完全被一种嫌厌,或是害怕,或竟是为了喜欢过度了的感情所压迫,所包围,以致走了不很远,四肢便软了,马路上一切都静静的,没有车,只间或有两三个工人提着竹篓过去。她只得挣撑着身子在树荫处乱踏着,直到路口才雇得一辆黄包车,继后在车上她忽然想起:"为什么我不可以向姑母借债呢?"但一种负气的自尊气概鼓励了她,车子是一直便拖回在一条小弄里了。

夜色来了。梦珂从那小板床上起来,轻轻一跳便站在桌子旁边,温温柔柔的去梳理鬓边的短发,从镜中望见自己的柔软的指尖,便又互相拿来在胸前抚摩着,玩弄着。这时她是已被一种希望牵引着,她忘了日间所感得的不快。于是她又向镜里投去一个妩媚的眼光,并一种佚情的微笑,然后她开始独自表演了。这表演是并没有设好一种故事或背景的,只是她一人坐在桌子前向着有八寸高的一面镜子做着许多不同的表情。最初她似乎是在装着一个歌女或舞女,所以她尽向着那镜里的人装腔作态,扬眉飘目的。有时又像是一种爵夫人的尊严,华贵……但这爵夫人,这舞女的命运都是极其不幸,所以最后在那一对张大着凝视着前方的眼里,饱饱的含满一眶泪水。真的,并且哭了,然而她却非常得意的笑着拿手绢去擦干她的泪水:"这真出乎意料了。我自己都不知道我竟哭得出来!"

第二天下午,她又高高兴兴去到圆月剧社,并且她已想好了应当用怎样的态度去见经理,并那些导演,那些演员们。

但刚刚走进门时,第一迎着她的,又是那扁脸,那嘲笑的滑稽的笑,开始便无意的触了她一下。

"呵,㑚又来哉。张先生在楼上,从这门转过去,楼梯口有阿二,伊会引㑚去……"

于是她踅过身去便走,故意又把这笑脸忘掉。当她走进办公室时,真的,她居然很能够安闲的,高贵的,走过去握那少年导演的手,又用那神采飞扬的眼光去照顾一下全室的人。有个瘦子便走拢来,眼睛从那一副大眼镜上面来打量她,一边便向张寿琛探询是否昨晚所说的那人。张寿琛便来介绍,这也是一位导演,并且还是上海有名的文人。可惜她却没听清名字,大约是姓程或姓甄吧。她虽说很不喜欢那眼镜上面的看人法,但她不能不也很大方的谦恭的去接见。正在这当儿,一种太出人意表,而她又确确实实的听见张寿琛正打着上海腔向那瘦子说:"阿是?年纪弗大,面孔生来也勿错,侬看阿好?"

那瘦子又向她望了一眼,连忙点着头:"满好,满好……"

这真把她骇痴了。她不知道这是不是应该的,当着她面前来评论她的容貌,像商议生意一样,但她不曾喊出声来,或任性的申斥几句,只好隐隐忍着那气愤,于是这羞惭竟把她弄得麻木了起来,她不知应如何说话和动作了。

几个吃香烟的妖妖娆娆的妇人走来攀她说话时,她竟不会用她活泼的本能去应付,为怕人纠缠反退到室外的走廊上去。

张寿琛拿来一张合同要她签字,她还没看明里面的意思,糊里糊涂的就签上了。后来还是一位姓朱的穿短汗褂的先生,把他编的《圆月月刊》送过八九本来,和夹上一张名片,她才觉得轻松了许多,道了一声谢,便拿着这几本书,退到一边去独自的假装在翻书。但不久又走来一个形似流氓的洋服少年,靠在她对面的沙发上看她。这时她真狼狈得不堪了,不知自己已变成了一个什么东西,一举一动都觉得不好,眼也不敢抬起去望人,她想:"回去吧,我回去吧!"她是这样想回去,不过她却留住了。张寿琛又走来把她引到间壁的一间房子去,很不客气的递给她四张十元的纸币。她说她无须乎这个,但这便是薪水,如她不拿时,便应该挨至十五号在那柜台边用条子向那扁脸兑取了。于是她还得向人道谢。她并且问是否她已可以回去了。自然的,她的行止已是不能由自己了。张寿琛说到晚上的拍影，她可以来看看，并且那位甄（？）先生还想请她今晚拍一个里面不很重要的人物试一试，还说他已决定为她编一个剧本。因了她那瘦削，她那善蹙的眉峰，还得请她做个悲剧的主人公呢，一切的情节他都已想好了。但今晚她却不能拒绝那甄先生的请求，先做一个不重要的角色。

这天，无论在会客室，办公室，餐厅，拍影场，化装室……凡是她所饱领的，便是那男女演员或导演间的粗鄙的俏皮话，或是当那大腿上被扭后发出的细小的叫声，以及种种互相传递的眼光，谁也都是那样自如的，嬉笑的，快乐的谈着，玩着。只有她，只有她惊诧，怀疑，像自己也变成妓女似的在这儿任那些毫不尊重的眼光去观览了。

她竭力振刷自己，但为了避免受窘，便故意的想起不关紧要的事。当她想到晚上她便当拍影了，她实在希望有一个人来告诉她所演的剧情，以及她所配演的角色，所演的地方……于是她走进去问张寿琛，这位张先生想了一想，才弯腰到桌下，从乱报纸堆里翻出一张《申报》来给她，那上面是登载着一篇名叫《真假朋友》的影片的本事。她看了，算是她已模模糊糊的知道了一点。

吃过饭不久，张寿琛便把她引入化装室。那里面已坐了七八个对着镜子在搽油的男女。她便坐在第三张凳上，一个受了导演吩咐的少年男子便走过来请她洗脸，替她涂上那粉红色的油，又盖上一层厚厚的粉。她看别人时都是那栏鲜红的嘴唇，紫黑色的眼皮，所以她也想到她自己的面孔。她走到大镜子面前时，她看见她被人打扮出来的那样儿，简直没有什么不同于那些在四马路的野鸡。但她却不知为什么还隐忍着受那位甄先生的引导，去扮一个角色。当她随着他走入拍影场时，水银灯都燃上好久了，所布的景是在一个月影下的花园中，她应当同一个女演员。像朋友一般的从黑处扭扭捏捏的跑进灯光辉煌地点，在一张椅上挨挤的坐着，十分高兴的讲着故事。于是，当另一男演员走拢来时，她便应当带着一种知趣的神色悄悄地避开，这便完了。甄先生是临时把这三个演员教着，并且做样子，最后就朝她说："勿要怕，侬试试看好了。"于是她和那女演员便站在没有亮光处，预备向前；甄先生就坐在一张藤椅上，大声的向她们喊了一声"跑"！然而，在这一瞬间，出人意外的，发生了一种响动，原来这个可怜的新演员骇得晕倒了。

当她清醒来，知道她刚才所做的事，她非常伤心，但她又强忍着，只把泪水盈溢的眼光去看她的周围。

张寿琛便走拢来，低声慰问她：

"受惊吗？"

"不。"她回答："不要紧，这是我旧病……"

甄先生便问她可不可重新来演。

本来，仅仅因了伤心，就已够她去拒绝这逼迫的要求了，可是她却应诺，她也莫明为什么她竟然这样的去委屈她自己，也等于卖身以至于卖灵魂似的。

甄先生于是又开始喊"跑"，拍影机也开始映射。

她忍着，一直忍到走出这圆月公司的大门。在车上，才放声——但又怕人听见的咽咽地极其伤心的痛哭起来。

以后，依样是隐忍的，继续着到这种纯肉感的社会里面去，自然，那奇怪的情景，见惯了，慢慢地可以不怕，可以从容，但究竟是使她的隐忍力更加强烈，更加伟大，至于能使她忍受到非常的无礼的侮辱了。

现在，大约在某一类的报纸和杂志上，应当有不少的自命为上海的文豪，戏剧家，导演家，批评家，以及为这些人呐喊的可怜的喽啰们，大家用"天香国色"和"闭月羞花"的词藻去捧这个始终是隐忍着的林琅——被命为空前绝后的初现银幕的女明星,以希望能够从她身上,得到各人所以捧的欲望的满足,或只想在这种欲望中得一点浅薄的快意吧。(留)

选自1927年《小说月报》第18卷第12期

莎菲女士的日记

十二月二十四

今天又刮风！天还没亮，就被风刮醒了。伙计又跑进来生炉。我知道，这是那样都不能再睡得着了的。我也知道，不起来，便会头昏。睡在被窝里是太爱想到一些奇奇怪怪的事上去。医生说顶好能多睡，多吃，莫看书，莫想事，偏这就不能，夜晚总得到两三点才能睡着，天不亮又醒了。像这样刮风天，真不能不令人想到许多使人焦躁的事。并且一刮风，就不能出去玩，关在屋子里没有书看，还能做些什么！一个人能呆呆的坐着，等时间的过去吗？我是每天都在等着，挨着，只想这冬天快点过去；天气一暖和我咳嗽总可好些，那时要回南便回南，要进学校便进学校，但这冬天可太长了。

太阳照到纸窗上时，我是在煨第三次的牛奶。昨天煨了四次。次数虽煨得多，却不定是要吃，这只不过是一个人在刮风天为免除烦恼的养气法子。这固然可以混去一小点时间，但有时却又不能不令人更加生气，所以上星期整整的有七天没玩它，不过在没有想出别的法子时，是又不能不借重它来像一个老年人耐心着消磨时间。

报来了，便看报，顺着次序看那大号字标题的国内新闻，然后又看国外要闻，本埠琐闻……把教育界，党化教育，经济界，九六公债盘价……全看完，还要再去温习一次昨天前天已看熟了的那些招男女，编级新生的广告,那些为分家产起诉的启事,连那些什么六〇六,百灵机,美容药水,开明戏,真光电影……都熟习了过后才懒懒的丢开报纸。自然,有时是会发现点新的广告,但也除不了是些绸缎铺五年六年纪念的减价,恕讣不周的讣闻之类。

报看完,想不出能找点什么事做,只好一人丛在火炉旁生气。气的事,也是天天气惯了的。天天一听到从窗外走廊上传来的那些住客们喊伙计的声音,便头痛。那声音真是又粗,又大,又嘎,又单调:"伙计,开壶!"或是"脸水,伙计!"这是谁也可以想像出来的一种难听的声音。还有,那楼下电话也是不断的有人在那电机旁大声的说话。没有一些声息时,又会感到寂沉沉的可怕,尤其是那四堵粉垩的墙。它们呆呆的把你眼睛挡住。无论你坐在那方:逃到床上躺着吧,那同样的白垩的天花板,便沉沉的把你压住。真找不出一件能令人不生嫌厌的心;如同那麻脸伙计,那有抹布味的饭菜,那扫不干净的窗格上的沙土,那洗脸台上的镜子——这是一面可以把你的脸拖到一尺多长的镜子,不过只要你肯稍微一偏你的头,那你的脸又会扁的使你自己也害怕——……这都是可以令人生气了又生气。也许这只我一人如是。但我却宁肯能找到些新的不快活,不满足;只是新的,无论好坏,似乎都隔得我太远了。

吃过午饭,苇弟便来了,我一听到他那特有的急遽的皮鞋声已从走廊的那端传来时,我心似乎便从一种窒息中透出一口气来的感到舒适。但我却不会表示,所以当苇弟进来时,我只能默默的望着他;他反以为我又在烦恼,握紧我一双手,"姊姊,姊姊",那样不断的叫着。我,我自然笑了!我笑的什么呢,我知道!在那两颗只望到我眼睛下面的跳动的眸子中,我准懂得那收藏在眼帘下面,不愿给人知道的是些什么东西!这是有多么久了,你,苇弟,你在爱我!但他捉住过我吗?

自然，我是不能负一点责，一个女人是应当这样。其实，我算够忠厚了；我不相信会有第二个女人这样不捉弄他的，并且我还在确确实实的可怜他，竟有时忍不住想去指点他："苇弟，你不可以换个方法吗？这样是只能反使我不高兴的……"对的，假使苇弟能够再聪明一点，我是可以比较喜欢他些，但他却只能如此忠实的去表现他的真挚！

苇弟看见我笑了，便很满足。跳过床头去脱大氅，还脱下他那顶大皮帽来。假使他这时再掉过头来望我一下，我想他一定可以从我的眼睛里得些不快活去。为什么他不可以再多的懂得我些呢？

我总愿意有那末一个人能了解我得清清楚楚的。如若不懂得我，我要那些爱，那些体贴做什么！偏偏我的父亲，我的姊姊，我的朋友都能如此盲目的爱惜我，我真不知他们所爱惜我的是些什么；爱我的骄纵，爱我的皮气，爱我的肺病吗？有时我为这些生气，伤心，但他们却都更容让我，更爱我，说一些错到更能使我想打他们的一些安慰话。我真愿意在这种时候会有人懂得我，便骂我，我也可以快乐而骄傲了。

没有人来理我，看我，我是会想念人家，或恼恨人家，但有人来后，我不觉的又会给人一些难堪，这也是无法的事。近来为要磨练自己，常常话到口边便咽住，怕又在无意中竟刺着了别人的隐处，虽说是开玩笑。因为如此，所以这是可以想像出来的，我是拿一种什么样的心情在陪苇弟坐。但苇弟若站起身来喊走时，我是又会因怕寂寞而感到怅惘，而恨起他来。这个，苇弟是早就知道了的，所以他一直到晚上十点钟才回去。不过我却不骗人，并骗自己，我清白，苇弟不走，不特于他没有益处，反只能让我更觉得他太容易支使，或竟更可怜他的太不会爱的技巧了。

十二月二十八

今天我请毓芳同云霖看电影。毓芳却邀了剑如来。我气得只想哭，但我却纵声的笑了。剑如，她是够多么可以损害我自尊之心的；我因为她的容貌，举止，无一不像我幼时所最投洽的一个朋友，所以我竟不觉的时常在追随她，她又特意给了我许多敢于亲近她的勇气，但后来，我却遭受了一种不可忍耐的待遇，无论什么时候想起，我都会痛恨我那过去的，已不可追悔的无赖行为：在一个星期中我曾足足的给了她八封长信，而未曾给人理睬过。毓芳真不知想的那一股劲，明知我已不愿再剔起从前的事，却故意要邀着她来，像有心要挑逗我的愤恨一样，我真气了。

我的笑，毓芳和云霖是不会留意这有什么变异，但剑如，她是能感觉得；可是她会装，装糊涂，同我毫无芥蒂的说话。我预备骂她几句，不过话只到口边便想到我为自己定下的戒条。并且做得太认真，怕越令人得意。所以我又忍下心去同她们玩。

到真光时，还很早，在门口又遇着一群同乡的小姐们，我真厌恶那些惯做的笑靥，我不去理她们，并且我无缘无故的生气到那许多去看电影的人。我乘毓芳同她们说到热闹中，我丢下我所请的客，悄悄回来了。

除了我自己，是没有人会原谅我的。谁也在批评我，谁也不知道我在人前所忍受的一些人们给我的感触。别人说我怪僻，他们哪里知道我却时常在讨人好，讨人欢喜，不过人们太不肯鼓励我去说那太违我心的话，常常给我机会，让我反省到我自己的行为，让我离人们却更远了。

夜深时，全公寓都静静的，我躺在床上好久了。我清清白白的想透了一些事，我还能伤心什么呢？

十二月二十九

一早毓芳就来电话。毓芳是好人，她不会扯谎，大约剑如是真病。毓芳说，起病是为我，要我去，剑如将向我解释。毓芳错了，剑如也错了，莎菲不是欢喜听人解释的人。根本我就否认宇宙间要解释。朋友们好，便好；合不来时，给别人点苦头吃，也是正大光明的事。我还以为我够大量，太没报复人了。剑如既为我病，我倒快活，我不会拒绝听别人为我而病的消息。并且剑如病，还可以减少点我从前自怨自艾的烦恼。

我真不知应怎样才能分析出我自己来。有时为一朵被风吹散了的白云，会感到一种渺茫的，不可捉摸的难过，但看到一个二十多的男子（苇弟其实还大我四岁）把眼泪一颗一颗掉到我手背时，却像野人一样的在得意的笑了。苇弟是从东城买了许多信纸信封来我这里玩，为了他很快乐，在笑，我便故意去捉弄，看到他哭了，我却快意起来，并且说："请珍重点你的眼泪吧，不要以为姊姊是像别的女人一样脆弱得受不起一颗眼泪……""还要哭，请你转家去哭，我看见眼泪就讨厌……"自然，他不走，不分辩，不负气，只蜷在椅角边老老实实无声的去流那不知从哪里得来的那末多的眼泪。我，自然，得意够了，是又会惭愧起来，于是用着姊姊的态度去喊他洗脸，抚摩他的头发。他镶着泪珠又笑了。

在一个老实人面前，我是已尽自己的残酷天性去磨折了他，但当他走后，我真又想能抓回他来，只请求他一句："我知道自己的罪过，请不要再爱这样一个不配承受那真挚的爱的女人了吧！"

一月一号

我不知道那些热闹的人们是怎样的过年法，我是只在牛奶中加了一个鸡子，鸡子还是昨天苇弟拿来的，一共是二十个，昨天煨了七个茶卤蛋，剩下的十三个，大约总够我两星期来吃它。若吃午饭时，苇弟会来，则一定有两个罐头的希望。我真希望他来，因为想到苇弟来，所以我便上单牌楼去买了四盒糖，两包点心，一篓橘子和苹果，是预备他来时给他吃的。我是准断定在今天只有他才能来。

但午饭吃过了，苇弟却没来。

我一共写了五封信，都是用前几天苇弟买来的好纸好笔。但我想能接得几个美丽的画片，却不能。连几个最爱弄这个玩艺儿的姊姊们都把我这应得的一份儿忘了。不得画片，不稀罕，单单只忘了我，却是可气的事。不过为了自己从不会给人拜过一次年，算了，这也是应该的。

晚饭还是我一人独吃，我烦恼透了。

夜晚毓芳云霖却来了。还引来一个高个儿少年，我只想他们才真算幸福；毓芳有云霖爱她，她满意，他也满意。幸福不是在有爱人，是在两人都无更大的欲望，商商量量平平和和的过日子。自然，也有人将不屑于这平庸，但那只是另外那人的，却与我的毓芳无关。

毓芳是好人，因为她有云霖，所以她"愿天下有情人皆成眷属"。她去年曾替玛丽作过一次恋爱婚姻介绍者。她又希望我能同苇弟好。因此她一来便问苇弟。但她却和云霖及那高个儿把我给苇弟买的东西吃完了。

那高个儿可真漂亮，这是我第一次感觉到男人的美上面，从来我是没有留心到。只以为一个男人的本行是在会说话，会看眼色，会小心就够了。今天我看了这高个儿，才懂得男人是另注有一种高贵的模型，我看出那衬在他面前的云霖显得多么委琐，多么呆拙，……我真要可怜云霖，假使他知道了他在这大人前所衬出的不幸时，他将怎样伤心他那些所有的粗丑的眼神，举止。我更不知当毓芳拿着这一高一矮的男人相比时，是会起一种什么情感！

他，这生人，我将怎样去形容他的美呢？固然，他的颀长的身躯，白嫩的面庞，薄薄的小嘴唇，柔软的头发，都足以闪耀人的眼睛，但他却还另外有一种说不出，捉不到的风仪来煽动你的心。如同，当我请问他的名字时，他是会用那种我想不到的不急遽的态度递过那只擎有名片的手来。我抬起头去，呀，我看见那两个鲜红的，嫩腻的，深深凹进的嘴角了。我能告诉人吗；我是用种小儿要糖果的心情在望着那惹人的两个小东西。但我知道在这个社会里面是不会准许任我去取得我所要的来满足我的冲动，我的欲望，无论这是于人并不损害的事；所以我只得忍耐着，低下头去，默默的去念那名片上的字：

"凌吉士，新加坡……"

凌吉士，他是能那样毫无拘束的在我这儿谈笑，像是在一个很熟的朋友处，难道我能说他这是有意来捉弄一个胆小的人？我是为要强迫的去拒绝引诱，从不敢把眼光抬平去一望那可爱慕的火炉的一角。并且害得两只从不知羞惭的破烂拖鞋，也逼着我不准走到桌前的灯光处。我并且生气我自己；怎么我只会那样拘束，不调皮的在应对，平日看不起别人的交际法，今天才知道自己是还只能显得又呆，又呆，又傻气。唉，他一定以为我是一个乡下才出来的姑娘了！

云霖同毓芳两人看见我木木的，以为我不欢喜这生人，常常去打断他的说话，不久带着他又走了。这个我也能感激他们的好意吗，我望着那一高两矮的影子在楼下院子中消失时，我真不愿再问到这留得有那人的靴印，那人的声音，和那人吃剩的饼屑的屋子。

一月三号

这两夜通宵通宵地咳嗽。对于药，简直就不会有信仰，药与病不是已毫无关系吗？我明明已厌烦了那苦水，但却又按时去吃它，假使连药也不吃，我更能拿什么来希望我的病呢！神要人忍耐着生活，便安排许多痛苦在死的前面，使人不敢走拢死去。我呢，我是更为了我这短促的不久的生，所以我越求生得利害，不是我怕死，是我总觉得我还没享有得我生的一切。我要，我要使我快乐。无论在白天，在夜晚，我都是在梦想可以使我没有什么遗憾在我死的时候的一些事情。我想我能睡在一间极精致的卧房的睡榻上，有我的姊姊们跪在榻前的熊皮毡子上为我祈祷，父亲悄悄的朝着窗外叹息，我读着许多封从那些爱我的人儿们寄来的长信，朋友们都记念我流着忠实的眼泪……我迫切的需要这人间的感情，想占有许多不可能的东西。但人们给我的是什么呢？整整又两天，又一人幽囚在公寓里，没有一个人来，也没有一封信来，我躺在床上咳嗽，坐在火炉旁咳嗽，走到桌子前也咳嗽，还想念这些可恨的人们……其实是还收到一封信的，不过这除了更加我一些不快外，也只不过是加我不快。这是在一年前曾骚扰过我的一个安徽粗壮男人所寄来，我没看完就扯了。我真肉麻那满纸的"爱呀爱的"！我厌恨我不喜欢的人们的苋献……

我，我能说得出我真实的需要，是些什么呢？

一月四号

事情不知错到什么地方去了。我为什么会想到搬家，并且在糊里糊涂中欺骗了云霖，好像扯谎也是本能一样，所以在今天能毫不费力的便使用了。假使云霖知道了莎菲也会哄骗他，他不知应如何伤心；莎菲是他们那样爱惜的一个小妹妹。自然我不是安心的，并且我现在在后悔。但我能决定吗，搬呢，还是不搬？

我是不能不向我自己说："你是在想念那高个儿的影子呢！"是

的，这几天几夜我是无时不神往到那些足以诱惑的。为什么他不在这几天中单独来会我呢？他应当知道他是不该让我如此的去思慕他。他应当来看我，说他也想念我才对。假使他来，我是不会拒绝听听他所说的一些爱慕我的话，我还将令他知道我所要的是些什么。但他却不来。我估定这像传奇中的事是难实现了。难道我去找他吗？一个女人这样放肆，是不会得好结果的。何况我还要别人能尊敬我呢。我想不出好法子来，只好先到云霖处试一试，所以吃过午饭，我便冒风向东城去。

云霖是京都大学的学生，他的住房便租在一家间于京都大学一院和二院之间青年胡同里。我到他那里时，幸好他没出去，毓芳也没来。云霖当然很诧异我在大风天出来，我说是到德国医院看病，顺便来这里。他也就毫不疑惑的，又来问我的病状，我却把话头故意引到那天晚上。不费一点气力，我便已打探得那人儿是住在第四寄宿舍，位置是在京都大学二院隔壁的。不久，我于是又叹起气来，我用了许多言辞把在西城公寓里的生活，描摹得怎样的寂寞，暗淡。我又扯谎，说我唯一只想能贴近毓芳（我已知道毓芳已预备搬来云霖处）。我要求云霖同我往近处找房。云霖是当然高兴这差事，不会迟疑的。

在找房的时候，凑巧竟碰着了凌吉士。他也陪着我们。我真高兴，高兴使我胆大了，我狠狠的望了他几次，他没有觉得，他问我的病，我说全好了，他不信似的在笑。

我看上一间又低，又小，又霉的东房，这是在云霖的隔壁一家叫大元的公寓里。他和云霖都说太湿，我却执意要在第二天便搬来，理由是那边太使我厌倦，而我急切的又要依着毓芳。云霖无法，也就答应了。还说好第二天一早他和毓芳便过来替我帮忙。

我能告诉人，我单单选上这房子的用意吗？它是位置在第四寄宿舍和云霖住所之间的。

他不曾向我告别，所以我又转云霖处，我尽所有的大胆在谈笑。我把他什么细小处都审视遍了。我觉得都有我嘴唇放上去的需要。他不会也想到我是在打量他，盘算他吗？后来我特意说我想请他替我补英文，云霖笑，他听后却受窘了，不好意思的在含含糊糊的回答，于是我向心里说，这还不是一个坏蛋呢，那样高大的一个男人却还会红脸。因此我的狂热更炎炽了。但我不愿让人懂得我，看得我太容易，所以我就驱遣我自己，很早的就回来了。

现在仔细一想，我唯恐我的任性，将把我送到更坏的地方去，暂时且住在这有洋炉的房里吧，难道我能说得上是爱上了那南洋人吗？我还一丝一毫都不知道他呢。什么那嘴唇，那眉梢，那眼角，那指尖……多无意识！这并不是一个人所应须的，我着魔了，会想到那上面。我决计不搬，一心一意来养病。

我决定了。我懊悔，我懊悔我白天所做的一些不是，一个正经女人所做不出来的。

一月六号

都奇怪我，听说我搬了家，南城的金，英，西城的江，周，都来到我这低湿的小房里。我笑着，有时在床上打滚，她们都说我越小孩气了，我更大笑起来，我只想告诉她们我想的是什么。下午苇弟也来了。苇弟最不快活我搬家，因为我未曾同他商量，并且离他更远了。他见着云霖时，竟不理他，云霖摸不着他为什么生气，望着他，他却更板起脸孔，我好笑，我向自己说："可怜，冤枉他了，一个好人！"

毓芳不再向我说剑如。她决定两三天便搬来云霖处，因为她觉得我既这样想傍着她住，她不能让我一人寂寂寞寞的住在这里。她和云霖待我更比以前亲热。

一月十号

这几天我都见着凌吉士,但我从没同他多说过几句话,我是决不先提到补英文事。我看见他一天要两次的往云霖处跑,我发笑,我准断定他以前一定不会同云霖如此亲密的。我没有一次邀请他来我那儿去玩,虽说他问了几次搬了家如何,我都装出不懂的样儿笑一下便算回答。我是把所有的心计都放在这上面用,好像同着什么东西搏斗一样。我要着那样东西,我还不愿去取得,我务必想方设计的让他自己送来。是的,我了解我自己,不过是一个女性十足的女人,女人是只把心思放到她要征服的男人们身上。我要占有他,我要他无条件的献上他的心,跪着求我赐给他的吻呢。我简直癫了,反反覆覆的只想着我所要施行的手段的步骤,我简直癫了!

毓芳、云霖看不出我的兴奋来,只说我病快好了。我也正不愿他们知道,说我病好,我就假装着高兴。

一月十二

毓芳已搬来,云霖却又搬走了。宇宙间竟会生出这样一对人来,为怕生小孩,便不肯住在一起。我猜想他们是连自己也不敢断定:当两人抱在一床时是不会另外又干出些别的事来,所以只好预先防范,不给那肉体接触的机会。至于那单独在一房时的拥抱和亲嘴,是不会发生危险,所以悄悄来表演几次,便不在禁止之列。我忍不住嘲笑他了,这禁欲主义者!为什么会不须要拥抱那爱人的裸露的身体?为什么要压制住这爱的表现?为什么在两人还没睡在一个被窝里以前,会想到那些不相干足以担心的事?我不相信恋爱是如此的理智,如此的科学!

他俩不生气我的嘲笑,他俩还骄傲着他们的纯洁,而笑我小孩气呢。我体会得出他们的心情,但我不能解释宇宙间所发生的许许多多奇怪的事。

这夜我在云霖处（现在要说毓芳处了）坐到夜晚十点钟才回来，说了许多关于鬼怪的故事。

鬼怪这东西，我是在一点点大的时候，坐在姨妈怀里听姨爹讲《聊斋》是常事，并且一到夜里就爱听，至于怕，又是另外一件不愿告人的。因为一说怕，准就听不成，姨爹便会踱过对面书房去，小孩就不准下床了。到进了学校，又从先生口里得知点科学常识，为了信服我们那位周麻子二先生，所以连书本也信服，从此鬼怪，便不屑于害怕了。近来人是更在长高长大，记起来，总是否认有鬼怪的，但鸡栗却不肯因为不信便不出来，毛孔一个个也会空起的。不过每次同人一说到鬼怪时，别人是不知道我正在想拗开些说到别的闲话上去，为的怕夜里一个人睡在被窝里时想到死去了的姨爹姨妈就伤心。

回来时，我看到那黑魆魆的小胡同，真有点胆悸。我想，假使在哪个角落里露出一个大黄脸，或伸来一只毛手，又是在这样像冻住了的冷巷里，我不会以为是意外。但看到身边的这高大汉子（凌吉士）做镖手，大约总可靠，所以当毓芳问我时，我只答应"不怕，不怕"。

云霖也同我们出来，他回他的新房子去，他向南，我们向北，所以只走了三四步，便听不清那橡皮的鞋底在泥板上发出的声音。

他伸来一只手，拢住了我的腰：

"莎菲，你一定怕哟！"

我想挣，但挣不掉。

我的头停在他的胁前，我想，如若在亮处，看起来，我会像个什么东西，被挟在比我高一个头还多的人的腕中。

我把身一蹲，便窜出来了，他也松了手陪我站在大门边打门。

小胡同里是黑极了，但他的眼睛是望到何处，我却能很清白的看见。

心微微有点跳，等着开门。

"莎菲，你怕哟！"

门闩已在响，是伙计在问谁。我朝他说：

"再——"

他猛的却握住我的手，我也无力再说下去。

伙计看到我身后的大人，露着诧异。

到单独只剩两人在一房时，我的大胆，已经是变得又毫无用处了。想故意说几句客套话，也不会，只说："请坐吧！"自己便去洗脸。

鬼怪的事，已不知忘掉到什么地方去了。

"莎菲！你还高兴读英文吗？"他忽然问。

这是他来找我，提头到英文，自然他未必欢喜白白牺牲时间去替人补课，这意思，在一个二十岁的女人面前，怎能瞒过，我笑了。（这是只在心里笑）我说：

"蠢得很，怕读不好，丢人。"

他不说话，把我桌上摆的一张照片拿来玩弄着，这照片是我姊姊的一个刚满一岁的女儿的。

我洗完脸，坐在桌子那头。

他望望我，便又去望那小女孩，然后又望我。是的，这小女孩长的真像我，于是我问他：

"好玩吗？你说像我不像？"

"她，谁呀！"显然，这声音就表示着非常之认真。

"你说可爱不可爱？"

他只追问着是谁。

忽的，我清白了他意思，我又想扯谎了。

"我的，"于是我把像片抢过来吻着。

他信了。我竟愚弄了他,我得意我的不诚实。

这得意,似乎便能减少他的妩媚,他的英爽。要是不,为什么当他显出那天真的诧愕时,我会忽略了他那眼睛,我会忘掉了他那嘴唇?否则,这得意一定冷冷淡下我的热情来。

然而当他走后,我却懊悔了。那不是明明安放着许多机会吗?我只要在他按住我手的当儿,另做出一种眼色,让他懂得他是不会遭拒绝,那他一定可以还做出一些比较大胆的事。这种两忙间的大胆,我想只要不厌烦那人,是也会像把肉体来融化了的感到快乐,是无疑。但我为什么要给人一些严厉,一些端庄呢?唉,我搬到这破房子里来,到底为的是些什么呢?

一月十五

近来我是不算寂寞了,白天便在隔壁玩,晚上又有一个新鲜的朋友陪我谈话。但我的病却越深了。这真不能不令我灰心,我要什么呢,什么也于我无益。难道我有所眷恋吗?一切又是多么的可笑,但死却不期然的会让我一想到便伤心。每次看见那克利大夫的脸色,我便想:是的,我懂得,你尽管说吧,是不是我已没希望了?但我却拿笑代替了我的哭。谁能知道我在夜深流出的眼泪的分量!

几夜凌吉士都接着接着来,他告人说是在替我补英文,云霖问我,我只好不答应。晚上我拿一本《PoorPeople》放在他面前,他真个便教起我来。我只好又把书丢开,我说:"以后你不要再向人说在替我补英文吧,我病,谁也不会相信这事的。"他赶忙便说:"莎菲,我不可以等你病好些就教你吗?莎菲,只要你喜欢。"

这新朋友似乎是来得如此够人爱,但我却不知怎的,反而懒于注意到这些事。我每夜看到他丝毫得不着高兴的出去,心里总觉得有点歉仄，我只好在他穿大氅的当儿向他说："原谅我吧，我是有病！"他会错了我的意思，以为我同他客气。"病有什么要紧呢，我是不怕传染的。"后来我仔细一想，也许这话是另含得有别的意思。我真不敢断定人的所作所为是像可以想象出来的那样单纯。

一月十六

今天接到蕴姊从上海来的信，更把我引到百无可望的境地。我那里还能找得几句话去安慰她呢？她信里说："我的生命，我的爱，都于我无益了……"那她是更不必须要到我的安慰，我为她而流的眼泪了。唉！但从她信中，我可以揣想得出她婚后的生活，虽说她未肯明明的表白出来。神为什么要去捉弄这些在爱中的人儿？蕴姊是最神经质，最热情的人，自然她是更受不住那渐渐的冷淡，那已遮饰不住的虚情……我想要蕴姊来北京，不过这是做得到的吗？这还是疑问。

苇弟来的时候，我把蕴姊的信给他看：他真难过，因为那使我蕴姊感到生之无趣的人，不幸便是苇弟的哥哥。于是我又向他说了我许多新得的"人生哲学"的意义；他又尽他唯一的本能在哭。我只是很冷静的去看他怎样使眼睛变红，怎样拿手去擦干，并且我在他那些举动中，加上许多残酷的解释。我未曾想到在人世中，他是一个例外的老实人，不久，我一个人悄悄的跑出去了。

为要躲避一切的熟人，深夜我才独自从冷寂寂的公园里转来，我不知怎样的度过那些时间，我只想："多无意义啊！倒不如早死了干净……"

一月十七

我想：也许我是发狂了！假使是真发狂，我倒愿意。我想，能够得到那地步，我总可以不会再感这人生的麻烦了吧……

足足有半年为病而禁绝了的酒，今天又开始痛饮了。明明看到那吐出来的是比酒还红的血，但我心却像有什么别的东西主宰一样，似乎这酒便可在今晚致死我一样，我是不愿再去细想到那些纠纠葛葛的事……

一月十八

现在我还睡在这床上，但不久就将与这屋分别了，也许是永别，我断得定我还有那样能再亲我这枕头，这棉被，……的幸福吗？毓芳，云霖，苇弟，金，夏，都保守着一种沉默围绕着我坐着，焦急的等着天明了好送我进医院去。我是在他们忧愁的低语中醒来的，我不愿说话，我细想昨天下午的事，我闻到屋子中所遗留下来的酒气和腥气，才觉得心是正在剧烈的痛，于是眼泪便汹涌了。因了他们的沉默，因了他们脸上所显现出来的凄惨和暗淡，我似乎感到这便是我死的预兆。假设我便如此长睡不醒了呢，是不是他们也将是如此的沉默的围绕着我僵硬的尸体？他们看见我醒了，便都走拢来问我。这时我真感到了那可怕的死别！我握着他们，仔细望着他们每个的脸，似乎要将这记忆永远保存着。他们便都把眼泪滴到我手上，好像觉得我就要长远的离开他们而走向死之国一样。尤其是苇弟，哭得现出丑的脸。唉，我想：朋友呵，请给我一点快乐吧……于是我反而笑了。我请他们替我清理一下东西，他们便在床铺底下拖出那口大藤箱来，箱子里有几捆花手绢的小包，我说："这我要的，随着我进'协和'吧。"他们便递给我，我又给他们看，原来都满满是信札，我又向他们笑："这，你们的也在内！"他们才似乎也快乐些了。苇弟又忙着从抽屉里递给我一本照片，是要我也带去的样子，我更笑了。这里面有七八张是苇弟的单像。我又特容许了苇弟接吻在我手上,并握着我的手在他脸上摩擦,于是这屋子才不至于像真的有个僵尸停着的一样。天光这时也慢慢显出了鱼肚白。他们又忙乱了,慌着在各处找洋车。

于是我病院的生活便开始了。

三月四号

接蕴姊死电是二十天以前的事,我的病却又一天有希望一天了。所以在一号又由送我进院的几人把我送转公寓来,房子已打扫得干干净净。又因为怕我冷,特生了一个小小的洋炉。我真不知应怎样才能表示我的感谢,尤其是苇弟和毓芳。金和周又在我这儿住了两夜才走,都充当我的看护,我每日都躺着,简直舒服得不像住公寓,同在家里也差不了什么了!毓芳还决定再陪我住几天,等天气还暖和点便替我上西山去找房子,我便好专心去养病,我也真想能离开北京,可恨阳历三月了,还如是之冷!毓芳硬要住在这儿,我也不好十分拒绝,所以前两天为金和周搭的一个小铺又不能撤了。

近来在病院却把我自己的心又医转了,这实实在在却是这些朋友们的温情把它又重暖了起来,又觉得这宇宙还充满着爱呢。尤其是凌吉士,当他走到医院去看我时,我便觉得很骄傲,我想他那种风仪才够去看一个在病院女友的病,并且我也懂得,那些看护妇都在羡慕着我呢。有一天,那个很漂亮的密司杨问我:

"那高个儿,是你的什么人呢?"

"朋友!"我是忽略了她问的无礼。

"同乡吗?"

"不,他是南洋的华侨。"

"那末是同学?"

"也不是。"

于是她狡猾的笑了，"就仅是朋友吗？"

自然，我可以不必脸红，并且还可以警训她几句，但我却惭愧了。她看到我闭着眼装要睡的狼狈样儿，便很得意的笑着走去。后来我一直都恼着她。并且为了躲避麻烦，有人问起苇弟时，我便扯谎说是我的哥哥。有一个同周很好的小伙子，我便说是同乡，或是亲戚的乱扯。

当毓芳上课去后，我一人留在房里时，我就去翻在一月多中所收到的信，我又很快活，很满足，还有许多人在记念我呢。我是须要别人记念的，总觉得能多得点好意就好。父亲是更不必说，又寄了一张像来，只有白头发似乎又多了几根。姊姊们都好，可惜就为小孩们忙得很，不能多替我写信。

信还没看完，凌吉士又来了。我想站起来，任他却把我按住。他握着我的手时，我快活得真想哭了。我说：

"你想没想到我又会回转这屋子呢？"

他只瞅着那侧面的小铺，表示一种不高兴的样子，于是我告诉他从前的那两位客已走了，这是特为毓芳预备的。

他听了便向我说他今晚不愿再来，怕毓芳会厌烦他。于是我心里更充满乐意了，"难道你就不怕我厌烦吗？"

他坐在床头更长篇的述说他这一月多中的生活，还怎样和云霖冲突，闹意见，因为他赞成我早些出院，而云霖执着说不能出来。毓芳也附着云霖，他懂得他认识我的时间太少，说话自然不会起影响，所以以后他都不管这事了，并且在院中一和云霖碰见，自己便先回来了。

我懂得他的意思，但我却装着说：

"你还说云霖，不是云霖我还不会出院呢，住在里面真舒服多了。"于是我又看见他默默的把头掉到一边去，不答应我的话。

他算着毓芳快来时，便走了，还悄悄告诉我说等明天再来。果然，不久毓芳便回来了。毓芳不曾问，我也不告她，并且她为我的病，不愿同我多说话，怕我费神，我更乐得借此可以多去想些另外的小闲事。

三月六号

当毓芳上课去后，把我一人撩在房里时，我便会想起这所谓男女间的怪事；其实，在这上面，不是我爱自夸，我所受的训练，至少也有我几个朋友们的相加或相乘，但近来我却非常之不能了解了。当独自同着那高个儿时，我的心便会跳起来，又是羞惭，又是害怕，而他呢，他只是那样随便的坐着，类乎天真的讲他过去的历史，有时是握着我的手但这也不过是非常之自然，然而我的手便不会很安静的被握在那大手中，是慢慢的会发烧。并且一当他站起身预备走时，不由的我心便慌张了，好像我将跌入那可怕的不安中，于是我钉着他看，真说不清那眼光是求怜，还是怨恨；但他却忽略了我这眼光，偶尔懂得了也只说："毓芳要来了哟！"我应当怎样说呢？他是在怕毓芳！自然，我也会不愿有人知道我暗地一人所想的一些不近情理的事，不过近来我又感得我有别人了解我感情的必要，几次我向毓芳含糊的说起我的心境，她还是只那样忠实的替我盖被子，留心到我的药，我真不能不有点烦闷了。

三月八号

毓芳已搬回去，苇弟却又想代替那看护的差事。我知道，如若苇弟来，一定比毓芳还好，夜晚若想茶吃时，总不至于因听到那浓睡中的鼾声而不愿扰攘人而又把头缩进被窝点算了；但我自然拒绝他这好意，他又固执着，我只好说："你在这里，我有许多不方便，并且病呢，也好了。"他还要证明间壁的屋子是空着，他可以住间壁；我正在无法时，凌吉士却来了，我以为他们还不认识，而凌吉士已握着苇弟的手，说是在医院已见过两次。苇弟只冷冷的不理他，我笑着向凌吉士说："这是我的弟弟，小孩子，不懂交际，你常来同他玩罢。"苇弟真的变成了小孩子，丧着脸跐起身就走了。我因为有人在面前，便感得不快，也只掩藏住，并且觉得有点对凌吉士不住，但他却毫没介意，反问我："不是他姓白吗，怎会变成你的弟弟？"于是我笑了："那末你是只准姓凌的人叫你做哥哥弟弟的！"于是他也笑了。

近来青年人在一处时，便老喜欢研究到这一个"爱"字，虽说有时我也似乎懂得点，不过终究还是不很说得清。至于男女间的一些小动作，似乎我又太看得明白了。也许便是因为我懂得了这些小动作，而于"爱"才反迷糊，才没有勇气鼓吹恋爱，才不敢相信自己还是一个纯粹的够人爱的小女子，并且才会怀疑到世人所谓的"爱"，以及我所接受的"爱"……

在我刚稍微有点懂事的时候，便给爱我的人把我苦够了：给许多无事的人以诬蔑我，凌辱我的机会，以致我顶亲密的小伴侣们也疏远了。后来又为了爱的胁迫，使我害怕得离开了我的学校。以后，人虽说一天天大了，但总常常感到那些无味的纠缠，因此有时不特怀疑到所谓"爱"，竟会不屑于这种亲密。苇弟说他爱我，为什么他只会常常给我一些难过呢？譬如今晚，他又来了，来了便哭，并且似乎带了很浓的兴致来哭一样，无论我说："你怎么了，说呀！""我求你，说话呀，苇弟！……"他都不理会。这是从未有的事，我尽我的脑力也猜想不出他所骤遭的这灾祸。我应当把不幸朝那一方去揣测呢？后来，大约他是哭够了，于是才大声说："我不喜欢他！""这又是谁欺侮了你呢，这样大嚷大闹的！""我不喜欢那高个子！那同你好的！"哦，我这才知道原来还是呕我的气。我不觉得会笑了。这种无味的嫉妒,这种自私的占有,便是所谓爱吗?我发笑,而这笑,自然不会安慰到那有野心的男人的。并且因我不屑的态度,更激起他那不可抑制的怒气。我看着他那放亮的眼光,我以为他要噬人了,我想:"来吧!"但他却又低下头去哭了,还揩着眼泪,踉跄的又走出去。

这种表示,也许是称为狂热的,真率的爱的表现吧,但苇弟却毫不加思索地来使用在我面前,自然是只会失败;并不是我愿意别人虚伪点,做作点在爱上,我只觉得想靠这种小孩般举动来打动我的心,是全无用。或者这因为我的心是生来便如此硬;那我之种种不惬于人意而得来烦恼和伤心,也是应该的。

苇弟一走,自自然然我把我自己的心意去揣摩,去仔细回忆到那一种温柔的,大方的,坦白而又多情的态度上去,光这态度已够人欣赏得像吃醉一般的感到那融融的蜜意,于是我拿了一张画片,写了几个字,命伙计即刻送到第四寄宿舍去。

三月九号

我看见安安闲闲坐在我房里的凌吉士,不禁又可怜苇弟,我祝祷世人不要像我一样,忽略了蔑视了那可贵的真诚而把自己陷到那不可拔的渺茫的悲境里;我更愿有那末一个真诚纯洁的女郎去饱领苇弟的爱;并填实苇弟所感得的空处啊!

三月十三

好几天又不提笔,不知还是因为我心情不好,或是找不出所谓的情绪。我只知道,从昨天来我是更只想哭了。别人看到我哭,便以为我在想家,想到病,看见我笑呢,又以为我快乐了,还欣庆着这健康的光芒……但所谓朋友皆如是，我能告谁以我的不屑流泪，而又无力笑出的痴骏心境？并且因我看清了自己在人间的种种不愿舍弃的热望以及每次追求而得来的懊丧，所以连自己也不愿再同情这未能悟澈所引起的伤心。更哪能捉住一管笔去详细写出自怨和自恨呢！

是的，我好像又在发牢骚了。但这只是隐忍着在心头而反覆向自己说，似乎还无碍。因为我并未曾有过那种胆量，给人看我的蹙紧眉头，和听我的叹气，虽说人们早已无条件的赠送过我以"狷傲""怪僻"等等好字眼。其实，我并不是要发牢骚，我只想哭，想有那末一个人来让我倒在他怀里哭，并告诉他："我又糟蹋我自己了！"不过谁能了解我，抱我，抚慰我呢？是以我只能在笑声中咽住"我又糟塌我自己了"的哭声。

我到底又为了什么呢，这真好难说！自然我是未曾有过一刻私自承认我是爱恋上那高个儿了的，但他之在我的心心念念中怎地又蕴蓄着一种分析不清的意义。虽说他那颀长的身躯，嫩玫瑰般的脸庞，柔软的眼波，惹人的嘴角，是可以诱惑许多爱美的女子，并以他那娇贵的态度倾倒那些还有情爱的。但我岂肯为了这些无意识的引诱而迷恋到一个十足的南洋人！真的。在他最近的谈话中，我懂得了他的可怜的思想；他需要的是什么？是金钱，是在客厅中能应酬他买卖中朋友们的年青太太，是几个穿得很标致的白胖儿子。他的爱情是什么？是拿金钱在妓院中，去挥霍而得来的一时肉感的享受。和坐在软软的沙发上，拥着香喷喷的肉体，抽着烟卷，同朋友们任意谈笑，还把左腿叠压在右膝上；不高兴时，便拉倒，回到家里老婆那里去。热心于演讲辩论会，网球比赛，留学哈佛，做外交官，公使大臣，或继承父亲的职业，做橡树生意，成资本家……这便是他的志趣！他除了不满于他父亲未曾给他过多的钱以外，便什么都是可使他在一夜不会做梦的睡觉；如有，便也只是嫌北京好看的女人太少，让他有时也会厌腻起游艺园，戏场，电影院，公园来……唉，我能说什么呢？当我明白了那使我爱慕的一个高贵的美型里，是安置着如此的一个卑劣灵魂，并且无缘无故还接受过他的许多亲密，这亲密自然是还值不了在他从妓院中挥霍里剩余下的一半多！想起那落在我发际的吻来，真又使我悔恨到想哭了！我岂不是把我献给他任他来玩弄我来比拟到卖笑的姊妹中去！然而这又都只能把责备来加上我自己使我更难受的，因为假设只要我自己肯，肯把严厉的拒绝放到我眸子中去，我敢相信他不会那样大胆，并且我也敢相信他之所以不会那样大胆，是由于他还未曾有过那恋爱的火焰燃炽，……唉！我应该怎样来诅咒我自己了！

三月十四

这是爱吗，也许要爱才具有如此的魔力，不是，为什么一个人的思想会变幻得如此不可测！当我睡去的时候，我看不起那美人，但刚从梦里醒来，一揉开睡眼，便又思念那市侩了。我想：他今天会来吗？什么时候呢，早晨，过午，晚上？于是我跳下床来，急忙忙的洗脸，铺床，还把昨夜丢在地下的一本大书捡起，不住的在边缘处摸索着，这是凌吉士昨夜遗忘在这儿的一本《威尔逊演讲录》。

三月十四晚上

我是有如此一个美的梦想，这梦想是凌吉士给我的。然而同时又为他而破灭。所以我因了他才能满饮着青春的醇酒，在爱情的微笑中度过了清晨；但因了他，我认识了"人生"这玩艺，而灰心而又想到死；至于痛恨到自己甘于堕落，所招来的，简直只是最轻的刑罚！真的，有时我为愿保存我所爱的，我竟想到"我有不有力去杀死一个人呢？"

我想遍了，我觉得为了保存我的美梦，为了免除使我生活的力一天天减少，顶好是即刻上西山去，但毓芳告诉我，说她所托找房子的那位住在西山的朋友还没有回信来，我又怎好再去询问或催促呢？不过我决心了，我决心让那高小子来尝一尝我的不柔顺，不近情理的倨傲和侮弄。

三月十七

那天晚上苇弟赌着气回去，今天又小小心心的自己来和解，我不觉笑了。并感到他的可爱。如若一个女人只要能找得一个忠实的男伴，作一身的归落，我想谁也没有我苇弟可靠。我笑问："苇弟，还恨姊姊不呢？"于是他羞惭的说："不敢。姊姊，你了解我罢！我是除了希冀你不会摈弃我以外不敢有别的念头的。一切只要你好，你快乐就够了！"这还不真挚吗？这还不动人吗？比起那白脸庞红嘴唇的如何？但是后来我说："苇弟，你好，你将来一定是一切都会很满你意的。"他却露出凄然的一笑。"永世也不会！——但愿如你所说……"这又是什么呢？又是给我难受一下！我恨不得跪在他面前求他只赐我以弟弟或朋友的爱罢！单单为了我的自私，我愿我少些纠葛，多快乐点。苇弟爱我，并会说那样好听的话，但他忽略了第一他应当真的减少他的热望，第二他也应隐藏起他的爱来。我为了这一个老实男人，所感到无能的抱歉，真也够受的了。

三月十八

我又托夏在替我往西山找房了。

三月十九

凌吉士居然已几日不来我这里了。自然,我不会打扮,不会应酬,不会治理家事,我有肺病,无钱,他来我这里做什么!我本无须乎要他来,但他真的不来了却又更令我伤心,更证实他以前的轻薄。难道他也是如苇弟一样老实,当他看到我写给他的字条:"我有病,请不要再来扰我,"就信为是真话,竟不敢违背,而果真不来么?这又使我只想再见他一面,到底审看一下这高大的怪物是怎样的在觑看我。

三月二十

今天我往云霖处跑了三次,都未曾遇见我想见的人,似乎云霖也有点疑惑,所以他问我这几天见着凌吉士没有。我只好怅怅的跑回来。我实在焦烦得很,我敢自己欺自己说我这几日没有思念到他吗?

晚上七点钟的时候,毓芳和云霖来邀我到京都大学第三院去听英语辩论会,并且乙组的组长便是凌吉士。我一听到这消息,心就立刻碰碰的跳起来。我只得拿病来推辞了这善意的邀请。我这无用的弱者,我没有胆量去承受那激动,我还是希望我能不见着他。不过在他俩走时,我却又请他俩致意到凌吉士,说我问候他。唉,这又是多无意识啊!

三月二十一

在我刚吃过鸡子牛奶,一种熟悉的叩门声便响着,在纸格上还印上一个颀长的黑影。我只想跳过去开门,但不知为一种什么情感所支使,我喑着气,低下头去了。

"莎菲,起来没有?"这声音是如此柔嫩令我一听到会想哭。

为了知道我已坐在椅子上吗?为了知道我无能发气和拒绝吗,他轻轻的托开门便走进来了。我不敢仰起我湿润的眼皮来。

"病好些没有,刚起来吗?"

我答不出一句话。

"你真在生我的气啊。莎菲,你厌烦我,我只好走了。莎菲!"

他走,于我自然很合适,但我又猛然抬起头拿眼光止住了他开门的手。

谁说他不是一个坏蛋呢,他懂得了。他敢于把我的双手握得紧紧的。他说:

"莎菲,你捉弄我了。每天我走你门前过,都不敢进来,不是云霖告我说你不会生我气,那我今天还不敢来。你,莎菲,你厌烦我不呢?"

谁都可以体会得出来,假使他这时敢于拥抱住我,狂乱的吻我,我一定会倒在他手腕上哭了出来:"我爱你呵!我爱你呵!"但他却如此的冷淡,冷淡得我又恨他了。然而我心里又在想:"来呀,抱我,我要接吻在你脸上咧!"自然,他依旧握着我的手,把眼光紧钉在我脸上,然而我搜遍了,在他的各种表示中,我得不着我所等待于他的赐与。为什么他仅仅只懂得我的无用,我的可轻侮,而不够了解他之在我心中所占的是一种怎样的地位!我恨不得用脚尖踢出他去,不过又为了另一种情绪所支配,我向他摇了头,表示是不厌烦他的来到。

于是我又很柔顺的接受了他许多浅薄的情意,听他说着那些使他津津有回味的卑劣享乐,以及"赚钱和花钱"的人生意义,并承他暗示我许多做女人的本分。这些又使我看不起他,暗骂他,嘲笑他,我拿我的拳头,隐隐痛击我的心,但当他扬扬地走出我房时,我受逼得又想哭了,因为我压制住我那狂热的欲念,我未曾请求他多留一会儿。

唉,他走了!

三月二十一夜

在去年这时候，我过的是一种什么生活！为了有蕴姊千依百顺疼我，我便装病躺在床上不肯起来。为了想受蕴姊抚摩我，便因那着急无以安慰我而流泪的滋味，我伏在桌上想到一些小不满意的事而哼哼唧唧的哭。便有时因在整日静寂的沉思里得了点哀戚，但这种淡淡的凄凉，却更令我舍不得去扰乱这情调，似乎在这里面我也可以味出一缕甜意一样的。至于在夜深了的法国公园，听躺在草地上的蕴姊唱《牡丹亭》，那又是更不愿想到的事了。假使她不被神捉弄般的去爱上那苍白脸色的男人，她一定不会死去的这样快，我当然不会一人漂流到北京，无亲无爱的在病中挣扎，虽说有几个朋友，他们也很体惜我，但在我所感应得出的我和他们的关系能和蕴姊的爱在一个天平上相称吗？想起蕴姊，我是真应当像从前在蕴姊面前撒娇一样的纵声大哭，不过这一年来，因为多懂得了一些事，虽说时时想哭却又咽住了，怕让人知道了厌烦。近来呢，我更是不知为了什么只能焦急，而想得点空闲去思虑一下我所做的，我所想的，关于我的身体，我的名誉，我的前途的好处和歹处的时间也没有，整天把紊乱的脑筋只放到一个我不愿想到的去处，因为便是我想逃避的，所以越把我弄成焦烦苦恼得不堪言说！但我除了说"死了也活该！"是不能再希冀什么了。我能求得一些同情和慰藉吗？然而我们似乎在向人乞怜了。

晚饭一吃过，毓芳便和云霖来我这儿坐，到九点我还不肯放他俩走。我知道，毓芳碍住面子只好又坐下来，云霖借口要预备明天的课执意一人走回去了。于是我隐隐的向毓芳吐露我近来所感得的窘状，我只想她能懂得这事，并且能硬自作主来把我的生活改变一下，做我自己所不能胜任的。但她完全把话听到反面去了，她忠实的告诫我："莎菲，我觉得你太不老实，自然你不是有意，你可太不留心你的眼波了。你要知道,凌吉士他们比不得在上海同我们玩耍的那群孩子,他们很少机会同女人接近,受不起一点好意的,你不要令他将来感到失望和痛苦。我知道,你那里会爱到他呢?"这错误是不是又该归到我,假设我不想求助于她而向她饶舌,是不是她不会说出这更令我生气,更令我伤心的话来?我噎着气又笑了:"芳姊,不要把我说得太坏了吓!"

毓芳愿意留下住一夜时,我又赶着她走了。

像那些才女们,因得了一点点不很受用,便能"我是多愁善感呀","悲哀呀我的心……""……"做出许多新旧的诗。我呢,没出息的,白白被这些诗境困着,连想以哭代替诗句来表现一下我的情感的搏斗都不能。光在这上面,为了不如人,也应撩开一切去努力做人才对,便还退一千步说,为了自己的热闹,得一群浅薄眼光之赞颂,我总也不该不拏起笔或枪来。真的便把自己陷到比死还难忍的苦境里,单单为了那男人的柔发,红唇……?

我又梦想到欧洲中古的骑士风度,这拿来比拟是不会有错,如其是有人看到凌吉士过的。他又能把那东方特长的温柔保留着。神把什么好的,都慨然赐给他了,但神为什么不再给他一点聪明呢?他还不懂得真的爱情呢,他确是不懂得,虽说他有了妻,(今夜毓芳告我的)虽说他,曾在新加坡乘着脚踏车追赶坐洋车的女人,因而恋爱过一小段时间,虽说他曾在"韩家潭"住过夜。但他真得到一个女人的爱过么?他爱过一个女人么?我敢说不曾!

一种奇怪的思想又在我脑中燃炽了。我决定来教教这大学生。这宇宙并不是像他所懂的那样简单的啊!

三月二十二

在心的忙乱中,我勉强竟写了这些日记了。早先是因为蕴姊写信来要，再三再四的，我只好开始来写。现在是蕴姊又死了好久，我还舍不得不继续下去，心想便为了蕴姊在世时所谆谆向我说的一些话而便永远写下去做纪念蕴姊也好。所以无论我那样不愿提笔也只得胡乱画下一页半页的字来。本来是睡了的，但望到挂在壁上蕴姊的像，忍不住又爬起为免掉想念蕴姊的难受而提笔了。自然，这日记，我总是觉得除了蕴姊我不愿给任何人看。第一是因为这是特为了蕴姊要知道我的生活而记下的一些琐琐碎碎的事，二来我也怕别人给一些理智的面孔给我看，好更刺透我的心；似乎我自己也会因了别人所尊崇的道德而真的也感到像犯了罪一样的难受。所以这黑皮的小本子我是许久以来都安放在枕头底下的垫被的下层。今天不幸我却违背我的初意了，然而也是不得已，虽说似乎是出于毫末思考，原因是苇弟近来非常误解我，以致常常使得他自己不安，而又常常波及我。我相信在我平日的一举一动中，我都很能表示出我的态度来。为什么他懂不了我的意思呢？难道我能直截的说明，和阻止他的爱吗？我常常想，假设这不是苇弟而是另外一人，我将会知道应怎样处置是最合法的。偏偏又是如此能令我忍不下心去的一个好人！我无法了，我只好把我的日记给他看，让他知道他之在我的心里是怎样的无希望，并知道我是如何凉薄的反反覆覆的不足爱的女人。假设苇弟知道我，我自然是会将他当做我唯一可诉心肺的朋友，我会热诚的拥着他同他接吻。我将替他愿望那世界上最可爱，最美的女人……日记，苇弟是看过一遍，又一遍了，虽说他曾经哭过，但态度非常镇静，是出我意料之外的。我说：

"懂得了姊姊吗？"

他点头。

"相信姊姊吗？"

"关于那方面的？"

于是我懂得那点头的意义。谁能懂得我呢，便能懂得了这只能表现我万分之一的日记，也只能令我看到这有限的而伤心哟！何况，希求人了解，而以想方设计用文字来反覆说明的日记给人看，已够是多么可伤心的事！并且，后来苇弟还怕我以为他未曾懂得我，于是不住的说：

"你爱他！你爱他！我不配你！"

我真想一赌气扯了这日记。我能说我没有糟蹋这日记吗？我只好向苇弟说："我要睡了，明天再来罢。"

在人里面，真不必求什么！这不是顶可怕的吗？假设蕴姊在，看见我这日记，我知道，她是会抱着我哭："莎菲，我的莎菲！我为什么不再变得伟大点，让我的莎菲不至于这样苦啊……"但蕴姊已死了，我拿着这日记应怎样的来痛哭才对！

三月二十三

凌吉士向我说："莎菲！你真是一个奇怪的女子。"我了解这并不是懂得了我的什么而说出的一句赞叹。他所以为奇怪的，无非是看见我的破烂了的手套，搜不出香水的抽屉，无缘无故扯碎了新棉袍，保存着一些旧的小玩具，……还有什么？听见些不常的笑声，至于别的，他便无能去体会了，我也从未向他说过一句我自己的话。譬如他说"我以后要努力赚钱呀"，我便笑；他说到邀起几个朋友在公园追着女学生时，"莎菲，那真有趣"，我也笑。自然，他所说的奇怪，只是一种在他习惯上不常的奇怪。并且我也很伤心，我无能使他了解我而敬重我。我是什么也不希求了，除了往西山去。我想到我过去的一切妄想，我好笑！

三月二十四

一当他单独在我面前时,我觑着那脸庞,聆着那音乐般的声音,我心便在忍受那感情的鞭打!为什么不扑过去吻住他的嘴唇,他的眉梢,他的……无论什么地方?真的,有时话都到口边了:"我的王!准许我亲一下吧!"但又受理智,不,我就从没有过理智,是受另一种自尊的情感所裁制而又咽住了。唉!无论他的思想是怎样坏,而他使我如此癫狂的动情,是曾有过而无疑,那我为什么不承认我是爱上了他哟?并且,我敢断定,假使他能把我紧紧的拥抱着,让我吻遍他全身,然后他把我丢下海去,丢下火去,我都会快乐的闭着目等待那可以永久保藏我那爱情的死的来到。唉!我竟爱他了,我要他给我一个好好的死就够了……

三月二十四夜深

我决心了。我为拯救我自己被一种色的诱惑而堕落,我明早便会到夏那儿去,以免看见了凌吉士又痛苦,这痛苦已缠缚我如是之久了!

三月二十六

为了一种纠缠而去,但又遭逢着另一种纠缠,使我不得不又急速的转来了。在我去夏那儿的第二天,梦如便也去了。虽说她是看另一人去的,但使我很感到不快活。夜晚,她大发其对感情的一种新近所获得的议论,隐隐的含着讥刺向我,我默然。为不愿让她更得意,我睁着眼,睡在夏的床上等到了天明,我才又忍着气转来……

毓芳告诉我,说西山房子已找好了,并且又另外替我邀了一个女伴,也是养病的,而这女伴同毓芳又算是一个很好的朋友。听到这消息,应该是很欢喜吧,但我刚刚在眉头舒展了一点喜色,而一种黯然的凄凉便罩上了。虽说我从小便离开家,在外面混,但都有我的亲戚朋友随着我,这次上西山,固然说起来离城只是几十里,但在我,一个活了二十岁的人,开始一人跑到蓦生的地方去,还是第一次,假使我竟无声无息的死在那山上,谁是第一个发现我死尸的?我能担保我不会死在那里吗?也许别人会笑我担忧到这些小事,而我却真的哭过,当我问毓芳舍不舍得我时,而毓芳却笑,笑我问小孩话,说是这一点点路有什么舍不得,直到毓芳准许了我每礼拜上山一次,我才不好意思的揩干眼泪。

下午我到苇弟那儿去了,苇弟也说他一礼拜上山一次,填毓芳不去的空日。

回来已夜了,我一人寂寂寞寞的在收拾东西,想到我要离开北京的这些朋友们,我又哭了。但一想到朋友们都未曾向我流泪,我又擦去我脸上的泪痕。我是将一人寂寂寞寞的又离开这古城了。

在寂寞里,我又想到凌吉士了,其实,话不是这样说,凌吉士简直不能说"想起","又想起",完全是整天都在系念到他,只能说:"又来讲我的凌吉士吧。"这几天我故意造成的离别,在我是不可计的损失,我本想放松了他,而我把他捏得更紧了。我既不能把他从我心里压根儿拔去,我为什么要躲避着不见他的面呢?这真使我懊恼,我不能便如此同他离别,这样寂寂寞寞的走上西山……

三月二十七

一早毓芳便上西山去了,去替我布置房子,说好明天我便去。我为她这番盛情,我应怎样去找得那些没有的字来表示我的感谢。我本想再呆一天在城里,便也不好说出了。

我正焦急的时候,凌吉二才来,我握紧他双手,他说:

"莎菲！几天没见你了！"

我很愿意在这时我能哭得出来，抱着他哭，但眼泪只能噙在眼里，我只好又笑了。他听见明天我要上山时，他显出的那惊诧和一种嗟叹，又很安慰到我，于是我真的笑了。他见到我笑便把我的手反捏得紧紧的，紧得使我生痛。他怨恨似的说：

"你笑！你笑！"

这痛，是我从未有过的舒适，好像心里也正锥下去一个什么东西，我很想倒下他的手腕去，而这时苇弟却来了。

苇弟知道我恨他来，而他偏不走。我向着凌吉士使眼色，我说："这点钟有课吧？"于是我送凌吉士出来。他问我明早什么时候走，我告他，我问他还来不来呢，他说回头便来，于是我望着他快乐了，我忘了他是怎样的可鄙人格，和美的相貌了，这时他在我的眼里，是一个传奇中的情人。哈，莎菲有了一个情人了！……

三月二十七晚

自从我赶走苇弟到这时已是整整五个钟头了。在这五点钟里，我应怎样才想得出一个恰合的名字来称呼它？像热锅上的蚂蚁在这小房子里不安的坐下，又躺下，又站起，又跑到门缝边瞧，但是——他一定不来了，他一定不来了，于是我又想哭，哭我走得这样凄凉，北京城就没有一个人陪我一哭吗？是的，我是应该离开这冷酷的北京的，为什么我要舍不得这板床，这油腻的书桌，这三条腿的椅子……是的，明早我就要走了，北京的朋友们不会再腻烦莎菲的病。为了朋友们轻快的舒适，莎菲便为朋友们死在西山也是该的！但都能如此的让莎菲一人得不着一点热情孤孤寂寂的上山去，想来莎菲便不死，也不会有损害或激动于人心吧……不想了！不想！有什么可想的？假使莎菲不如此贪心在攫取感情，那莎菲不是便很可满足于那些眉目间的同情了吗？……

关于朋友，我不说了。我知道永世也不会使莎菲感到满足这人间的友谊的！

但我能满足些什么呢？凌吉士答应我来，而这时已晚上九点了。纵是他来了，我便会很快乐吗？他会给我所须要的吗？……

想起他不来，我又该痛恨我自己了！在很早的从前，我懂得对付那一种男人便应用那一种态度，而到现在反蠢了。当我问他还来不来时，我怎能显露出那希求的眼光，在一个漂亮人面前，是不应老实，让人瞧不起……但我爱他，为什么我要使用技巧？我不能直接向他表明我的爱吗？并且我觉得只要于人无损，便吻人一百下，为什么便不可以被准许呢？

他既答应来，而又失信，显见得是在戏弄我。朋友，留点好意在莎菲走时，总不至于像是一种损失吧。

今夜我简直狂了。语言，文字是怎样在这时显得无用！我心像被许多小老鼠啃着一样，又像一盆火在心里燃烧。我想把什么东西都摔破，又想冒着夜气在外面乱跑去，我无法制止我狂热的感情的激荡，我便躺在这热情的针毡上，反过去也刺着，翻过来也刺着，似乎我又是在油锅里听到那油沸的响声，感到浑身的灼热……为什么我不跑出去呢？我等着一种渺茫的无意义的希望到来！哈……想到那红唇，我又癫了！假使这希望是可能的话——我独自又忍不住笑，我再三再四反覆问我自己："爱他吗？"我更笑了。莎菲不会傻到如此地步去爱上那南洋人。难道因了我不承认我的爱，便不可以被人准许做一点儿于人也无损的事？

假使今夜他竟不来，我怎能甘心便翛然上西山云……

唉！九点半了！

九点四十分了！

三月二十八晨三时

莎菲生活在世上，所要人们的了解她体会她的心太热烈太恳切了，所以长远的沉溺在失望的苦恼中，但除了自己，谁能够知道她所流出的眼泪的分量？

在这本日记里，与其说是莎菲生活的一段记录，不如直接算为莎菲眼泪的每一个点滴，是在莎菲心上，才觉得更切实。然而这本日记现在是要收束了，因为莎菲已无需乎此——用眼泪来泄愤和安慰，这原因是对于一切，都觉得无意识，流泪更是这无意识的极深的表白。可是在这最后一页的日记上，莎菲应该用快乐的心情来庆祝，她是从最大的那失望中，蓦然得到了满足，这满足似乎要使人快乐得到死才对。但是我，我只从那满足中感到胜利，从这胜利中得到凄凉，而更深的认识我自己的可怜处，可笑处，因此把我这几月来所萦萦于梦想的一点"美"反飘缈了，——这个美便是那高个儿的丰仪！

我应该怎样来解释呢？一个完全癫狂于男人仪表上的女人的心理！自然我不会爱他，这不会爱，很容易说明，就是在他丰仪的里面是躲着一个何等卑丑的灵魂！可是我又倾慕他，思念他，甚至于没有他，我就失掉一切生活意义的保障了；并且我常常想，假使有那末一日，我和他的嘴唇合拢来，密密的，那我的身体就从这心的狂笑中瓦解去，也愿意。其实，单单能获得骑士一般的那人儿的温柔的一抚摩，随便他的手尖触到我身上的任何部分，因此就牺牲一切，我也肯。

我应当发癫，因为像这些幻想中的异迹，梦似的，终于毫无困难的都给我得到了。但是从这中间，我所感得的是我所想像的那些会醉我灵魂的幸福么？不啊！

当他——凌吉士——在晚间十点钟来到时候，开始向我嗫嚅的表白，说他是如何的在想我……还使我心动过好几次；但不久我看到他那被情欲在燃烧的眼睛，我就害怕了。于是从他那卑劣的思想中所发出的更丑的誓语，又振起我的自尊心来！假使他把这串浅薄肉麻的情话去对别个女人说，一定是很动听的，可以得一个所谓的爱的心吧。但他却向我，就由这些话语的力，把我推得隔他更远了。唉，可怜的男子！神既然赋与你这样的一副美形，却又暗暗的捉弄你，把那样一个毫不相称的灵魂放到你人生的顶上！你以为我所希望的是"家庭"吗？我所欢喜的是"金钱"吗？我所骄傲的是"地位"吗？"你，在我面前，是显得多么可怜的一个男子啊！"我真要为他不幸而痛哭，然而他依样把眼光镇住我脸上，是被情欲之火燃烧得如何的怕人！倘若他只限于肉感的满足，那末他倒可以用他的色来摧残我的心；但他却哭声的向我说："莎菲，你信我，我是不会负你的！"啊，可怜的人！他还不知道在他面前的这女人，是用如何的轻蔑去可怜他的使用这些做作，这些话！我竟忍不住而笑出声来，说他也知道爱，会爱我，这只是近于开玩笑！那情欲之火的巢穴——那两只灼闪的眼睛，不正在宣布他除了可鄙的浅薄的须要，别的一切都不知道么？

"喂，聪明一点，走开吧，'韩家潭'那个地方才是你寻乐的场所！"我既然认清他，我就应该这样说，教这个人类中最劣种的人儿滚开去。然而，虽说我暗暗地在嘲笑他，但当他大胆地贸然伸开手臂来拥我时，我竟又忘记了一切，我临时失掉了我所有的一些自尊和骄傲，我是完全被那仅有的一副好丰仪迷住了，在我心中，我只想，"紧些！多抱我一会儿吧，明早我便走了！"假使我那时还有一点自制力，我该会想到他的美形以外的那东西，而把他像一块石头般，丢到房外去。

唉！我能用什么言语或心情来痛悔？他，凌吉士，这样一个可鄙的人，吻我了！我静静默默的承受着！但那时，在一个温润的软热的东西放到我脸上，我心中得到的是些什么呢？我不能像别的女人一样会晕倒在她那爱人的臂膀里！我是张大着眼睛望他，我想："我胜利了！我胜利了！"因为他所以使我迷恋的那东西，在吻我时，我已知道是如何的滋味——我同时鄙夷我自己了！于是我忽然伤心起来，我把他用力推开，我哭了。

他也许忽略了我的眼泪，以为他的嘴唇是给我如何的温软，如何的嫩腻，是把我的心融醉到发迷的状态里吧，所以他又挨我坐着，继续的说了许多所谓爱情表白的肉麻话。

"何必把你那令人惋惜处暴露得无余呢？"我真这样的又可怜起他来。

我说："不要乱想吧，说不定明天我便死去了！"

他听着，谁知道他对于这话是得到怎样的感触？他又吻我，但我躲开了，于是那嘴唇便落到我手上……

我决心了，因为这时我有的是充足的清晰的脑力，我要他走，他带点抱怨颜色，缠着我。我想，"为什么你也是这样傻劲呢？"他于是直挨到夜十二点半钟才走。

他走后，我想起适间的事情，我就用所有的力量，来痛击我的心！为什么呢，给一个如此我看不起的男人接吻？既不爱他，还嘲笑他，又让他来拥抱？真的，单凭了一种骑士般的风度，就能使我堕落到如此地步么？

总之，我是给我自己糟蹋了，凡一个人的仇敌就是自己，我的天，这有什么法子去报复而偿还一切的损失？

好在在这宇宙间，我的生命只是我自己的玩品，我已浪费得尽够了，那末因这一番经历而使我更陷到极深的悲境里去，似乎也不成一个重大的事件。

但是我不愿留在北京，西山更不愿去了，我决计搭车南下，在无人认识的地方，浪费我生命的余剩；因此我的心从伤痛中又兴奋起来，我狂笑的怜惜我自己：

"悄悄地活下来，悄悄地死去，呵，我可怜你，莎菲！"

选自 1928 年《小说月报》第 19 卷 2 期

阿毛姑娘

第一章

一

这是一个非常的日子,然而也只在阿毛自己眼中才如是。阿毛是已被决定在这天下午将嫁到她所不能想像出的地方去了。

初冬的太阳,很温暖的照到这荒凉的山谷;阿毛家的茅屋也在这和煦的阳光中灿烂着。一清早,父亲(阿毛老爹)照例就走到菜园去浇菜。但当他走回来时,看见在灶前正烧着饭的阿毛,于是便似乎在说笑话一样,而笑容里却更显露出比平日更凄凉,更黯澹的脸:"哈,明天便归我自己来烧了。"

这声音在这颇空大的屋子里响着,是很沉重的压住阿毛的心了。于是阿毛又哭泣起来。

"嘿,傻子!有什么哭的?终久都得嫁人的,难道就真的挨着我一辈子吗?莫说养不起,就养得起,我死了呢?"

阿毛更是大声的哭着,只想能扑到父亲的怀里去。

阿毛老爹又笑着来宽慰她:"那边很好,过去后总不至像在家里这样吃苦。哈,你还哭,好容易才对着这样一户好人家呢。你怕丢下阿爸一人在这里不放心,所以哭?不要紧的,等下三姑会来替我作几天伴;阿宝哥还赖着要住在我这里呢,他也无家,愿意来也好,就把你睡的床让给他吧。"

然而阿毛更哭了,是所有的用来做宽慰的言语把她的心越送进悲凉里去;是觉得更不忍离开她父亲,是觉得更不敢亲近那陌生的生活去。她实在不能了解这嫁的意义;既是父亲,三姑,媒人赵三叔,和许多人都说这嫁是该的,想来总不有错。并且这疑问也只能放在心里,因为三姑早就示意她,说这是姑娘们所不当说的,这是属于害羞一类的事。虽说她从她所懂得的羞上面,似乎领略到所谓出嫁,不过她总觉得这事大约于她或她父亲有点不利,因为近来她在她父亲的忙碌中,是常常得了些不安去。

若是别人只告诉她:有那末一家人,很喜欢她,很须要她去,不久就来接她了,那末,她一定会高兴的穿起那特为她预备的衣裳,无论她是怎样爱她的老父,怎样对于这荒凉的山谷感到眷恋。但是那好奇的心,那更冀求着热闹和愉悦的心,是会使她不愿挂虑到一些纷扰的事;因为在她的意想里,对于嫁的观念始终是模糊的,以为暂时做着一个长久的客。

现在呢,她是被别人在无意中给与了她一些似乎恫吓的好意,把她那和平的意念揉成一种重重的,纷纷的担心,而她所最担心的日子,她的婚期,竟很快的大踏步的就来了。

吃过早饭,三姑就来了,还带来一葫芦酒。

阿毛老爹说:"唉,这个年成,喝什么酒?我是越简便越好,所以在阿毛的好日子,我也没请客,想在后天回门时,一同吃个便饭就算了。等下只有阿宝会来帮帮忙,其实是什么事也没有。"

三姑是一个五十上下颇精明的妇人,虽说也正是从这茅屋嫁出去,然而嫁得颇好，家里总算过得去。只是未曾生下一个半个她所热盼的儿子，所以她很爱阿毛，又常常周济一下这终年都在辛勤中，还愁着难吃饱的父女。她固然很能够体贴她贫困的哥哥，不过她总觉得既然是阿毛的好日子，又只阿毛这一个女，所以她表示了她的反抗：

"我告你，年成是年成，事情是事情，猫猫虎虎不得的。看你还有几个今天？"

但是一想到今天，她就住了口，又自己圆转她的话："本来，也难怪，昨天一箱衣，就够人累了。客不请，也算了，只是总得应个景。横竖是自家几个人，小菜也成的。橱里鸡蛋还有吧，阿毛？"

在她眼里看来，阿毛也很可怜，虽说她也曾很满意过阿毛的婆家，且预庆她将来的幸运，不过她总觉得连阿毛自己也感到这令人心冷的简陋。于是她拥过阿毛来，细心的替她梳理发髻。

其实阿毛并不如是。她是在很温柔的自己理着鬓前的短发，似乎已忘了这非常的事，在很平心的注意听两个老人讲着许多年前的旧话。

在吃酒的当儿，才又伤起心来，这是完全为了舍不得离开这十几年所生活的地方，舍不得父亲，舍不得三姑，舍不得菜园，茅屋，以及那黑母鸡，小黄狗，……

然而总得走的，在阿宝哥来不许久，从很远很远便传来锣声，号筒声……。于是阿毛老爹就叹了一声气，走到屋外去；阿宝就忙着茶的事；三姑更一面陪着揩眼泪，又来替她换衣裳；阿毛是真真的感到凄凉在哽咽着。不久，轿子就来了。除了三个轿夫外，还跟来媒人赵三叔，和一个阿毛应该叫表舅的六十多岁的老人，他们都显着快乐的脸在恭贺着。三姑听说在路上还得住一夜店子，就不放心，才又商量好，让阿宝哥送一程，等黑五更轿子又动了身时再回来。于是阿毛才也又宽心些，因为那老头子，那不认识的表舅，又是那样一个忠厚的像，赵三叔也跟着去，想来或者没有什么可怕的了。

悄悄的又听了许多三姑叮咛的话。知道过两天还要回来的，所以只稍微又洒了几点泪，便由老父抱上轿了。

这走的凄凉，是只留给这两个对挥着泪的老人的；三姑便想到当日自己出嫁的事，父亲是很深的在忆念着死去多年的阿毛的娘了。阿毛的娘，也是正像着阿毛一样，终年都是很快乐的操作着许多的事，不知为什么，在刚刚把阿毛的奶革掉时，就狠狠的害着疟疾了。头一次算挨过，第二回可完了。于是老人又把希望和祝福，向太阳落土的那方飘去，那是阿毛的轿子走去了的那方。

在轿子里的阿毛呢，只不耐烦的在想那不可知的一家人家的事。

二

其实一切她都想错了。她实在没有想出那热闹来，那麻烦来，她只被许多人拿来玩弄着，调笑着，像另外的一种人类。这时她真该来痛哭了，但她却强忍着，这是她第一次懂得在人面前所吃的亏。她只这样想："后天回去了，我总不会再来的！"

这家，这才是阿毛真真的家，是姓陆，本也是阿毛同乡的人。但搬来这里，这有名的西湖达葛岭，是快有四十年了，早先是由阿毛的阿翁划渡船来养活一家人，现在是变得很兴隆了。这个老头子，还是划着船，不过已是很漂亮的，有布篷，有铜栏，有靠背藤座的西湖游船了。两个儿子呢，就替别人家种了几亩地，单凭屋前的一百多株桑树，每年进款也就够可观的了。阿毛，这算来是第二的媳妇；那大的已进屋十来年了。从前是由于家计未曾很满足的热闹过，现在就大大的请客了，客大约总属于划船的人，旅馆里的茶房账房先生，还有几个熟店铺,丝行里的,其外便是几个庙里面帮闲的朋友,以及邻居之类。

客人既是如此混杂,又知道主人是不会厌烦嚣闹的,所以都豪饮着那不十分劣等的绍兴酒,加以那新娘的菲薄的嫁奁,抬不起他们的敬意来,所以他们只是那样毫不以为意的来使人受窘。阿毛真觉得苦,但她知道还另外有一个人也正像她一样在受人调排,她不禁又同情着那与她同命运的人,只想把头昂起去看看,不过想起三姑的话,头是依旧垂着,垂着,不怕已是很痛的了。

实实在在,这使她同情过的另外那人,便是她还未曾十分领悟出的所谓丈夫,是更吓着她了。她只想能立即逃回家去,她是并未曾知道她是应该被这陌生男人来有力的拥抱住,并鲁莽的接吻,她只坚决的把身子扭在一边,无声的饮泣着。那男人也就放了她,翻身睡去了。

一切的人都非常使她害怕,无论她走到什么地方,都带着怯怯的心,又厌恨着那每个来呆望着她的脸。直到又要预备回去的那天早上,她才在眉尖上展开那蹙紧了的她的心来。

事实自然不是像她所想出的那样简单,那样无拘无束,终于她又别了她开始才发见的福乐来。是有十多年了,自己就都是生长在那样恬静,那样自由的仙谷里吗?她好生伤感,好生哭泣(是一生所未曾有过的)的把将要离别的一切都投过去那深深的一瞥,才又随着她那很健壮的夫婿走向她所惧怕的那个家去。

这家的位置,是在从葛岭山门通到初阳台的路边的山坡上,屋前满植着桑树,在冬天是只剩枯枝了,因此把湖面却更看得大,白堤只是像一缕线样的横界在湖的中央。屋后是一个姓陈名不凡的"千古佳城",后来又盖上许多类似洋式的房子,佳城便看不见了,却从周围的墙上,悬挂出许多花藤,在冬天也只显得是如丝一样的无次序。左手是通到另外几个深幽的山坳去,那里错错杂杂的在竹林中安置着几所不大的房子。右边,便是上山去的石板大路了,路旁遍植着松柏,路的那边,便又是一所为松柏遮掩不住的粉着淡湖色的房子。在界于屋与路之间,便是一条已将完全干涸了的小溪。这里是同样排着杭州乡下式的瓦屋三家,她的家便是最右临着溪,临着大路的一家,是既静,且美,又宜于游玩,又宜于生活的一个处所。

三

刚住下来,依然还是不安,仅仅从一种颇不熟习的口语中,都可以使她忽略去一切美处。然而时间一拖下来,也就很惯了。开始是团团的笑,抹去她所有对人的防御的心;这笑是如此天真,坦白,亲爱,竟好像从前家中那黑猫的亲昵的叫声了。她时时来找团团,团团又欢喜她。因为常同团团玩,团团的娘,她大嫂也就常同她来闲谈了。大嫂是一个已过三十的中年妇人,看阿毛自然只是把来当小孩看,无所用其心计和嫉妒,所以阿毛更也感到她的可亲近。

第二便是颇能爱怜她的夫婿了。这男子是比她大八岁,已长成一个很坚实的,二十四岁,微带红黑的少年,穿一件灰条纹布的棉袍,戴一顶半新的乌打帽,出去时又加上一条黑绿的围巾,是又带点城市气的乡下人。冬天没有什么事,又为了新婚,得准许在家稍微滞留一下的,有时就整天的留在家里劈粗的树干。所以在阿毛梳头发的当儿,他也可以去替她擦一点油,在阿毛做鞋子的时候,他又去替她理线。只要是阿毛单独留在自己的小屋子中时,他总得溜进去试用他许多爱抚,起始阿毛是很怕他,不久就很柔顺的承受了,且不觉的便会很动心,很兴奋,有时竟很爱慕起这男人了。他又替她买了一些贱价的香粉香膏之类的东西,于是她在一种好报答盛情的谦虚中,很珍惜起她一双又红又壮的手来，发髻也变成一个圆形辫式的饼。

阿婆看见她很年轻，只令她做点零碎的小事，烧火，扫地，洗衣裳……自然是比起在家中又要锄地，又要拣柴，又要替父亲担粪等等吃力的事，是轻松得多了。所以每天她总有得空闲时候去同侄女们玩，大的侄女是在邻近的一个平民学校读书，是已在三年级的一个十岁的伶俐女孩。第二，便是不很能给她欢喜的一个顽皮孩子，小的，便是团团了，团团只两岁，时时总喜欢有人抱，一看见阿毛，便拍着手，学她娘一样的叫着阿毛的名字："阿毛……阿毛……"

邻家也是操着同样生涯的两家，阿毛在这里便得了两个很投洽的女伴。三姐便是住在她间壁的一个将嫁的十九岁的大姑娘。在阿毛的眼中，是一个除了头发太黄就没有缺憾的姑娘。人非常聪明，能绣许多样式的花，这令这新来的朋友很吃了惊的。阿招嫂是用她的和气，吸引得阿毛很心服的，年纪也才二十多一点，穿得很时款的一个小腰肢瘦的妇人，是住在那靠左边的一家。她一看见阿招嫂走往溪沟头去了，于是她也走下石级去，在用石块拦成的那小水凹中淘米，趁这时，她们就交换起关于天气，关于水，关于小菜的话来。或是一听见在屋前的坪坝上传来三姐的笑声，她也就又赶忙把要洗的衣服拿往坪坝上去洗。从三姐的口中，她是可以听到许多她未曾看见，也未曾听过的新鲜的事体。三姐说起城里来，上海来（三姐是在九岁上到过那里的，）简直像一种神话中的奇境，她揣拟都无从揣拟了。

一到夜晚，从远远的湖上，那天与水交界的地方，便灿烂着很繁密的星星，很大的金色的光映到湖水里，在细小的波纹上拖下很长的一溜来，不住的闪耀着，像无数条有金鳞的蛇身在不动的蜿蜒着。湖面是静极了；天空也很黑。那明亮的一排繁星，就好像是一条钻石的宝带，轻轻拢住在一个披满黑发的女仙的头上。阿毛是神往到那地方去了,她知道那就是城里,三姐去过的,阿招嫂也去过的;陆小二,她夫婿也去过的,所有的人都去过。她不禁艳羡起所有的人来了。她悄悄地向陆小二吐露了这意思,是还带着怯怯的心,怕所得来的是无穷的失望。

陆小二一听到他幼小的妻的愿望,便笑着说:"没有什么可看的,尽是人,做生意的。你想去、等两天吧,路远呢。"

于是她小小心心的又来盼望着。到十一月尾的一天,这希望终于达到了。

四

这旅行之于阿毛,从所见的种种繁华,富丽,便给与她一种梦想的根据,每一个联想都是紧妥在事物上的,而由联想所引伸的那生活,那一切,又都变成仙似的美境,能把人捆缚得非常之紧,使人迷醉的升沉到里面,不知感到的是幸福还是痛苦。阿毛就由于这旅行,把她那在操作中毫无所用的心思,从单纯的孩提一变而为好用思虑的少女了。

同去的人,是连自己也算进去,四个人:三姐两母女,还和着大嫂的女儿玉英,因为这天是礼拜,学校放了假,也要陪伴着去玩的。阿毛遵依着夫婿的话,从衣箱中翻出一件最好看的大花格子布的套衫,罩在粗蓝布的棉袄上,在镜子里也很自诩的了。然而小二却摇着头,于是又交给三姐一块钱,是替阿毛做衣料用的,阿毛也就更高兴了。实实在在这虚荣确是小二很鼓舞了她的。

出去的时候,是早半天。她们迎着太阳在湖边的路上,迤迤逦逦向城里走去。三姐一路指点着她,她的眼光也就始终现着惊诧和贪馋随着四处转。玉英不时拿脚尖去踢那路旁枯草中的石子,并曼声的唱那刚学会的《国民革命歌》。阿毛觉得那歌声非常单调,又不激扬,只是苦于不能说清那自己从歌声中得到的反感,于是就把脚步放慢了,一人落在后面,又半眯着眼睛去审视那太阳。太阳是正被薄云缠绕着,放出淡淡的射眼的白光。其外有许多地方,又是望去不知有多少远,又不知有多少深的蓝色的天空。水也是清澈如一面镜子,把堤上的树影,清清楚楚的影印在那里,而且动也不一动。

不怕天气已很冷,沿路上还是有不少烧香的客,那穿着老蓝布大衫,挂着大红,杏黄香袋的能走路的小脚妇人,都是那样显着乡愚的脸,大踏步的往前赶路。

于是三姐说:"这都是往天竺去的咧。"

她忍不住又问天竺是什么地方:原来是几个香火非常之好的寺庙,而且到天竺去,还得走过一个更其堂皇的,甚是有名的庙,那里烧香的人更多,去玩的也多,为了香客们,游客们的需要是又开了不少店铺的地方。她还想再去问一问那庙的名字然而已走上一道桥,桥旁是矗立着一座大洋房,这是出她想像中所有的那样巍峨,那样美好。她注视的望到那悬在天空中飘扬的一树旗子,她心也像旗子一样,飘扬个不住。旗子上面也显出一个红而圆的太阳,其实那布片已很褪色了,然而阿毛是觉得那太阳也正同于青天之下的日光是一样的辉煌,一样的闪耀在人心上。

她走拢那门去,是一个铁栏的门,从门隙中她想看清一切,张荒的把眼睛四处溜走,忽然,便从她脑背后响起剧烈的喇叭声,并和着重载的车轮轧轧声,把她竟吓昏了,掉过头来就想跑。但就在她前面,便冲来一辆长四方笼子样式的大车,黑压压的装满一车活的东西,擦她身前就冲上桥去了。路旁的眼光,是全注到她身上,许多笑谈也投过来,她痴迷的站着在找她的同行者。

"啊——哟——哟——天哪,快来吧!"这声音非常熟,所以她不困难的就望见三姐她们已走到一条街市上了。于是她走拢去,侄女玉英也嘲弄了她。

似乎像受欺了一样,很含点悲愤,但瞬息又忘了。虽说这街市很破乱,阿毛也颇感到趣味,一手拖着三姐的娘的手,随着走,又来留心到街两旁的店铺,店铺中又有着一种坐满了人在喝着茶的,阿毛觉得很有趣。但所有的人,又都是正如同她公公,她父亲舞着大手在谈天的一些穿老布的乡下人,所以她又忽略过去,只很艳羡那些偶尔摆在茶桌边的鸟笼,那里是关有不知什么名字的鸟儿,又好看,又机伶。

阿毛想:"一定到了。"

三姐只在唇上笑了一下,说:"才一半路呢,就走不起了吗,不是为什么那样急于要到呢?"

这城里好像一个神奇的,也许竟不能走到的地方了,在阿毛是如此以为的。

是的,在她那可怜的梦想中,知道是如何的把一切事物幻想得多么够人笑!只要有人去一注意那在湖滨马路出现了的阿毛的脸,就可知道这正是一个刚从另一世界来的胆小的旅客。什么事物也不能使她想出一个回答来。连那裹着皮大氅,露着肉红的小腿在街上游行的女太太们,她都不知这也正是属于她一样的女性。她以为那只是别人特意把来装饰起来好看的,像装饰店铺一样的东西,所以她总也把眼光追过去。实在那太好看了,那好像假装上去的如云匀光泽的黑发,那弯眉,那黑眼,那小红嘴唇,那粉都都的嫩脸,一切都像经了神的手安放上去的,她并且看见所有街上人的眼光,也正在跟着那咯咯的高跟缎鞋走,她就越觉得城里的人聪明;在如此宽阔,热闹,阔气的马路上，会知道预备几个美丽的，活的比鸟儿，比哈吧狗，比什么都动人的东西，来让人浏览；这图舒适的方法，不为不想得周到了。并且她疑心她自己怎么也会插足在这样的一个社会中，她欣赏这样，欣赏那样，在她是不是生来也就安排定这福气的？

一行人，弯弯拐拐走了几条热闹的街，她遇着许多男的女的，穿着一些她不知是什么东西做的衣服，又光华，又柔软；样子也是令人只想去亲近，又令人不敢去亲近。他们都是坐在洋车上，汽车上（这也是刚才学来的知识，）在街上游行，在店铺的沉重的大门边进进出出的。阿毛这才领悟为什么城里要设着这许多店铺，许多穿粗布衣的人来服事，自然是为的他们，不过阿毛是没有想出为什么那些人会不同，不过立即便来了机会让她了解去。

不久，她们走进一个堆满布匹的店铺了，那些美丽得正如阿毛所艳羡，所景仰的人们身上的布匹，闪着光，一长条，一长条，竟是那样不爱惜的拖在玻璃窗的后面。阿毛问，阿毛知道了她也将要在这店铺中捡一段好看的布匹做衣服，为了过年穿。她是觉得什么都好，既然也可以进来由自己捡，无论在窗中拖着的，在架上堆积着的，在匣子里安放着的。三姐替她捡了一段绿色的自由布，夹着一缕缕的白条，像水的波纹一样，她欢喜得跳了，但是三姐自己捡的，却令她彷佛更喜欢。她希望也同三姐一样，然而三姐笑了。三姐说小二哥只给她一块钱，若是定要买三姐买的假花毕几，则要两块多了。

阿毛本没有想到要做衣，而小二要去爱惜她，自由布本已太够她满足，但既懂得是因钱少了却得不到假花毕几，自自然然她会忘记她夫婿的好意，并且似乎在刹那间，她狠狠埋怨了一下那特省下别的钱为她做衣服的小二了。本来也是，引诱她去欲望，而又不能给她满足。她是只想："为什么他不给三姐两块多钱呢？"

回来的时候，在第二码头，雇好了一只船，荡漾的湖水，轻轻把她们推了开去，是离这繁华的都市，一步一步的远了。她把眼睛避过一边来，大声的叹着气。不过快到家时，她又非常快乐了，那还是一种虚荣。当三姐和玉英教妣辨识她们自己的家时候，她看见她们的家是深深藏在一个比左近都好的山凹里，且在这山凹里，隐现着许多精致的小屋。从湖上望去，好象她们的家，就正在一栋红色洋楼的屋上面。这是幸而她忘记了在这山凹里，就仅仅只她们几家是用旧的木板盖成的几家简陋的小瓦屋，而随处还须镶补着旧的，上锈的洋铁板，且满屋都堆着零碎的东西，从作工，到吃饭，又到睡觉的什么破的，舍不得丢弃的什物都在那里。

五

新的生活，总是惹人去再等待那更新的。阿毛生活在这里，算是非常快乐了。又忙着过年，阿毛整天帮着阿婆，大嫂，兴孜孜的做事。把父亲，三姑，一切都忘记了。一到晚上，阿婆便约了隔壁婶婶来打纸牌，她偷闲就来看，有时就躲在自己房中同小二玩。近来小二更爱她，她也更乐于接受那谑浪。有时阿婆在外间里喊倒茶，而小二偏反把腿夹紧些，好看她着急。她虽说恨小二太同她开玩笑，但她越觉得要同小二相好了。小二的手虽粗，而放在她胸上，是一样的像有电，她就在发烧，只想把这手拿开，而身子反更贴紧小二了。什么人都觉出他们两家头很好。小二自己也感到伅的妻是一天一天更温柔了。

过年很热闹，是她一生中所还未尝过的热闹。新年里，又由大嫂引着在庙里玩了几次。这庙就是在她们隔壁那洋房的前面，是一个很有名的玛瑙寺。寺的命名的意义，自然她是不懂得，不过那大殿的装潢，那屋宇的高朗,她是也会赏鉴的。并且那里面几个很会说笑话的和尚,几个帮闲朋友,都非常有趣。阿婆也来庙里打过牌,住在玛瑙山居(就是她家隔壁的洋房)看门的金婶婶也常往庙里去。庙里有个叫阿棠的后生,她从她的本能觉得这人也正在拿小二望她的眼光在望她。她很怕。阿棠生得又丑。不知为什么她还是欢喜往庙里去。实在庙里比家里好。仅仅就家里那瓦檐也就太矮了,好像把一个人的灵魂都紧紧的盖住让你的思想总跑不出屋。

闲了时,依旧在三姐处学来许多事故,三姐又津津有味的愿意教她。不知还是三姐觉得谈讲这些有趣味,还是想从这不倦的言谈中暂时一慰自己对于许多物质上的希求。

总之,她总算是很幸福了。而且她真的也曾觉得很快活来。不过一到春天后,不知为什么总有许多事物把她极力牵引到完全堕入思想里去了。

第二章

一

阿毛从小就生长在那荒僻的山谷。父亲是那样辛勤的操作,所来往的人,也不过是像父亲一样忠愨的乡下老人,和像她自己一样几个痴傻,终日勒着做事的孩于。没有事物可以使她一想到宇宙是不止就限于在她谷中的,也没有时间让她一用她生来便如常人一样具有的脑力,所以她竟在那和平的谷中,优游的度了那许多时日。假使她父亲,她姑母不那样为她好,为她着想,嫁到这最容易沾染富贵的西湖来,在她不是顶好的事吗?在那还依旧保存原始时代的朴质的荒野,终身做一个作了工月吃饭的老实女人，也不见得就不是一种幸福。然而，现在，阿毛是已跳在一个大的，繁富的社会里。一切都使她惊诧，一切都使她不得不用其思想，而她又只是一个毫无知识，刚从乡下来的年轻姑娘。环境呢，又竭力去拖着她望虚荣走。自然，一天，一天，她的欲望加增，而掉在苦恼的里面，也就日甚一日了。

在新年里面，本是很快乐的，所接触的一些人物，也使他感到趣味。当然，她是只看到那谦抑，那亲热，那滑稽，而笑脸里所藏住的虚伪和势利，她却无从去领解。所以她终日都在嬉笑中，而带着热诚去亲近所有的人，连从前曾一度很扰着她的那城里的繁华都忘掉了。

直到有一天，天气不很冷，温和的阳光正晒在屋前院坝里。她和大嫂在那阳光处黏鞋底，三姐，阿招嫂她们也各自搬着小椅在屋外作活。几人谈谈笑笑的，也很不寂寞。大嫂又时时把她黏好的鞋底拿给别人看，大家又来打笑她，她是非常鬼惭，很悔从前不学好这针线，现在是全亏了大嫂来教她。

正在说话很有劲的三姐，忽的把话打住了，阿毛看见她在怔怔的望到外面。阿毛也就掉过头来，原来从山门外已走进两个人来。那穿皮领的，那阿毛从前所看见过的美人儿，正被挟在一个也穿有皮领的美男人臂膀间，两人并着头慢慢朝山上走。于是阿毛又随着三姐走到挨溪沟的这头，等着他们。终于他们也来了，他们是那样华贵，连眼角也没有望到她那边，只是那样慢慢的，含着微笑的一步一步，两种皮鞋谐和着响声往山上蹑。不知那男的说了一句什么话，于是女的就笑了，笑得是那样大方，那样清脆。柔嫩的声音，夹在鸟语中，夹在溪水的汩汩中，响澈了这山坳，于是连路旁枯黄的小草，都笼罩着一种春的光辉。笑完了，又把两手去互相抚弄那双玲珑的小手套。于是这手套，在阿毛看来，就成了一种类似敬神的无上的珍品。阿毛一直送着那后影登了山后，才怅怅的回转头来。阿毛看见三姐同样也显着那失意的脸，并且三姐又出乎她意料的做了个非常鄙屑的样子。

回到原位时，大嫂和阿招嫂正在谈讲那些时款的衣式。阿招嫂劝大嫂作一件长袍出门时穿，而大嫂称说她年纪已太大，不愿赶时兴。于是阿招搜又说阿毛顶好做一件。阿招嫂又夸说阿毛生得倒很体面，加意打扮起来，是顶不错的。大嫂也笑了她几句。

从此，阿毛就希望得一件长袍，其实她对于长袍和短衣的美，都不能分明的看去，只觉得在别人身上穿起总是好看的，阿招嫂既说长袍是时兴，那自然长袍比短衣好了。

并且，那女人的影子，那笑声，总在她脑子中幌。她实在希望那女人再来一次，让她好看得更清白点。她实在想懂得那女人到底是做什么的，就是说她要知道那女人的生活。她常常想，既然那笑声是那样的不同，若煮着饭，坐在灶门前拿起火钳拨着火时，不知又是将如何的迷人了。但是她立即就否认了。别人那样标致，那样尊贵，怎么会像她一样终天坐在灶门前烧火呢？于是她又想起烧火的辛苦，常常为去折断那干树枝，把手划破是常有的事。并且那矮凳的前前后后，铺满着的脏茅草，脏树叶，把自己的鞋袜都弄得不像样了。阿毛是简直忘掉从前赤着脚在山坡上爬茅草，而两寸来长的毛虫也常常掉在她的颈上，或肩上的往事了。

不久，阿毛所希望的事，就慨然的来了，并且还超乎她所希望的，实在她应从此得到快乐了！

二

许多人都沸沸扬扬，金婶婶一早就跑过来报消息。阿招嫂说："看样子很有洋钿呢!"

"上海来的吧!"三姐很迷乱的发着话。

阿婆似乎降临了什么好事一样,眯着眼向金婶婶笑:"你们今年一定可以多赚几个酒钱了。去年住的那和尚,很吝啬吧?"

"是的,外面人手头大方多了呢,昨天看妥房子,知道我们是看门的,一出手就给了两块钱,说以后麻烦我们的时候多着呢,说话交关客气,转去时又坐了阿金的船,阿金晚上转来,喝得烂醉了,问他得了多少船钱,他只摇头,我总想至少也给了半块。早上我们还说,可恨上面住的黄家同老和尚又不搬,不然换几个年轻人来,好得多了。只有师宾师父还算比较好些。"

金婶婶这一番话,把个个人脸上都加了一层艳羡的光,都想到那两块钱去了,心也发着热。于是阿婆和三姐的娘又都拜托金婶婶以后有生意,请也照顾点。金婶婶是俨然贵客一样又在这里坐了一个钟头,大家都不敢怠慢的陪着她。

一吃过早粥,在玛瑙山居的大门前,陆陆续续就出现了许多人,扛着箱笼的,抬着桌椅。阿毛快乐癫了,时时偷着跑到金婶婶家去瞧。直到下午二点多钟了,那穿蓝竹布袍的年轻听差的东家才坐了洋车来。阿毛认得她,那就是她所渴于欲一再见她的美人,那男子也正是那陪着她来玩山的一个。不过这次她的衣服又换了一件,依旧是皮领,高跟缎鞋,然而却非常和气,一进门就对金婶婶一笑,看见带破毡帽的阿金叔,也点着头,阿毛觉得金婶婶是也可爱了,仰慕的去望她,而在这时,那和善的眼光,带着高兴的微笑的眼光,又落到她自己脸上。于是阿毛脸红了,心跳跳的反不敢再去望人。那女人呢,也就接过一根很玲珑的棍子,是她丈夫给她的,一步,一步的蹑上那通到小洋房的曲径去。那步法的娉婷,腰肢微微摆动的姿态,还是像那天游山时一模一样。

　　阿毛很想再随着走上去瞧瞧，又觉得非常气馁，无语的便退回家来了。

　　那久闭的窗，已打开了，露出沉沉垂着的粉红的窗帷。游廊上也抹拭得非常干净，放着油漆的光。

　　一到夜晚，刺眼的电灯光便射放过来，阿毛站在屋外，可以从窗帷里依稀看见悬在墙壁上的画，或偶尔一瞥的头影。阿毛想知道那里面的人在做些什么，常常一人屏息的站着听。可是都寂然。直到有一夜，是夜深的时候，阿毛被一种高亢的，悲凄的提琴声所惊醒。阿毛细细的听，识出这正是从那一对刚搬来不久的新邻居所发出的，阿毛听到那琴声直想哭了。她悄悄的踱到屋外来。然而那声音却又低沉下去，且戛然便停止了。瞬即灯光也熄了，一切又都寂静得可怕。

　　阿毛真想不出那声音是从什么东西上所发出，而那年轻夫妇为什么到夜深还不睡，并弹弄出那么使人听了欲哭的歌调来。阿毛更留意到间壁了。

　　是有着明媚的阳光的一天，阿毛正在溪沟头清洗衣服，忽然听着一种声音，好像就从自己头上传来的一样，于是阿毛又跑上沟边的高岸，她看见那女人裹着一件大红的呢衣，把上身倾在栏杆上面，雪白的手腕就从红衣的短袖中伸去，向下面不住的挥着，口中不知在说些什么，又是那样的笑。而从玛瑙山居的门边，就转出几个同样的女人来，尖着声音在向上回报。这使阿毛恍然，原来那也并不是什么希奇的东西，也许有着成百成千在她们那社会里，就如同在阿毛的这社会，也就有着不少的正像阿毛，正像三姐的人在。

　　并且天气一暖和，山色也由枯黄而渐渐铺上一层嫩绿，所有的树都在抽着芽，游山的人一天多似一天了。而来玩的，多半总又属于正像她邻居一流的人，这使得阿毛非常烦闷。纵然她懂得是由于她的命生来就不能像那些人尊贵，然而为什么她们便该生来命就不同，并且她们整天到底在享受一些什么样的福乐，是阿毛日夜都不安，把整个心思放在这上面的来由了。

三

去年的十月，是阿毛嫁到这里来，而现在才二月，这几家人家又忙着要吃第二场喜酒了。日子是选在清明那天把三姐嫁到城里去。三姐虽比阿毛嫁时更懂得离别的悲苦，时常牵着别人的手哭，然而在她脸上，却时时显着比她妈还焦急的脸，默默的又隐藏不住那高兴的笑。三天，两天，母女俩又进城买衣料去，打首饰去，所有的人都看得出那两颗心也整天盘旋在热闹的街市里，早就不安于这破乱的瓦屋了。

三姐嫁得很阔气，在朋友中，邻居中很骄傲的就嫁到婆家去了。原来新郎是一个国民革命军中的军爷，新近发了点小财，而又似乎被神捉弄了一样，有一次逛湖，坐了三姐爸爸的船，凑巧那天三姐进城去转来，也一同坐着走了一程，那军爷本有老婆的，但却很看上了三姐，又欺着三姐爸爸的职业低，敢于开口要，谁知三姐一家人就都非常高兴的答应了。

等到三姐再回来，已变得不再是从前的三姐了。穿着一件闪光的肉红色花长袍；一双挖花皮鞋，虽然不是高跟，但走路时的样式，也随着好看多了。特别是连髻子也剪去，光溜溜的短发，贴在头上，并垂在鬓旁，而且那意气，是比什么都变得使人惊诧。她不再同阿毛她们随意说笑了。走的时候，还同阿招嫂闹了点小气走的。三姐的娘也觉得阿招嫂竟敢开罪于她女儿，是可气的事，女儿走后，又数说了阿招嫂几句。大嫂则属于同情阿招嫂一边，借着毫不懂事的团团笑着说：

"好宝贝，你要安分些，你娘是不得靠你卖给别人做小老婆来过活的。"

阿招嫂也不时投出那带刺的话，不过在三姐第二次回来时，她们又都非常艳羡的同三姐很要好了。

只有阿毛是不能了解为什么别人要轻视她，同时又趋奉她。阿毛只觉得三姐已更可爱，而且是跑到离她自己很高的地方去了。她把三姐的骄矜，看得很自然。那比三姐穿着得更好的女人，不是更显得骄矜么？她并且想，如若她得有三姐的那些好衣服穿，那她的气概，将也会变成三姐那样了。所以她始终都非常敬重三姐，还特别敬重那未曾见过面的三姐的丈夫。三姐又不倦的欢喜讲着他,那军爷的一些轶事；那轶事一到了三姐会说话的口中，就变成许多有趣味的事了。并且那主人翁似乎是一个神奇的人，一个十足的英雄了。

阿毛虽说很天真，但她却常常好用她的心思，又有三姐，阿招嫂等的教诲，所以也就早不是从前的阿毛了。这算是她唯一的损失，她已懂得了是什么东西来把同样的人分成许多阶级。本是一样的人，而竟有人肯在街上去拉着别人坐车的跑，而也竟有人肯让别人为自己流着汗来跑的。自然，这使他们不以为羞的，都是因了钱的缘故。譬如三姐近来很享福，不就是因为她丈夫有钱的缘故么？再譬如那些来逛山的女太太们，不也是因为她们丈夫或者爸爸有钱，才能打扮得那么美么？那末，自己之所以丑陋，之所以吃苦，自然是为的自己爸爸自己丈夫没有钱的缘故了。从前是还能把这不平归之于天，觉得生来如此便该一生如此，在这把命运看为天定中，总还可以消极的压制住那欲望。然而现在阿毛不信命了。现在她把女人的一生，好和歹一概认为是系之于丈夫。她想：若是阿招嫂不是嫁给阿招哥，而嫁给另外一个有钱的人，那她自然不必怀着妊还要终日操作许多事。假设三姐不给军爷去做小，而嫁到她生长的那山谷去，那三姐还能骄矜些什么呢？再譬如自己不是嫁给种田的小二，那总也该不至于像这样为逛山的女太太们所不睬，连三姐也瞧不起的穷人了。

当她一懂得都是为了钱时，她倒又非常辛勤的做着事，只想替她丈夫多帮点忙才好。

四

是养蚕的时候到了。阿毛从没有看见过，也没有作过这等事，不过她却比所有的人都高兴。阿婆本来只愿孵两张皮纸上的就够了，但因了阿毛的劝说，也就孵了三张。从清早起来，到睡觉，都是阿毛在那里换桑叶。公公还说："这孩子倒不懒呢！"

阿毛对小二是比以前更温柔了。总承着他的意思去做事。谁料得定小二将来不发财，不把他老婆打扮起来呢？阿毛总幻想到有那末一天，也许小二做了军爷，也许小二从别的方面发了财，那她就可以把这双常为小二亲着的手，来休憩着。或者也去做点别个有钱女人所做的一些事。想来那事体也一定各如其衣饰一样的洽合身分，那一定非常有趣。而小二呢，小二是做梦也不曾知道正有人把火样，无限大的希望来在他身上建筑，且越堆积得高起来，他是整天都和着大哥无思无虑的跑到十里路外的田地里工作。看到太阳下山了，便又扛着锄头走回来，回来后，吃完饭，洗了脚，就快是睡的时候了。他连同阿毛玩都没有时间，也振不起心情，那里得知他妻的耐苦的操作中，会压制得有极大的野心？

其实阿毛真可怜！什么人——就是连她自己也决不会懂得，当她打起精神去喂蚕，去烧饭洗衣的那种想从操作中得到自慰的苦味！

阿毛已经消瘦了好多。大嫂总喊她歇一会儿吧，莫做出病来，她却总不愿住手，似乎手足一停止工作，那使她极感到焦躁的欲念，就会来苦恼她。她又认为这富贵之来，决不是突如其来，一定要经过长久的忍耐的。

一到夜晚，小二倒头就睡熟了。于是阿毛在黑暗中张着两眼，许多美满的好梦，纷乱的便来挤着她的心。有时想得太完全了，太幸福了，忍不住便抱着小二的脸乱吻，或者还吻在他身上。觉得那身体是异常热，自己也就发起烧来，只希望小二会醒来同着她玩一下，就仅仅用力来抱她一下，她不也就更可以像真的已尝着那福乐了吗？有一次，她实在忍不住了，推了几下都不醒，她就去拨那眼睛皮。小二是醒了，但立即在她光赤身上打了一下，并骂着说：

"不要脸的东西，你这小淫妇！"

这能怪小二吗？小二是整天走了那么多的路，做了那么多的事，是疲倦使他躺下来的。而在他自己，一个正在年盛力强的男人，他又是那么喜欢阿毛的，岂有不愿去讨好阿毛，而让阿毛感到不满？譬如有几个夜晚，他被阿毛转侧的声音所扰醒，而他就抱过阿毛来，阿毛温软的身体又鼓舞了他，他不觉就在他妻面前很放肆了。

若是阿毛是真的感到须要这性的安慰，那阿毛自然会很有精神的来回报小二了。但阿毛却又觉得小二是欺了她，可是她又不反抗，因为太忍受了，反更觉得伤心，这是当小二醒时，也许她正又在想到失意的事在很灰着心呢！

小二看到她冷淡，也无趣，有时又要骂着她几句。

并且常常当她一向他说起种田不好时，他也要骂她癫。他问她到底要做什么事才好，她又答不出话来。

小二纵不必定要有那远大的志愿，而像他妻一样，是只企望在有那末一天也会被人看得起些，小二总也该特为他妻生出一种超乎物质的爱来，或者那正在苦咬着欲望的焦愁的心，会慢慢从另一方面得到另一种见地，又快快乐乐的来生活也有之的。然而小二是一个种田的人，除了从本能的冲动里生出的一种肉感的戏谑和鲁莽，便不能了解其余的事，连想使他能变得稍微细致点，去一看他妻的不好言笑了的脸，他都不会留心到与在新婚时有什么变异。自然，在这情形下，已成为一个有贪欲的他的妻，竟从此把他推远了去，是可能的事。

五

阿毛真的对于小二就起了剧烈的反感吗？不啊，无论她已成为在她那种阶级中，妣已是一个勇敢的英雄，不安于她那低微的地位，不认命运生来不如人，然而她却并不真真的认识了什么，她只有一缕单纯的思想，正如许多女人一样。她的环境告诉她不能恨丈夫，所以她依旧常常受人蹂躏；同时又因为她不了解人们定下的定义，背叛了丈夫去想到别的男人是罪恶，所以她又在不知不觉中落在那更其不幸的陷网里，而这不幸是更苦恼了她。

早先她把所有的希望都建筑在小二身上。这根据可以勉力使她去忍耐做她已有怨懑了的事。但是，慢慢的，她便觉得这希望是比梦还渺茫。而且小二一点也不能鼓起她再有此希望于他的心。这根据既失了凭藉，她自然是深受到那失望的苦绪，而对于一切，又都澈底的灰起心来。现在是鸡生了蛋，也没人管，蚕子正在上山的时候，而桑叶总换不及。阿婆和大嫂几乎整天都在竹箔边，饭又弄得潦草，屋子又脏，所有的事都失了次序。有天晚上阿婆实在生气了，大声嚷着：

"别人养了儿子享福,我就该命苦,还要服事媳妇!"

公公也知道是骂给阿毛听的。公公又不知道阿毛真懒散得怕人,只看到许久都是很勤快的,而忽然又那样骂着人,反替年小的阿毛有点不平,所以他淡淡的说:

"阿毛!你假使有了什么病,你就说吧!"

阿毛是仍然懒于去回答。

"哼!病!在我们家很有着人去娇宠的小娘子,怎么不会有病!既然是那样娇嫩,就躺着去吧,横坚有人来孝敬的!哼!到底是害了什么病——莫不是懒病?"阿婆一口气说完了,又打着冷笑。

正在洗脚的小二,觉得母亲好像连自己也很着了恼似的,并且自己不来理这事,也决不会就停止的了。他讨好的也大声的嚷着:

"妈啦个B,不做事,就替我滚回去!"

阿毛把眼张开来望了她丈夫一下,又把眼阖下来,什么地方都于她一样。她想,回去也成的。

不过阿毛并没有回去,也许这又是错,不久阿毛又犯着从前的老病了,而且更甚,一没有事,就忽忽忙忙的站在屋外,看在山路上上下下的人。她左边那高处的房子里,也搬来两家像她右邻的人。他们进出又得走过她院坝,她常常等在那路口边去仔细看,现在她只看那衣饰了,她已不甚注意那脸蛋,觉得倒是走路时的姿态,反惹人爱慕些。所以在晚上,在黑的院坝里,她常常点着脚尖去学;觉得似乎很像了,她就更不安。为什么自己就永该如此?阿招嫂曾告过她,那些女人都是在学校念过书的。但阿毛一想,横坚也一样,未必她们念过书,就会不同于自己。未必她们会欢喜穿粗布衣,烧茶煮饭,任人看不起?未必她们也不会只希望嫁的丈夫有钱而自己好加意来打扮?并且阿毛也不自量,阿毛也不懂得所谓书是如何的难念,她以为如若她有钱,她自然也会念书,如同她也会打扮一样。

现在她把女人看得一点也不神奇,以为都像她一样,只有一个观念,一种为虚荣为图佚乐生出的无止境的欲望,这是乡下无知的阿毛错了!阿毛真不知道也有能干的女人正在做着科员,或干事一流的小官,使从没有尝过官味的女人正在满足着那一二百元一月的薪水;而同时也有着自己烧饭,自己洗衣,自己呕心呕血去写文章,让别人算清了字给一点钱去生活,在许多高的压迫下还想读一点书的女人——而把自己在孤独中所见到的,无朋友可与言的一些话,写给世界,却得来是如死的冷淡,依旧又忍耐着去走这一条已在这纯物质的,趋图小利的时代所不屑理的文学的路的女人?

若果阿毛有机会来了解那些她所羡慕的女人的内部的生活,从那之中看出人类的浅薄,人类的可怜,也许阿毛又非常能安于她那能忠实于她的生活的一切操作了。

阿毛看轻女人,同时她就把一切女人的造化之力,加之于男子了。她似乎是这样以为,男子的好和歹,是男子自己去造成,或是生来就有一定。而女人则把一生的命运系之于男子,所以阿毛总是那样想:"假设他也正是属于那一流穿洋服,拿手棍的人,就好了。"

然而这希望是无望,阿毛也早就不再去希望了的;所以她现在只是对于每个逛山的男人,很细心的去辨认,看是属于那一类的男人,而对于那穿着阔气的,气概轩昂的,则加以无限的崇敬。至于女人呢,她已只存着一种嫉妒,或拿着来和自己比拟,看是否应不应有那两种太不相等的运命。

慢慢的,她就更浸在不可及的幻梦里了。

六

 白天,她常常背着家人跑到山上游人多的地方去,不过从始至终永久都没人去理睬她。她总希望有那末一个可爱男人,忽然在山上相遇着,而那男人就爱了她,把她从她丈夫那里,公婆那里抢走,于是她就从新做起人。她又把那所应享受的一切梦继续的做下去。她又糊涂,又少见识,所想的又脱不了她所见的一些根据,有时竟想出许多极不相称的事。然而她依旧在山上走,希望凭空会掉下什么福乐来。或者不意拣到一个钱包,那里面正装得有成千成万的钱,拿这钱去买地位,去买衣饰,要怎样,便怎样,不也是可能的事吗?但那钱包似乎别人都抓得极紧,而葛岭上也决不会有金窖银窖等着阿毛去挖。因之,阿毛失意极了,也辛苦极了,反又兴奋着,夜晚长久不能睡,听到枕畔的鼾声,更使得她心焦。性子不觉的也变得很烦躁。譬如,阿婆骂了,就乘机来痛哭;呕了一小点气,总要跑到院坝里大柳树下去抹泪,连公公也看不过,常常叹息。侄女们看见她没有一点喜悦相,也不敢惹她。大嫂总嫌她懒,跑到隔壁家去数说。三姐再也不转来了。就是三姐转来,不也只能更给阿毛一些不平吗?阿毛是除了那梦幻的实现,什么也不能给与她的需要。

 那梦幻,终于来到了,但于阿毛是得的什么呢?

 一天,阿毛正穿一件花布单裋在院坝里迎风坐着,那黑儿就汪汪的吠了起来。转过身来,阿毛正看见间壁洋房的那一对还和另外一个颇高的男人从溪沟那边越过她这边来。她于是就站起身来看。那女人,只穿一件长花坎肩的女人,举着那柔嫩的,粉红的手膀,就朝阿毛摇了起来。阿毛不知那另外又送过来的笑脸是什么意思,心怦怦的跳,脸就红了,也不知怎样去回报才对。

三个人很大方的就走上她坪坝了，并朝她走来，她起先非常怕，看着几个异常和气的脸，也就把持住了。

"你姓什么？我听见别人叫你做阿毛，阿毛是你的名字，是不是呢？"女的那个更走近了她。

两个男人在互相说着阿毛连一个字也不懂的话。

阿毛脸红红的点了几下头。

女的继续又来问着她的家里人，和她的年纪。

阿毛只觉得在那两对正逼视到自己浑身的眼光的可怕。阿毛想躲回屋子里去。忽然她又想到莫非那男子，就是她所想像的那个，于是她心更跳了。她望了那人一眼，颇高，很黑，扁平的脸，穿着的却非常讲究。阿毛眼睛似乎正有着什么东西在烧着一样,焦痛得又垂下来了。她这时只想就随着那人跑去就好，假设那人肯递过一只手来的话。时间在她似乎非常走得慢了，她担忧着，深恐她会被什么人瞥见了会走不成。其实阿招嫂就在门边瞧，团团还在院坝那端玩。而阿婆这时也看见了，走出屋来在喊她。

她一听到喊声，就又朝那男人望了一下，好像含了无穷的怨怼一样。那女的呢，却反走在阿毛前边，在同阿婆招呼。阿婆也笑吟吟的走了拢来。阿婆又令她搬几张矮椅来给客坐。两个男人也同阿婆说得很熟了。

闲话说了半天，那女人的机伶丈夫望了阿毛一眼才又向阿婆说：

"我们想拜托你一件事，希望你总要帮到这个忙……"

"总要竭力的,请说是什么事吧！"阿婆不等别人说完,插着来说话，显然很有兴味的样子。

那人又踌躇了一下才又接着说下去，其余两人都含着微笑在听他说。

"这位先生，"手拍了一下那黑高个儿。"是住在哈同花园，是国立艺术院的教授,是教学生画画的。现在他们学校想请一个姑娘给他们画,每月有五十几块钱,这事一点也不要紧的,没有什么难为情,我们觉得这位姑娘就很好,不知你们肯不肯答应?"

阿婆脸色变得很快,但又为了在阔人面前,依旧又装着笑,说是阿毛有丈夫的人,怎么能做那样营生,于是他们又解释那职业,且保证说那里的人都是规矩不过的。

阿毛自己是什么也不懂,只以为那男人一定是爱她,才如此说,听说又有钱,更愿意,及看见阿婆总不肯,心就急了,并且那几人觉得既无望,站起身也就预备走,阿毛忍不住就叫了起来:

"我要去的!我要去的!为什么不准我去?"

阿婆一掌就把她打在地下了。当她抬起头时,她还看见那男人最后投给她一个抱歉的眼光。

这夜小二也非常咆哮的打了她,公公也骂,所有的人又故意给她看一些轻视的眼色。阿毛哭也不哭,好像很快乐的挨着打。

七

这能说她是一生来就是如此温柔吗?恐怕光靠性情不会撒赖,未必就能如是忍耐那接连落在身上的拳头。她实实在在咬着牙齿笑。有那末一种极蠢的思想正在鼓舞她去吃苦呢;她总觉得拳头越下来得重,她的心就跑去得越远,远到不可知的那男人的心的处所去了。并且这痛也好像是正为了那欢喜自己的男人才身受的,所以倒愿意能多挨几下也好。而在第二天,天还没亮的时候,她又振作起她的希望,朝山上跑去。

一口气就跑上喜雨亭。山上一个人影也没有,鸟儿还很安静的睡在窠里。湖面被雾气笼罩着，似一个无边的海洋。侧面宝石山的山尖，也隐没在白的大气里。只山腰边的丛树间，还依稀辨出是正隐现着几所房屋。阿毛凝望着玛瑙山居的屋顶，她把所有能希望的力，都从这眼光中掷去。她确确实实在夜深的时候，还听出他们所传出户外的笑声，而她又断定那笑声中是正有一个声音是她所悬慕的那高大男人。她等着他来。她在喜雨亭呆等了许久，而他竟不来。雾气已看看快消尽了。白堤已迷迷糊糊在风的波涛中显出残缺的影。于是她又向绝顶跑去。她似乎入了魔一样，总以为或者他是已先上去了。既至跑过抱朴庐，又到炼丹台，还不见人影。她已微带了失望的心情，慢慢又踱上初阳台。初阳台上是冷寂寂的，无声的下着雾水，把阿毛的头发都弄潮湿了。这里是除了十步以外都看不清，上，下，四周都团团围绕着像云一样的东西。风过处，从云的稀薄处可以隐约看出一块大地来，然而后面的那气体，又填实了这空处了。阿毛头昏昏的，说不出那恐怕来，因为非常之像有几次的梦境，她看见那向她乱涌来的东西，她吓得无语的躲在石凳子里，动也不敢一动。正在这时，她彷佛又看见那路上，正走来一个人影，并且像极了她所想望的人，于是她又叫着跑下去，然而依然只有大气围绕着她。她苦恼极了，疲惫极了，却还打着勇气从半山亭绕到赤壁庵。庵里蹿出两条大黄狗朝她乱吠，她才又转到喜雨亭。到喜雨亭时，白堤已显出在灰色的湖水里，而玛瑙山居的屋顶是更清晰的，又被许多大树所遮掩的矗立在那路旁的山嘴上。她看着那屋顶又伤起心来，而且哭得很利害，大声的抽咽着。

她想起昨夜的挨打，她不知这打是找不到偿还的。她很恨，又不知恨谁，似乎那男人也不好。而阻碍她的是阿婆，是所有人，实实在在确是小二阻碍了她。如若她不嫁，那自然别人不能借口她是有丈夫的人而拒绝别人。她真有点恨小二了。她又无理由的去恨那男人，她为他忍受了许多沉重的拳头,清脆的巴掌;并且在清晨,冒着夜来的寒气,满山满谷的乱跑,跑得头昏脚肿,而他,他却不知正在什么地方睡觉呢。既然他并不喜欢她,为什么他又要去捉弄她?现在她是不知怎样来处置自己了。当她趁着一点点曙光跑出家门来时,她是没有料到她还该带着失望和颓丧又跑转家门去的。但是无论如何她总不能便留在这山上而不回去。假使竟像她所想的,那男人便在这有着浓雾的清晨而把她带走不是顶好的事吗?

雾还没向山顶退完时,纷纷的细雨就和着她的泪一同无主的向四方飘。葛仙祠的老道士在这时趿着草鞋下山来了,是往昭庆寺去买豆腐的,看见阿毛坐在石磴上不住的哭,就问:

"一清早,什么事跑到这里来哭,小心受凉了,要病的!"

阿毛觉得有人正在可怜她,反更伤心了。

道士等了她半天,不见她答应,而且哭得更有滋味一样的,便手套着竹篮,从石级上又走下去,口里一边说:

"好,我去叫小二来。"

"求你!不要说,我马上就回去。"她跳起了,一把抓住了那道士。看见他已点了头,自己才向山下跑去,但立即又转过身来,加上一句叮咛:"青石师父!求你呵,不要说起这回事吧!"

于是她一边拭着泪,一边连跑带跳的回到家里去。

小二问她到什么地方去了,她说到厕所,砰的一下,小二又打了她:

"你这娼妇,又扯谎!我就刚从厕所来。"

她不做声,转到厨房去煨早粥。打开厨房的侧门,她看见隔壁那粉红窗帷还没掀开,依旧静静的垂在那儿。

第三章

一

自从这次挨了打后,阿毛就不再挨打了。虽说阿婆还是不快活她,却找不出她的错处来。小二有时觉得她近来更其沉默了,又瘦得可怜,想去问问她是否有病,而又为她的冷淡止住了。说恨她没有讲话,又说不出口,所以小二只好也默着。常常当两夫妇单独在一块,阿毛就装睡着。小二也知道,有时受不了那静默,就站起身走到院坝去。在阿毛自己看来,或是在什么人眼中看来,她都太够柔顺了。然而在家庭的空气中,总还保留着一种隔阂,如同在平地上的一道很深的沟。就是说无论阿毛怎么在耐心的操作,那耐心却只能表白出她的心的倔强,而阿婆,大嫂……一家人都看出那倔强的心,是跑得离这家非常之远了。

其实在她自己呢,她是不愿再计较到这些事了。她也不再希望,她觉得一切都无望。她想:"也好,就如此过一生吧!像我一样的命运,未必会没有!"

然而她却并没有就不寻继续她的梦幻。从前在这梦幻中是紧咬着一颗跳跃的心,极望那梦幻的实现;现在呢,现在却只图能在梦幻中味出一点快乐的甜意,作为在清醒时所感到的悲凉的慰藉就算了。但在夜静后,所现出的一丝笑意,能抵得从梦境里醒来后的一声叹息吗?那萦回流荡在黑暗的寂寂的小房中的叹息,是使得她自己听来都感到心悸,而又流着泪,她自己是也不懂为什么那叹息会发出那样悲凄的音。

无论什么人都是如此,在一种追求中去生活,不怕是苦恼得使你发癫,然而这苦恼却在另一方面又含有别一种力去安慰你那一颗热中的心。只是像这种，像阿毛一样，只能在无人去扰搅她时，为自己愿意找点可暂时麻醉去悲苦的心灵，而便特意来浸沉自己在一种已认为不必希望的美满生活的梦境里，真是想不出补救的可怜！

阿毛偶尔也一望那对屋的人，常常穿一件大衫在游廊喂鸟食的女人，不过瞬即她就掉转眼光来，似乎怕看见什么可以刺痛她心的事物。

更其使阿毛不愿常见的，还是住在阿毛左边山坡上的一个苍白脸色的年青姑娘，她常常斜倒在一个世界上最和善的美貌男人的臂膀里，披着一双嫣红拖鞋，在碎石的曲折的小径里，铿铿锵锵的漫步到阿毛她们的院坝边，站一会，或者坐在路旁的岩石上，两人总是那样细细柔柔的谈谈讲讲，然后又拥着，更其悠悠闲闲的走回去。并且几乎每天她和他都要并坐在一张大藤椅里，同翻着一本书，或又谐和着高低音在共唱着一首诗歌。也许阿毛是由于觉得她是太幸福了，所以怕看见她，怕看见了她，会相形出自己的不幸来，又感到伤心，阿毛总也愿意自己能快乐点才好。其实,那女人却正感到比阿毛更其应该的难过，因为她的肺病是很重了。不过在阿毛眼中看来，即使那病可以治死她，也是幸福，也可以非常满足的死去。

阿毛不愿出去玩，是怕看见一些足以引自己又陷在无望底希望的悲苦中去。阿毛也不愿和家里人以及阿招嫂等谈讲，是怕让自己更深切的懂得她自己也正是确定属于她们那阶级的人，并且还常觉出她们的许多伧俗处。所以她是终日埋着头做事，做完事，就呆坐着，或呆躺着，简直不像从前终日都徜徉在这里，或又躲躲藏藏的在那里了。

二

阿毛病了。她自己是不知道，她不知道她发青的脸色是比那趿着拖鞋的女人的苍白还来得可怕。她整夜的不能睡,慢慢的便成了习惯,就等到灯一熄,神志反清醒了。于是又恣肆的做着梦去。天亮时,有点觉得疲倦了,但是事情又催促她起来,她不愿为了这些又去让阿婆骂她懒,她又并不觉得那些操作会有什么苦,有时又故意让柴去划破自己的手,看那红的鲜血一颗一颗的冒出皮肤来。又常常一天到晚都不吃一口饭。有天小二实在忍不住了,就问她,辞色之间是非常现着怜惜的样子。

没有人去理会她,她也并不知道有病;但一有人去体惜她,她就又觉得真的是已病得很深了。因为太悲痛了自己的得病,便又似乎应该去怨恨许多人;这病总不是她自己欢喜它而寻找得来的!她看着小二那忠厚的脸就怪声的笑起来:

"放心!我不会马上就死去的!"她那直向小二射去的两道眼光,却明明是显出那怨毒的意思,而且话也是如此说:"放心!总有一天我就会死去的!"

她自己毫不思量的把话乱投过去,小二自然是正如她所愿的感出那话的锋芒了。而她自己就会好过些吗?当她未曾说话以前的心境,也许还平静点;为了那言语迸出得那样伤心,又加上从空气中再传来那音调的抖战,反把那种本不甚凄怆的情调,更加浓了。她好像真的又觉得是没有一个人不乐意她死的。而这病就是所有一切人的对于她的好意,她忍不住又要哭,垂下头去抚弄那短衫的边缘。

小二本是一番好意向她,而得来的却正是相反的恶笑,心也恨了,只想骂她;又看见她那低着头默坐着的样子,显得也很可怜,便制住他自己的怒气,大踏步跑出去了。

如果小二能懂得她的苦衷,跑过去抱起她来,吻遍她全身,拿眼泪去要求,单单为了他的爱,去一珍惜她的身体,并发出千百句誓言,愿为他们幸福的生活去努力,那阿毛又重新再温暖起那颗久伤的心,去再爱她的丈夫,去再为她丈夫的光明的将来而又快乐的来生活,也是不可知的事。无奈小二,他只是一个安分的粗心的种田的人,他知道妻是应该来同着过生活的,他不知道他却还应该去体会那隐秘着的女人的心思。也许这又是阿毛的幸福,因为在他那简单的,传统的见解上,认为更是他妻的不对,更去折磨她也有之的:那末阿毛就可以永远沉浸在她的梦幻中。

阿毛看见小二出去了,觉得他冷淡得很,简直待她是非常之狠心,因此她更大颗大颗让眼泪直抛下来。

后来阿婆也觉出她的病来,看见她茶不思,饭不想的,疑是有了喜,倒反快乐,也愿意宽待她些了。觑着在无语把一双手浸在凉水里洗衣服的阿毛,这老婆子就大声喊着说:

"放在那儿吧。今天你起得太早,去躺一会儿吧!"

家里人又都似乎对待她很和平了,不过她依然还是那样从不见一点笑容在脸上,让人放不进一点好意去。

三

是八月的一天了,阿毛病还没有好,她依然起得非常早,早得院坝里还没有人影来往。头是异常的晕眩,她近来最容易发晕,大约是由于太少睡眠,太多思虑的缘故。但她还是毫不知道危险的一任这情状拖长起去。譬如这早上,已有了很凉的风的早上,就不该穿着薄夹衣站在大柳树下,任那凉风去舞动那短发。而且她把眼睛就放在那清澈的湖水上,心更比湖水还荡漾在更远的地方去了。看见在天空中飞旋的鹰鸟,就希望自己也能生出两片强有力的翅,向上飞去,飞到不可知的地方去,那地方是充满着快乐和幸福。所以她又常常无主的望着天,跟随着那巨鹰去翱翔。鹰一飞得太远了,眼力已不能寻出那踪迹,于是又把那疲倦的眼皮阖下来,大声的叹着气。

她正凝望着那天际线出神的当儿,一只手却拍在她肩头,她骇了一大跳,原来是阿招嫂,也没有理好发,衣裳还是歪歪的披在身上。

她痴疑的望着阿招嫂,觉得她也瘦了些,她是自从七月里分娩后就不常见了的。

"喂,你没听见吗,是那儿来的哭声呢?"

阿毛还没答应出她有没有听见,阿招嫂又用力拄了她一下,"听!"并且现着一付紧张的脸。

她觉得很可笑,什么事该值得那样去注意?然而同时她也听见了,那哭声真来得那样悲痛那样动人!

慢慢她们都听出那哭声正是从她们左边那山坡上所传来,阿招嫂又拖着她向那哭声处走去。一直走到最后边的一所洋房了。她已不敢再继续去听那激昂的狂乱的痛哭,不过她又不知抵抗的随着阿招嫂走上那游廊。房里的听差已看见她们,也没有来禁止,都木偶样的站着。从靠东边的纱窗望进去,她们看见那钢丝床上,平平的无声无息的躺着那苍白脸色的姑娘,她的脸色是比平常更苍白了,盖一床薄花毡,眼睛半闭着,眉毛和柔发,都显着怕人的浓黑,那美男人呢,就挣扎在两个年轻朋友的怀抱里痛哭,硬要扑到那死尸身上去。阿毛望了那女人半天,想不出什么来,只觉得那情景和哭声忽然变成了一种力,深深的痛击了她的心一下,便摔脱阿招嫂的手,跑回去了。

阿婆,大嫂听说那娇美的姑娘死了,都跑去瞧,都也带着叹息回来。整天,她们又都在谈讲到这事。

到下午,由几个人抬来一口白木棺材,又听到那更其放纵的可骇的哭声。不久,又由几个朋友送着那棺材出去了。阿毛坐在门边看着那匠人在不平的石级上，很吃力的走下去，好像她自己的心也消失在一个黑洞里面。

那棺材中，不就是睡的阿毛所怕见的最以为幸福的人吗？那病，那肺病，就真的不情的致死了她，使她不能不弃了她的一切福乐而离了尘世？可是她是不是像阿毛所想，她死是很满足了的呢？

阿毛望着那慢慢隐灭去了的棺材，就是那女人最后的一点影，阿毛真想哭了，觉得一切都太可悲。一切的梦幻都可从此打碎去。宇宙间真真到底有个什么？什么也不有！到头来，终得死去！无论你再苦痛些也好，再幸福些也好。人一到了死，什么也一样了，都是毫无感受的冷寂寂躺在大地里。那女人不是阿毛所最以为幸福的吗？然而到现在，她还不是毫无所知的一任几个穿短衣的匠人把她抬着，远离了她爱人的怀抱，而抬到不可知的陌生地方去了？

从此，阿毛不再嫉妒那死去的人了，她也没觉得那死是有什么可怜。她只感到这个生是太无味。她想，假设她现在是处在一个很幸福的地位，她也不会不因了这女人的死而想到一切事去悲伤。

这一整天，什么人都该看出阿毛是完全浸沉在深思里过去了。

四

那可爱的苍白脸色姑娘的死，给与阿毛思想上一个转变，使她不再去梦想到许多不可能的怪事上去。不过她的病却由此更深了。而阿婆已知道不是喜，好像很恼了她一样，时时要拿话来刺她，好在她自己并不在乎，也不把那些话放在心上。直到她实在不能起来的那天，她为了不愿把那空气弄得太不安静，她恳求的对小二说：

"拜托你，帮我一点忙，请阿婆原谅这个吧：我今天实在起不来，好不好让我静静的躺一会儿？"

小二摸她的手，觉得异常烧热，又瘦。本来已起身了的他，又倒下去吻了她一下，并去摸她全身，身上也如手一样的瘦，微微的渍着冷汗。小二觉得她很可怜，又觉得自己很抱歉一样，好久都不很理会她了，只因她癖性怪，自己不好说话。小二抚慰的向她说：

"不要紧，你放心，多躺躺吧！我明天会替你请个医生来看看。"

她只凄然的一笑，又有声无力的回报了小二一个"呒……"

到第三天，她父亲，阿毛老爹也来了。老人家依然很健壮的走了来，同亲家还没交换上三句话就到阿毛床面前了。阿毛把手递给他时，两人都哭了，都说不出一句话。相别还不到一年，而他以为很可以放心嫁出去的活泼女儿，是变到他一眼已认识不清的一个无生气的瘦弱女人了。他哽咽的说：

"唉！……我害了你！现在我来接你，你跟我回去吧！呵，阿毛，同爸爸回去呵。"

阿毛紧紧的抓着她父亲，眼泪乱流，想能同着父亲回去也好。然而最后她又摇头，说什么地方都一样；又说父亲难得来，她病还不知会好不会好，来了就多住几天，让她多看看他也好的。

父亲很伤心的依着她的话暂时留下，不过，只住到第三天，他便发誓他宁肯死，他不愿住在这儿了，他受不了她那种沉默！他看她无声的流着泪，又找不到她的苦痛，问也问不出。于是他苦恼的忍着心回去了。

医生来过一次，看不出什么病，开了一个药方也就去了。

阿婆总说不出对于她的不满来。又疑心她向她父亲说了什么歹话去，所以他去时是现着那样不痛快的脸；又疑心小二也偏护了她，接连两个晚上都睡得非常迟。

其实，只过得两天，小二仍然不很留心了。夜晚，黑寂寂的，她不由不再想起许多事，因之，只望天快亮，听到点外边的闹声，把心事混过去就好。但夜又长，等着等着，她说不出那苦恼来，她很希望那庵里的彻夜的木鱼声会传来，那单调的声音不是很可以催她暂时睡一下吗？或是有点别的什么响声也好，好把她不定的心又引开一下去。

五

有一夜，当她刚刚想到一个人死去的事，而伤心起来，而长长的叹了气后，那声响，那凄恻的声响，是她从前有一夜听过的，就从她右邻的人所单奏出的提琴声，那歌调在那弦上是发出那样高亢的，激昂的，又非常委婉凄恻的声音，阿毛又想哭了。她从前懂不了那音节的动人处，为什么会抓着一个人的心，使你不期然的随着它的悲楚而留出泪来，现在呢，她觉得那音调是正谐和于她的曼声的长叹，那末，在那音调里面所颤栗着的，是不是也正同于她的那颗无往而不伤的心呢？

她怀疑得利害，到底那对无忧的美夫妇，为什么要在这夜深奏出如许动人的哀音？她拼命挣起来，走到屋外，从玻璃窗望去，在明亮的电灯光底下，她把那女人望得清清白白的！那女人，她披着一件红的大衫，蓬乱着一头短发，手抱着一件东西，狂乱的摇摆着她半身。那声音便从那不知名的东西上所发出。忽然，那女人猛的又掷了那东西，只听见砰的一声，连女人也倒了下去。许久，许久，又都寂然。灯光从墙上反射出很明亮的光照到好远。

阿毛很想跳到对面去，抱起那女人来哭。那女人曾和她谈过一次话的，是如何的和爱近人呀！为什么她也会独自在夜深如此的悲苦？她不是也现得几多幸福的么？

阿毛在露水很亘的夜里站了许久，心就盘旋在那间精致的，倒有一个美女人在地毡上的房子里，直到阿婆的咳嗽，才又惊醒了她。她只得又勉强一步一步慢移回房去。她本只以为幸福是不久的，终必被死所骗去，现在她仿佛又以为根本就无所谓幸福了。幸福只在别人看去或羡慕或嫉妒，而自身是始终也不能尝着这甘味，这又是她刚从这个女人身上所发现的一条定理。她辗转思量了一夜，他觉得倒不如早死了好。

六

这夜过后的第二个夜晚，小二刚睡熟，便被他妻的转侧所扰醒。她揪着被角把身子弯成一团，不住的喘着气。小二也骇倒了，一摸她，满头浑是汗，身上也是的。而且刚当小二的手一触着她时，她从咬紧的牙关放出一声尖锐的叫。但小二再问她，她又默然了，且强制住那喘气。

小二起身去，把煤油灯点亮了。她两眼直瞪着，两手紧哑住肚子。小二再三的问是不是肚子痛，她才点了一下头，立即又大声的喊道："放心！不要紧的！"

一阵已比一阵利害，脸色惨白得怕人，于是小二去敲前房的门："大嫂，大嫂，请起来一下，阿毛病得很利害了呢！"

大嫂看见她时，直叫了起来，只喊："怎么了，怎么了，你，阿毛？"

大哥也走了来看，阿毛把被角咬着，手扳着床缘，直望着他们摇头，意思是说不要紧的样子。

这时阿公阿婆都醒来了。阿毛也强制不住，时时大声的叫喊着。小二去替她抚摸，她猛然推开他的手去，并且叫道："不用！不用！水！拿点水来！"

小二捧过水去，她一下就吸干了。但更呻吟了起来。大哥断定吃了什么东西，问她，她还是乱摇着头。

阿婆又嚷起来，说是好好的人，要吃什么东西来骇人，反威逼她说出。

不久，她又平静下去，弱得一点力也没有，小二走拢去握着她，她又哭了，她嘶声的说：

"原谅我吧！迟早我总得死，现在死了，免得长年躺着来折磨你。我不好的地方，你就忘掉了吧……"

她又把眼光望到大嫂去，微笑的点着头，说：

"谢谢你一切，阿毛死了，来生投报吧！"

大嫂倒被她的样子弄得也哭泣起来，劝着她不要焦急，病总有天会好的。

但猛的她又剧痛起来，她在板床上打着滚，口里叫着："痛死我了！痛死我了！"

小二用力的去抱她，扳着她问：

"说呀！你吃了什么了？"

她哑声的嘶喊着，又怪声的笑了起来，在垫被下抓出一大把火柴杆来抛出：

"是的，我吃了！我吃了！我现在就会死去！我现在就会死去！"

大哥拔上鞋就朝昭庆寺跑去赶医生。

但等不了医生来时，她已在狂乱的翻滚中又把自己毫无声息的掼在床上了，大张着口，朝上面呆望着。

小二走上去："阿毛！说，为什么你要寻短见？"

"不为什么，就是懒活得，觉得早死了也好。"

小二还想再去问，她作了一个手势，小二就停止了。这时从右邻又传出那动人的哀音。她咕噜着："唉！什么事都从此完了！"

小二再去看她,她已死了。在肚腹间还不住的起伏着。

于是一片哭声号啕起来。同时,那提琴声就又慢慢低沉下去,且戛然便止住了。

选自 1928 年《小说月报》第 19 卷 7 期

野草

  春来了。阵阵的和风从窗外吹来，送来花的香，芬芳的；草的香，湿润润的。鸟儿在树枝上啾啾的鸣着，小蝴蝶们将粉翅去轻轻触那颤袅的花枝。年轻的人，都将浅色的，新的单衣换上，娇嫩的脸颊上，添了绯红，黑眼珠放着光，成群的邀着，四处去踏青，用年青人所有的欢乐的心，将这春日的美饱领了去。这是很短少很宝贵的时日呵！

  野草，一个二十四岁的姑娘，打扮得像个中年女人一样，穿一件灰色的夹袍，将自己闭在一间小房里，常为她小说中的人物苦恼着，她忘记春了。然而正在她理想中的小说中，却正有着一个充满着狂欢，充满着热烈的爱，如火般的春日，她在她那缺少空气的房子里，不禁回想到她往日的生活去了。唉，多么难堪呵，这已逝的时日！她似乎是想能再来一次那样的沉醉吧。但是，她望了一望窗外的白云，她懂得她自己是无须乎那一切的享有了的。她经历得太多了，纵是能再有那末狂热诗境，也不能有所刺激于她了。她除了在回忆的幻想中去再亲那两颗抖着的心外，便只能在她的用笔的工作上找到安慰了。她常常在她小说中，隐讳的吐出她伟大的寂寞的心。

  这天，她是正在有着很大的烦恼，因为她将她小说中的一个有极冷静理性的女人，写得过分有了热烈的感情，而且狠带了一层淡淡的忧愁进去。这实在不是她理想中的人物，然而这又正是她最能理解出的女人的短处。她不知怎样才好,还是将稿纸扯去了重写,还是写下去,却不表同情于这女人。她不断的想着这懊恼事情,慢慢的她又想到这使女人太看重了情感的社会环境,她又想到女人的可怜,而且,她一反省,她简直厌恶起自己来了。她能扪心说不吗?固然,她仿佛除了文章以外,便不须要到别的,然而在有些时候,她不为外来的一些拂意事烦躁着,或是想到过去的欢愉而欣悦,想到过去的——这是她永不愿说出或想起的痛心的已属为遗憾的事,她不能不想犹蓄着忿怨,又恋恋的来想到,虽说她已做得很淡然视之的了。

她想到这里,又不免有点伤起心来。她觉得她自己太无用了,她不能忘记了那忽然又爱了别人,将她忘去了的那人。而且也曾相爱过的另外一人。她又很会分晰自己的,她知道得很清白,纵使别人又丢弃了他爱的女人,以及一切,又来到她这里,她也仍然不会接受那好意,也仍然不会有所谓快乐于其中的。她是又把爱情的事,已看成很可怜可笑的玩意儿了。

她又去想她的小说,她所抓到的,也仍旧是小说中人物的整个情绪,先是还得了一点淡淡的快感,然到后来,却又只剩有"茫然"存在了。

正不知应用怎样的方法,才能使心静静的,归纳到一个地方,细细的去写那篇未完的小说。房门却在这时呀的开了,是老妈子送信来。她很欢喜的接过来,打开着,她才想起她忘却的一件事了。

信是这样的写着:

"很想来见你,但觉得太羞愧了,我不知道你为什么只是用如此的不理的态度。现在我是将什么意气都消磨尽了,我还是不得不请求你:若是你不以为太麻烦的话,在天黑了时,我是在法国公园的草坪里等着你的,(是那一个草坪,我想你应知道。)名字不必写上了,这并无多大意义。即日。"

野草不禁很吓然。是的，她是忘却了这事，然而她也是以为并不定要她有什么表示的地位的。不怕纵是她也爱了别人，难道也还应该给人一个信，说是可以随便的？她觉得人这东西，饶你聪明，但一堕在情感中，就格外胡涂了，南侠便是例。在南侠平日的言语中，确是能将一切看得很清白，不过，在最近他对于她的行为中，从她看来，他不免很违背了素来的见解了。她想到已有好几天不见他，只以为他已将一切忘了去，谁知今天又接到这信。想来近日一定很苦痛了，她便也油然而生了一点难过，这是从南侠那里分来的。

于是她决定了去赴这晚上的约。

吃过晚饭，她挟着一件已旧了的褪色的薄大衣，在有着微风的马路上，徜徜徉徉走到公园去。路两边的高楼，都从纱帘里透出红的灯光，柔和的。墙上的香藤，发了叶，将柔枝低垂到外边来了。她把头仰起嘘着唇。街是很静，又干净，只有几盏稀疏的电灯照着，在傍路上，处处印着不密的树影，在小叶子树的底下走着，也有点显得颇阴深起来。她带了点快乐的情绪走去。

公园里的游人，都尽散了，只剩下极少数的人影，在有着树丛的水边聚着。两个的，或是三个的，将膝与膝触着的坐在矮的铁椅上，轻声的说着话。野草缘着池边的路，走到草坪去。但她常常一想起等她的南侠，她会将南侠的影像模糊成另外一个影像去了。她又稍带点嘲笑着自己的心。穿过大树，穿过花坛，她走到了最后的一个草坪里。在左的侧面，沉默的横冲来一个黑影，她正有点怪异时，她便认出了那将肩耸起，两手插在大衣的口袋中，那特有的忧郁和迟疑的神气。她高兴的呼着：

"呵！南侠！"

南侠不答应，只将身移拢来。

她一眼便望到那在暗中发着光的忧郁的眼光正射到她脸上，她不禁有点怕了起来，她看见他脏的夹大衣，敞开着。领带也没有结。那胸脯边的肉，也在没有扣钮子的衬衣边露了出来，发没有理，飞蓬起。她更感到了不安，同时，便又涌起了一丝嫌厌的心。仿佛很懊悔了这来了。但是，她没有办法，她只好又笑着说：

"这几天天气真好，你出去玩没有呢？"

南侠仍是不答她这些话，只排着她走到有着几张椅子的地方。她很倦似的便坐下了。她又说：

"唉，夜晚的公园真好，可是我好久都没有来了，还是上次同你来过的。"

南侠为什么要一定答她这些话呢，一个伉爽的少年，有着热情的，这无用的言谈，反使他有点焦灼，他仍不语的望着野草。

野草也懂得他不答她的理由，但她不愿让这沉默的局面延长久，这不安已不会使她感到兴趣，她不须要这曾为她所视为最使人颠倒，使人兴奋，使人愿沉醉于其中的一些境地了。她很想避开这些，所以她又说：

"南侠，你这样不说话，是为什么呢？若是我有使你不高兴的地方，那我就回去。等你好了，我们再来玩。"

她刚站起身，南侠便用眼光将她止住了。而且吁着说：

"我不说话，是因为许多话将我压迫得太苦了，反说不出一句来，我求你再坐一会儿。让我想一想。"南侠说了，便又将椅子移近了些，他的手也同时送了过来。

一切都很明显的，她知道她所演的剧了。她想她应该回去，她又觉得她应该拒绝了这人，但是她又非常可怜他，她握着那有骨的手，她的心不觉有点动了。

她再去望他，路边的灯，将他的脸照得很清白，完全灰色的，眉尖微皱着，眼光无望的，她又去望他嘴唇，唇尖正鼓起，灯光是将唇边的几根稍长了的髭须也照见了，她不禁想到一些另外的事上去了。手在不觉中便握紧了一点。

南侠却将头扭了过去，默默的叹着气。

远远的小路上，恍过一对人影，紧紧的抱着，挤得像成一个了。

往日的事，又使野草回忆起。她想到三年前的春日，她不正是被挟在那人怀里，一到了夜，便来公园里玩，非挨到十二点，是不转家的。她想起她倒在别人怀里时，只希望能立刻死了的那心，是多么能领受快乐的年青人的心呵！而且，不是吗，她也曾捉弄过人，玩弄着别人激荡着的心以为满足，然而，现在呢，过去了，一切！她对于她眼前这朋友，是不能有那残酷之感的。她只能同情他的感情使用得不得当，他找错了对象。她诚恳的又对他说：

"愿你能了解我点，你这样很使我难过呢！"

"野草！"他说话了。这声音分外阴沉，将每个字都更重的落在人心上。"我真太烦闷了，这烦闷也正是因为我了解你而起的。我不是年小的人，可以天真的，浪漫的来唱我的戏。但是，好苦呵，我找不出力来压制我的冲动呵！然而，我的希望也并不奢，我只想你能说一句'你爱我'也就够了。但，野草！我了解你的，你的心，比一切女人的心都硬，你不会有什么动摇，你只爱你自己，和爱你的工作。本来，你是对的。你并没有诱惑过我，你对我的态度，你和我谈笑，没有一次是表示你是女性的，不过，野草，我想我如此说，你总不会以为太唐突了吧。我却正因为你这些态度尊严的，而崇敬，而爱了你呵！好久来，我都知道，我是错了，可是我不能自拔！我有时简直想我能发一次疯，即使你因此而绝了我,亦所心甘。但我又缺少这勇气,其实我常常都像疯了一样的,只是我又自己压制着些。唉,你觉得我应怎样才好呢?"

话不怕怎样有力,野草也正如他说的,她的心比一切女人的都硬,她在同情他外,又觉得有点好笑了。她想,说什么,话有什么用。若是觉得太苦了,受不住,那可以不爱我的,既然又是知道我心是不会动摇的。或是苦虽苦,却也有味,那就爱下去,我总没有干涉,禁止你的权力。纵是非发疯不可,给点亏我吃,带去了满足,那我也将你无法,为骄纵你自己,你也可以做的。总之,话有什么用?还问我,难道我能命令你吗?唉,又不是小孩!她心下虽如此想,面上却只好笑,她又去握了他的手,她仍是很诚恳的说:

"我不能有什么安慰你,只望你能不忽略了那较为远大的。我呢,一切都过去了,我深深感到。我并不是没有难过的,我也很空虚,但是我却没有那爱情的欲望。"

南侠又沉默着。到后来,便向她倾吐起他第一次从她那里得来的印象,他又很激动,有时候,简直露出了一付欲哭的神情。

白杨树的叶子,摇摆着,风很凉。野草觉得很冷,她将大衣穿起来,南侠便很天真的替她披上了。南侠又说愿意同她走两个圈,怕她冷。她也正中意,于是她起来,他把她的手握着,向黑的那方缓缓的走去。

新生的嫩草,柔软的铺在脚下;长的柳枝,在淡淡的灯光下飘舞;夜是很静了,四处都无一点声响。半圆的月也升了上来,射着薄弱的光,她看见她和他的影并睡在地下,也同走了前去。

他仿佛有点快乐似的情形又向她说起他的情绪。他没有扯谎,的确的,当她在他面前,两人忘形的讲到一切的时候,他是并没有攫得她的野心的,但是一离了她,他便难受了,好像若是得不到她的爱,他简直是宁肯死去,而且他很觉得自己可怜起来。他又问她讨不讨嫌他。

她摇了一摇头，又轻声说：

"不。"

于是他像小孩般的向着她笑了：

"那末我就整天都不离开你了，我搬到你楼下来住。"

"那时我又讨厌起你来了呢？"

"只要现在你能准许我就成了。"

走到一条小路上去了。魆黑的两边密密的树，将外面的灯光横遮了去。柳树的叶子，棕榈树的叶子，时时被风吹得沙沙的响，而且荫蔽着，连星星也看不见。因为路窄，又黑，两人就挤紧了走，互相都感到另一个身体的热了。南侠将手环着她的腰，心跳得很，只想用力一下抱过来，在她脸上、身上狂吻一阵，但他又不敢，他只试探的说：

"野草，你是懂得的，我爱你，在这个地方同我走，你不怕我吗？"

这境地，很使她的心又有点不安起来，但是她并不是有所怕于他，她却想他能放肆一下，他能疯狂一点，她仿佛又有了"再来一次沉醉吧"的感觉，她伤心的（只有她自己知道是伤心）说：

"我不怕，因为我相信你。"

他心里却又想到一句话，他要问她可不可以准许他向她叫一声"我爱"。但是他还没有说出来，小路就走完了。路的尽头正是有着明亮的光耀着。两人的手都不觉的同时就松了开来。

到走到池边时，清沥的泉水轻吟着，月在水中荡漾。桥畔的玫瑰，送来阵阵的甜香，野草回忆起适才的情形，她简直觉得太俗气了。她冷冷的望着南侠。

池中有一条鱼，扑的跳了一下，将水花四散起，而且那小荷叶中不正是已有了一个白色的，小的花苞了吗？

他们又在池边坐了一会，她都在想她的凡是描写夜景的方法上去了，在什么人的眼中，是一种如何情形，而这情景一到另外一人身上，一切是又将变成怎样。

南侠则很高兴的看着她，他希望夜夜都有如此一个夜。

她要回去了，她没有一丝留恋。他呢，他还没留心出，尽从她眼光中就可证明他是并没有些微过展。他只有比来时快乐得多的问她明夜再来好不好，而且他要送她转家去。

她拒绝了，因为她还要工作，她怕他来耽搁了她。在归途中，她仿佛很快乐似的唱着她新得的佳句。

选自 1929 年《红黑》第 6 期

庆云里中的一间小房里

"今晚早些来呵！"阿英迷迷糊糊的在向要走的人说。

要走的人，还站在床头，一手扣衣，一手就又拉帐子。帐子是白竹布的，已变成灰色的了。

"唉，冷呢，人！"阿英用劲的将手摔脱了缩进被窝里去，眼仍然闭着，又装出一个迷人的音调："你今晚不来时，以后可莫想我怎样好！"

在大腿上又被捻了一下，于是那穿黑大布长褂的瘦长男子，才从床后的小门踅了出去。阿英仿佛听见阿姆在客堂中送着客，然而这有什么关系呢，瞌睡是多么可恋的东西，所以翻过身去，把被压紧了一点，又呼呼的睡熟了。

在梦中，她已回到家了，陈老三抱着她，陈老三变得异常有劲，她觉得他比一切男人都好，都能使她舒服，这是她从前在家时此感不出的。她给了他许多钞票，都是十块一张的，有一部分是客人给她的，有一部分是打花会赢的。她现在都给他了。她要同他两人安安静静的在家乡过一生。

在梦中，他很快乐的，她握住两条粗壮的手膀，她的心都要跳了。但不知怎的，她觉得陈老三慢慢的走远了去，而阿姆的骂人的声音，却传了来，娘姨也在大声吵嘴，于是她第二次又被吵醒了。

阿姆骂的话，大都极难听。娘姨也旗鼓相当，毫不让人。好在阿英一切都惯了,也不觉得那些话,会怎样该只有为他人而卖身体的自己来难过。她只觉得厌烦,她恨她们扰了她,她在心里也不忘要骂她们一句娘,翻转身来又想睡。

但间壁房里也发出很粗鲁的声音来,她知道间壁的客人还没走,她想:"阿姐这样老实,总有一天会死去的。"她想叫一声阿姐,又怕等下阿姐起了疑心,反骂她不好,所以她又把被盖齐顶,还想睡去。

娘姨的声浪,越大了。说阿姆欠她好多钱。本说定五块里要拿一块的,怎么只给十只小洋;三块的是应给六毛的,又只给四毛。她总不能通宵通宵的在马路上白站?

阿姆更咬定不欠她,说她既然这样要钱,怎么又不拉个客人去卖一次呢?后来几乎要动武了,于是相帮的,大阿姐,……都又夹杂在里面劝和;她们骂的话,越痛快,相劝的笑声就更高。

阿英虽说把被蒙了头,却也并不遗漏的都听清了,几次还也随着笑了的。间壁的人呢,又仿佛是在另一世界。相骂却不与他们相干,所以也仍然凶凶的闹着。阿英想:无论怎样也不能再睡着去了。于是又把头伸出来,掀开了帐子看:房子是黑黑的,有一缕光从半扇玻璃窗射进来,半截落在红漆的小桌上,其余的一块就变成灰色的嵌在黑地板上了。而且有一大口浓痰正在那亮处。阿英看不出时间的早晏来,于是大声喊:

"什么时候了呢?吵,吵死人呀!"

没有人回答,也没有人听见。

于是阿英又放下帐子,大睁着眼躺着。她看见帐顶上又加了两块新的痕迹,有茶杯大,还是湿的。她又发现枕头上也多了一块痕迹,已快干了。她想把枕头翻个边,又觉手无力,懒得动弹,而且那边也一样脏,所以也就算了。她奇怪为什么这些男人都不好干净。只有一次,是二点多钟了,她只想转家来睡时,却忽然遇见了一个穿洋服的后生趑趑趄趄的在她后面,于是她走慢了一步去牵他,他就无声的跟着她来了,娘姨也笑他傻子,阿姆也笑他,自己也觉得好笑。在夜里,他抱了她,他把嘴去吻她全身,她拒绝了。她握着他手时,只觉得那手又尖,又瘦,又薄,他衣服穿得多干净呵。他出气多么细小呵。说了以后来,但到今都不见。不过她又觉得,不来也好,人虽说干净,又斯文,只是多么闷气啊!她又想到这毛手人,一月来了,总是如此,间三四天总来一次的,人是丑,但有铜钱呀,而且……阿英笑了。她把手放在自己胸上摸着,于是越觉得疲倦了。

这时阿姆又在客堂中大喊着:

"阿英懒鬼,挺尸呀,一点了,还不起来!"

大阿姐已跳到床前,用一个指头在脸上划着羞她。她伸手一扳,大阿姐就伏下身来了,刚刚压在她身上,大阿姐简直叫了起来:"哎,死鬼!"而且接着就笑了:"亲热得呢!"

阿英搂着她的头,在她耳边悄悄的说着:"间壁……"

于是两人都笑了。

大阿姐更来打趣她,定要到被窝里来。

娘姨也在喊:"不喝稀饭,就没有的了。"

这时间壁房里的阿姐也走了过来,她两人都又笑了。

阿姐坐在床边前,握着她两人的手,像有许多话要说。阿英于是又腾出一块地方来,要她睡。她不愿,只无声的坐着,并看她两人。两人都是各具有一张快活的脸。

阿姐说:"我真决不定,还是嫁人好呢,还是做生意好。"

陈老三的影子,不觉的又涌上了阿英的心;阿英很想得嫁陈老三那样的人,所以阿英说:"既然可以嫁人,为什么不好呢?"而阿姐的那客人，矮矮胖胖的身个，扁扁麻麻的脸孔也就显了出来。心里又觉得好笑，若要自己去嫁他，是不高兴的。因此她又把话变了方向："只要人过得去。"

阿英叹息了："唉，好人还来讨我们吗？"

大阿姐还仍旧笑着别的，她却想到适才的梦去了。

直道阿姆又跑近来骂，她才懒懒的抬起了身子。并且特意要放一点刁，她请阿姆把靠椅上的一件花布旗袍递给她。阿姆因为她做生意很贴力，有些地方总还特别的宽容了她。但递衣给她时，却做了一个极难看的脸子给阿姐。

当她走到客堂时，娘姨已早不是先骂架时的气概了，一边剥胡豆，一边同相帮作鬼脸，故意的瑶曳着声音说：

"我俚小姐干净呢，我㑨小姐格米汤交关好末哉……"

相帮拿起那极轻薄的眼光来望着她笑。她扑到娘姨身上去，不依。娘姨反更"阿哟哟"的笑了起来。她咯吱娘姨，娘姨因怕痒，才赔了礼。她饶了她，坐在旁边也来剥胡豆。而陈老三又来扰着她了。她别了家乡三年多了，陈老三是不是已变得像梦中那样呢？假使他晓得她在上海是干这等生涯，他未必还肯同她像从前那样要好吧，或且他早已忘了她，他定早已接亲了。于是她决定明天早些起来去请对门的那老拆字人写封信去问问。她又后悔怎么不早写信去：她又想起都是因为早先太缺少钱了。想到钱，所以又在暗暗计算近来所藏积起来的傢私。原存六十元，加昨夜毛手人给的五元和这三天来打花会赢的八元是一共七十三。那戒指不值什么，可是那珠子却很好呀，至少总值二十元吧，再加上那小金丝练，十六元，是又三十六元了。而且过几天，总可以再向冤桶要点的。假使陈老三真肯来，就又从别处再想点法。他有一百多，两百，也就够了。只是……

她想了许多可怕的事,于是她把早晨做的梦全打碎了。她还好笑她蠢得很,怎么会想到陈老三来?陈老三就不是个可以拿得出钱赎她的人!而且她真个能吗,想想看,那是什么生活,一个种田的人,能养得起一个老婆么?纵是,他愿意拼了夜晚当白天,而那寂寞的耿耿的长天,和黑夜,她一人将如何去度过?她不觉的笑出声来。

阿姆正经过,看见她老呆着,就问她,又喊她去梳头。

她拿出梳头匣,就把发髻解开来,发是又长,又多,又黑,像水蛇一样,从手上一滑就滑下来了。而一股发的气息,又夹杂得有劣等的桂花油气,便四散来。她好难梳,因为虽说油搽得多,但又异常滞。阿姆看得无法,只好过来替她梳。她越觉得她想嫁陈老三的不该了。阿姆不打她,又不骂她,纵然是有时没有客,阿姆总还笑着说:"也好,你也歇歇吧。"她从镜中看见阿姆的脸正在她头上,脸是尖形的,眼皮上有个大疤。眉头是在很少的情形中微微蹙着了。她想问一声早上娘姨吵架的事,又觉得怕惹是非,娘姨是说不定什么时候都可以跳进来再吵的。于是她只问:

"阿姆,昨夜你赢了吗,我要吃红的!"

"吃黑呢,只除了人没输去,什么都精光了。背了三个满贯,五个清一色。见了大头鬼,一夜也没睡,早饭也没吃,刚散场,那娼妇娘姨真不识相,她还问我要钱呢。"

阿英彷佛倒觉得阿姆很可怜起来。她想她实在可以一人站在马路上无需要娘姨陪,不是阿姆还可省去一人的开销吗?

她很安慰了阿姆,阿姆也耐心耐烦的替她梳头。她愿意把头发剪去,但是阿姆总说剪了不好看。

是吃夜饭的时候了,算是这一家顶热闹的时候,大家都在一团。一张桌,四面围起,她们姊妹是三人。阿姆同娘姨,及相帮,相帮就是阿姆的侄子,是三满碗菜,很丰盛的,有胡豆雪里红汤,有青菜,有豆腐。她是三年来了,每天只有这顿饭吃,中午时能起得早,则可以吃一碗用炒黄豆嚼稀饭。到夜里是哪怕就站到天亮,阿姆也不能管这些,自己去设法吧,有许多人就专门替她们预备得有各种消夜的在,只要有几个私下积的钱。或者有相熟的朋友,虽无力来住夜,然而这小东道也舍得请客的,因为在这之中,他们也可以从别的揩油方法中,去取回那消夜的代价的。阿英喜欢吃青菜,筷筷往碗里夹,两个阿姐也喜欢吃,说是像肥肉。阿姆不给她们肉吃的,说是对门的小婵子胖就是因为从前在家里吃多了肉。不过每夜阿姆都要吃六毛钱一个的蹄膀,却不知为什么只见更瘦下来了。

把饭一吃完,几人便忙着去打扮,灯又不亮,粉又粗,镜子又坏,粉老打不匀,你替我看,我替你看,才慢慢弄妥帖了。各人都换上一套新衣服,像要走人家去吃喜酒一样。第一是大阿姐先同娘姨走了。阿姐是不肯去,说她那客人八点就会来的,但阿姆不准,说客人来了,会去叫她的,为什么做生意这样不起劲,所以阿姐苦着脸也走了。她看见阿姆生了气,就也跑出房去追阿姐,而阿姆却喊住了她。她笑着说:

"我想也早点出去去看看。"

"蠢东西,且等一会儿吧。"阿姆声音很柔和,她想她比起阿姐来,她应当感激。阿姆教了它许多米汤,阿姆说昨晚来的这毛手客是个土客。她想该同阿姆一条心来对付这很喜欢她的人。在这时阿姆爱她只有超过一个母亲去爱她女儿的。她很觉得有趣,她不会想到去骗一个人有什么不该。是阿姆喜欢这样呀!

早上的梦,她全忘了。那于她无益。她为什么定要嫁人呢?说吃饭穿衣,她现在并不愁什么,一切都由阿姆负担了。说缺少了一个丈夫,然而她夜夜并不虚过呀!而且这只有更能觉得有趣的……她什么事都可以不做,除了去陪一个男人睡,但这事并不难,她很惯于这个了。她不会害羞,当她陪着笑脸去拉每位不认识的人时。她现在是颠倒怕过她从前曾有过,又曾渴想过的一个安分的妇人的生活。她同阿姆两人坐在客堂的桌旁,灯光虽黯澹,谈话却异常投机,所以不觉的就又是十点的夜间了。

客是仍不来,钟又敲过十一点。

她很疲倦,她几次这样问阿姆:

"阿姆,你看呢,他一定不来了。他从没有连夜的来过的。他的话信不得呢!"阿姆总说再等等看吧。

后来,阿姐回来了,且带来那有意娶她的客,矮矮胖胖的身个,扁扁麻麻的面孔。她不觉心急了。她不会欢喜那矮男人的,然而,她很怕,她们住得太邻近了,当中只隔一层薄板,而他们又太不知顾忌,她怕她们将扰得她不能睡去,所以她又说:

"阿姆,我还是在外面去看看吧。"

但阿姆却不知为什么会这样痛惜她,说时候已不早了,未见得会有好人,就又歇一晚也算了。

她终究要出去,说是纵然已找不到能出五元一夜的,就三元或两元也成,免得白过一晚。这话是替阿姆说的,阿姆觉得这孩子太好了,又懂事,很欢喜,也就答应了,只叮咛太撒烂污了的还是不要,宁肯少赚两个钱。

外面很冷,她走了,她一点也不觉得,先时的疲倦已变为很紧张很热烈的兴奋了。当她一想到间壁的阿姐时,她便固执的说,她总不能白听别人一整夜的戏。这是精灵的阿姆所还未能了解的另外一节。

马路上的人异常多,简直认不出是什么时候。姊妹们见她来了,就都笑脸相迎。她在转角处碰见了娘姨和大阿姐,她们正在吃莲子稀饭。于是她也买了一碗,站在墙跟边吃。稀饭很甜,又热,她两手捧着,然而也并不忘去用两颗活泼的眸子钉打过路的行人。

选自 1929 年《红黑》第 1 期

韦护

第一章

一

韦护穿一件蓝布的工人衣服，从一个仅能容身的小门里昂然的踏了出来，那原来缺乏血色的脸上，这时却仍保留着淡淡的一层兴奋后的绯红，实在是因为争辩得太多了，又因为天气太闷，所以呼吸遂急促得很。他没有注意他那步伐的不适宜于他身体，很快的朝那胡同的出口处奔去，而且在心中也犹自蕴蓄着一种不平。他觉得中国的这般人，这所谓同志，所谓康敏尼斯特，不知为什么只有直觉，并无理解。又缺乏意志，却偏能固执。他一回映起适才的激辩，他不禁懊悔他的回国了。在北平的如是，在上海的如是，而这里也仍然如是。你纵有清晰的头脑，进行的步骤，其奈能指挥者是如此其少，而欠训练者又如此其多，他微喟着举起那粗布的袖口，拭额上的汗点。

"喂，德娃利斯韦！哪儿去？请慢点啊！"

他侧过身来，那高人，穿着白袍的柯君，便站在他身旁了。他皱一皱眉，便说：

"对不起，我要用饭去了。"

"呀，正好，一同去吧。"

柯君的殷勤，并不能引起他的兴致，但他不愿再回绝了，只好请他到远一点的唱经楼那里去。因为在那里有一家吃面包的地方。

时间是欲暮了。一阵阵的归林的乌鸦，幔天的飞旋起；远寺的钟声也不断的颤响着。两人在不明的路上向东行去。韦护看着偶尔闪起的灯火，不觉连步履都似乎有点惆怅的样子，在少人行的马路上，很懒然的拖着了。

另外那人，也默然的随着，时时看那路旁的矮瓦屋，及屋前张望着的穷人。那些人都裸着半身，赤红的背，粗的短发，并带着极与那强悍身躯不调和的闲暇，悠然的挥着大扇，或抽着烟杆。他又去望天，满天阴沉沉的，无一颗星。他自语般说：

"我想快要下雨了，星都被吹走了呢。"

刚说完就觉得错了，因为确是没有一点风。想去改正那吹字，但身旁那人并不作理会，所以只在心上加一个改正，并没再补充出。他觉得他的德娃利斯仿佛很着恼似的，便又搭讪的向他问及许多闲事。

这个便也不住的随口答着，且问：

"你怎么像个安徽人？"

"可不是，我就在安徽生长的。"

"我早先只看你身材和气色，还以为是个北方人呢。"他实在不能被什么引起趣味，而且很觉得这谈话之无聊，任人情和工作，都磨炼得他很不愿使人感到不快活，他简直是一个很能牺牲的世故者呢。

于是柯君便讲起许多故乡中的事，话又几次为对面冲来的行人打断了，因为这已是一条很热闹的，有着店铺的大街了；他又不惮烦的接续着讲，而韦护却很抱歉，他实在听得太少了。

在一家有着玻璃窗的门边，韦护便让柯君在前，走进了这家在这街上很放着异彩的洋菜馆子。零零落落有五六张小方桌,桌上铺了灰色的白布毡,在另一张大白木桌上,摆满了玻璃杯。他们在最后的一张桌上坐下了。同时还有两个学生模样的人在吃刨冰,诧异的,又缺乏敬意的给了穿短褂的韦护一个白眼。韦护也同时感到这衣服之不适宜于此地了。他轻声说:

"忘了到对门那家天津馆去了。那火烧很不错呢。柯君,我很失悔到这地方来,我没有换衣呢。"

"不要紧,夏天,谁留心。"

菜一样一样的依次上来,口味真奇特,那炸鱼,像面酱,那牛排,好难嚼呀,韦护不禁笑了。他想起那些连面包屑都感到是美味的人们来,他眼前所恍起的,又全是那些裹着大围巾的女人,和穿起大皮靴的瘦弱小孩来。而且他那时,不也正是每天只能得一磅面包和十支烟卷,虽说他每星期都能领到很够用的薪水,而且家中也不时寄钱去。于是他将那面包皮一口吞到嘴里去,且赞美着:"好味呀!"

柯君被他惹得打起哈哈来了。

于是他与柯君谈着过去的事。

他的语言超过他所知的,而柯君的全心神是并比那一双虽然望住的眸子还专诚。末后他停了话,望着那脸笑了,他笑他怎么他的五官就刚生好了是专为听人说话的。柯君还要问现在怎样了。他告诉他已好多了,如果他现在要去,可不必为那一切忧虑。

吃完了晚餐,韦护又把脚伸长起,踏到隔壁的一张凳上去,头仰着,腰向后去,大大的嘘着气。他实在觉得穿短衣真舒服。但他却厌烦的说:

"这南京真无味!"

柯君也响应了他,其实他在他的那苍白和阴郁脸上所感到的无味只有比从南京得来的多。

柯君还想找点话来说，却一时想不起，看到站起身预备走的韦护，便又拉着他坐下，说是不如还吃点冰激淋。

韦护也无可不可的又留住了，因为他认为转去了也一样的干燥无味。

在冰激淋又快吃完的当儿，柯君俯着头去望那剩在杯中的，已变为流质的东西，他忽然叫了起来：

"走，不要迟延了。我们去吧！"

韦护冷然望着他，略带点可笑的神气。

他急忙站起，去穿他那件白袍，又催着不动的人：

"包你不错，去，有趣的地方！你说南京无味，来吧，看看，这就是南京的味！"

韦护以为总是秦淮河那一类地方了；他却摇头，问他，他只是那样像疯了一般的说：

"唉，告你呵！你可要答应去，我才说。唉，告诉你呵！哈，那里，那里有的是酒！有的是音乐！有的是放浪和自由！有的是是诗！……"

韦护听到这最后一句，忍不住大笑了。他认识他一星期了，他永不想到他会说出这么一句极与他思想和灵魂不相衬的话，他一定不知在什么地方抄袭了来的。

柯君不理会他，且放重了声音，完成他自己的话：

"而且……有的是女人！"

女人，这于韦护无用。他不须要这东西。他看得太多了。一月来，在北京所见就四五十人，在上海又是二十多，且就在这南京，不就正有着几个天真的女孩，在很亲近他吗？他真够受了这东西，那所得来的不痛快，宁使他害病都成。何况他享有得也太多了。那中国另一时代的才女的温柔，那法兰西女人的多情，那坦直的，勇敢的新俄的妇女，什么他没有尝过？现在呢，过去了。他无须这个，他只能将他的时日为他的信仰和目的去消费。他站起身，去握他朋友的手：

"好，去你的吧！去你那有趣的地方吧！我祝福你，可是失陪了，对不起，我要休息了呢。"

柯君露出一副欲哭的脸，握着他的手不放。他非要他同去一遭不行。一分钟也好；他全为要证实他并没有诳语。他又恳求了他。

韦护最后抓着他朋友的腕，向外推着说：

"好，走吧，孩子！陪你去。"

二

路是一条弯弯曲曲的小街，魆黑的，没有灯，很怕人。韦护手挽着他朋友，跟着高高低低在不平的路上跑。他极目力去辨认那两旁的瓦檐，及屋旁的小隙地，他想到一些很奇怪，很浪漫的事上去。他又望他的朋友，看不清，只是气喘嘘嘘的，带着他朝前奔。韦护不禁从他朋友身上感到趣味起来，就也微笑着去碰那肘子：

"说，到底是什么地方？而且你，……你尽管告我，我好明白，如果真好，我就帮你忙。"

"瞎说！我是无希望无目的的人，你不必问。去了就知道。若是嫌不好，你对我使眼色，我总站起身走。"

韦护一听那声音，其中就含有笑。看见他老不肯说，似乎有点生气了。但觉得别人既固执着要保存那趣味，便也原谅了。却还逗搭着说一些别的话，希望能在这里面得一点事实。柯君是始终少言的，一直到了一家门首。

门是又低又小，而且从那暗灰色天空中相衬出的墙瓦，也是波似的，总疑心什么时候在风雨中便会坍倒了下来一样。柯君轻轻的就敲门。韦护朝四下一望，见邻近只有很稀少的几栋矮踏踏的黑屋，歪歪斜斜的睡着，安静得像没有住人似的。他想，这那里像个城市。而且很疑心起来。他便看定从黑门上所现出的一条长的白的柯君的影子。

一个清脆的女人的声音便响起：

"谁呀！"

韦护似乎有点怕了起来，便退一步站着。他很想立即明白这是一个属于怎样的社会。

"是我。"柯君柔和的答着。

"我！'我'又是谁呢？"声音是近了拢来，就在门背后，而且隐隐又听到一群吃吃的女人的笑声。并且又传来一句另一个像水在岩石上流过的声音："不说清，是不开门的。"

柯君大声答："是我，柯君呢。"

门背后的女人就大笑起来了，且大声朝里说：

"唉，是柯君呢。开不开门？"

韦护是为这不敬的声音，打起战来了。而且气恼着，正预备要去拖他的朋友走，而门便在几个女人喊声中呀的大开了。从房子里的薄弱灯光中，辨认得出一个颇大的院子，在有着树丛的大院中，正散处得有好些人影。韦护随着柯君朝里走，开门的女人是站在门后面去了，等他们走了进去，才又转出来在关门。

两人走到人堆的中心去。柯君极亲昵的喊着一个可爱的名字"丽嘉"。韦护便也张着眼四望这些只穿着单衣的女体，更注意那所谓"丽嘉"其人者。

"丽嘉不在家。如若不愿走，就这里坐吧。"一个稍微有点胖的姑娘站便站起身，腾出她坐的那张小长条板凳来。

他们两人便坐到那条不稳的凳上去。

"柯君！说话呀，若是忘记了预备来说的，那我就替你说一句：'丽嘉不在家也一样，横顺有你，我是不走的，就坐在这里了。'"韦护去望说话的人。小小的一团，蜷在石阶上，大约那身体的伶俐，总与其言语的伶俐一样。而且韦护觉得这里的人就没有一个是生有不会说话的嘴的，且更擅长那轻蔑的笑。他没有感到愉快，又没有说话机会，但他忘了柯君所说的使眼色的话，他愿意充个极不重要的角色，将这幕剧看完去，且看个清白。所以他毫没有感到不安的静坐在那儿。柯君反一点也不像适才的高兴的样子了，在这里有一种空气压迫着他，他没有力量去表现自己，他无聊的向他旁边睡在藤椅上的人说：

"谁，睡在这里？睡着了，恐着凉呢。"

一件宽大的绸衣，遮隐了那身体，蓬松的短发，正散在脸面上，一双雪白的脚，裸露着，不同姿式的伸在椅子外面去了。韦护不觉在心上，便将这美的线条，作了一次素描，他愿意这女人没有睡着去。果然，一个小的，不耐烦的声音便说了。她谢了柯君的关心，却又拒绝了他的关心。

柯君却不自禁的叫了起来："呵，是你，丽嘉！怎么不作声，装睡着？人不好吗？快告我！丽嘉！"

韦护的精神也提起来了，陡然一清爽，他看了他朋友，便又去望躺着的人。

"不，请你莫闹，丽嘉很烦恼呢。"这不耐烦声音，仍是从椅上答出。

"为什么呢？为什么？"

柯君便动了一下，像要伸手去扳那人一样，忽的丽嘉便跳的坐了起来，一边摇摆着乱发，一边也就大声笑着说：

"珊珊你们看；仪贞，你们说；不好笑吗，这人还问我呢，告诉你，柯君，丽嘉烦恼，就是因为你来了呢！若不信，请问她们，是不是丽嘉刚才还同她们笑着，谈着得很起劲……"

丽嘉还待说下去时，那坐在石阶上的小人便吼起她果断的声音：

"岂有此理！丽嘉！我不准你说下去了！安静的躺下去吧，你不知道我们的柯君是经不起你的玩笑的吗？"她又对皇遽的柯君说："不要理她，她常常要这样寻开心的。她不欢迎你，我愿认招待，在我房中去坐吧，这位生客是谁呢，是同乡……"

丽嘉抢着补充说："是同志！"

院中的人又大笑了。

柯君慢慢朝着众人说出他的名字："韦护先生。"

韦护听到有人嘎了一声。丽嘉也说道：

"领韦护先生到我房中云。你们大家都来坐，来在灯光下瞻仰我的日记的作者吧。"

于是韦护便被拥到那有着灯光的房里去了。丽嘉在前面，她先将洋灯捻大，又在桌子边拉出一张椅子来，说声"请坐。"韦护便不由得坐下来了。柯君也由人给了他一张椅子。大家都坐好了。韦护便来细看这所有人。他已经了解柯君于此中所处的，是一个怎样可怜的地位。而自己现在又将变成一个被嘲弄的目标。这几个年轻女人，都不缺少锋利的神经，和锋利的话语的。他不愿失败，他愿使她们惊诧，她们应当知道韦护并不是属于柯君一流人，可以任她们随意捉弄着玩的。他开始来望丽嘉。

丽嘉有一头乌黑的头发，黑得发亮，蓬乱得很高，发又长，直披到肩上了，将一个白的颈项，显得越白。穿一件大的白绸衣，领口斜着，可以在肩头上，见到一个小小的圆涡。她翘着脚坐在桌子上，对望着她的韦护紧紧的瞅着。两个圆圆的大眼，大张着，也发着光，显得逼人似的。

韦护便将眼光落在她眼睛上,动也不动。

望了半天,丽嘉忍不住了:"不必如此看我,我是丽嘉,一个乡下女人!而你呢,看你这身同你的手,你的脸皮,你的胸脯不相称的衣服,和你这痴钝的眼光,及你这可爱的朋友,便知道你是很自谓的一个社会革命者。虽说我很失望你便是韦护,但我相信你比你的朋友却要高明得多。欢迎你坐在这里,说一点话。"她把眼皮便闭了下来,装出等待别人说话的神气。

韦护已经知道他第一步给人的印象并不怎样坏。而且他素来就不愿在女人前让别人在他身上得了不满去,于是他变了一个声音说话,眼睛仍然将丽嘉望着。

"有些人的嘴是生来为打趣别人才说话,我固然在某种情形下,也得用嘴来帮忙,然而到了你们这里,却只须用眼睛来看了。"

于是他巡回望过去,连丽嘉有五个,都是在二十上下,身体发育得很好的女人。没有过分瘦小或痴肥。都裸着四肢;血动着,在皮肤里;眼睛动着,望在他身上。他知道柯君要来这里的原故了。他去望到他,柯君垂着头靠在椅子上,不做声。他很觉得他可怜,他也明白他纵愿帮他忙,也无用。

"韦护先生!请不必浪费你的文章,留着到必须的时候使用吧。这里只有粗野,很听不惯这些精致的语言。你既然欢喜穿着这身可爱的粗布衣服,则请说一点穿粗布衣人说的话,我敢担保这只有更受欢迎一点的。"这是那小一点的人说的。她穿一件绿条纹花绸坎肩,坐在门槛上,将两臂高举着,托住那后仰的头,有一个圆圆的额和尖的下巴。

韦护为这些勇敢的言语,和自由放浪的举动,提起了兴趣,他很奇异这复杂的社会,而且他渴欲知道,是怎样的环境,会将这些女人养成得这样性情和倨傲。于是他振着精神,先泛泛的将她们恭维了一阵,然后他又找着了她们的嗜好。他同她们谈讲到音乐上面来,因为他看见正有一张小提琴的匣子歪睡在墙根边。她们的眼睛都张开来了。丽嘉将头靠到窗户上去在叹息。珊珊(那穿绿绸坎肩的)也走了拢来站在桌前面,娇嫩的脸上,放着光。韦护对于外国的乐器虽不能奏,但他知道Chopin,知道Beethoven,他说得真动听,比他在会场所激烈争辩的言辞有力得多了。他从音乐又谈到戏剧,于是末后便转到文学上了。她们都喜欢俄国的作品,这更适宜于他,他论及托尔斯泰,屠格涅甫,俊罗古勃,她们也不吝惜的发表着意见,于是便更热闹了。他知道怎样不单偏重于冷静的批评。他又列举些她们还没有读过的名作,用他的善于描摹的言语,于是故事便更有声有色了。他又不忘了说一些名人中的轶事,有趣的,或是恋爱的。这都是些女人们所最爱听的,所以渐渐她们都忘了一切,她们不再去敌视他。不再想到他是一个康敏尼斯特。在每个眼光中,他懂得他很得了些尊敬,和亲近。他也不觉得她们是完全只知道嘲弄男性及无意义的瞎闹,而且在每个脑中,也不是全然无理解。她们只是太崇拜了自由,又厌恶男性的自私和浅薄,所以她们处处就带了轻视,而且,她们是很误解了马克斯,是无疑。所以韦护在这些地方,总常常留心,不愿太袒护了自己在政治上,社会上的主张。她们讲的是自由,是美,是精神,是伟大。她们都觉得投机得了不得。最后她们讲到恋爱了。苏俄的妇女,使她们崇拜,然而她们却痛叱中国今日之所谓解放的,革命的妇女。韦护便反对了这话,他说他最怕的便是苏俄的女人,她们都具有那健壮的身体,和能长谈的精神。她们不管一切,门也不敲的便到你房里来了,将大的两股塞进软椅去,便抽起烟来。她们自己以为可以发笑的话又特别多,不管你听不听,总是大声说下去。而且找着你闹的方法又不少,无论你怎样表示，她仍然有感到趣味的才能。他说他就最找不出精神来同她们做无味的消遣。这话使她们都笑了。丽嘉还说她就只欢喜这些能使男人也讨厌的女人。韦护又恭维了一阵中国女人之有希望，每句话都是向着她们身上投来，所以这话是更有了效用。

一直到三点了。洋灯里的油，渐渐的干了，灯光慢慢小了下来，于是韦护想起该是告别的时候，一看柯君，早已不知在什么时候熟睡去，打着大声的鼾。而她们中也有两个人的眼睛很疲倦的红着了。韦护向她们说他不该坐得如此久，扰了她们这一夜。她们不答他，只望着睡熟了的柯君笑了起来，韦护心里也发笑，便去喊柯君。

柯君醒时，犹含糊着说梦话。

他走了。她们没有挽留他，也不叮咛他再来。只是欣然的从后门送了他出来。因为她们说走后门，越过池塘和菜园，隔他宿处便不远了。这时，月亮已出来了；清凉的风，微微的拂着；喧闹的虫声，正四野鸣起；夜是如此静，如此清幽。他再望她们一次，觉得她们都浮着青春和美。他还见了丽嘉是倚在树干上，目送着他。风将她的大衫鼓得飞舞起。

三

这里留下了五个年轻的女人，她们的思想是一致的，她们都不反抗她们任何种行为。她们都承认了这新来的客的满意。她们都目送着他走了远去，是都忘了那另外一个较高的穿白长袍的人了。她们转来时，都忘了言语了，互相不说一句话，默默的，前后走了回来。在她们脑中，只萦回着适才的有味的长谈，而且抹不去一个瘦的，白的穿一件短蓝布衣的影子。那南方人的北平腔，又柔和，又跃动。那抽烟的可爱神情，在说话中，也常常将头微仰起，吹出那淡白的烟气。她们又归到房子里了。洋灯已经熄尽。蜡烛的光摇摇的。椅子狼藉着。桌上散着纸屑和烟烬。有一种淡淡的凄凉，氤氲着在，而且填到一些微微有着空虚的脑中去。好久，好久，那较年幼的春芝便说：

"睡了吧，时候不早了。"接着她打了个呵欠。

"唉，我找不出一点瞌睡来呢，我相信是因为太说多了话的原故。"丽嘉接着说。

"韦护真会说话！"这是那稍胖的薇英说的，于是室中又静默了。

但瞌睡终逼了来。春芝等都归房去睡了。只剩了丽嘉和珊珊两人。在她们之中，她两人是更投洽，虽说是两种个性支配了两人。然而珊珊却极羡慕丽嘉的豪迈和纵生，而丽嘉也极仰爱珊珊的聪慧和腻情。两人同一样的爱艺术，爱自白（这是宁肯说她们爱玩还较适宜）是如何的热烈，两人在最近两年中，是学了音乐和图画。在起先，为了过分热心和大胆，总是丽嘉显得更有天才，然而到最后，却也是丽嘉先厌倦，终竟是两人都又将嗜好转了方向。到现在珊珊是偷偷的在做诗，为的她较多了烦愁。而丽嘉却愿将热血洒遍了人间，为的她要替人间争得了她渴慕的自由，她是常常在同一些所谓中国的安那其党人来往。但她同着珊珊谈到雪莱，拜伦，哥德，那些热情的诗人，是一样的倾心和神往。她常常觉得在她的血管中，是也常常有着那些诗人的浓厚的苦闷存在着。珊珊也不是不同她一样感到，但她对于一切都要忧郁一点。在生活上占有的勇气，她没有她朋友勇敢，然而在谈话上，她却常常要比她朋友更来得尖利，所以从外形看来，丽嘉似乎是可爱些了。惟有在丽嘉心中，则分晰得清清白白，她承认，无论在智识方面，性情方面，处世方面，她朋友都比她好得多，而且她承认，很少有人能比得过她朋友。因此俩人是更相契重的生活下来了。

丽嘉一见房里只有了两人，不觉的便又将她们适才所谈的问题继续了下来。但是珊珊不答她。于是丽嘉又说柯君的可怜，她很替他在路上担忧，真断不定在路上他不会再打瞌睡，看他在那小椅上也能安安稳稳睡着，便足证明他在路上也有睡着的可能。珊珊是始终真的怜惜这类人，她责备她朋友太不厚道了。于是丽嘉便又辩明她的无须乎慈善的理由，而最后，她问道：

"你说韦护如何？"

珊珊想不出应怎样答应。这是第一次，她不愿将韦护太夸奖了，在丽嘉面前。她只说："这人很聪明。"

"是的，我还没有遇见一个能如他一样的人。珊珊，你说呢，我只不喜欢他一样，他是一个康敏尼斯特"。

"但是，他像柯君吗？像冬仁吗？他懂得艺术，而且他懂得人生。你能从什么地方看出他只是一个社会科学的头脑。"

丽嘉没有话说了。她走到床前去，整理床上堆积的衣衫，最后她仿佛自语似的："我不喜欢他。我们的思想不一样。"

珊珊不愿辩驳这句话，她也就默默的睡去了。

第二天，简直是变了无聊的日子。天气又热，因为热，不能出去玩，又不能睡觉。几人吃了饭没事做。珊珊拿一本雨果的小说翻去覆来的看。她们也各自躺着看书，或挑袖子上的花。丽嘉早已习惯得很会玩。女红的事，她生来便不屑于理，而书本除了有特别刺激性的，她也无耐心看。她常常将书翻了几页，便烦恼的丢下了。她躺在抹干净了的，有着花漆布的地上，横伸着，直睡着，不高兴的东滚过去，又西滚过来。衣衫皱了，长发更乱蓬着。直到两点钟的时候，才来了一个并不能受欢迎的客，那就是冬仁。冬仁和柯君都在一年前认识了她们。若是只就在女人面前讲，则无论在什么地方冬仁都还不及上柯君，但是她们却从不打趣他，而且较亲近，这是因为冬仁从不知道什么叫诗，叫女人的原故，他只将她们视为天真的小孩，像自己家中小妹妹们似的。他走到她们这里，鲁莽的便说道：

"今天邀你们游后湖，准定去啊！"

丽嘉懒理会他，将脸翻过去，向着墙根，冷笑了一声。薇英说天气热得很。

冬仁便解释，说是在晚上。

珊珊问还有没有人，她最怕人多。

于是冬仁不做声了，因为他知道总难免至少是有七八个。但是他又说，她们大约都认识。

"我很想去玩，只是不愿同你们那起人一块玩。我们若去，我们自己会去的，不要别人邀。"丽嘉翻过身来又说。

珊珊要他数是些什么人。于是他说认识的，大约是浮生，光复，柯君，不认识的有两个姓李，是北大来的，还有一个是刚从俄国回来的。

所谓从俄国回来的这不认识人，在每个心上，都是很熟识了的，所以大家都不做声。丽嘉又无言的将身翻过去了，天脚边的肉，露出了一大块，有着细细的红点隐现着，莹洁得真像羊脂真像玉了。

冬仁走的时候，是约妥月上时来邀她们，请她们早点吃晚饭，打扮停当。

四

这天是他们会议的最末一天，所有的争辩均有了结束。韦护的困恼，也像一条捆缚的绳一样，在不觉中轻轻的滑走了。他疲倦的躺在一张板床上，眼望着屋顶，想着他今夜要回上海去预备教课的事。

教课于他，实不是心愿的工作，而这次 S 大学给予他的责任，又实在颇重。他曾同陈实同志商量，陈实也只劝勉了他，他督促了他，既然这学校的闯入，又是议决了的，若是以头脑清醒，办事有序的韦护还想推避这艰难，则诸事似应束手，而以前的计划，也只是理想而已。韦护虽是一切都应允了，心中总还保留着一丝犹豫，所以一当散会的当儿，仲清递过来的一笑，且说：

"喂，德娃利斯，几时上任呵？"他便又想着这事了。这是他一个秘密，他几次预备同陈实商量，但又觉得可笑便又暗住了。真真实实的，他并不是不愿教课，也并不是怕主任的责任太大，他实在有点不愿同什么事都和他做对的仲清在一间房子里办公。他预定他如果去，则一切事的进行，必是很棘手的，且在争辩上的用力，必不下于教务上的用力。他想起他将来的种种困难，在床上不觉呆住了。但是他希望又自信，他总有一天能说服仲清。许多人都见着的，他实在比仲清强。而一切事都如意的很容易像迎刃而解的便做去了，他为什么要避着仲清呢？他正应该走上前去。仲清是能干的，很有手腕，只是太狂妄了，处处都带着那鄙遣的笑。他应该同他握手，合作，而且纠正他。他很肯定的便立起来去清检提包。

提包里面很空阔，一些纸扎之外便只有一件白夏布大褂了。另外还有一些修指甲的，刮脸的，裁书页的小刀，梳发的小梳，小镜子，胰子盒，乱散着。虽然都又脏又旧了，但仍然认得出是非常精致的东西。他像毫不爱惜这些小宝贝们似样的，将它们掼在一边，遍将床上的一床线毡卷拢来塞进去了。线毡里面露出精装的书籍的一角，是赤红的书面，堆有金花的，这是他最爱的一本普希金的诗集。他将皮包关好，便拿出表来看。这时那高李便走进来了，他和矮李都是北大的学生，这次代表来南京的。他对于韦护非常爱慕，看着将毡子也捡了，坐在提包边的韦护这样子，便说：

"呵！如此急于要走吗？我希望明天我们一块走，因为矮李觉得很有经上海之必要呢。"

韦护说他很想搭下午五点钟的车，因为很想同仲清谈谈，交换点意见。听说仲清就搭这次车回沪的。

矮李也进来了，也留他等一天，并提到游玄武湖的事。

他终不很感到有趣味。后来矮李像自语般说：

"唉，听说柯君还请冬仁去邀了几个有趣的密司们，而柯君的爱人也在其中呢……"

一跳的丽嘉的影儿便奔上来了。那两个妩媚的，又微微逼人的大眼像正瞅着他，且带点命令的样子，挽留他再做一次的晤会。于是他迟疑了一会，便决意留下了。但是他一想到那"爱人"两字的刺耳，又映起柯君的那愚蠢的狼狈样子，他不禁很腻烦的要笑出来。他不觉的说：

"矮李，你相信柯君有能力得一个好看的爱人吗。"

"实在不能相信，但他吹得可厉害呢，且有冬仁做证人，他们在南边久，说不定有许多鬼鬼怪怪的事！"

听到这末了一句，韦护真也觉得很奇怪，怎么一下柯君会和那几个女人认识的。过细想起来，实在不是能拉在一块儿的人。但又相识是如此久了。她们又那样骄傲。而柯君又如此伧俗。他将昨晚的情形再想过，他觉得恐怕今晚她们不会来，所以他又说他仍然想走，但好久又决不定。

两李不断的又同着他谈到今天会议上的事。他心中却慢慢的有点不受用起来。他觉得他们很可鄙。而柯君更甚。而他也像参与了这不名誉的事一样。他很希望她们会骂冬仁而不来。他又想他去阻止她们前来。总之，柯君实在有点很可笑的地方。而这次的邀请，实在不能说对于那几位女士有什么敬意。

他正在踌躇的当儿，冬仁便跳着进来了，矮李也跳起来欢迎，大声问：

"喂，怎么样，今夜的事？"

"幸不辱命！幸不辱命！她们都去。自然先是不答应啰，问这样，嫌那样，但到后终归也就答应了。嘿，一群小孩子，都怪可爱的。你们等下看吧，哼，丽……柯君的爱人，还有，唉……"

矮李便又抢着问成功了没有。冬仁则打起大哈哈说不晓得。高李也在问其余的人漂亮不漂亮。冬仁就拍着胸膛敢打赌。韦护一声也不响的夹着皮包便朝外走，像生着很大的气。冬仁赶出来一把抓住了，说是在晚上光复还有话和他说。韦护很忍耐的望了他们半天，便又笑着进来，他表示他愿迟到搭夜车走，为的看看他们怎样和这几位姑娘玩也好。

五

这是第二次了，韦护又来到这小房子里。他夹在许多人中间，涌了进来，只听见一群女人们的笑声。他退在最后，站在门边，不敢十分望她们。冬仁在为她们介绍两李，两李局促的将眼盯住她们在说客气话。冬仁又为她们来找这新从俄国回来的朋友，她们便都向他微笑起来。他勉强望了她们一下，便笑着又掠开了。只听见珊珊大声向冬仁说：

"哈，我们早就认识了，用不着你来介绍。"

丽嘉什么人也没有理，只牵着浮生的手，同浮生对望着大笑，她责备浮生都不来看她。她又责备浮生太太怎么不同来南京。她又说她挂念他们的小宝宝。而且她鼓起嘴学着小宝宝同人亲吻的样子。于是他们又大笑了。浮生不断地拍着她的手，只觉得她天真活泼得有趣，而且真美丽得可爱。唉，那白嫩、丰润的小手，不就正被他那强健有力的手捻着吗？但是浮生有一种好处，他是诚实正直的人，他不愿他有负他太太的地方，因为他们是还保持在恋爱中，所以他从不敢在其他的美的肉体上，做过一次不道德的幻想。他只是用一种客观，毫无关系的审美态度来望着丽嘉的闪动的黑眼和娇艳的红唇。

韦护已注意到他们，他无所感的，只觉得不很痛快，一切都无意识，都很无聊。他只愿早点回上海去，因为那里有的是工作，工作可以使他兴奋，可以使他在劳苦得到一丝安慰。他无聊的像当着消遣的去暗暗来窥察这所有人的神色。忽然，他听见丽嘉的响亮的声音：

"喂，怎么样，你们这新同志？"

他本能的向他们望去。丽嘉正做出一副玩笑的脸觑着他。浮生则笑着，也望着他，却向丽嘉说：

"哦，你是说韦护吗？好不好，我来替你们介绍？"

韦护心里很着恼，他不等浮生说完便走过去了。丽嘉却忽的笑起来，像正热烈的欢迎着将她的手伸给他：

"我还以为你走了呢！"

韦护又说出她眼里的另一句话，心不免轻轻跳了一下，便用力的捻着她的手。他心里想："哼，想不到，这女人还有点魔力。"

几个男人都嚷着要动身了，因为天已黑了下来，月亮也上来了。

果然，月亮虽还没有全圆，但却明亮极了，这是他们到了两边全是旷野的马路上更容易感出的。他们都能将他们挨得最近的人的脸，朦朦胧胧看得极清白。而远处的树丛，耸到天际线上的山的波峰，哈，周周围围，都显得像副画似的了。一切的市声都远离了，只有下关那边的电灯，微微染红了一抹的云彩。多么寂静呵，只有他们的杂碎的履声，冲破了这庞大的沉寂。

女士们都落在后面了，她们都悠然的互相将手臂搭在肩头，排排的缓着步伐，眉飞扬的，眼望着四方，或是低低的，轻声轻声的哼着歌曲。自然的美景将她们的胸襟洗涤得不染一点尘浊。每个人都不缺少那细柔的情绪来领略这周遭。

只有丽嘉一人离开了她们的群，她挽着浮生走到最前面去了。只看见她的裙裾，时时向四方飘起。

这剩在当中的几个人，既不能插足留滞在后面的集团中去，又追不到前面的两人，都有点不高兴，而且都不免有点嫉妒起来。矮李喟着说：

"喂，怎么样，柯君？"

柯君装出一个糊涂样子，唯唯否否的答："呵，什么意思，什么意思，我不懂。"

"恐怕要警戒一下浮生了，他又忘了他同他太太曾有过的几次争执。丽嘉真糊涂呢。"这是冬仁的出于衷心的话。

韦护呢，他都听到和见到了，但他不说，他觉得他很了解这些人。而且他微微有点高兴。无论怎样，他仍保留了一个较好的地位，在这些女人心上。尤其是对于丽嘉，他很能相信，纵使丽嘉和浮生相搂抱了整天整夜，而她所给与浮生的女人的意义，还不如她所给他自己的一闪眼光。这眼光中是包涵得有许多话和感情的。他望着她隐隐摆动的腰肢，他自己仿佛觉得曾生了一点点有侮辱这女性的心情在。他只是做成精神很好的，热心的同光复在讨论光复的一件事。

"我懂得，这一种名士的遗毒，你自己不会觉得的。你只觉得被冤屈了。而他们又总以为你是太难了解了。他们说你是个人主义。而他们又都常以自己是曾信仰过安那其而骄傲。真是不值什么,本来支那人就从没有过政府的思想,都是极浪漫的,病态的神经质的人,古老的民族呵!你,我懂得的,你是一个重感情的人,你常常信仰你自己的时候,总是很多,你又不甘于平凡。而你的那几位同事又真是不足道得很。我知道的,你自然很痛苦呵。我会替你尽力的。我也曾像你的怪僻过呢。不过这都早就过去了。我们不说它。你只相信我就是,但是,你呢,你总也得学忍耐,牺牲意见。你们湖南人做事各方面都好,就只常常太偏激了一点。这也是毛病;你觉得我的话怎样?"

光复紧紧握着他的手,一边走,一边说:

"你真知道我,我们永远做好朋友吧。唉,告诉你吧,你说的不错,名士的遗毒,我从前本是……——不说了,我们以后再谈。"他自己忽然停住了话题,是因为已走到丰润门了的原故。

穿黑衣服的警士炯炯的望着这一群男女,而且警告说九点半是必得关城门的。

大众分乘了几只小船,迤逦的,鱼贯的,向生满苇叶的曲港行去,有的地方芦苇太高了,将月光遮去,船只在深黑的水潭中无声的滑走,或是嚓的一下,船底触着斜伸出的短的断茎,或是风过去,苇叶的尖全颤颤的,细语着,薄的衣衫全鼓荡起,发覆在额上,呵,这清凉畅快的夏的夜!

韦护有好几年不曾亲到这江南的风味了。它像酒一样,慢慢将你酥醉去,然而你可以不会感到这酒的辛烈。它诱惑了你,却不压迫你,正像一个东方式的柔媚的美女,只在轻颦轻笑,一顾盼间便使人无力了,这是没有什么紧张,心动的情绪在着的。韦护想起他往年的在中学时代的事来,他是多么一个可以十足骄傲的年轻的人呵!到现在,唉,他的才情呢,逸兴呢,一切都已疏远了,而且那些友人呢,那些

"郑板桥"，"王渔洋"……大约到现在仍然在做着一些潇洒的或是感慨的新诗吧。他们一定还是那样多愁落泊的生活着。然而他，那时最惊人的他，却变了，变得太利害，会使人不相信。他一想起过去的生活，想起他被这二十世纪的怒潮所冲激的变形，他真感到有点伟大得可惊叹！

好多人都像想到什么去了，全寂然无声。不久，又经了几个转折，船绕过湖心亭，走到一个桥下。月亮摇摇荡荡飘在荡漾的湖水上。像披了一层薄纱的紫金山更显得俏丽了。忽然，在后面的船上，悠然的响起："呵，良宵呵！"的歌声。是三位女士的合唱。他们不能将歌辞细细辨明，然而那声调的柔和，和微微带点感伤的凄切，都感动得拍起手来，一致赞好，要求她们再唱。浮生也向坐在他对面的丽嘉说：

"怎么样，好不好，你也来唱个吧。"

丽嘉将头扭了一下，哼了一声，接着她便笑道：

"欢迎我唱吗？"

同船的矮李忙将两手合拢来轻轻的拍了两下，连说欢迎之至。

丽嘉望也不望他一眼就昂起头噘着唇，高高的叫了一声。

这一下大家都哗然笑了，浮生也学着叫起来。

船已划到宽广的湖面了，都慢慢荡着，距离得很近，因为局面的改变，便都方便的谈起话来。

可是时间已过去很多了，他们都怕拖延得太久了，只好又从菱荷丛中赶快的划回码头去，都时时可以一伸手便攀住那正在满开的花，都时时嗅着这花的清香。

走进城时，警士很不高兴的申叱着。他已等待了快一刻钟了。

于是挨了骂的众人，反更因此增加了笑谈的趣味，比在湖上，在回来的路上是更嘈杂了。到最后，丽嘉忽然说：

"这里面有个人真沉默得使我疑心呢。"

有好几个人都惊了一跳,连珊珊都以为她朋友是开她的玩笑。柯君是更愁惨的默着了。其实丽嘉真无心会说到他身上。唉,这可怜的人!

六

十一点钟的时候,韦护已独自的踯躅在冷漠的车站。稀稀朗朗几个候车的人,和几个打着哈欠的搬运夫,稍远的地方,成列的陈着不少的睡熟了的人体,随着微风,送来那粗蠢的浓鼾。韦护心里异常不安。他像正恼着什么人一样,可是又找不到可以发泄的对象。他厌烦的望到一切,又觉得都不是可以将眼光放落在那里的。灯光黄黄的,照出那建筑物的拙笨和污秽。他又抬头去望天,天空灰灰的,一点云彩也没有,月已升到中天了,只冷漠无情的注视着大地。几个星儿,在不关心的眨着眼。这景象真使人愁惨。韦护勉强镇压住自己的无来由的烦躁,他开始去想这次回上海后先应着手办的事;第一自己得找个住处,陈实那里是决不能久留的,他有那末一个不尴尬的家庭。学校是也不能住的,人太杂,做事不方便,可是这房子事就太难了。他有一些习惯,是很难邀得一些同志了解的。他能比他们更能浪漫,他的历史可作证,他从前为了贫苦,他有过两天没吃饭,等将最后的衣当得了钱时,却将来买醉了,他为了爱情也曾……即使这最近在北京,因为工作的忙迫,有三个星期都忘记换衬衫了。然而他却不愿住在终夜都可以听见邻家打牌的房子,而且这房子准能碰到隔板壁就住有一对夫妇。但是住什么地方呢?一切都太麻烦了。于是他又去想别的事,想到学校,想到仲清,想到这次的会议,这次会议上,不是仲清也显然和他作对吗?他不免更焦躁起来,他在那空落的月台上,不知来来去去走了许多回。

他暴躁的咀咒这迟到的火车。而且在心上他竟骂了一句不文雅的话。

但是忽然,他又静下去了,她仿佛看见了一个影,这影很模糊,却使她喜悦。这影里显出一双活泼有力的大眼,像丽嘉。他心里想:"如其我现在又转到她们那里去,她们将怎样呢?"立刻他便做好答案了。他断定她们一定都很惊诧的张着惺忪的眼,笑着,感到趣味的笑着来欢迎他,她们真都可爱呢。他真决心了,他已举步又朝站里走去,他微笑着想到他去惊扰她们的情景。他准可以骇她们一跳,而她们一定会快乐着来怨他的。可是,飕的一下,便响起一个责备的声音:

"韦护!你,怎么了?难道你还来闹这些无意识的玩意儿吗?有几多事等着你去做,你却还像小孩般在找着女孩子玩!"

他骇得便停步了。而且依稀有点鄙薄自己起来,正在这时,从上海开来的车便轰起了。车头尖锐地叫着,凶猛地直冲了过来。候车的人都惊慌的忙乱了。搬运夫便乱窜着。而他呢,变得很可笑的,他仿佛又有点恨这车来到得太快了。

直到车又快开了,他才断然的像气愤样的跳上车去,他凝视着城的那方,微微带点怅惘。这一夜他未曾合眼;及车到上海时,他却已想好了两首诗,这是已经掉弃到快两年的玩意儿了。

七

第二天,矮李还预备与柯君再来邀请游山,但不凑巧得很,天却变了,大团的黑云,直盖了拢来,到下午,大点的雨,便滂沱起来了,矮李很懊恼的望着天色。自叹的说:

"唉,看情形,今天只得要动身了呢。"他又转过头来,望柯君:"但是,你怎么样,为了你,我想我们有应留住几天的必要。唉,我看你,完全失败了呢。"

"本来就没有什么了不得的交情呵!"柯君心中的希望并不绝,他只以为丽嘉不过一个天真的小孩,虽然有时喜怒无常,但却并不是有心的。

"我说,她对浮生太俨然了呢。而且太倨傲,她对我们连正眼也不看;而且在湖上时,她还很嘲笑了韦护。唉,我说,她到底有什么够得瞧不起我们还瞧不起韦护?"高李简直有点气愤起来了。

"女人么,不就是这样,她若不装出一点自大的样子,她不是就找不到一点自己美好的满足来做安慰么?不过,柯君却很有眼力,她实在是出类拔萃的呢,但他单喜欢浮生那呆子,我却真感到不平。"

两李的意见,总是与他们的尊躯一样,相差得太远。高李听他说什么是出类拔萃的话,他皱着眉,到后来,他像想起了什么一样高声的问柯君:

"那个微微有点胖的,白白脸的是姓什么呢?"

"呵,是薇英,姓什么可不知道,她们都废了姓的。她性子比较好些,容易些,你对她怎样呢?"

"谈不到,谈不到……"他们都大笑了。

于是谈话的题材便推广了,但大半总不超过女人的范围。

至于那几位被谈论到女士呢,却也在雨声中讲到夜来游湖的事。不是月亮多皎洁的么,谁知天气一下就变了,这场雨已扫尽了夏日的炎威。风从身上吹过,简直有很深的秋意了似的。她们不禁感到这时间跑得太快了,而对于这秋季的来临,不知怎样才好。她们讨论着行止来了。在这些时侯,丽嘉总是不愿慢表示意见的,她说:

"我真住腻了这地点,而且我们都太闲了,闲得使人真闷,我赞成我们全找事做去。"

春芝第一便反对，理由是她没有技能，她要念书去，她真须要念书呢。

第二薇英便赞成，赞成春芝的意见。她来南京时，本是预备学体育的，却为丽嘉和珊珊都反对，说她不适宜，强迫她一同呆下来学音乐，学绘画，看小说的玩过了。她的成绩是都没有学好，只在思想上，个性上受了很大的同化。她从前真是一个拘谨守旧的人。而她之预备学体育，也是不得不走这条生活的捷径，她完全是为了两年毕业后她可以不难的找到一个位置，她的经济实不很宽裕。正因为她受了她们的影响，她很爱自由，又爱艺术，但她觉得若不能将自己的经济地位弄得宽裕些，那一切只全是美的梦。她到底没有全变像了她们，她比她们能多虑到这一层。她说她很想到北京进女师大去。那里学费很低，录取并不严格，她去学音乐，听说那里的教授很有名，她或者可以有点成就。

珊珊同情了她，她说：

"本来，我们同着生活下来，自然是很好，但究竟不是事，我们都太年轻了。所以我们的懒惰总是胜利过我们的别的，它将害得我们一无成就。你去北京，我觉得很好，再受一番学校的训练，未始不更有益处些。我呢，我也很想能进一个学校，那里人多，凡事都显得有生气，但又因为人多了，我受不了那压迫，我始终只愿和几个好友过着理想的生活，像我们现在一样。所以我虽说希望你们都努力去，但在我心上，我终是很难过这分离的，因为若想再聚时，恐怕就不易了。"

大家都随着有点黯然了。好像还是不分开的好。

丽嘉则坚持她自己的主张，她给一个在南洋做校长的朋友写了一封信，她请他为她找五个教员的位置。她希望大家都能走到那新的境界去。她说了五打以上的梦想，说得像真有其事一样来鼓惑她的朋友们。

真是大家都动心了，只忧愁找不出那些位置怎么好。

　　一个礼拜过去了，回信还没有来。自然回信不会这样快！邮政还没有用到飞机呢。薇英便不耐等了。若是再迟延，寻又不成功，则学校也不能进，她觉得她不能再一玩又半年，所以无论丽嘉又怎样说得天花乱坠都枉然了，她决定这天走。她们都送她渡过浦口上了车才回来。她们在对于要好的女友前，都不会吝惜那恋别的泪。她们都坦率的热烈的拥抱了好几次，直到车都开了，薇英还从窗户口伸出一个嘟着嘴的脸，天真的哽咽着，话说不分明："南洋有……有信来，你们告……告我。我再来看……看你们。"

　　几天后，春芝和那顶小的一位也考了学校。丽嘉只是焦躁的望着回信。她向珊珊说："你呢，你怎么样？她们都定了。我，我是要走的，我要离开中国，这国度里的一切都使我生恨。我只想到法国去，但是没有钱。克强从巴黎来信，说只要四百块钱一年。四百块，数目并不多，我相信纵使家里毫不帮助我，我也可以弄得。什么工作我不可以做？衣装店的职员也好，咖啡馆的侍女也好。只是路费，而且，你说，我们能不能穿起香港布短衣在巴黎城里跑。现在呢，只好到南洋去，南洋总比中国好，因为那里一些我们都生疏得很呢。等到一觉得不好了，我们又走远一点，又走远一点……慢慢的就可以到巴黎了。又到意大利去，又到德国去……我相信总不会饿死的，而且总是快乐的……而且我们可以见到许多……"

　　她不说下去了，她想到同一些热情的革命家做朋友，那真是幸福的事。

　　珊珊却跳起来了："嘉！你真好。我相信你。我们一同走。我们同做流浪天涯的人吧！"

　　信是终于到了，但朋友却将她的意会错了，他以为她们来或也是

同他抱着同一宗旨的,所以他信上说:

"……近来此地政府压迫日甚,言论稍不留意,则以过激当论罪,驱逐出境(朋友中已不乏人,而你认识之本德君,亦已于昨日抵广州矣)故我等均无法施展,终日惟相对闷坐而已。故你来,我殊不赞成,以你之燥进,如来此,徒取祸耳。(乞恕我设辞)且五人位置,亦甚为难,因教员之聘请,均须取得校董同意,然校董则全为糊涂之资本家,猪而已……"

丽嘉把几张信纸扯成粉碎,她不屑再给这朋友写信了。

然而她们不得不想法,不久,便只好决定了,是因为丽嘉的一个女友在上海来信要求她去看一看,这女友正在一个无理由的失恋中。丽嘉觉得有安慰她的责任在。而珊珊也愿同去,她是听了浮生太太的怂恿,想到 S 大学去听一点课,据说这学校是很理想,很自由的。

第二章

一

到上海,是八月末的时候,气候还不很凉,在太阳正要下山的时候,丽嘉和珊珊两人所乘的那趟车,已轰然的停止在北火车站了。一切都格外喧哗。她们从那沉闷的车箱跳出时,直是像闯入了另外一个世界。她们想到去年离开这儿的时候了。她们站在船头上,骄傲的摇着手巾,向那些高大的建筑物,那些龌龊的脸,以及一切遗留在记忆里的权势,狡猾,卑鄙告别,她们愿意不要再来了。谁知时间还不到一年,又觉得无路可走的一样,又来到这里了。她们带点好奇的心,接受了这不堪的嘈嚷,在人堆中挤着向前去,并四处去搜求她们要见的人影。忽的,从她们背后响起一声尖锐的叫:"呵!珊!"一个净白的女人便跳踪到珊珊的胸前了。珊珊也握起她的手,端详着那圆的脸,说:"怎么,雯姐,你更漂亮年轻了呀!"接着浮生便也笑着走拢来。他问她们的行李怎样了,于是她们将一张行李单交给他,而她们便欢笑着走进待车室了。丽嘉第一句便问小宝宝怎样了,乖不乖,因为头次浮生在南京曾告诉她,说是小宝宝很像她,尤其那对黑眼最像,时时放出金色的光来。雯便显出母亲的笑,说是睡着了,等下回去便可以看见,她不必说出那小天使的可爱来,她想准可以使她们惊诧而疼爱的。珊珊又去打趣她的旧友。雯便颇有点放赖的神情蹲在她身旁了。她正经的说:"珊!你不知道,我想你来,比浮生离开我了时想他还厉害,总觉得朋友还使人难忘呢。"于是她们都不信的笑起来了。

这夜她们便住在浮生的家里,在他们堆满什物的后楼里,抹去了积尘,费了许多力气,才腾出一张摆了不知多少破乱书籍的床。她们谈到了三更天才睡。这在浮生真是少有的事,所以一倒下头便发出重的鼾声了。

浮生近来很劳苦,在S大学里担任了几点钟社会科学的课。这在他不能不算很吃力。他不是苟且的人,所以他预备编讲义的时候是两三倍超过上讲堂的时间。薪水又实在不够用。他参考的书籍是又一天一天的觉得太少了,他真不能减省的。而太太也是一天一天觉得所须的多,尤其是关于小孩子的东西,两人常常要为这些事休闹架。譬如太太站在百货公司的帽子部尽瞧,男的却硬拖着她回来了,太太嚷了几个月的要为小宝宝买张吊的摇床,而浮生得了钱,信也不给她一个,便换了几本书回来了。太太当时虽不好说什么,然而像如此情形一压积多,便总得找机会发泄出来的。所以不怕是很相爱,但为了这些小事不免常常要反目的。想起往日的日子,却安宁,温柔得使人羡慕不止,浮生在编讲义之外，还要翻点文章，请人各书铺去卖，想得点钱使太太欢喜。又常常要到他们小组织里去开会，又常常要列席 S 大学的教务会议，因为韦护很看重他。而且学生们又有一起没一起的来找他谈，他总是振起精神竭力陪他们坐，为他们解释一切问题。他虽说不喊困倦，然而一歇下来，便颓然躺着了。他忘了他的第一功课，他将他同太太玩的时候减省得可怕。尤其使太太不满的便是他对于小宝宝的冷淡，纵有时逗着玩时，也显然看得出是勉强敷衍着的。所以不怕浮生是怎样自信，他是只爱她的，她是他永久的爱人，然而在雯这方面是难免有时总会感到像有所憾一般，这情形是使刚来的两人，一下便看清了。第二次，珊珊便劝了他们一些话，又请浮生去替她办进学校的事，又在学校附近去找房子，房子一下便找好了，是一间小小的亭子间。浮生他们也要搬，便又在她们间壁也找好了。进学校的手续很简单，只要缴清费便可随时上课了。

这些麻烦事，带同帮忙浮生搬家，足足忙了三天。

二

一切事情都很妥当了。丽嘉心里却更茫然。这本来都不是为她预备的，她不须要这些。这天，她送珊珊去上课，到大门时，她向珊珊说：

"小姐，都很好了。你就这样生活吧。我呢，我要离开这里几天。你知道的，我要去看看毓芳了。他们纠葛的事，还不知怎样了呢？"

珊珊给了她愤怨的一眼："你总欢喜使人不快活，为什么不听我的话，两人上课不更好吗？"

她仿佛没有听见一样的，只笑了一笑，便快步的走了。

她转了几个弯，才搭上一辆电车，又转搭了一次车才走到了辣斐德路的极西端的一个里口。经过许多热闹的街市。都张着大减价，九折七折的旗子。有的打着洋鼓。有的开着留声机，有的跳叫着，处处都进出着体面的男女。她仿佛也很有精神的去观赏一切。直到走进了里口，被一股强烈的便溺的腥臭冲进了鼻管才将那些热闹的影像抹去。她皱着眉心，掩着鼻子去找门牌的号数。

到最后的一家才找着了。门大敞着，有三个男人在围着圆桌吃稀饭。她特意去敲响门环：

"喂，我是找赵毓芳的，她住不住在此地？"

"谁呀？"楼窗上伸出一个头来了，听声音便可以知道那正是毓芳。两人同时都"呵"了一声。楼板上便只听见咚咚的足音了。

"呵，我正盼着你呢？怎么才来，我们上楼去吧。"毓芳看见她时直嚷。

她也抓着她跳了起来："我真高兴！我真快乐！你还是同从前一样，一点也没有变呵！"

她们穿过客堂，走上楼去时，那三个年青伙子同望着她们笑，有一个还说："毓芳小鬼你真乐呀！"

两人都紧紧的望着，不知说什么好。还是毓芳先想起来，问她的行李。她告诉她已同珊珊租好房子了。

"你不是说珊珊要上学吗？"

"是的，她已在 S 大学上课了。"

"那你呢？"

丽嘉望了她半天，总不知怎样说才好。她觉得她自己很烦恼，又觉得这烦恼不必向人说，因为别人不限定能了解，而且毫无用。因此她倒呆了半天。毓芳却接着说下去：

"那么也上学啰！只是你们到底在周仲清那一起人门下学什么呢？

社会科学，他们懂吗？一古脑儿问他们看了几本书？文学，你去打听一下吧，什么人都在那里做起教授来了，问他们自己可配？除了翻译一点小说，写几句长短新诗，发点名士潦倒牢骚，看可有一点思想在那里？他们太看轻了你们这般大学生了呢！我总不会去向他们请教，学问是向人学得来的吗？全靠自己呢。"

丽嘉笑起来了。她早把眼光将全室搜罗遍：只见这房间，一点也不整齐，四处都散着一些陈了的报纸，纸屑，桌上脏极了，厚厚的一层灰。几个不干净的茶杯，孤另另的站在那儿。床上不知堆积了许多折皱的被袄，衣服之类的东西。她觉得她的朋友的怠惰的素性，仍然保留得利害。她锐利的望了她一眼，她将自己的锐利的言语制住了。她常遇着别人意见太偏时，她便反承认那被反对者的一部分理由。因为不愿在久别后刚相见的好友前起冲突，她只好笑着说，又将手去拍她友的肩：

"哈，倒看不出，你有这么多意见。不过，你可放心！我不是能耐烦的人。我受不了那上课的罪。横竖我不想学什么。我只想找事做，倒是你呢，你和保霖的关系现在怎样了？我很挂心呢。特意跑来看你的。却将话说到些无意义的事上去了。你详详细细的告诉我吧！"

于是在毓芳口中，便赤裸裸画出一个简单的，浅薄的，过分自私的男子的型体来。听着听着，只觉得这历史，这经过，太不精采了，而且很丑恶，同丽嘉原来的想象全不对，她希望她朋友是至少也应有点儿悲哀的调子，或是正又挟着报复的心。谁知事情只是这样；原来两人就并不怎样相投，时时吵嘴，这次又为了一点小事，都不相让，终至于咆哮的动了武，于是一个气冲冲的就走了，一个也随他。到现在恐怕两人都已记不清到底是为的什么事才起头，因为那原因太小了。丽嘉只觉得太糊涂，太可笑了。原来本想来安慰她朋友的，到现在只觉得正适宜于打趣了。可是毓芳又从抽屉里翻出一张照片给她看。说是一张纪念品，是在保霖走后第三天照的，前几天刚送来，她说她从此要过清静生活，好好做点事。像拍得异常丰艳。丽嘉不禁望着像片娇媚的说：

"这太美了，只应再来个恋爱，为什么要说尼姑的话？看这像，就并不是餍足恋爱的像呢，真的，那下面的几位是谁呢？"接着她做了一个会意的笑。

毓芳把嘴一噘，但同时像又想起了什么似的，问道：

"醉仙那里你去过没有。他有几次同我谈到你呢。在那里可以会着许多人。大半都是同志——对了，你一定不高兴这名称吧，不过好些人都视你为顶好的同志呢。去，我们就去吧。我想你认识一半人呢。"

"是的，我们早先不很熟，虽知道他资格是很老但我不很高兴他那不庄严的样儿，所以不去亲近他，还是今年在孙九先生那里见到的。我从不佩服人，只是对孙九先生的那种热忱，我却不得不又钦佩，他无论对人，对事业，对学问，都极其忠实的那样做。我在他面前，只觉得惭愧。我只希望我能为他感化过来。只是他又走了，我仍然是无头无绪。一天天又沉于梦想和说不出的不痛快起来。好，既然醉仙在这里，和你去，我也很想见见上海的这一党人。"

"唉，走吧，别说那孙九先生了，他们都说他是一个三千年的无政府政策呢，就是说照他那样做去总要三千年后才能实现他的理想呢。"

她们手携着手便出去了。

三

丽嘉在毓芳处玩了两天之后，便又很腻烦的走了回来。房子已清检得更清爽美好了。又添了两盆桂花。花正盛开，一股甜的香占满一室,使人油然起一种幽静愉快之感。但是珊珊却不在房子里。只在那铺有织花布的桌上,堆了好几本珊珊新买来的书,大都是一些关于文艺的书籍。在每本书角上,都由她写上一些小小的字:"与嘉共读之!"丽嘉很高兴,她像小孩一样的又去审视那书架上安置的一些小东西,又去审视墙上的画片,又去仔细看那精美的床,她不觉又很怅怅起来。她真希望能立刻看见珊珊才好,她像不见她有好久了一样的。但她不愿到学校去找她。她只好一步一步踱往间壁浮生家去,想找他们小宝宝玩,好等珊珊回来。

但当她走进浮生家的后门时,她便看见韦护正坐在客堂里,脸向着她。她正要喊出,而韦护也倏的一下迎着她来:

"呵!丽嘉,是你!我总以为你不回来了呢?"他伸着双手望着她这样欢呼。

她也不知所以的便跳过去,将双手投给他:"啊!是韦护吗,没有想到会遇见,啊,真好久不见了,近来怎样?"

浮生也走来门口,握她手,她不理他,只望着韦护笑。

珊珊也在这里,却很苍白。丽嘉跑来拥着她说:"珊,你真好,我已到过家了,见不着你才来的。"

珊珊淡淡的一笑。

丽嘉并没有注意到。却转过脸去,拿眼在瞅韦护的新洋装了。简直是一种专为油画用的那沉重的深暗的灰黄的颜色,并且显然还是那精选的呢片,裁制得是那末贴身。真使人一想起那往日蓝色的粗布衣,就觉得要好笑,仿佛背项都为这有直褶的衣弄得昂藏了。丽嘉又去看他脚,是黑漆的鞋,在反射出蓝色的光,整齐得适与那衣裳相配合。发是薄薄的一片,染了一点油,微微带点棕黄,软软的,松松的,铺在脑盖上。在上了胶的白领上,托出一个素净的面孔来,带着一点高兴,又带着一点烦恼，且常常露出好像是我知道了的微笑，真是一付具有稍近中年的不凡男子的气质。自自然然会令人生出一种爱好的心来，是不会杂一点狎弄的。丽嘉端详了他半天。她那惯于嘲讽的嘴，已失去了效用，只能将眼睛睁大，然而却并不是惊愕的神情。在这时一室都默着了。各人都听到自己的心的跳动，而且那跳动的心是正在说什么话。

然而这静默却又同时喊醒了各个人，都仿佛骇着了的笑起来。韦护便躺到软椅上去，露出一种温柔的倦态。珊珊便低着头，凝视自己手指上的细细的指纹，眼睛仿佛有点潮湿了。丽嘉却又反过脸，大声的同雯说着笑。又去抓着浮生的手，这是她适才冷淡了的。她又仿佛与从前一样，闪着轻蔑的眼光。她又跑上后楼去，将一个有着巨大的眼，和柔细的毛的小孩捧了下来，一个可爱的欲笑的面孔。于是都围了拢来，将这便做了谈话的标帜。父亲感叹着。母亲便又抱怨了起来。真的，小孩的东西是太缺少了：简直连一个粗藤的橡皮轮的车也没有，莫说那有精致的把手和那垂有重价小纱帘的车了。这使小宝宝要到公园去也不能，小宝宝是正适宜于要晒点太阳，因为她的支肤是太嫩了。而且邻近的这些有着林荫的安静的马路上，就常常有好多小儿车推过的。不怕浮生曾好多次愿抱着小宝宝去公园散散步，然而这做太太和做母亲的雯却始终害羞将自己这可怜的家庭给别人瞧，她宁肯在家里陪着她生来便穷的小女儿玩。

丽嘉觉得这话题是不能再继续下去了，不是会扰起风波来。不知为什么，一个女人一做了母亲，便将一切都缩小了，且总是那样小气，填不满那物质的奢望。她觑着那快要生气的一个属于康敏尼斯特的浮生大笑了起来。她将两个手指按着自己的嘴唇，向浮生命令道：

"禁止发言，不准发挥你的理论，谁都懂得的呵，说了也无用，因为不适用呢。你不说,我们都也了解你,而且也同情。但是你假使定要争执起来呢,我个人便完全站在雯的方面,而开始攻击你了。"

浮生更竖起眉,预备同这调停人开始争辩,但他看见了那眼光,仿佛陡的聪明了好多,他便默住了。

丽嘉在制止了他的说话后,便又继续着说:

"总之,车是得买一个的呵!我和珊珊可以借给你二十块钱。你再支二十元薪水便也够了。下星期我们大家都要推着小宝宝去公园玩呢。哼,你做爸爸,简直不会享福!雯,事情就这样决定了。他不买,我们大家不依就是。"

这话说得珊珊,韦护都笑了。浮生也只能笑,吐着不清的言语:"好,好,依你们就是,好,好……。"他那癫头癫脑的样子,惹得别人更笑个不止。雯是更举起小宝宝来喊叫着。

韦护再三再四看到这女人。有时觉得很接近,有时简直是太难捉摸了。他一看到她那目中无人的傲慢样子,他便只想抓下她什么来,问她为什么要这样使人心里难受?但是他一想到她的那些凶猛的,其实又是同样柔媚的眼光,他又恨不得将她高高地举起来,而且自己要向她做一些愚蠢的动作。

他看她那末不费力的管领着浮生,像一个驯狮者对于他那抚弄惯了的狮儿一样。更因为他知道浮生又是那样一个无邪心的好人,不知人情的憨直的人,却那末并不有所希冀的服从了她。而那做太太的,也不能从她那里找出痕隙。所以他更赞赏她。但是当他看见她将脸伏在小宝宝怀中,那末不知竭制的疯狂的笑,他忽然像是耐不住一样的嘲讽般的笑了一下。

丽嘉俨然是很着恼,她抬起头来,发散满一脸,她粗声的问:

"你笑什么?笑我吗?"

韦护不能立即收回那笑容去。又不知怎么答为最好。只得连声："并没有呀,我是想起了别的。"

"哼,你想起了别的。好,德娃利斯先生,你从什么地方学来的这礼貌？当面侮人！我们还没见识到这里呢。"她不等别人回话。她也不再看那正向她投来抱歉的眼光。她飒的立起来,拖着珊珊的手就向外冲去,而且命令珊珊道："走呀,不要在这里了。"

珊珊跟跟跄跄的不知抵抗的就被她抓着走了。真更显得那腰肢的瘦弱。

在走出门口时,她并没有回头,但是她却大声说："雯,明天再来看你们。"

雯没有答应她,只向着韦护安慰似的说：

"完全是小孩,癫子一样。同生人老欢喜拌嘴。一熟就好了。若要同她一样小孩气,真呕也呕不完,恨也恨不完。"

韦护也只有一笑置之,视为小孩气而已。但是总有点不痛快,想跑去追她回来,又不好意思。又觉得无意义。他佯装很坦然一样,又同浮生讲到他们团体中最近所发生的一桩小事。好久以后,他才告辞去来,因为他不愿意让浮生他们能在他身上得到一点可疑的地方。

四

韦护住的地方,离学校很不近。他一星期总有五天须要这样往返的跑着。他为这住处的事,真考虑得太多了。他知道,关于这一层他始终都是难邀得一大部分,几乎是全体的人谅解的。就是无论怎样,他不能生活得太脏了。即使在苏俄,他也生活得较好。所以他必须找一家干净的房子,和一个兼做厨子的听差。但是不知所以然的,他又常常为一些生活得很刻苦的同志们弄得心里很难受。若使将金钱光在住房子和吃饭上就花费了那末多,仿佛是很惭愧的一样。他的这并不多的欲望,且是正当的习惯(他自己总横竖要这样肯定)与他一种良心的负咎,也可以说是一种虚荣,(因为他同时也曾希望把生活糟蹋得更苦些。)相战了好久。结局是为另一种问题得胜了。就是他必须要有一间较清静的房间,为他写文章用。他每月所负的文章的责任是并不轻,他不能弃置这事不努力。因为能写的人,在他看来,简直是太少了。所以他找到了一家房子又好,房东又好,房东的听差也好的一家了。正因为房东又同他有点戚谊关系,虽说他出的钱比较是太贵了一点,然而向人说起来尽可以说是住在亲戚家里的。他又买了一些,并不是贱价的家具,和好多房子的装饰品。俨然房子就很好,简直使人疑心这是为一个讲究的太太收拾出来的。韦护住在这里,真的是很相安。开始几天是太忙了,人很累,一倒下那宽大的,有钢弦的床,便享福一样的睡熟了。到过后几天,学校的事是已走上了轨道。而与陈实等一个特别组织的事,也大体已有了头绪。他除了上午到一个办事处翻译一些稿件,下午到学校上两个钟头的课,那其余的时间,便都可以由他自由支配。他是便像一个机械一样,一回到家,坐在软椅上,抽两枝烟之后,便伏在案上,不知天昏地黑的,要到人实在太疲倦了才停笔。然后他钻进那好听差为他理好的薄被中去,再抽一支烟,又睡着了。他仿佛是顶满意这伏在案上用笔的工作似的。可是在再过不了几天之后,他将休息的时间,不觉得延长了。而且在笔尖稍一停顿的时候,他的思想便从笔尖飞跑了开去,不知乱想了一些什么,才又自己觉得好笑,才又将心神收捻了拢来,继续的写下去。但不久,却又忘其所以的,仿佛很有兴致一样,在另一张空白的稿纸上写出一首两首小诗来。虽说常常很责难自己的这些行为,然而也很珍贵将这些诗稿安放在另一个抽屉里去。真是一些不忍弃置的小东西呵！而且一到了晚上十一点钟的时候，这在从前实在只能算是太早了，他就仿佛文章已写够了一样，早早的爬上床去，蜷在被窝里，靠在大的软枕上，在小小的红的灯光底下，他去读杜思退益夫斯基和屠格涅甫的小说，而且他太欢喜诗了。他翻了一些大的精装本，他又去翻一些小的，更适宜于躺着看的书。他一天天的感出这里面的伟大来，崇高来。他对于艺术的感情，是渐渐的浓厚了。竟至他有时候都很厌烦一些头脑简单，语言无谓的人。他只想跑回家，成天与这些不朽的品物接近着。他在这里来了解一切，比什么都快乐。若不是为另一种不可知的责任在时时都命令他，他简直会使人怀疑他的怠惰和无才来。他真是勉强在写那文章。

这天别了浮生回来后，他是更不安的坐在房里了。同时他对于自己起着反感。为免除这懊恼，他整个晚上都排遣在小说中。他简直恨起来为什么这时不会有点意外的工作来磨灭他，好让他不为别的可笑的事件苦着。

但是在睡了一觉之后，他仍然又变得好好的，与从前一样有精神，有兴致的走到那办事的地方去。没有一个人能看得出他是曾在夜来失过眠。而且一切的人忙碌着，脸上放着光辉，他也就异常有劲了。他须要有许多在拼命努力的人来鼓励他，帮助他。

五

在下了课后，又在教务处坐了一个钟头。仲清不在。只有两三个糊涂的人在那里。都异常敬仰的在同他敷衍。因为他们不知应说什么话才最好。他毫无趣味的同他们讲学校的事，又讲报纸上的事，然而总无结束，总无真的意见。他们对一切都很朦胧呢。他看表，还只四点钟。回去是太早了，但又无事可做。他再望这些同事们，真觉得还不如与那门房老头儿说话有趣味。他无法了，只好站起身，做出一付预备要走的神情。其中一人便赶忙去为他找帽子。另一人便模仿着感叹的声音说：

"唉，韦先生，你简直是太忙了呢。"

韦护不禁显出苦笑来，但是却极亲热的又与他们周旋了一会才急急的离了学校。既到了马路上，却又彷徨起来，不知往哪儿走才好。最后还是不觉的又向浮生家了，最近浮生夫妇之于他，仿佛有很亲近的意味了。

一到门边，便听着有那响亮的笑声。他不觉心一动，脚就踌躇了。只想退回去。不过他为了一种自负的情绪，他不愿怕什么，所以还是带着一付好好的气质走进去了。他将他的大的满的皮包向桌上一掼，便掉转脸来向丽嘉笑道：

"还生气吗，小姐？韦护今天特来赔罪。"

他又伸过右手去，也仿佛很倨傲的样子，但他眼睛却故意的狠狠的瞅了她一下。

丽嘉也将右手放到他手中去。柔声的说：

"不懂你的话。我并没生谁的气。只唯恐你一赌气，不理我们了呢。"她并没有躲避他的眼光。

他又去拉珊珊的手，珊珊却无力举起那手来。她说不出有许多抑郁。她一点也不像从前的锋芒了。

雯便用手指刮着脸去羞丽嘉，露出一付疑问的笑脸，意思是说："并没有生过气吗？"浮生也笑着，一半解释，一半安慰的道："完全小孩子，哈哈……。"

丽嘉简直是不在乎。她坐到韦护坐的那张大的沙发上去很亲昵的同他说到生活的一些小事上来，她当面诽议到浮生他们的生活太单调，太不艺术。她说到她们的种种无生气，她又仰慕的问到他在苏俄是怎样的情形，那些女人一定都非常自由，非常快乐，她真羡慕她们。韦护也说她们好，因为她们有事做，她们又有信仰，她们是走上了一种固定的生活的轨道。总之她们是不会有许多烦恼的。而且像是生来便不如中国的女人多感慨的。

珊珊听来觉得有许多很刺耳的地方，而且她觉得她朋友的牢骚是太说得过分了一些儿。她忍不住说道："这只是因为太闲了的原故。一个人成天不做事，仅用脑子来乱想，自然就有许多不如意的事了。中国女人，完全都因为是没有事给她做呀！"

韦护心里想："我却实在忙呢，然而也不安定得可怕呢。"

正为了有人说他生活法不好的浮生，心里有点不痛快。他反对他们，拿起他的书本在桌上拍得很响的说："什么'生活'？这只是一些诗人们的话而且是有钱的人才能讨论到的问题。我呢，是一切都不知道，也不过问。只知道就这样忙迫的过去，一直到非死不可。在劳苦的工作中，人是不会想到什么烦愁的。"

"哼，然而在劳苦的工作中也会为了一点小到可笑的事同雯，同爱人吵起架来，还要别人劝和呢。"

"那并非这个意思。你不知道，……"浮生无力的辩白着。

"总之，一切都太平凡了。我厌弃这一些不动人的故事。"丽嘉不耐烦的叫着。

韦护解释道："本来是平凡。人并不是超然的东西。但是，得有种力。譬如我们就是架机器吧，我们有信仰，而且为着目的不断的摇去，可是我们还缺少一点燃料呵！人是平凡得很，正因为此，却不能不常常须要一点这助动的热力吓？浮生，你是成天忙着的，我也成天忙着，但是你能给我一个确实而满意的回答吗？我们一切生活的主宰，到底是什么？"

浮生骇得把眼睛张得许多大，不知说什么才好。他只想喊："你简直有神经病，你简直有神经病！"

"对了，韦护！我相信你，你懂得只有比我们更多的。我们总是缺少了一点什么东西。若将我们生活的经历打开来，真不能使读的人会有什么激动的。所谓愁烦，和苦痛，那里是生活的病呢？韦护！我们到底要怎样才能弄得使我们好玩点和充实点。"

韦护用着一种极端同情的眼光望着她。珊珊只是不安的巡回望着他两人，时时嘘着气。既到韦护再去征求她的意见时，她竟无所措手足的呐呐着。

韦护已经了解，他已从丽嘉那里取到了一种精神上，思想上的信用。他很兴奋，他又本不缺少那好的谈锋的。于是他将这情形是更维持到较好的局面。在这里是没有浮生夫妇插口的余地，而珊珊也像身体很不好，缺少说话的趣味。韦护是更观察到在她的后颈边，有一颗极圆的黑痣。而当她笑的时候，又现出两个笑涡来，一大，一小，一个在颊上，一个在微微凹进的嘴角边。那两片活动的红唇，真也有点迷人呢。于是他倒常常静着了，只看她说话。

直到浮生的晚饭都摆上桌子了，大家才知道时候已不早。是应该告别了。

韦护执意要回家去吃自己的饭。所以他赶先走了。

不过在丽嘉和珊珊也寂寞的走回间壁后不久，他却又沉闷的走了转来，他握住浮生的手说：

"请你恕我，我发挥了一些那样可笑的论调。但是我很明瞭的，我并不是那样怠惰的人。想你已相信。只是我近来真仿佛有点神经变态，你看，我从前那么忙，每天还能写五六千字。到现在却反只能写两千字了。然而我总会振作的！我现在将这些话告诉你，因为我当你，也只有你是我在国内最好的朋友。"

浮生并不能了解这到底是什么意义。只是更紧的握着他，显得又感激，又替他难过，反做出一付乞怜的样子说：

"唉，我晓得，你一定有什么地方不舒服吧。我看，你且休息几天，学校方面，我可以替你做。"

"那到不必。好，你们吃饭吧，我现在回去了。晚上还得写文章，因为《青年周刊》无论如何明日得付排。好，不必介意我，浮生若得空，下期翻点稿子给我，要切用，又不要太长了。若能写则更好。好，我走了，明日见。"于是他怏怏的向广外跑了去。

浮生还想去拉他吃了饭再走时，也来不及了。只凝望那消去的后影，觉得那影是又为工作劳苦得瘦了好些，想起像他那样不辞劳苦，而又诚恳的从不叹气皱眉的干着，犹不免一部分的同志的非难，真令人为他难过。而相形起来，是反觉得自己平日的固执和暴躁，竟能邀得别人的谅解，真是幸遇的事了。因此他更同情他这德娃利斯起来了。"德娃利斯"这外国名儿，是大部分同志单应用在这位懂得外国礼节的韦护身上的，然而意义就全因用的人而变更得不同。

六

韦护离了浮生的家，一人冷清清的落在马路上，说不出的对于自己的嫌厌。他在心里重重的打自己的耳光，这悔恨却并不是仍像向浮生所说的那些话的意义，是完全懊悔，怎么又会向浮生，那老实人说一些那末疯疯癫癫的话。本来别人并没有觉出你有什么病，到是一解释，反使人生疑了。若是浮生知道了，或是雯，女人总容易了解，说是我，韦护怎么了怎么了，一嘲笑开去，唉，那真糟！他又悔，为什么竟忘了一切，同那末一个小女人，多幼稚的谈讲得那末有劲？真太愚蠢了。他越懊恼，他就越兴奋，又越对这兴奋起着反感。他心里说："韦护！忘掉这一切吧，让魔鬼拿去，你去想一点别的更重要的事！"

他竟忘记坐车了，走了好久才到家。

那表亲，一个洋行里的办事员，近来因为事情颇得意，已吃得有点发胖了。走到阶边来迎他："呵，来得正好，你今天迟了好些时呢。我也因为有点事，刚回来。好，喊他们开饭吧。"

他颓唐的便倒在客厅的沙发上，呻吟的说：

"人有点不好，只想不吃饭。"

房东又很殷勤的周旋了他，亲自到了一杯白兰地，说是吃了总好点。房东太太也来了，一个虽说颜色稍黑，然而却很健实，又很懂一般太太们的风情的女人。他也只好顺从了他们。在吃饭的时候，房东又仿佛打趣般的正经向他说，他实在应当找一个如意的太太了。房东太太也毛遂自荐的说是愿意帮他忙。然而他只好笑了。答应是住在这里，这有好主妇的家里，便非常满足，竟忘记太太的事了。若是承情帮忙，也应当找一个像这贤惠主妇一模一样的女人他才要。男的好像受了奉承，就更乐了，女的则横眉一笑。于是这从未使他稍稍留意的女人，便使他心动了一下，同时他便又想到另一种模糊的妄想上去了。他勉强欢笑着又敷衍了一会，才离了那双夫妇，回到自己的房子里来。

照例他抽了几支烟。但他将稿纸摊开了好久之后，还不能写一个字。他努力镇压住自己的感情。他疑心完全是因为他走了太多的路的原故，他便想早点睡，只是又太找不到瞌睡了。而且连书也懒于看。他只从那秘密的抽屉中，取出那些珍贵的诗稿来，翻来覆云又看了一遍。觉得有些确实写得很好，有许多都是在前两年所不能体会出的情绪。不过他不愿将这些他得意的成绩拿去发表，因为只能给一伙那没有修养的人作嘲讽的谈资的。他重将这些东西收藏后，便再也找不到别的可以混去时日的事情了。无论在心中他是怎样的在喊着："明天要发稿了呢！难道你存心延期吗？"但他仍然不能执笔。终竟时间还只到九点半的时候，他就张着眼望着天花板的躺在床上了。

天花板上为那红色的小纱灯反映出许多画着大圆形的黑影，像一个大的、散漫的花朵。他从那些破碎的花瓣中，最先看见了一些他的不明显的意识。多么可笑的意识呵，他闭下眼皮来，愿意这影象消灭了去，这会使他不由的要生出惭愧之心来的。但是一些另外的，便在他合拢的眼前跳跃起来了。那逝去了的，曾经陶醉过他的甜蜜。唉！怎么这些本已成为毫不可恋的一些影子，也变得很能诱惑人的在扰乱他。而且使他痛苦。他又厌烦的把眼张开来，而那丽嘉的，一点没有错，太像那女人了，简直就是那付神气望着他。像问他要什么东西一样。他心里想："唉，这到底是什么意思？难道……"接着他便否认了。决不会的，那女人就决不会把他放在心上的。若果他是一个个人主义者，自由主义者，无政府主义者，竟或是一个音乐家，一个诗人，他都有希望将自己塞满那处女的心中去。然而，多不幸呵。他再也办不到能回到那种思想，那种兴趣里去。他已经献身给他自己的不可磨灭的信念了。而这又决不会能博得她的尊敬的。他想起那最初见她时的一切了。她是那样侮弄了柯君，而且那样不胜其讥刺的问到他，"哼，是同志！"若不是因为同时他又是《我的日记》的作者，而他又幸而还勉强应付了过来，她简直不知早就怎样的在显示她的傲慢的技术了。他又重新想过一遍她所说的一切的话，他证实了他是怎样的不能给她以人格上的刺激和满足。但是那眼光,唉,为什么在刚开始时,她就那样仿佛欲吞灭人的望着他。而且今天,且是使人疑惑的亲切了起来。他越想,越不解。越不解,就越想,竟至有时忘形起来,他不知所以的在床上滚着,几乎将那小几上放的茶杯和水瓶都碰倒了。

总之,这是事实,丽嘉已一反旧日狂狷的态度。她曾很坦然的同他谈讲过她自己的无聊的生涯。讲过一切像是属于大众的希望。她很信仰他。她并不暴躁。而且她并没有将他视为一个她所歧视的康敏尼斯特。韦护再三想,他实在没有绝她的理由。她实在可以做他一个好的朋友。他有许多思想只能给她知道,那些简单的人真不配了解的。而且也只有她的那些动人的态度,才能引起他有裸露出衷心的需要。他要将她搂过来给她一个拥抱才好。他最后放胆的想"她真可爱"时,他就用力的向空中,他那幻影的嘴唇上大大吻了一下。

七

这时,丽嘉也正在被一种矛盾的思想所纠缠。她觉得她自己简直是太不懂事了。为什么她要向韦护,一个初初相熟的人,将自己的一切生活上的不满足给他瞧。使他在这裸露的天真的人格上任意观览,将一些不正确的(就是说并没有会真真了解它,)概念去。他一定已看出她实在很柔弱,很贫乏。也许现在正同人在说到她,且嘲笑起一切女人了。她不安的向和衣斜躺在床上的珊珊说:

"珊!你为什么老不同我说点亲热话,是不是正有点生我的气?我真值得你恨的。你看,我会将韦护当成那样一个好朋友看。我实在太不顾虑和太不矜持了。你晓得的,我并不是说人应当虚伪点,只是不应四处向人发牢骚。能知道你的呢,他还给你点同情(然而这也够多么可耻,)否则,只能给人拿去做笑谈了。尤其是我们,一个没有职业的女人,真该留心所给人的印象是不能太坏的。任人恨也好,恼也好,怕也好,只不要是让人看不起,可怜的那末可欺就好了。珊,你说呢,是不是我今天太老实了。而且到底——唉,你看韦护到底是怎么一个人?"

珊珊也有珊珊的烦恼。她比她朋友稍微大一点,又百事都忧郁一点。在人情上,她自然比较的周到。她有一颗玲珑的心,她能使人越同她住得久,越接触得深,越能发现她的聪明和温柔的韵致。然而在表现上,无论她怎样锋芒,也及不到她朋友的这方面的天才。她有一种中国才女的细腻的柔情,和深深的理解。她却实在缺少那所谓 it 这东西。若照她的个性,及她并不如丽嘉般火一般的:狂风一般的,漫无头绪,一任力之所及的思想,她实在应能比较接近韦护。她也正是受着一种模糊的人格上的吸引,才跑到这里来念书的。谁知现在她朋友却更其不让的也在这人身上感起趣味来了。她还没有十分反省自己,她却将她朋友看得清清白白了。这实在有点使她不高兴,虽说她也明知这不高兴是太无理由,然而也不知不觉的对那最好的友人也像是有点疏远起来了。她看见丽嘉只是兴兴奋奋的和她说话,她真不好意思。怎么自己会不和她一样能那样坦然,于是她也竭力打着精神来讨论,但她不愿说出她对韦护的意见。

"你,相信我吧。我不会对你说假话。你并没有什么不对。你欢喜那样就那样。我只是有点不舒服。我实在无生你的气的理由。"

"为什么你还是这样态度?而且你不答复我的话?我要你说那'德娃利斯'是怎样一个人!"她跳到珊珊床前去,她将自己的脸去遮住珊珊的视线,她不肯让她再逃避开去。

珊珊便坐起身来,握住她的手说:"嘉!我不希望我们将别人讨论得太多了。他与我们有什么相干？而且，韦护，我真不能了解他呢。也许他是好的，他是对的，他比一切我们相熟的人的见解都高明，但是我们何必这样无穷尽来说他呢？你说你悔，你不该将他看得太亲近了，然而这样不疲倦的老研究着他，不更觉得是将他的意义更看得不同了吗？我不反对你任何提议，我只不愿他，韦护，来占领我们整个时间去。我看你是一直从转来到这时，他影儿都没离开你脑子的。"说到这里她便笑，用手去摸抚丽嘉，但她却咽住了这句感伤的话："唉，我何独不然！"只接下去："这真不值得！"

"真的，我仿佛老不能忘掉他一样。这确不值得，确值你来笑。不过他却太会说话了。未必你能否认这一层。想想看，在我们初次见面，他就能将我们的顽固的心，用语言融洽了下来。而且在今天，喂，他那种态度，和话语，我几乎疑心只有他能了解我了。你几时看到我曾同一个什么CP，CY份子谈到这些话？固然是由于我太不检束了，然而却也是因为他有引起我说这话的兴趣和须要吓。现在，这些都已成为过去了。我将如你所说的'不值得'，我不愿再多想到他。只是你说呢，我总仿佛他是有点虚伪，故意做作得如此，来戏弄我们，或是为暂时敷衍我们，随口说说而已，真是，我们不要上他当，将他当好人！"

说得珊珊也笑了，珊珊又打趣她。说是韦护可真是好人，她莫疑心多了，将来又后悔。

其实她真的也感到自己太疑心了。她实在没有一次从韦护身上得过一些虚伪的意义。简直连夸张的意义，她也没感到。

珊珊不愿再继续这谈话，故意扰开些，慢慢便说到浮生来，珊珊说他是好人。丽嘉承认。且说他很可爱，但是她永不会爱如此的男人，只有能为好母亲的雯才能同他住。她说："你看那傻样儿，有时真使你觉得他可爱。只想抱起他来去打他。可是，这是不关紧要的。若是这是你爱人，成天当着人这样，给别人笑，你就可真受不了。我喜欢他，因为他有许多特别的地方使你不由要发笑。我也将他当一个好朋友，因为他真是诚恳极了。只是，我们真难了解，他只将我们认为是一群天真烂漫的小孩子，他永不能知道我们究竟是怎么一个人。"

话说到这里便停顿了。仿佛都想起："谁能知道我们究竟是怎么一个人？"

但是话仍然继续下去了。她们说到雯，又说到毓芳。她们意见总还能一致。然而态度却不同。珊珊无论如何，她对于同性的宽容，是较她朋友能大些。

直到夜深了的时候。眼皮已提不起，瞌睡来迷了，才终止了争辩。丽嘉胡胡涂涂的脱了衣，爬进床的里边去。不久，便也只听到那微细的匀整的呼吸了。

珊珊没有睡着去，只想到些别的。她仿佛觉得身体虚飘飘的，没有一点着落。她认不清她的希望。她愿意能认真念点书，可是不知从什么地方努力。这位教授讲一点翻译的小说下去了，那位教授又来讲一点流行的白话诗，第三位教授又来命他们去翻一点不会懂的《易经》和《尚书》。到底这些有什么用？她本来对文学很感到趣味的，谁知这未经先生一教，到反怀疑了。然而她能学什么，一切艺术的东西，过去了，她不能学好一样。以前还是和丽嘉一起，还可以说也许是受了她的喜新厌故的影响。但是现在呢，她是单独的，依着她这半年来的志趣去行的，可是还只听了一个星期的课，便仿佛感到很无聊了。她又并无别的新的嗜好。她又不能再返到往日一样能和丽嘉毫无忧心的游荡。她看见她朋友在那末兴兴奋奋的谈了一回话之后又能那末香甜的睡去，她真认为是可羡的事。她异常爱惜的将被替她再盖好一点。她又从那一付可爱的脸上想到日里的许多琐事，一切韦护的，浮生的，雯的，以及丽嘉的影子，都清清白白摆在她眼前，她仿佛明白了许多，但她不敢想到那结局。她觉得她朋友和她都将要跌入一个可怕的深坑里去，而不能自拔。她实在也不能不承认她朋友的那句话"他有点虚伪，"她相信他只是爱讨好女人，所以每次都牺牲一些时间和精神来无味的混去。他一定不知有多少次曾玩弄过女人。也曾被许多女人宠幸过。而她朋友呢，太天真了，太热情了。她虽说被爱过，然而那些爱都从没有喊醒过她童稚的心。现在呢，他太聪明了，所以她一定会跌下去。而他自然可以飞起。这是不调协的。她愿她朋友幸福。她也不苦难，她们不该来这里的。但是不久，她又假设了许多去原谅别人。她觉得她确能较多的能懂韦护。而韦护也了解她。只是她朋友横站在她前面，使什么人都会忘记那后面的她了。

但她却决不会恨那睡在她贴身的人，她反用手去揽着她颈项，她心里在悄声的说："我们永远联结在一起。莫让魔鬼来毁了！"她又闭着眼，数那匀整的呼吸去试着睡，好久，才算稍稍睡着去。

不过一会儿天就亮了。弄里响起一些铁轮的车，来赶清早装运脏东西的。珊珊便又醒了。她很难受的辗转着，头又晕，眼皮又重，她须要睡眠，却又不能睡，她只好又张开眼来望天色。天色已由朦朦的，变成透亮了，一定又是好天气。房里还有一盏夜来忘记捻熄的电灯，讨厌的黄光照着。珊珊不愿起去关，便又合眼躺下了。她不知挨了多久，才听到楼下客堂的钟响了七下。她觉得还是应该振作，应该上课去。于是她便起身了，摸摸索索的做着一切事的时候，那酣睡的丽嘉才扰醒。于是这小房的空气又全变样了。她那总是感到有浓厚的兴致，给予珊珊许多向前的勇气。她蜷坐在被窝里，用愉快的声音在赞美珊珊的柔细的发和她那又圆又尖的下巴。她常常就是那末好像刚发现一样的惊诧的来问她："珊！真怪，怎么你的发会那么软而细，你小时一定没剃过的。真好看,像一个外国人的头。而且,你照一照镜子啰,那小下巴简直和沙乐美的一个样子,那皮亚词侣画的。唉,我真爱它呢。我也得有那么一个就好。哼,明天把这丑的削了去。"等不到别人答应,她又叫起来了:"呀,好香呀,你看,这盆桂花都快谢了,它却还香呢。唉,珊,我说又快要买菊花了。只是菊花我并不喜欢。"

珊珊就这末常常同她成天讲一天的话。当她睡足了的时候,更高兴。她在珊珊面前又无忌惮,又有时故意要扰得珊珊不能做别的事她就快活。她是又在想法使珊珊缺课了。因为当珊珊到学校去后,他是太寂寞。但今天珊珊是下了决心了的,她柔声的向她说:"我是要走了,八点钟有课。你无事,可以多躺一会儿。起来看看书,我也就快回来了。以后我们想个法子,不要这样空玩就好。嘉,我们已不小,我们得凭自己的力找一条出路。我对我们将来还有一点意见,等我回来后我们再谈。"于是她一点也不觉得有体贴她朋友寂寞的必要。她跳步的跑走了。

八

剩下丽嘉一个人蜷坐在被窝里。带点失望的惆怅。想到她朋友,仿佛有点恼她一样的。但随即谅解了:"为什么要缺了课,在家里来陪我玩;既然是诚心老远跑了来,又花了那么多的听讲费?自然,她是对的。我简直太自私了。"于是她又自笑了,她再歪身靠在枕头上,预备再去睡,忽的想起珊珊说的"你无事,可以多躺一会儿"来,又不免有点惭愧。但是她转湾一想,未必去坐在讲堂上听别人念两段书,便算得是什么"事,"而且到底上了课的人会有什么与她自己不同?她不能相信去上课是有什么了不得的意义在。她始终找不到兴趣能在课堂中呆坐,她说(在心里说):"与其在那儿受闷,宁可独自躺着乱想。"所以她便又很安心的躺着了,而且乱想。她想了许多,将毫无关联的事体也接在一处。事情并不精彩,又不重要,不过她却很感到有趣。从某一种事体联想开去,在一秒钟便有许多不同的影象旋回过了。但是常常不拘在某种事体中,忽的会跳出一个影子,像韦护,她接着去审视那影子时,而又模糊了。她几次都这样叫,真几乎叫出声来了:"怎么我老记不清他那样儿,到底那眼睛,那鼻子是怎么生法的?"然而她真记得,那眼的光,探求的,那笑容,多应做得毫不懂拘束的呵。并且那态度,她就从没有遇到有比他更动人些。自然,他并不是美好得很,高贵得很,或是豪爽得很,他只是那末一种不带酸气的倜傥,微微带点惹人的沉静,就全凭这个来打动人的心。丽嘉又来温习一过他所说的一切。没有错,他将她的意思引伸了,他补充了许多她未说出和未想到的话。他又说他的意见,那全与她一样,只是更具体,更确定,更将她引向他了。她竟会想起:"珊珊也决不会能知道我如此之深的。"她再去想别人,便都觉得俗气了。她只愿再见他,即使是说一点小到比什么还可笑的事,也可以从他那里得到极满意的解释。她跳起身来,预备跑到浮生家里去,在那里她准可会到韦护的。有一种直觉,使她断得定,若是韦护不逃避她,那他一定也要不断的望这里来。她不觉笑了。她笑她自己所料的决不有错,她又笑她自己太急了。但是她仍然急急的在穿衣服,她要早早的到浮生家去,或是别的地方去,这小房子真不能使她逗留了。正在这时呀的一声,门便大开了,露出珊珊的头。珊珊望到她那慌张张的样子便问:

"急什么?你要怎样?"

她有点不好意思,仿佛被别人窥破了什么秘密似的,她倒身在床上去大笑了起来,她说:"你晓得的,我是预备出去玩,这房子太寂寞了,你又不在家,我真无聊透了!"

"既然想玩，我便陪你，只是到什么地方去？"

她不便说出浮生家，而且现在浮生家里也无味，既然珊珊回来了，她仍然是可以不出去的，所以她只懒懒的答："我也想不出地方。"

珊珊会意的一笑，也坐到床上去："那就不出去，还是我们来谈谈，我缺了两点钟课，就是为不放心你。"

"呵，这你是太好了！以我看，你不必去了吧。"

"我的意思是我们两人都去，你总得找事做。我呢，你不去，我也坐不牢，总记到你太寂寞了，怕你心焦，而且，嘉，我真须要你给我兴趣和勇气。我自己常常都觉得奇怪，百事一有你那样高高兴兴的在旁边，我才更感到那事的意义。若是你一反对了，我好像也灰心了一样的。自然，这只怪我太不能忍耐了。只是，嘉，不是我说你，你是不免有点任性，若是像你现在这样玩，你将来一定要后悔的。我只希望你能同我一块念书，我也好，你又何尝不好。"

丽嘉作了一个难看的怪样子来打断了这谈话。她有一种最不愿意的事，便是想到她现下最须解决的问题。她厌倦了学生生活，她又无耐心念书，然而又无事给她做，她又不愿闲呆着。她有许多不成理由的理由，没有一个人能了解她，原谅她的。她也曾想过，但是她所想的都是梦，她也知道行不通，所以苦恼得不愿讲到这事了！她一听珊珊说到这里，便忍不住要皱眉，不过一当珊珊看见她怪脸后，她便觉得很对不起她，所以她随即又笑着道：

"唉，又来了！你不是已经说过的吗？明知无效果，还要来碰钉子，看你这人啰！我，你尽管放心，我不愿负你不能安心念书的责任。好，珊，你既然缺课回来了，我们还是出去玩吧！"

但是珊珊却仍旧要将话题继续下去。她说，不错，她曾劝过她一同上学校，不过意义完全两样的。以前呢，她完全是自私，她愿她朋友能仍为她伴。但现在,她是为着她朋友着想的。她肯定的责问她:"你敢说我们能懂些什么?虽说处处我们都显得很聪明,我们同别人谈讲过艺术,谈讲过种种问题,主义,以及一切细小的日常生活,而且我们还是多么做得看不起那些谈讲不来的人。但是,到底我们思想的根据在那里,我们到底懂了那些没有?没有呀!我们没有潜心读几本书过,我们懂的全是皮毛。我们只仿佛是在骄傲,然而却一定有许多内行的人在讥笑过我们了。这些呢,过去了!我们本来是太幼稚了。我也原谅了这些,只是现在,嘉!我已经有二十二,而你也满了二十岁。而且,看一看这社会,是不是还能准许我们游荡,准许我们糊涂?我们总得找出一条路来。但是,我不敢说,不多读点书,会能找到一条顶正确的路!"

丽嘉始终是摆出一付玩笑的样子,不将那些话当正经话听,时时找她朋友闹着玩,又打岔去问一些不关紧要的话。到后来,看到她朋友是太严重了,不好不理她,只好点着头。其实她还是希望这些能早点结束的。但是当她听到她朋友发出那末一些责问之辞时,她忍不住很气愤了,她大声抗争着:

"错了!你简直错了!也许它是正能应用到你自己身上,可是你不该将我和你说在一起。我要告诉你的是:你既然知道这社会已不准你再游荡,那,也就未必还能准你读书!你说,年纪大了,要找条路,但是你认不清那最正确的,所以你要靠书来帮忙,但是书太多了,路也因为书更多了,你将更认不清你应该选择的那条路,你将永远走不上一条路的!人只是应该向前走,走不通了,又来,那才会有一条真正的路,而且你不是几次都感叹你太不懂得什么了么?你不是觉得你对于一切问题,主义,都只能讲点皮毛么?但是,读书吧!读那些白话诗吧,你就会懂的,哼!不行,我告诉你,这一切都得去实实在在去经验。你不懂这个社会,你便读尽天下的书,你仍然只是一个误解!唉!得了,我们不讦这事了,你看你还那般像演讲的来教训我,我会不会觉得有笑你之必要?吓,珊!我真要笑了!"

她便纵声的打着哈哈。第一次,她将她朋友当做了敌人。

另外那个被嘲笑的,自然也把脸变红,她不能忍受这无礼,她坚持着她的意见,她要纠正那错误,她不惮再解释且申叱她了。

慢慢的,都忘记了那重要的一点,只在寻求一些精彩的深刻的讽刺,互相抛过来,要打击那对方的心。

珊珊说不出的难过,这局面真不是她能臆想的,她纯粹一付好心,她有着希望的,然而现在呢,她不图在她们的友情中,会产生这可悼的事实来。她真想痒哭了,但是她忍着。她骂她恼恨的那人。

丽嘉更是充满了愤恨。她原本是很快乐的,现在却为她朋友扰乱得不堪了。她觉得她实在应离开这不愉快的地方。她跳步的冲出这小房的门,她走了。然而她却改意做了一个极可恶的样子留给她朋友。

九

外面是洒满了金色的阳光,天气像初春。丽嘉仿如一个被放的囚奴,突然闯入了这世界。她用一种奇异的,狂欢的心情来接触一切。她不断的嘘着唇,迎着风快快的向前走去。那清凉的微飔,便频频去摸那脸颊,或是很快的抹了一下便跑走了。她又举眼去望天,是正有着许多团的白的耀眼的东西在那蓝的天海中变幻着。她仿佛自己也轻了好些一样,只想能飞腾起去,于是脚步便换得更快了。像有点要离开地面似的那末跑了几条马路。这些马路都异常安静,即使在白天,也并不有很多的行人和车马的。她再想起适才的争执时,她简直觉得那是太愚蠢和丑陋了。她捡起一匹被秋风吹落在地下的枯黄的叶,像是很珍惜的把玩着,随即便又不经意的抛下了,风还将那叶吹到好远去。她又去捡另外的。她又想起珊珊来,看见她红着眼睛,额上有两股细的青筋暴露出。她想:"唉,我怎么能知道她为什么要这样对待我,她是许久来都在爱护我的。"但她即刻便又转念道:"自然,只能怪我太粗暴了。"她又想起过去的一年,不正是这时候吗,她们刚跑到南京,成天在北极阁、鸡鸣寺这些地方乱跑,那时她们还没有丢弃绘画,她常常将她喜欢的色调去染污那白纸。她曾有许多她自己满意的作品。那时珊珊没有别的信仰,信仰便是她。没有别的兴趣,兴趣亦惟她的兴趣是从。而且她以她的聪明,她的豪迈,她的热情,吸收了一些朋友,她们终日都沉于欢乐中。现在呢,散了,都忘了她,去干各自的事去了。珊珊也是一样。她只信仰读书,而且她鼓惑了那些人,现在还想来强迫她。她怎能不生气,而且这过去的一时的荣华,也使她迷乱,她仿佛她还应该要争得那失去的王座。她不能寂寂寞寞的生。那珊珊的话,也是有一部分理由的她说:"这社会是已不准我们再游荡了,"对,我们得找事做,我们要钻入这社会去,我们要认清一条路。她决计了,她不一定要同珊珊在一条路上走的。珊珊喜欢那些书本子,她就去读书,无论那结果是怎样。她愿意干一点事,她就得去找事做,不必坐在家里使珊珊不安。现在珊珊一定是被她气得哭了。她知道珊珊是比她多感伤。她无论如何不能在街上瞎跑了。她要转去看看她朋友,向她解释,向她引咎,而且这真的不值她们来闹得心里难过的。她掉头在朝来的路走回去,才看见已是离家很远了。她正预备雇洋车,却迎头有部洋车停下了,车上走下一个满脸都是笑的人:

"啊,怎么在这儿,要到什么地方去?"

原来这正是韦护从办公处回来,很高兴的神气,给了那车夫两角钱,打发他走了。他在随着丽嘉慢慢的走。

丽嘉不觉的也忘记雇车了。他们又讲了许多不关紧要的话。丽嘉指着一个极脏的小面馆告诉他,从前她曾和两个朋友在这里吃过面,只四个铜子一碗。她还买了一斤花雕喝,由面馆里给她们一点熏鱼和白菜,她脸都喝红了。馆子外面围了许多人看她们,她朋友实在受窘不过,强拉着她走了。她们走出馆子来,那些看的人便让开一条路,也不笑她们,也不同她们说一句话。她带着叹息的望着韦护说:

"总之,大约只将我们当做疯子看而已,他们决不会将我们做同他们一样的人。"

韦护听着这些话,极感到兴趣。他幻想几个有着明艳的肉体的女性,穿着上海流行的学生装,在一个只有那些小车夫去吃的馆子里,和那些脏的破衣厮混着,用大碗斟酒,受一群愚钝的眼光凝视着。他再回头去望那面馆,好像有点感情似的笑了起来。他问她好不好再到那地方去吃面,他愿意陪她。她拒绝了,她已经懂得了这意味,再去,便无趣了。他又希望她能和他到别的地方去吃一顿饭。她便笑了,那态度又变得与从前一样。韦护恨恨的望了她,她才停住笑,但她立即便招来一辆洋车,她向他说:"再——会",那全个脸的部分,都是堆满了爱娇,只是她接着又做出一个嘲笑的样子称呼他一声:"德娃利斯先生!"她不等韦护的答语,便跳上车走了。

韦护心里很不痛快。为什么每当她一说起"德娃利斯"时,她便露出那末一付鄙屑人的态度?她只不过是从那些无聊的人口中捡来这名词。这并没有被嘲笑的理由呀!韦护再举起眼去望她,只见一个蓬得很高很长的发的头,庄严的放在一件紫绛色的夹衫上,被车儿渐渐的拉了远去。不知为什么,他又将她原谅了。他笑他自己,怎么韦护还会被一个年轻女孩逗着。他应该了解她,她实在比别人还能敬重他。

于是他向着那车轮所向的地方进行。但只走了几步,便又退回了。他决计还是转家吃午饭,等下了课后再到浮生家去会她。

果然,珊珊已哭过了,眼皮还有点红肿,坐在桌边写信。旁边放的馆子里送来的包饭,饭菜都冷了,还没动一动。她已经看见丽嘉悄悄进来了,但不去理她,仍然低着头写信。

丽嘉坐到桌的那方,搭讪的问:"给谁写信?"

"给家里。"

"呵,说些什么呢?"

"不说什么。只是要点钱做盘川回去。"

丽嘉认真的再问道:"珊!真的吗?为的什么?你给信我看,我相信你是在骗我。"于是她便将脸色转过来,笑着去赔礼。她要求她原谅她适才的粗暴,要求她忘掉这回事。她发誓以后她决不给她难受了。她又强迫她同意。她又放赖似的定要她笑。她最后还乱摇着别人的头,连声的问:"说,到底要不要回家?"

珊珊是常常向她让步的,自然笑了,而且还同她谈讲一切她的计划。回家的话,当然是临时编来呕她的。她又问她是在什么地方跑了一趟。

她便告诉她刚才的情形,还告诉她遇着韦护,两人同走了一段路。她又说:"我都想同他去吃饭了,但是一想起你所说的一些话,便马上丢开他,坐车回来了。"

于是两人便又和好了,一边说笑,一边将那冷的饭菜放在一口小锅内,在煤油炉上热着。她还取笑了珊珊的哭。

吃过饭,她便又离了珊珊到醉仙那里去。她梦想那里有许多动人的事做。那里有好些青年,都是同她一样的有许多好的理想,都急切要得到施展生平抱负的机会;都富有热血,不惜为天下穷苦的人流尽。她要去鼓动那些人,商量着来干点轰轰烈烈的事。她不能再闲着了。

十

韦护上完了课，便又踱到浮生家里来。浮生家里，冷清清的。小孩睡觉去了。雯坐在桌边，织一件小毛绳衣。浮生也刚回来，躺在椅子上，无声的看着报。报上正用着二号字排浦东一个纱厂罢工的事。看见韦护进房来了，便打探这罢工的事已弄得怎样了。

韦护躺到椅上去，望了望房内，只想问："她们来过么？"但不好意思，只好装做并没扫兴的样子说：

"已经派人去了。今天浦东警察非常多。只是还不至于十分放肆。他们工人这次是很坚持的，但却不很愿意接受局外人的意见。完全是少数的工头在把持着。工人则大半是女工，均凭工头的命令是听。而厂主方面，态度已非常强硬。所以结局还不敢一定。"

于是浮生便对于这事发表了许多意见。雯只是好奇的说：

"警察多吗？有演说的吗？我只想去看看。"

慢慢地，他们又讲到过去的一桩罢工的事件。又从那事件中牵到一桩恋爱的事，辗转又讲了一些别的，谈话是更其阑珊了。韦护实在觉得有走的必要，但仍是等着，只是显出了一付无聊的样子。过了一会，他正预备要走时，雯却对他一笑，说道：

"我知道你一定闷得很，我去要丽嘉她们来玩吧。"

韦护阻止她，但她却跑到间壁去了。一会儿，便同珊珊两人走了进来。珊珊的脸色，仍然有点苍白，微微罩着一层愁怨。她望了韦护一眼，便坐到先前雯坐的那张方凳上了。韦护仍是很和善的问："怎么今天不过来？"

"难道天天一定要过来的吗？我不知道这理由。"光这声音就辣辣的，使浮生都诧异了。韦护却笑着向她解释。他不愿给人太不愉快了。

他也没有想到为什么她又这样刺人。

浮生问丽嘉到什么地方去了。她便微微狡笑道:"不清楚呢,是被一个什么人约着上馆子吃饭去了的,不知怎么还不回来?"

韦护没有悟过来,以为是真的,正奇怪着:"呀,不是我明明看见她雇车回家吗?"但他也不问。倒是雯反逗着他说:"你说丽嘉怎么样?"

"自然了不起,你们朋友中,就没一个错的。"

她们都知道这是假话。

"就只太爱闹恋爱了。"浮生说,"昨天楼上住的人还问我她是谁呢。他前几天有一次看见她同几个男人在公园里闹得凶呢。"

"那里面还有一个女人,怎么你们楼上的人又没看见呢?我敢说,丽嘉一次也没同人恋爱过。"珊珊有点气忿的为她朋友分辩。

但是雯却站在浮生方面,她说珊珊太偏护她朋友了。丽嘉被许多人非议过,那是不能只怪别人的。即使是无论那个朋友,同丽嘉很好,好到不亚于珊珊的人,也不能不承认她是太过火一点,她能同许多男人装做得很亲昵,使别人堕入了情网,她却又要糟塌人了。而她也从没有同一个女友能相好到稍微长久一点的。

珊珊也竭力的辩着。丽嘉从没同谁有一点恋爱的嫌疑,她完全是一个小孩子,在男人面前,稍微有点任性是有的,即使说她是逗别人玩,她都没有存心过,那完全是对方的神经过敏,致闹出一些故事,我们是好久来了,都相融洽的。

她说了许多,有好些话都使韦护感觉到不安,仿佛专为他放射出来。他很难过,又很无趣的坐了一会才走。

他还连来了三天,都没见着他要见的人。

第四天他又去扑了空。这使浮生都对他诧异了。浮生一看到他进房便悄悄向雯说:"唉,我不很懂得,他来我们这里是也像上办公所了。

我已料定他会来的呢。只是他简直瘦了！"

"我想他是坠在恋爱中了，你看他近来那眼光，不是痴钝了许多么？"雯婉曼的望着她爱人笑，"每个人当在恋爱中，总要变得愚蠢些，或特别聪明些。我看他是变蠢了。而你当是聪明些。"

浮生又憨笑起来。他好奇的望着韦护。

"呀，你们是在议论我什么呢？"韦护心里很是不高兴，这也不全是因为知道别人在当面议论他。他还是保持着他的原来态度，微微带点倦，又带点兴奋，却毫不轻躁的将他俩人审视着。浮生拍着他的肩，安慰着他："决不会说你的，不要难过。"但他心里沉思道："我是扯谎了！我是扯谎了！"

不过女人总常常不愿埋没了她的聪明，所以雯便向着他巧笑起来："你望我呀，眼睛不要动。我看得出你的心事来呢。"

韦护心里退缩了一下，他只想骂她一句："可恶呀，你！"但他瞬即便制住了，他要报复她，他也就紧盯着她。他说："好吧！你看我吧！请你一直要看到我灵魂。我心中正爱着一个女人呢。只是她不会爱我，因为……只是我终究要她知道的！"他故意再狠狠去望她一眼，像要撕碎她一样的。

她终竟迷惑的将头垂下了。

浮生诚恳的问着："真的吗？我愿意知道。是谁呢？在你那里办事的那个女同志吗？"雯这时又昂起头来："我知道！我知道！第一次我就发觉了。"

韦护不知怎样说才好。又加以这几天来的抑郁，和对自己的反感，他实在需要一个地方倾泻，他不能隐秘他的这痛苦了。若果有这么一个机会，他能从始自末，连他最微细的思想都表白出来后，他便弃置于这诱惑，再从新做人了。只是他一望浮生那憨直的脸，他就灰心。

若希望他能了解那情绪和苦痛,是全无望,而且他觉得雯是那样在得意着似的,他便生气了。他只想一脚跳开去。他踌躇的望着门。这时雯更迫着他。她叫着:

"是那个大眼睛女人啊!那常常卖弄着的。唉,不是吗?丽嘉!丽嘉!"她将丽嘉两字叫得特别响。她跳到浮生怀里莫明其妙的大笑了起来。

这使韦护抑制不住了。这样久来从早到晚他都尽了镇定之责任。他没有一点想扰过谁。为什么这女人要故意来戏弄他?他听见那刺人的名字时,他几乎都要发狂了。他不耐的望着她。

她本是有着过分的白皙的,激动的笑,将那脸皮陡然染得很红,一排齐整的小牙现了出来,完全是一付惟有年青妇人才有的那丰满的媚态。韦护看见她那末不知顾忌的扭着浮生大笑,还将那身体摇摆着。简直不知要怎么恨她才好。他凶猛的扑过去便抓着她了。他抱住她腰肢,要将嘴去咬她脸。他用力的说:"唉!你这女人!怎么样?我只太爱你呀!我非强迫你不可!"

两人揪在一团。雯将脸倒仰着,总不让他去接近。腰都几乎挣断了。她大发雷霆的嚷着:"你疯子!你癫狗!浮生!你怎么?看!唉!我快死了!"

浮生骇得像个木头人了。

"看你还凶不凶?"韦护一转身便将她丢到软椅上去。他已经清醒了,只好来补救,他向浮生笑着说,似乎一点也不介意的:"逗她玩一玩的,谁知还这样经不起。"

她从椅上伸过头来大大的冷笑着。

他便又跳到那边去。这次显然是虚张声势。他又假装着重行威骇她,而她却格格的笑了起来。

浮生还是茫然的站着。他不了解这些行为。韦护却极亲昵的抚着他的宽大的臂膀，郑重的说道：

"不好吗，这样的女人来做你的爱人？你一切都幸福。使我羡慕。我呢，无论怎么样，都不成了。我是一个太不可救药的人呢。请你莫介意适才的事。我完全是游戏。你不会以为是太无礼吧！现在我走了。明天再来看，完全是看你。"他匆忙的逃走了。

他又做了这么一桩错事。他一想到心就剧烈的暴躁起来。而且一切都错了。他应仔细想一想，但他已不能想，他想得太多了，他还得不出一个结论来。总有一部分，他是失去了的，他已不能命令自己了。他抱着深深鄙视自己的悲哀。压制着欲狂的情绪。他怏怏的走回家来了。那房东女人，又来找着他谈天。他垂着眼皮，不愿看见那女人凸出了夹衣的外面的部分。

这夜他喝了好些酒，他完全醉了。他发誓他要拒绝一切诱惑了。虽说他会几次想跑到一些卖淫妇那里，但是他为了要表示他看不起这些，他并不希罕这些，他又终止了。

出乎他意想以外的，他仿佛变成另外一人。他完全自暴自弃的过了一晚。

第二天他简直没有一点力气的躺在那床上。脸色白得怕人。他望了从窗上射进的阳光，光正落在一本多布罗柳波夫的诗集上。他好像很高兴的自语着："一切暴风雨都过去了，我平地无缘无故的独自害了一场寒热症。我韦护仍然是韦护，我不能稍为放松一点的，我还得找点事来做。对的，起来吧！不要再怠惰了。"

他到办事处时，连那大胖子外国人都注意了。问他近来的身体怎么样。他笑着回复，他只稍稍有点发寒热，但已全好了。他极力粉饰着，他做出有一付健康人特具的一种兴致。直到下午实在支持不住了。他向学校告了假,吃了一些药,便睡去了。

但他并没有病下去,勉强挣持着,倒也见有起色了,他又在忙着做好多事。

连学校也不多停留,莫说浮生家了。他还是那天出来后就没有去了的。

十一

有一天,他刚从学校出来,走出校门没几十步,听到有人就在耳边叫他名字。他侧过头来,看见丽嘉一个人靠在树干上。他皱了一下眉,只好站住了。

"到哪儿去?"丽嘉仍旧不动的靠在树干上。

他再皱了一下眉。不去望她。只说:"有点事,再会吧!"他再向前走。

可是丽嘉却随着他走去。他快走,她便跳着跑着。他一慢,她就悄声的咕咕的笑起来了。韦护不懂她意思,以为她特意跑来逗他玩。他忍不住掉头望了她一下。只见她静静的脸上布着一层和善的微笑。没有一点浅薄的倨傲,和轻率的嘲讽。只是一派天真而且温柔。韦护几乎又想去触她了。他只勉强的笑道:

"我看你是来侦探我的了。喂,到底你想要什么?"

"我是来找你玩的。这几天我是太寂寞了。我有许多说不出的苦恼。只希望你来谈谈。你却不来。今天我便一人跑到这里来等你,足足站了半个多钟头。你又不理我,借口说是有事。我很失望。但我又跟着你跑来了。我相信你总不至真的就不再同我说一句话了。韦护!我们一向都很好的,为什么你对我这样冷淡?"她窜到他身旁,一边走,一边说,又一边不住的拿眼睛来瞟他。

他什么都没有说,只长长叹息了一声。

她又无言的随着他走了一大段路。到后来韦护简直不知觉的去握着她的手了。她稍稍跑在前面半步,反转脸来望着他说:

"韦护,我只相信你!"

韦护竟抱着她了。

最后她说:"今天你有事,明天我再来等你。我好像有许多话要同你讲似的。"

韦护只想能如此再走下去,但也只好说:"好吧。明天我来看你们。"

"你说几点钟,我好等你。"

"五点十分钟吧,明天我非到这时不能下课。"

"好,准定呵,记着不要失约!"她便从他手膀中滑跑了。

那旧有的苦恼,像虫一样的,又在咬他的心。他并不反对恋爱,并不怕同异性接触。但他不希望要为这些烦恼,要让这些占去他工作的时间,使他怠惰。他很怀疑丽嘉。他确定这并不是一个一切都能折服他的人。固然,他不否认,在肉体上,她实在有诱惑人的地方,但他所苦恼的,却不只是限于这单纯的欲求。他不能分析他自己的情感。这只是太出于他意料了。他从没有想到在他毗离了依利亚之后还能倾心于女人。他也不想他又来爱一个中国女孩子,然而现在他却确实为一个女孩子苦着了。他要摆脱她,他已经摆脱了,而她自己又走拢来,她是那末变得异常女性的被抱在他手臂上。她眸子放出纯正的热烈的光辉。他当然寻找不出拒绝她的理由和勇气。他想不出一个最完善的方法。他变得很傻气的在街上四处穿走。望着一些红墙的房子,和蓝褛的小贩,从那些上面想些不关己的可笑的小事,为延迟他思虑的决断。

这时丽嘉正相反。她在另一条马路上穿着,她时时去搔蓬她的发,她在有着玻窗的店前驻下足,为赏鉴她自己愉快的仪容。她并不能十分了解韦护，但她以一种女人的本能，她知道他有一点隐忧，而这一定又是与她有关的。她很高兴这发现。所以这天她特意单独来观察他，结果她满意了。她想去告珊珊，但是她怕珊珊要阻挠她，扫她的兴，所以她在街上倘佯了好久，等到完全收敛了那得意的欢容才归家。这是她许久以来都没有过的快乐。然而却并不全是她悟出了有一个男人在为她不安，有一大部分还是她以为她可以从这里找到一种精神上的援助。她太孤单了，一切都不如她的意。纵是相好到珊珊，似乎也显露出一种冷淡，这冷淡，她认为是一种嘲笑的不同情的冷淡。她带着热望走到醉仙他们那里去，而他们都只在一种莫明其妙中享受着自认的自由生活。他们徒然的背诵着克鲁泡特金的理想，徒然的讲着高妙的哲学和文艺；徒然的痛叱唯物史观，和那起集产主义者。而他们却终日无动静。那惟一足以使他们夸耀的，只还是当师复在世时的一段勤恳的光荣，然而就只这一点，在许多人口中却仍然不能解释得很清白的。他们是曾吸引过丽嘉，因为丽嘉和他们有同一的理想。而现在呢，他们却只给她失望了。她总希望不要单单用梦想来慰藉自己的懈怠，总要着手干起来才好。但他们，她认为可以帮助她的，却也是无头绪，而且也并不是有着互助的，利他的精神的。而且当丽嘉莫奈何，想不出别的方法的时候，丽嘉说她愿意进工厂做女工去的时候，他们竟会笑起来。这简直不是像同志的笑。丽嘉同他们住了好几天，没有一天不在争辩中，不特使她将去时的热心，冷去了一大半，反受了一些刺耳的话。每次一当丽嘉用犀利的言语将他们那崇高理想的论调一推翻，而他们在暂时找不出答语的时候，那他们之中总会有一个人来嘲讽她，说她是在Ｓ大学听了课，受了某种的影响。所以她不能再留在那儿了。那里没有一个是她的朋友。她回来，珊珊又仍是没有表示她的高兴。浮生他们更是不会注意到她了。自然她会想到韦护，她确信韦护能够听她，了解她，同情她。她开始来找韦护，韦护又正因失望而决心不再来了。她从浮生口中探听到了韦护过去的曾有过的一些情形，她决计瞒着珊珊和浮生他们，她悄悄来在马路上等他。她欢喜知道他对她的态度怎样。现在她满意了，她知道这在她认为唯一可亲的人，是也并不怎样不愿来亲近她的。而且她觉得当他那样沉静的，像深思到什么的；单是那末无语的抱着她走的样子，是比他能滔滔解释着什么还使人动心些。

十二

整整一天，丽嘉一刻都没有停留过。房子又小，她从这边一步跳过去，便被桌子抵住了，她再一跳回来，便又睡在床上了。她很兴奋，时时觉得要笑，因为她又要避着珊珊去玩一点新的花样。正因为这于她有一种新奇的意味，她不能节制她的愉快的慌张。她已经忘掉了她这几天来的打击，她也不介意珊珊的不温承她。她也没有想到要同韦护讲的她新近所得的感想。她简直连这样的自问过也没有："看见他了怎样呢？为什么要这么鬼鬼祟祟呢？"她只带着一种好奇的心情："看他怎么样？哈——。"一到四点钟的时候，她便开始跳到桌子前去照镜子，她并不是去整理脸上的颜色，因为她从来就不屑用脂粉的。她是去在镜子里，做一个可爱的怪脸，为自己发笑的借口。有一次，她竟倒在床上大笑了。这时珊珊坐在桌子边看书，已经注意她好久，忍不住便怀疑的问：

"我真不懂你是乐的什么呢？"

丽嘉又大张着左眼，将眯着的右眼一眨一眨的笑起来：

"哈！看我啰，珊！说我像不像玛丽碧克馥？"

"我不懂你。"

"不懂吗？有人要开电影公司了，我想去试演呢。"

"我不信你。"

"真的要上台了呢，人生不演戏那成！"

"那我赞成，我也想去。"

"自然啰，你也应该演才对，只是怕你一到那个时候，你就要拦阻我了。"于是她又倒在床上大笑了起来。

珊珊把眼张着，惑疑她，但她也懒于再追问，她只说：

"好，我知道你，你一定有什么事故，你喜欢秘密，我就不问。"

"你不必疑心，我真是没有事的人，如果我有，我总会要告诉你的，请你看看表已经是什么时候了。我很想去散散步。"

四点三刻，她就辞谢了珊珊的陪伴，（竟弄得珊珊都变色了，）她一人又向 S 大学走去。时时都可以遇着一两个穿洋服带球帽的大学生，夹几本布面书和讲义。她知道学校已经下课了。她站得离校门稍远，约有六分钟的光景，韦护便穿着一件深灰色的夹大衣，从那大门出来，似乎是刚同什么人周旋过一样，因为在脸上还保持得有薄薄的一层笑容。丽嘉本想笑着去招呼他的，但却没有喊出声，她便默着向前走了。

"到哪儿去呢？"韦护迎着她时，仿佛异常怜惜她一样，因为她是那末的不做声。

她转过身来又随韦护走。两个手紧紧的插在毛绳衣的口袋里。

"到你那里去，好不好？"

她只用疑问的眼光答应他。

"那末，到我家里去。"

她又踌躇着。

"好，还早，我们且走走路吧。昨天我真走了不少。"

"为什么呢?"她为那快乐的预感鼓动着。

"唉,不为什么。丽嘉,你不会笑我吗?我实在是一个傻子呢。"

两人同时便都又望了一下,都了解那意义。

在走到比较僻静的路上时,韦护便又去抱她,但她挣远了。她给了一只手给他。第一次她才感到那手是比较其他那些男人的要瘦一点薄一点。而她的手是向来就在女人中她推许为最柔软的了,使人只想能像什么东西一样的捻着揉着就好的。

他们走了一大段路,都在一种沉默中咀嚼着那情绪的变幻和心的颤动。到后来,丽嘉忽的想起一件可笑的事来,她向他说:

"浮生同雯吵了一大架,你一点也不知道吗?"

他不信的望着她:"有几天都没去看他们了。为什么呢?"

"为——真的你还不明白吗?"

他立即便抖颤了一下,然而那太无理由,于是他只说他一点也不明白,但他很想知道这究竟。他希望她能告诉他一点,而且他决计第二天去看一看他们。

"我很不愿意他们这般胡涂,太冤枉了,丽嘉,你怎么去说他们呢?"

"我对于他们两人都是有着一种不同的喜悦的,但是我很希望……——你不知道吗?雯却很有一部分像传奇上,小说中的女主人的。她值得上有个'维特'呢。"

"'维特?'你是说……"他说不下去了。

她大声笑起来:"正是呀!"

在黄昏薄薄的天光下,他又看见那曾使他抑制过痛楚的眼睛,一种强炽的欲念,抹去了适才一点轻微的厌烦,他不愿再谈浮生了。他更将身体触拢些,微微带点悼惜似的说:"'维特'在为另一种苦恼所捆缚呢。"他没有望她,但他觉得他两眼正为一些东西烧得很痛,他望不清走到什么地方了。

丽嘉心里也有点惶惑，她想："我总该回去了吧？"但她却仍然仿佛太缺少意志似的在随着他找寻那最少人行的路。她又不知说什么才好了。

两人又沉默的走了一段路，这沉默却使两人都焦躁了，都有点恨起对方的人来。最后韦护下了一个决心，他在街的拐角处找到了两部洋车，他命令她道："到我家里去坐坐。"不过在脸上，他做出一个从来没有看见过的那末一付极可怜的样子。

她没有拒绝他。

一路上他都将头倒转着，眼光停在她脸上。没有闪动一下的到了家。

在客厅里遇见了房东夫妇，他道了一声歉，便急急将丽嘉引上楼了。

房里的装潢，使丽嘉微微惊骇了一下，但她随即便坦然了。她看出这房主人是没有一点地方与这些精致的东西不相调和。她掷身在一张软椅上，泛泛的赞美这房子布置的匠心。

韦护也倒在椅上去，温柔的转侧着，表示这客的降临，是给予了他宠赐的光荣，和为这光荣而快乐着。

有一个轻轻的指声在门上弹着，两人都骇了一跳。是那好听差送两杯茶来。他们都矜持着，一直等到听差又出去。

开始还有许多拘束的地方。不久便又很自然了。韦护握着她的手说："我真感激你呵！"

但她将手摔脱了。她翻起桌上的书来。只有一本他编的刊物，和一本其他的小册子是认识的，其余散着的都是一些精装的外国书。她问是些什么书，他告诉她了。又引她去看那些俄国有名的文学家的全集。她欣奇的赞叹着，她说：

"可惜我不能来了解它。然而这也过去了，若是还早一点的时候，我知道你有这么多的好书，我一定要学俄文了。只是现在，我仿佛不必了一样的。但我对于这些著作的尊敬，却当然不同于我对于中国的近日所谓文学。"

"那末你对于我这些书呢。"他指着他另一个书架，"这全是世界有名的社会科学论著的译著。而且这里有好些种是没有英文译本的。你如果高兴看，我可以帮助你。"

她喜悦的望着他笑了一下，但她最后还是说：

"我现在只想学世界语。"

于是他便将话仍转到原来的方向。他说他也正如她一样，只想能放弃文学，他曾想将这两书架的书都送给谁去，不过这只是一种想望，他仿佛在生命的某部分，实在须要这些东西来伴奏，在这些里是还有许多动人的地方，比一篇最确凿的理论还能激发他。而且最大的理由，便是他只能在这里找到同情和同调……

丽嘉想起她曾有过的一些经验，她叫着："正是呀，我也感觉过的。"

他又问起她为什么要弃置音乐，她说那太气闷了，她相信她没有那方面的天才，她好久都没有弄好。然而他又说：

"那有什么要紧呢，一个乐师是并无大价值的。我们更不必要成其为大艺术家，只是我们要能赏鉴一切艺术。我们可以从那些不朽的东西里面，认识出那最高的情绪的沸腾，和时代的转变。你看过翻译本的《灰色马》吧，你起了些什么感想？这是本好书。如若你高兴，我可以为你翻译一本我最喜欢的，那是《沙宁》。"他便又找出那《沙宁》的原本来。

只这末轻轻的一下便不觉的将她带回到她旧有的趣味上了。这是对的，我们总应该要能欣赏一切艺术。而且她觉得韦护确能做到这一层。他什么都了解，都有他的意见。她拿着原本的《沙宁》，她高兴极了。

她又去想《灰色马》中的事迹。

听差又在弹门了。这次都非常坦然的毫没惊张,他们仍然保持着原态,相对的站在书架边。韦护命令道:

"进来。"

她笑着去望那听差,是一个很干净和善的年轻人。

"太太问,饭已预备好了,还是请客下去吃吗,还是搬上来?还有,就是太太和老爷都用过了。"

"那就——"他又转过来向丽嘉说:"我看我们到外边去吃饭,怎么样?"

但是丽嘉拒绝了。她不愿白吃别人的。她要回去。

于是韦护做了一个手式,听差便退出去了。

韦护又恳求她再留一会儿,便不肯吃饭,也得为他再耽搁一些时,他说:"丽嘉!你不知道你走后我会多么难过。"

她做了一个怪样子给他看,意思是说:"哼!我懂得你在扯谎。"但她却仍然相信了。她握起他的手来。

他便稍稍表白了一点他近来的苦恼。他又望着她的眼睛说道:"唉,你多望我一会儿吧,不知为什么在南京第一次看见你时,我便深深记住它了。而且……"他做了一个动作,想去吻眼睛的样子。但她逃避了。虽说她心里是很高兴,因为赞美她眼睛的是太多,而且她自己也知道她眼睛是太美丽而引人了。于是那嘴唇便落在那握着他的手上。他看见丽嘉仿佛有点生气的样子,便又变得很悲戚的说:

"唉,你责罚我吧,我是太无礼了!我知道我是不配这样,你是太好了。"

丽嘉妩媚的望了他一眼,嗔道:"你在骂我吗?"

他又解释,解释得过分了,却使人欢喜。丽嘉真变得温柔了,温柔之中，又带着强烈的个性，和大方的豪爽，所以也就更使他满意，更使他觉得有崇拜她，就是说有恭维她的必要。

到他再请她吃饭时，她才决意走了。他只做一个苦脸望着她默着。

然而终竟他放了她。他命听差去雇了一辆人力车。他送她直到弄口。他再三再四说他最小的，又是最大的，唯一的希望，他要她明天来。

十三

走回来时，房东又迎着他，关心的问道："谁呢？"

他只摇着头。

房东太太也好奇的走来问："唉，太漂亮了，太年轻了。"

这时便摆上了一桌的菜，因为是预备两个人的。主妇为在生人前表示贤惠，所以菜特别多。韦护只问有粥没有。他吃了不多的粥，便觉得有点饱胀了。于是他又加倍的抽起烟来。他在楼下客厅里延迟了许久，因为他还不愿独自在着。他怕他会感到寂寞，因为刚才是太热闹了。他又破例的同他们玩了一点钟的扑克。主妇说她会用牌卜命运，他好玩请她卜时，她只捉弄了他。房东又问他，他只好叹息着：

"这全不是我预料的。而且也无希望。不过我可以说，都是她在勾引我呢。"他看见那妇人的脸上显出一道鄙视的光，于是他接着说："我是说她太使我迷惑了。而她还年轻，她不过是一个姑娘，她还不能懂许多呢。"

"我真希望你进行，大舅父听见了也高兴呢，他老人家也应该看见你成家立业，快活快活了。"那表亲的房东就这末做出亲戚的关切，说出这一串自以为是很得体的话。

韦护自然不会生他的气，虽说他心里想："得了，我还该管你希望不希望吗？"他只是敷衍的笑着，他又将话说到牌上来。

主人夫妇虽说都太好，然而也太俗。他不能同他们说一句较深的话，他又回到他楼上了。他还看见丢到椅子上的那本曾为丽嘉摸索过的《沙宁》。他又去想她的一切。一切都可爱。她是那末善于会意的笑。她是那末会用眼来向你表白她的心，一个处女的心。但是她一点不呆板，又不畏缩，她没有中国女人惯用的羞涩和忸怩。她又不粗鲁不下痞。他早先对于她的印象，还只以为有点美好和聪明而放浪轻佻的女人。但现在却不同了。他发现了她许多性格上的美处，她那些狂狷的，故意欺侮人的态度，只不过是因为那起人，像柯君的一流，逼得她使然的。于是他又想起柯君的那可怜的样儿，他几乎大声的喊出："唉！他那配！"

他又去想那第一次见她时候的事，他记不清了，仿佛还有几个女人，但她是她们的代表，她们思想的一切都显然是受了她的统制。他只觉得那时他仿佛对那伶俐的一个就是珊珊也曾稍稍注意过，不过不久就忘怀了。而且自从来上海后，他还觉得她是有点在厌弃他，他还曾想过："韦护有什么地方使人不舒服吗？"所以他觉得只有她，她始终是有生气，她若不叫你爱她，她便会给你恨她的根据。

这一晚，他是什么也没做，他只坐在丽嘉曾坐过的那张椅上，抽着烟，兴奋着。他不愿去想到工作和爱情，因为这已经很苦过他了。其实终究还是无结果，他只想且过几天了看吧，也许韦护又会厌倦的。（他自己也觉得这话有点骗自己。）

他到办事处去得迟了一点。他皱着眉头向人说；"唉，只怕还得早点回去，唉，有点讨厌的事。"他是又粉饰自己的惭愧，又留下早归的余地。

可是一整天丽嘉都没有来。

到六点半钟的时候,他已是灰心了。他勉强在吃着晚餐。而丽嘉才翩然的从听差大开着的门里,亭亭的走了进来。她在两对闪闪逼人的眼光之下,安详的要韦护不要管她,她可以一人坐在房里等他的。她还向那审视她的夫妇笑了一下才上楼去。

"哼,不错呢!"

但是韦护不愿听这些话了。他快活得了不得的跑回自己房去,他们见面时,不觉的都走拢来友谊的拥抱了一下。

"我等了你一天。"他在她肩膀上说,微微闻着她的发的香气。

"我怕你不在家呢。"她嘴是触在他的衣服上了。

"吃过了饭吗?"

"自然。"

于是韦护去替她取出一些水果来,他自己也燃起他饭后的香烟,他说:"我想你不至讨厌吧。"

"我是不吃的。但我却很喜欢别人吃,只是女人要除外。"

"为什么呢?"

"不为什么,大约是因为我不会吃的缘故吧。"

"那末,是欢喜我吃的。"他故意做出一付顽皮的神态。

她只装着没有看见,她去剥一个顶大的橘子的皮。她那又软、又润、又尖的手,在那鲜红的橘子反上灵巧的转着。他不由的想起一句"……纤手试新橙……"的古词来。

他向她讨了两瓣剥好的橘子。

他觉得有她坐在这身边,看她的一举一动,听她说话,即使是最不关紧要的也使他感到幸福。他自己也知道当在她面前的时候,他是更能敬重她的。他反觉得他曾枉自找了那末多的苦吃,简直是愚蠢的事,他问道:

"你那几天到什么地方去了?我真难过,我以为你讨厌我呢。"

"哈,你猜?我想你是没有法可以猜到的。我和一个朋友到浦东的纱厂去过,还会到你的一个朋友,叫——叫什么……"

"是程涛吧。"

"对了。他告诉我他是你的朋友,我却逗他说,'先生,我想你错了,我只认识浮生,那是因为他爱人同我曾同过学,'他回答得真妙,他说没关系,都一样,我终究会认识你的。他在那儿一定有理由的,我朋友告诉我,他是受了委任在那里任指导的。我呢,我却完全是——不知是为什么,总想去看看,正好这位朋友同那边一个工头是亲戚,所以我硬强逼着他同去。这次的印象实在使我灰心。你不知道那些女工们是怎样糊涂,无论你怎么同她说,她们的回答总是这么的:我们是不管这些事的,无论东洋人开工也好,关门也好,我们只听工头的话,他们怎么说,我们就怎么做。横竖家里的事有老板。韦护,这自然是对的,在这次的罢工上,得她们有这样的态度,自然要算满足了。只是我真难过,她们好像并没有希望和要求,而且她们并没有感到痛苦和压迫。我将我想做女工的梦想都为她们打消了。我知道那无用处,她们不会听我的话的。"

韦护很诧异,与其说是诧异,勿宁说另一种爱好吧。他注视着她,他说:

"那你同她们谈过话?"

"而且到过她们家里。是那工头引我去的。她们都奇怪的看着我,他们不听我的话。我本来还想留在那里,替他们做点事。但是他们都说无用我之必要,尤其是导引我们的这工头,他仿佛很怕我的一样,他怨恨的看着我朋友。我朋友也催促我回来了。只有程涛他希望我留在那里,替他们组织一个团体,但是我朋友要我莫为他所利用。而那些女工们也决不会相信我的。所以我回来了。难道你没有听到程涛说起我吗?"

他告诉她他病了几天,他实在不十分清楚这次的事。

"唉,你还不知道我全是为着别方面更烦恼呢。"

但等他再问她时,她又说起别的来了。她不愿说她曾友好过的那起人的坏话,虽说他们现在是只使她失望和灰心,而且还动摇起来。

韦护已经了解了一部分,他热烈的希望着说:

"你还想去做一个女工吗?"

"现在不想了,因为——你愿意我离开这里吗?"

他也就笑起来了。他只在心里大声喊着:"她爱我呢。"

于是她又谈到他的病,他只说那是蠢病,若果她肯早点来这里,他就不会病了。

她又对他望了一眼。他便又说:

"你如果这样不吝惜你的美,而要再这么望人的时候,那,丽嘉,你可以饶恕我的鲁莽和无礼吗?"

她不觉的又望了他,然而他却并没有鲁莽,他只恨恨的说:"残忍呵,可爱的!"

两人不久便坐在一张椅上了。丽嘉很幸福的被他拦腰抱着。她讲了许多她过去的事。他也讲了许多他困苦的经过。他时时很苦痛的望着她,他觉得她太美了。他看见她能这么不倦的听他说话,他竟快乐得有点悲观起来。他想,"若是这时大地会沉下去,倒是最好的事。"而她呢,她没有想到,她只天真问他:

"你会讨厌珊珊来这里吗?"

"不,绝对的不,只是不能像欢迎你一样的欢迎她。"

"但是她却这样拒绝了我邀她。她说她因为这理由,她不会在你这儿坐一分钟的。"

"那是正为的她讨厌我。"他想起珊珊说过的，说是丽嘉从没有过恋爱的嫌疑的话。他问她珊珊的话错了没有。她笑道："那自然是说的过去。"她随即又改变道："那是她不懂得我，我常常都在爱人的，只是不长久，一会儿就过去了。而且也不完全，也不热烈。"他又问她为什么她知道她在爱人，她便笑起来："我做过梦呢。"于是他紧紧抱住她，在她耳边，他抖战的说：

"丽嘉：莫使我失望，告诉我，你梦见过我吗？"

"没有，但我想你呢。"

他用力的将她扳过来，使她的胸压在他胸上。他要求她说一个字，只要一个字也够了，她不肯说，但她却失魂的让他接吻了。

以后，没有一个字能逾越爱情的范围。韦护是太擅长这些言语了，他使自己陶醉，他也陶醉了丽嘉。直到楼下客堂的钟不情的猛打了一点的时候，她才骇得跳起来嚷着："我要回去了。"

韦护只戚然的默躺在椅上，将脸埋起，不做声。他只想留她，但他没有表示出。他命听差雇了一辆汽车来，一路上他紧紧的抱着她，吻了她有好几次，她说她从前是咒骂过汽车，然而现在，若是有他的话，她愿意永远坐在汽车里。这话自然是有点矜夸，不久便到了她住的那弄口了，他送她到后门边。她望见亭子间里射出的灯光，她悄声的说：

"珊还没睡吗？"

"恐怕在等你呢，好，快点进去。"

十四

她只敲了两下门，珊珊便从窗户口上伸出头来：

"是嘉吗？"

"唉。"她心里有点抱歉，觉得使朋友太等久了。她又去望弄口，这时韦护正钻到车里去，而珊也已经走下楼来，为她开门了。

她随着珊珊走进去，她说："我以为你早睡了。"

珊珊只哼了一声："我想你不回来了。"

"为什么呢，你会这么想我？"这时已走进房里，她看见珊珊像很不耐烦一样。她想去问她。不过珊珊却笑了："我逗你玩的。因为知道你会回来才等你啦。只是，就是不回来，也并不要紧，我很相信你呢。"

她便拥着珊珊，感谢的望着她，而且极诚恳的说：

"早上我和你说的，完全是假话呢。但是我并不是想骗你，你仿佛也曾那样觉得。说是只逗他玩一玩。你说那怎能够。他一望你，他就能了解你的。我有几次想扯一句谎，只是你还没有说出来，他就说出你的意思来了。他真比我们聪明。我就只喜欢聪明的人。珊，我实在有点喜欢他呢。你不高兴吧？"

"没有，一点也没有。不过我觉得你还不只是喜欢他，我很早就知道你会爱他的。因为他太聪明了。我现在只希望你能幸福。他好好的永远的爱你就好。唉，说是他过去很不好呢。但是他当然爱你的。你是太可爱了。若果他还要丢掉你，那他只是傻子。"

"呵，珊珊，你说什么，我不懂得。"

"没有什么，是雯晚上来说的。也许是谣言呢。"

丽嘉为一种自尊心，她不愿再问下去了。她不愿有人在她面前说韦护不好的历史，那与她有什么关系呢。总之，她喜欢他，就完了。于是她将衣服都脱了，只剩一件男人们用的坎肩和短裤。钻到被中去，她向珊珊说："你来睡了吧，不早了，你明天还得上学校呢。"

"明天上午不去了。但是——还是睡了吧。"她也爬上床来，她望了丽嘉半天，望得丽嘉都生气了。她才说："嘉，你真美，我若果是男子，我也只爱你，我看你也很感到幸福呢。"于是她关了电门，偎着她睡了。

过了许久两人都没有说话，像是睡着了似的。忽的丽嘉却说道：

"珊！我不能不告你，他吻了我呢。"

"我知道，早就从你脸上得知了。那是很自然的事呢。"

于是丽嘉又还回想了一会儿。她想韦护是太爱她了。爱得一点也不俗气。一点不骇着她，不恼着她。她还想同珊珊说几句，看到珊珊闭紧了眼要睡的样子，才又闭住了嘴，只打了一个哈欠，简直是幸福的哈欠，便翻转身去睡着了。

她仿佛没有睡好得久，便被扰醒了。她模模糊糊听到珊珊说：

"睡得正好呢，恐怕很迟才睡着。"

她觉得她床边正坐得有个人，她想睁开眼睛看一看，但是睁不开。只听见这人，（决不是珊珊）说道：

"等她睡吧。你尽管看书，我就这么坐一坐。不妨害你吗？"

她心里奇怪着，怎么是韦护的声音？她以为她一定在做梦，她反把眼闭着了。

"怎么这样客气，现在我们是朋友了，我们都爱丽嘉。"

"我怕你不高兴我抢走了你的朋友。"

"那儿的话，并没抢走呀，我们的爱是不相冲突的。"

"那就好了。只是，你看——我觉得我很不配她呢。"

丽嘉已经清清楚楚听见了。她还想未必真不是梦，她故意欠伸了一下。她觉得韦护已经将头俯了下来，珊珊也便喊了她。她装着含糊的问道："珊！是谁在这房里？"

"是我，丽嘉。"

珊珊借口说是叫娘姨泡开水去，她避出去了。

"是我，丽嘉，你不愿意我来看看你的房子吗？而且我要来看看你，我不能等到晚上。我已起床许久了，我简直就没睡。"

丽嘉说不出的快乐和骄矜。她张开眼来，嘲笑他像个小孩子。他俯下头要去吻她的时候。她才真像小孩子似的躲进被窝里去了。他便狂吻了她蓬松的散满了枕上的黑发。

有他在房里，她怎么也不好意思起来。他说他第一次看见她的时候，她是只穿有一件薄的坎肩的。她分辩她并不怕人，她只是不喜欢在人面前穿着，只要他出外打一转，她便可以一切都弄好了。他要她答应一个要求，才肯出去。于是她只好将那雪白的臂膀伸出来让他在手弯上接一个吻。他便看见了那丰满的，没有束着的胸，微微有两条弧线凸出贴身的衣服来，而且那办下有着稀稀几根可爱的毛。然而他却不能不走了。他要去看一看浮生他们，他还想请他们吃饭呢。

自从他搅扰过他们以后，他便没有再来了。以前本是为想跳出爱情的圈子，所以就决计不来。他是并未曾对于他们有什么疏远的必要的。他虽说知道他们曾相吵过，又是为了他，但是他仍然不含什么内疚，他觉得那是太平常了。纵使他冒犯了雯，他们也应该谅解他，何况他并没有怎么样。所以他实在还是很坦然的来到他们这里，他还愿意告诉他们他是爱丽嘉的。

可是浮生是一个单纯而又固执的人。他疑心他是爱了雯，他虽说同雯吵了嘴，他却还是同情他的，更因为他的疏远，他更觉得他们的这"德娃利斯"之可怜。为什么他单单要爱一个朋友的爱人呢？但是在前夜，他从雯的口中听到了一些詈语，他知道了那天真的丽嘉却被这位"德娃利斯"引到他家里去了。雯又引证了他一些过去的仿佛是流氓的行为。（因为她要骂他是流氓。）浮生本不相信的，现在也怀疑了。他想了好久他为什么要抱着雯强逼要接吻的一回事，他还是不能懂得，他不相信是逗着玩。他只觉得韦护在爱情上，一定是有点靠不住的。雯呢，很恨他，一种女人的恨，他不该欺负她的，他曾经冒犯了一个女人的尊严的。她起先还以为他是可饶恕的，所以还致同浮生吵架；现在呢，正因为有吵架那么一次暧昧的痕迹，她越觉得她是被他骗了，侮辱了。她若早知道他是这样的，她当时一定打他的耳光了。这时他们两人正在谈到他的时候，珊珊过这边来了。于是他们更得知了一些新的消息。他们都没有为这消息欢喜，反更觉得在自己心上像失去了什么一样的惆怅和不安。浮生只怀疑的反复问道："丽嘉爱他吗？"

这时，韦护走了进来。他用一种极亲切的态度去同浮生握手。浮生却只淡淡的，又仿佛嘲笑的笑道：

"恭喜你呀，你们成功得真快！"

他叹息道："唉，不快呢。"

他又去握雯的手，雯装做没有看见的走了开去。

"还不快，你太不费事了，因为丽嘉是小孩呢。"

"呵？"韦护去看他们，才知道他们都有着一种使人伤心的态度。他很奇异他们感情的变幻。难道韦护因为承一个女人没有鄙视他，对他和善了一点，便有不耻于朋友的理由吗？他想向他们解释几句，但是那刺人的态度，就不是肯听他话的像。他便又和浮生说一点别的事。雯简直是鄙视他的坐在那里听。他只好又不讲下去，他赌气似的故意告诉他还要去看丽嘉起来了没有。他做出一付惟有在恋爱中的人才有的那急遽样子冲出去了。

他很伤心的告诉了丽嘉。她笑着说：

"他们嫉妒呢。有什么要紧？过两天就会好的。我可以同浮生讲得很好的，他会了解我们。而雯呢，她的小儿车还没有买，我再送小宝宝十块钱，她就会欢喜了的。只怕她却仍然要恨你呢，因为——唉，我不说了,你以后再对她殷勤点也就没有什么要责备你的了。你相信这话吗?"

他相信这话,他却说他无须他们的了解。他更懒对人殷勤,只要她能不虐待他,天天准他来,准定去看他,他便幸福了。

他们正要出门的时候,珊珊也转来了。于是韦护向她说:

"若果你是诚心能以我为朋友的话,而你又并不反对她,我希望你能到我那里去玩玩。"

珊珊慨然的答应了。

于是丽嘉一手揪住珊珊一手揪住韦护的直跑出里门。因为这天韦护要请她玩一天。珊珊的准诺,更使她高兴,简直是出她意外了,她还只以为珊珊很不愿她同韦护好呢。

她们在一个广东馆子里吃了一顿便饭。因为珊珊只答应到他家里看看,不肯陪他们在外面玩,所以她们就又都到他家里去了。他是招待得很好,他又向学校请了假。他们三人谈了许多闲话。时时丽嘉都来握他的手。韦护觉得珊珊有一种超然的态度,这里面没有喜悦,没有痛苦,只是一种普遍的同情。他很奇怪她是如此的,他很能尊敬她。他想到丽嘉有这么一个朋友,真是他的荣幸。不久珊珊便要走了。韦护像极了解她的没有留她。只握了一次很紧的手。珊珊只笑着说:

"好,嘉是交给你的了。"

丽嘉也想同她朋友一块回去,却好韦护用眼睛留住了。她很害羞的让珊珊吻了她的发而且看着她走了。

但是他们没有出去玩。他们没有时间。他们是太不愿意在形式上还要有一点分离。丽嘉呢,她如今真真的懂得了爱情,而且她在拼命的享有着。这决不是像她所想的好玩的事。这是太使人好生兴奋好生难当了。韦护呢,他是战斗过来的,他要在这里偿还他曾有过的痛苦。

所以他们只将自己两人关闭在一间小房里度过了一个甜蜜的下午，和一个甜蜜的夜。

第三章

一

时间向前慢慢的爬着，韦护和丽嘉的爱情也和时间一样的进展着。而现在是很快的便一星期过去了。他们两人变成一对小鸟儿似的，他们忘记了一切，连时光也忘记了。他们日继以夜，夜继以日，栖在一间小房子里，但是在他们是并没有看见这房子之小的，这是包含有海洋和峻山及星辰的一个充满了福乐的大宇宙。白天，那温暖的太阳光，便从那窗户，是两扇一直落地的也像一个门似的窗户里晒了进来，还可以照到椅子的一角。他们便正坐到这里。他们的眼光，是没有离开过，而嘴便更少有停止了。有时是话说得多，有时是接吻得更多。丽嘉常为一些爱情的动作，羞得伏在他身上不敢抬一下头。但她却因为爱情将她营养得更娇媚更惹人了。他呢，他年轻了，逝去的青春，复回了。而且那过去的，是多么不足道呵，因为他糟蹋了它，他浪漫过，他颓废过，但他却没有真真的爱过，生活过。现在呢，他爱了。他又被爱。他真奇怪他自己，怎么却会在他已经将一切都疲倦过后的一种中年人的气质上，才来尝这最甜蜜的一段。他不能不重视这最使他沉醉，使他忘记一切不愉快的时日。他很怕她会一旦厌倦了跑开去，他一当她不说话默着了的时候，他便要去抱过她来，小心的问："你想到什么了，告诉我！丽嘉，爱的！"

她呢，她太满足了，这意外的爱情的陶醉将她降伏了。她将她的这爱人，看成一个巨人一样，有了他，一切的精神便有了保障。她现在不再想用一些惊人的诗句去招领一班无用的她的臣仆般的朋友。她也不想做一些动人的，全为虚荣的动作。她只爱他，敬重他，一切均为他倾倒了。她不愿离开他，因为没有他，思想便没有主宰，生活便无意义了。她常常在他的怀抱里那末反覆的喊道："爱我，韦护，永远的爱我！"

饭也搬来房里用了。那年轻的听差，谨慎的一天几次扣他们的门。他们都不讨厌他。他在早晨要为他们跑好远去买一包精致的点心，和各样的糖果。他们便可以少吃一点饭，因为饭吃多了，很使人难过，而且还常常使人有一种愚蠢的感觉。而那些有最好看的纸包裹着的糖片，也便将那时时要接吻的口齿弄香了。晚上呢，他又要去到一个熟识的水果铺，捧一包上好的橘子，苹果，葡萄之类的东西给他们带回来。他没有一句怨言，没有一次做过不好的神色，因为爱人们都是大方的，不计较小钱的。他们没有一次要过那找头。房东呢，他不很管这些事，他只觉得他亲戚的这种行为使人不解，他很想得一个机会能问问他们的关系，到底这女人是一个卖笑的，还受了他的骗，是不是他们要这么不正式的同居到底。而房东太太则不免有点不满意这一对，她觉得那女人太无耻了。她时时要在他丈夫前骄矜着。然而她却有比丈夫还高兴的地方，就是她们亲戚却多给了她不少钱，仅仅为了很有限的一点伙食。

丽嘉是吃得太少了，又因为把点心同水果吃得太多，又因为爱情使她太觉得饱胀了。韦护总担忧她，怕她会消瘦，时时问她最爱吃什么。她只说："到你不将你的嘴唇给我了的时候，我或者可以想出什么是我最爱吃的。现在呢，我一样也不爱，一样也不讨厌。"韦护却吃得比较多，他常常想，"若是都能这样吃得，我一定会很健康起来的，像从前一样。"

每一到晚餐的时候，他们都要喝一点果子酒。丽嘉不很能吃，有时被他孎不过，只好喝一大口。却不能全吞下去，好些都溢出嘴外来了。于是韦护便爱惜的在那红唇上将那红色的酒吮干。是到底不知这还是爱情的酒，还是果子酒，只常常要这么醉得晕过去似的两人默着，红着脸，沉沉的对望。而且常常一顿饭是使人吃惊的要用两个钟头之久。

夜晚来了，丽嘉喜欢将三盏灯都捻亮。三盏灯都是红色的。一盏吊在房的中央，是纯粹中国宫庭里用的八角的有琉苏的纱灯。一盏是小小的纸罩的台灯，放在写字桌上，又常常可以放在床头的，上下左右，均可自如转动，是一个日本货的玲珑的东西。另外一盏，是韦护来上海不久在鲁意斯摩洋行拍卖来的一个又不贵，又好，又使他们两人都喜欢的架灯，有紫檀木的雕龙的架柱，又有一个仿古山水画的绸罩，因为是旧东西，龙尾上又缺了一小块，所以反觉得甚是别致。房子一为这三盏灯照着时，便更觉得热闹，更使人兴奋。墙上裱糊的褐色的花纸，也就变成使人欢喜的一种紫褐色了。而且在灯光之下，他们都从眼里将那可爱的人看出更可爱的地方。他们总是常常舍不得睡去。

又不时有一些钢琴的声音从邻居传来，纵使是不成段落的弹奏，也使他们倾耳的听着。他们总以为这便是爱情的合奏了。

一到了夜静的时候，他们便将那两盏灯关掉，只剩一盏架灯在沙发的头前。沙发是长的，丽嘉便靠在上面，有时有点冷，韦护便将那幅软毡披在她身上。他呢，他枕着她。他从她手上取了一张诗稿，用一种愉快的心情去读他往日写下的悲凄的诗。那灯光便正落在那纸上，还和他的柔软的，微微棕黄的发上。他读完一首，她便要给他一个吻。或者让他吻一下。诗并不是了不得的好，但那是他爱情的自白，所以他们会常为里面的一些句子动心，常常要打断，要停止下来，因此到更有现在是好了，是充实了的感觉。

韦护又常常要为她口译点诗，那些他极喜欢，他觉得比他自己的好，而是两人都要了解才好的诗。她也极其愿意安安静静的听他解释之后又来读。她觉得他读起外国诗是还比他读自己的诗好听。她说她也爱那些，只是她总不会写。她说珊珊写了不少好诗，但却还是没有他的好。有时她的腿一压麻了，韦护便又抱着她。她便将她飞蓬了乱发的头在他胸前揉着。他要俯曲着头，才能吻着她似羞的娇嗔的脸儿。他会极自然的将她当一个小孩般的抱起来摇着。

早晨，一让阳光透过了纱帘，照到房里时，韦护便先醒了，他没有想起他应到办事处去，他只痴痴的望着那拂在她手臂上的黑发，和黑发下的白的，腻人的项脖。一种醉人的暖香从她那每一个毛孔分泌出来，是还有一点像乳的气味的。他希望她多睡一点，她睡熟的像是更美，是更使他在身体上有一种快乐的痛苦滋生的。但是，只要他轻微的转动了一下，她便惊醒了。她撒娇的喊着："爱！韦护！爱！你抱我呀！"于是她张开了眼。他们紧紧的拥着，又狂乱的接吻。他们为他们这幸福的一天的开始赞颂起来。在枕头上，她的眼睛是显得更大，他有几次强逼的要吻她的眼珠，使她的泪水都流出来了，她还是没有生他的气。

现在，她不一定要他走出外面才肯起床了，她还是只穿一件男人们用的小坎肩，因为她顶喜欢这样子，她还更喜欢游泳的衣服，只可惜她不会泅水。她说一有机会，她终久要学会的。他常常欢喜去帮她穿衣，他更欢喜有机会去吻她的小脚。

于是，一切又照旧了，不厌的重复。

直到有一天，是一个星期之后了。在他们两人闲谈到珊珊的时候，丽嘉才想起她是将她朋友弃置了这么久。她对韦护说她要去看看她。韦护也正想到他应该去理发，正担忧怕将她一人放在房子里，所以也就赞成了。不过他们还是为了舍不得分开,又延迟到第二天。

二

他们在弄口分手了。丽嘉坐在洋车上,被车夫飞也似的跑去,一会儿便望不清他的影子了。她带着一种久别重逢的亲昵的眼光去望到一切已经零落,黯淡的景色,已经是初冬的时分了,但她却只感受到一种喜气。她望着车夫的背,她觉得仿佛也是一个很可爱的背。她看到他快快掉换着的腿,她想,为什么他要这么高兴的快跑,他有什么希望在前面吗?唉,他不知道他却将我隔离韦护得越远了。她一看见汽车过身,她也要看一看坐在里面的人,她想知道是不是也像她和韦护一样那么抱着。若是只有一个人孤单的坐在上面,她便要怜悯的直望到那车飞去。她又暗自发笑的想道,假使她再同他坐汽车,她一定不会单让他一人来吻的。

不久,她便到了,她简直觉得太快了。她望见了那小楼,那亭子间的窗,她高兴的嚷着珊珊的名字从门口一直到楼上。珊珊在独自的念英文书。她几乎都叫出来了,因为她觉得这房子有点阴惨,而珊珊孤寂的像一个修道女似的。她怜悯胜于友爱的将她抱着,她骂自己都忘记来看她了。珊珊也爱抚着她,说一点俏皮的埋怨。而她呢,她仿佛对于珊珊也发生了一种莫明其妙的感情了。她时时摸着她的手,告诉她一些她的幸福。她说她惟一感到缺憾的,便是没有珊珊在她的面前。她要她以后时常去看他们,而且去看韦护做的诗,那比他以前的,《我的日记》好得多,和韦护还会读一些原文的诗。那些诗,她敢管保她是极喜欢的。珊珊答应了她。珊珊还告诉她已经替她缝了一件镶了边的缎袍,是她所喜欢的紫绛色,因为天气已冷起来了,而她一定会忘记这件事的。她真欢喜，她觉得那紫绛色是最配她那白颈项的。但是珊珊自己缝的却很坏，很不值钱，珊珊说钱不够分配了，只好先尽她，因为她是正在爱情中，应当穿好一点。她有一点反对这意见，但她不好说出来。她是觉得她有穿破一点，韦护还是爱她的。

她又和珊珊去看浮生他们。浮生不在家，上课去了，雯便和她笑谑了好一会，不怕她是怎样的充得很脸老，却还得佩服一个做了母亲的女人说起猥亵的话时，是使人可怕。她很不高兴的走了出来。她要回去了，她要珊珊也同去。珊珊没有答应，只说等过一两天了总会来的。不过在她们分手的时候，珊珊却迟疑的说道：

"你们是太好了，只是——我看你还是要韦护明天到学校去上课吧，缺多了课，总是不好的，何况他还是主任。"

"我并没有不要他去呀，他简直忘记了，不过我也忘记了。好，我会提醒他的，只是——唉，他若一到学校去，我便来找你，好不好。"

珊珊笑着答应她了。

她很担心怕韦护先到家在等她，她又怕她回去后见不到韦护。她觉得时光是停住了一样的老不得到家。她走进里口时，没有在走廊上看见等她的人，她几乎没有力气走进屋子去了。她在楼梯上遇见那女主人。那女人望着她笑起来说：

"没有事，尽管来客堂里坐坐，不要客气，我们是亲戚呢。"

她脸都红了，她喏喏的回答了她，就跑进房来了。

房子里还留有一股很浓厚的烟气，他疑心是韦护回来过，她叫听差来问，听差说是来过两个客，坐了快一点钟才走。他们留了一张条子，叫我交给韦先生的，现在小姐问，就给小姐吧，他们说非要给韦先生不可。

丽嘉很奇怪，她说：

"知道了。"

她等听差走后,才打开那条子,纸便是韦护抽屉里的稿子,只见那上面写着:

德娃利斯:

"我们本来不应该在这正当唱贺歌的时候来责备你。只是你却太荒疏了,不像一个'德娃利斯。'现在呢,学校正有点事,明天希望你要到才好,五点钟有个教务会议。谨此恭贺你并致意你的'安琪儿'(这是从你诗中找下来的名称。)

溥,日,同留。"

她真有点说不出的不平。她去看抽屉,抽屉里都翻乱了。她很伤心,她对于这些强暴者起着莫大的忿怒。她想不出一个可以惩罚他们的方略。他们对韦护是太残忍了,她可以从这条纸上看出。她非常替韦护难过。于是她把纸条撕碎,放在字纸篓的下层,这样韦护便可以不会看见而难过了。她把抽屉整理好后,又把窗子都通通打开,让那些讨厌的烟气出去。他真恨那些吃烟的人。她只想韦护能脱离那起人就好,但是她又想道:"唉,明天就催他去上课吧!"

韦护正在这时回来了,她投在他怀里去,几乎哭了出来,韦护没有了解这情绪,只连声问:

"回来好久了,丽嘉?都是我不好,我没有想到你回来得这么快,我只到大马路多跑了一个转。你猜,这是什么?"他举起他进来时丢到椅上去的一个包。

她似笑似哭的倒在他怀里望了他一眼:

"我不知道。"

"我早上看见你的袜子的尖上,破了一个小洞,所以去替你买了一双来,近处没有好看的,所以我跑到先施公司去买了来的,你看好不好？"

是一双重价的肉红色的长统丝袜。丽嘉很喜欢,只是码子又大了,她穿外国袜子总难得合脚,大约外国女人的脚,没有像她那么小的,她也是从来就欢喜赤着脚在地上跑的天足吓。

有韦护在她面前爱她,她将曾有过的一些不快又忘记了,他们还是很幸福的度过这天的其余的辰光。直到晚上韦护又拿起一本普希金的诗的时候,她才想起白天发生过的事,她有两次很想告诉他,却还是为怕他烦恼,她不做声了。她只绕着大圈子问:

"韦护,你还做诗吗?"

"不做了,我的生活已经全盘是诗了,还须要很笨的去做吗?而且我没有心去写了,心都在你身上。"

"韦护,你怎么不发表你的诗?"

"我不要那些不了解我的人,去读我的心境呢。从前只以写了让自己一人看的,谁知它还有这么的幸运,得我爱来听它。现在只将它深藏在我们的爱情中,更不要别人有来弄污它了。爱的,你不以这话为然吗?"

"韦护!唉,那这些稿子,你都未曾给人看过啰?"

"没有呀,怎么呢,你那么望着?"

"没有,没有什么。"她又伏在他胸上了,为掩饰她的难过,她咕咕咕的笑起来,然而她在心上却痛楚的叫道:

"没有吗?有呢!我们出去之后,曾来过了比强盗还凶的人,你不知吗?我知道呢!他们检查你一初!他们在你抽屉里将你不愿人看的诗不尊敬的读过!而且他们还嘲笑了你呢!唉,我爱的人!"

接着,她便又振刷起精神来。她同他讲了一段有趣的故事。他也讲了一个法国人的笑话,他还模仿那法国人的腔调和神态表演了一段。

后来,她便装着毫不介意的说:

"我想,韦护,你缺的课太多了吧。你都忘记了你的工作呢。"

这不意的话,很骇了他一跳,他真的忘记了,她不该提醒他的,他诧异自己怎么会这么久都没想到,他非常难过,难过他太怠工了,他惭愧得难以见人了。他抱着她说:"假如没有这些事就好了。"

但是他马上改正了他的话:

"我要谢谢你才好,你喊醒了我。我应该要出去做事了,你鼓励我吧,不是我没有离开你勇气。明天上午,我还要到另一个地方去,这比学校还要紧,以后我再告诉你吧。但是我会回来同你一道吃午饭,下午我到学校去,我可以稍微迟一点,两点才走。只是,唉,你呢,你仍到珊珊那里玩去吧。"

他很纷扰的好久都不能睡着。他时时悄悄的接吻她。她也没有睡着,但她不做声,装成睡得很好像一个小哈巴狗的蜷卧在他怀里。

三

韦护走了,而且带走了一切梦幻和甜蜜,只剩下一间空漠的卧室,和一些呆板的用具,还和那不幸的孤独的躺在床上的丽嘉。韦护放了几张风景画片在床头,给她玩,又有几张是韦护过去照的像片。有的是穿着中国棉袍,有的又是穿着大皮衣帽在大雪地里拍的。照像都比现在年轻,可是在她看来只有现在才更可爱。但是她很快的就厌倦了这些。仿佛一失掉了韦护,便什么都好像不是属于她了似的。她没有事可以排遣。她又觉得太睡得多了。

太阳没有照到屋子来了,她可以看见天是阴沉沉的,一种脏的灰色。而且弄里太静了。她听不到一点声音。真静得使人怕。难道大地死去了吗？她几次神经质的跳起来，然而随即便又躺下了。她焦虑的盼着时间的逝去。

她想过了她一向来的幸福。这不是意料得出的。她以前并没有想到韦护是这么的好，这么给了她许多不胜其动心消魂的爱情，然而正因为她享有了，她便有要牢牢捉住这爱情的必要。她不能看着这爱情又飞走的惨痛。但是现在呢，一切都死寂得可怕，她仿佛便正预感着那失恋的来临。她想："也许有一日，韦护要这么将我弃置了跑掉的！唉，也许就在今天，他会回来吗？唉，我好像等了他一世纪似的！"

她哭了，她吻了那些像片，她又将那些丢到地上去了，那不是她爱的韦护，那是另外一个狠心的人在冷静的望着她。她哭了好一会，被蒙着头，眼泪落在软枕上，落在白被单上，这是些多么熟稔了他们的亲密的可爱的东西呵！

因为夜来睡得不很好，又思虑得太多了，人倦极，她含着泪睡着了去。

这倒正好免掉了看见在脸上罩满了愁惨的阴云回来的韦护。他也正忍受了一些别后的难堪，和一点不痛快的刺激。他看见她还没起床，微微有点诧异，他走拢去时，才看见一手压在被面上，一手托住脸颊，那脸颊上还狼藉得有许多泪痕。他捡起那些地上的像片，他喃喃的说："为什么呢，恨我吗？不爱我了吗？"

他去接吻她。他触着了些湿的冰人的发，那小嘴唇嘟着，还微微保留了一点动人怜爱的伤心样子。他想叫她起来，告诉她她的爱人已经回来了，但是他又觉得她一定很疲倦了，才睡得这么熟，还是让她休息一下的好。他轻轻将椅子拖在床边，他望着她的坐在那样抽烟，他想起那大胖子外国人说他的一顿话。

没有一点错，他第一次俯首了。他找不出理由能反驳，虽说在他心里却觉得有许多委曲。而且他真不能离她太久了。离开她,他做不出一点事。从一切的地方,有时是纸上,有时是墨水瓶里,有时竟是从一个有须的人的脸上,都会想起而浮泛出她的娇媚来。他时时都听到她在他耳边腻人的叫着他名字。他想,要怎么才能将她和工作溶合在一起呢,既然又是不能不去做工的。

他一直守了她好久,她才醒来,醒来看见韦护时,她又哭了。她勾着他颈项,她说道:"我以为你不回来了呢!韦护!告诉我,你不至于要丢开我吧。"

他竭力安慰了她。他舐去那脸上的泪。他几乎吻了她眼睛一百次。他吻一次说一次:"看,你把我眼睛哭坏了!"

她告诉他她有许多久都没哭了,不知怎么今天会变得那么弱,不觉的就流出了好多泪。翻开被窝看时,枕衣上竟留下碗大一块渍印,被单上也湿了许多小块。她还答应他以后不再哭了,因为她又相信韦护会永远爱她的。她又像一个小孩似的没有穿好衣服便站在床上跳舞了起来。还是他强迫她才把衣穿好。他说今天天气特别变冷了。他命听差去买了一些煤和柴来。

吃饭是已经到一点了。韦护只想还能延迟一会就好,好让丽嘉可以多快活一会,他不忍提起他吃过饭还要到学校去的事。这天丽嘉还多吃了半碗饭。她说是因为哭了,她小时也常是哭过后反能多吃饭。她要韦护也多吃,可是无论怎样他也不能多吃,他反减饭了。他很忧愁那将来到的一刻,他不忍心又将她丢在家中去哭泣,她是太可爱了。天真无渣滓。他望着她,忍不住只想吻她,他不知说过多少次了:"我爱的小嘉呀!总有一天我会把你吞掉的。"

饭还没吃完,珊珊便来了。韦护感激的望着她,他没有想到她是来看丽嘉的,他几乎以为她是为他来的了。

她替丽嘉带了许多要用的东西来。

韦护走的时候,他向珊珊说:

"好,你的朋友还是交给你吧!"

丽嘉笑起来,一直追到楼梯边,她问:

"难道你不回来了吗?"

"对了,我不再来了,你相信吗?我的小嘉!"韦护大声笑着,故意骗她玩。

她也仍然笑着答应双关的话:"我相信的!"

到楼下他又要听差去买了好些丽嘉最爱吃的点心和水果。

丽嘉和珊珊这么度过了一个下午。她们将煤和柴都堆积在壁炉里烧起来,她们讲了好些小时在家乡烤火的事,和许多在火炉前正宜吃的东西。她又将韦护做的诗拿给她看。她还告诉她韦护是没有给别人看过的。但是珊珊不高兴看。她又拿出一张外国女人的照片给珊珊看。珊珊也夸赞了那女人的健壮的美,和那刚毅的眉峰。丽嘉告诉她说:

"这便是他们说韦护坏话的道理了。韦护告诉我过,他很爱依利亚的,依利亚便是这女人的名字,她也爱他,他们是在一个小剧团里认识的。她的气质吃惊了他。而他呢,他说到现在他还不明白到底依利亚爱他什么。不久他们就同居了。然而是,幸福是不久的,他不能使她满足。他发现了她常常跑到一个波兰人那里过上半夜。他还同她住了又三个月,后来实在太疲惫了,他求她放了他,但是她不准。她向许多人都说这中国人骗了她。她骂他,又骂中国人。于是韦护便离了她。但是这女人也真怪,她在韦护动身回国时,她又跑来同他睡,她要一同来中国呢。她说她怕中国女人会抢走他,而他一定会爱中国女人而又会被爱的。她不能任这事发生。"

珊珊便注视了那像片好一会。

她又说:"你说这应有被责备的理由吗?而且他们能不能算恋爱还是问题呢。韦护也说他自己都很怀疑,因为他那时并没有痛苦,也没有欢愉,只是有个女人罢了。他们白天各做各的事,距离得很远,晚上同一块吃饭和睡觉。在星期日,两人便又到歌剧院,或是电影场打一个转。而且在他离开了她之后,他也并没有什么难过。"

珊珊叹息着:"你说那不好吗?我倒很爱这女人呢。"

"我也很爱她,我觉得她的有些地方是我们学不到的!"

于是她们又都默着了,到燃上灯的时候,珊珊才回去。

还好,这次她没有等好久,韦护便回了。韦护说他在路上看见珊珊,可是她没有看见他。他又说:

"丽嘉!你真好,你有这么一个好朋友,而我却没有。她真爱你呀!简直像个母亲了。"

"你嫉妒我吗?我还相信她也爱你呢,因为她太爱我了。而且她不会,永不会丢弃我的。而你呢,韦护,你也不能使我如此深信不疑吗!唉,未来的事,难说得很。"

"你会这样不了解我,不相信我,你真使我难过。"

"不要生气吧,我怄你的。我知道你比她还爱我,然而,我怕呢。"

于是他又紧紧的抱了她,凭爱情发了许多誓言,他决不会丢弃她的。要等她说了一打以上的相信,他才肯放手。他们的时间,是又在这么一点小事上,也不知跑了好远了。

四

韦护近来每天都出去办事了。只有星期五的下午和星期日才能留在丽嘉面前。然而他们却更相爱了。每到饭前,丽嘉便要站在走廊上去等他,有时还走到弄外去。不管街口上有人没有人,隔好远便要跳起来欢呼,投到他怀里去。他呢,含蓄的笑着,紧紧地把她挟回来,常常都将她的脚步,举得离了地面了。而且许多次,无论他的表亲在客堂也好,不在也好,他都是抱起她跑上楼去,去到他们的小房里。她都叫起来了,却十分满足。他们便要这短的一瞬刻,来偿还他们不尽的分离的苦痛。丽嘉不知有多少次只希望他会留住,但她却不愿说出。或是偶尔他又偷了懒,向学校请了假,这她便更高兴了。她感激得了不得。她更爱他,她也更温柔。于是他本有一点负疚和不安的,也为她的欢悦消逝去了。他们便极端珍惜的不要这下午有一忽儿是空跑掉了的。

房东简直太奇怪他们了。有一天,他以戚谊的资格直接来扣他们的门。韦护郑重的为他介绍:

"这是我的爱人!我的生命!你看,她不好吗,她简直给与我太多了。"

他一个字的意义也不懂。他看见丽嘉很可人的,他大胆问起她的家世来。

丽嘉很讨厌这些问询,但她现在没憎恨一切的心思,也没有揶揄一切的趣味,她对这洋行办事员稍稍敷衍了一下。

他又装做会意的样子,他向韦护说:

"爱情呢,我是懂得的。我也赞成。只是你们太好了。所以一切小说上戏本上还找不出像你们这么好的。然而俗话讲得好,'月圆必阙'——好,你们笑了,你们一定不信这些的。我就不讲它。不过,韦护,你却太使人奇怪了。你变得太快,若不是我天天都在看见你,我一定不认得是你了。不是你的相貌变了,是你的气质全不同了。我想凡你的朋友,都可以看得出。不是吗,小姐?"

"是的，恐怕有点变更吧。那是因为他现在有了爱情的缘故。"丽嘉爱好的望着她爱人。

韦护却否认的说：

"嘉，你错了呢，你听我说！"他望着那房东，"我是毫没有变，我仍然还是我，不过我从前只将我的一面，却是虚伪的一面，给人看的。现在呢我是赤裸的，毫无粉饰的了。这是因为我早先虽是有一个躯壳，然而却没有心，于是我便为一切其他的东西，过着机械的时日，于是我只是一个世故的人，为人所了解和欢迎的人。唉，就是说只是一个市侩呢。现在呢，我有了丽嘉，我为我们爱情的享受而生活，我忘记一切对人的机智了。于是我便被不了解和诧异了。然而这是一丝一毫都不足轻重的，因为这不能有所妨害于我们的爱情。嘉，不是的吗？只要我们永远相爱！"

于是他们忘情的在人面前也接起吻来了。

这办事员被他们骇得只摇头，他心里想：

"大约这便是所谓新人物吧！"

他走后，他们又笑起他来了，而且还笑自己。她说：

"我看你真白费力气同他那样声明呢。他一生也不会懂得你的。"

"为什么我不可以说呢，我恨不得我要大声喊给全世界，给他们看看我们的幸福呢。"

"不过我却不厌烦他，他没有权力来反对我们的爱情。"

"什么有权力呢？什么也没有权力！"

他们是更迟到很夜深才去睡，因为白天难堪的分离的记忆还遗留在，而明天的这难堪的重复，也使他们时时恐怖的预感着。她们便偎坐在火炉边，房子里的灯都捻熄了，只有熊熊的火光，不定的闪着。脸儿更显得红，眼光更充实了。她们不倦的讲着往昔的事。

她有许多姊妹,她从不困苦,但是她却孤独。她惟有常常在小说中,梦幻中得到安慰。她许多次幻觉着那不可言说的,又是并不能懂的福乐的来临。她现在才知道这福乐是什么。她后来离了家,她读了一些书,又结识了许多朋友,似乎是应快乐了,然而还是像缺少什么一样。也有人爱过她,但是她太轻视了那些投来的忠荩。她骂那些人是阴谋者。她同男人们好过,游戏过,那是只因为她觉得男人们容易支使点,不反抗她,而她却从不曾在他们任何之中,生出一点交谊。她不相信他们,甚或觉得有揶揄之必要。女友呢,她不知循环同许多人好过,都爱她,服从她,照应她,然而都不真真的了解她。她是太容易厌倦她们的殷勤。唉,他们永远就只学会说那么几句漂亮话。只有珊珊她有相当的敬仰。她说她对于珊珊近来刻苦念书的态度,越觉得佩服她的毅力。同时便又因此非常的怜悯她,希望她也能得一个像韦护这么好的人就好。

韦护的故事是太多了。他说了好多次他同他表妹的事,那只是一种中国旧式才子气派的完成。他不能不找出那么一小点点的伤感。他没有一点冲动便眼看她被别人娶去,他只留下了将一百首的押韵的诗词。他和歌女露茜的事也告诉她了。那纯粹为的好奇。而露茜则为的金钱。还有,便是依利亚。依利亚是一个奇怪的女子,她办起事来,一点也不马虎。她同许多人好过,但不久她都把他们丢了。她同韦护绝裂的时候,她大声嚷,几乎打他了。她说:"你,契丹人,你想跑掉吗?你不知道我爱你吗?你不喜欢那波兰鬼,他可以去他妈的。我也正讨厌他了呢。只是你可不能干涉我。你应知道你不配。然而我是不能放弃你的,像你这样的契丹人,是太使我爱了。"终竟他还是跑掉了,他说她是一个动人的家伙,却也是个怕人的家伙。

丽嘉爱听这些故事,觉得有味,又要为他惋惜。但是他总常常要在话中停止下来,他说:

"你为什么不早点来到我的命运里呢?你看,我在年轻的时候是那么浪费的。"

她一定道:

"现在也不迟,我们的未来还长着呢。"

于是他也像学语着:

"我们的未来还长着呢。"

他们就是这么常常消磨一个晚上。到钟打一点,两点的时候,他看见她眼皮无力了,他才将她抱上床去。

五

八点钟的时候,在冬天这真不算晏。韦护又不能不从那使人留恋的被中起来。街上很冷,又常常要飞一点小雨或小雪。办事处又没有火。他大衣也不能脱。他又不时要打哈欠,他太缺少睡眠了。人人都笑他,都误解他,显然他和丽嘉的恋爱,他们是不理解和不同情的。他也不去叱责他们。他知道他们没有别的好,只有一付最切实用的简单头脑。但是他也只有忍耐着和挣扎着,他不能有弃置这些工作的念头。这是他的信仰。无论他的个性是更能成其为浪漫派诗人也好,狂热的个人主义也好,然而他的思想,是确定不移的。他不能离开这个集团,他只能像一个马蚁似的往前爬去,倒在另一些马蚁的上面死了,又让后来的爬在他头上。所以他有几次都决计将那刊物的事委托给别人,因为已经延期好几期,但是他都不肯放置掉,他要在办事处抽出时间来整理好。他又在休息的时间去编讲义。他是不怕劳苦的,因为劳苦之后,只要他一回到家,便一切全变了,因为丽嘉在那里。他常常这么对丽嘉说,有时还会对别人也这么说是他之所以要工作,是因为有她的生活的热力在鼓动他。然而这话是不能全靠得住的,人总有一种惰性,而且两相比较起来,他常常是眷恋着丽嘉这边,而潜意思里,也常常起着可怕的思想,便是丢了那些工作吧,成天留在我的爱面前。

同时也有许多人对他起着反感。原来便有一部分人是不满意他的有礼貌的风度的。有的很苛责他过去的历史。然而都不外乎嫉妒现在呢,都找到攻击的缺隙。说他的生活,他的行为,都足以代表他根本的人生观。说他只是一个伪善者,投机者。仲清竟到学生前也说起他的坏话,他公开他的住址,这一向本都是秘密着的。他要这些人去参观,那只是像一个堕落的奢糜的销金窟。

于是当韦护和丽嘉饮着晚酒的时候,也有着不熟悉的扣门声。他们都熠熠的去审视丽嘉,却不能在她身上得着要领,然而也自以为得意的走了。

而且有两次还有人当面嘲讽了他。他忿怒得直想去打那些侮辱的,但是他什么动作也没有,他隐忍了,只装出一种不自然的笑,仿佛要人知道他不愿也不必同那一些不足道的糊涂人分辩。这是因为他知道他的地位是很孤单,很孤单。

他开始了一种恐怖的预感。他试着去多做点事,他接连迟回了好几天,但结局他自认也是失败。于是他不知所可的常常烦闷起来。他想起他们刚住在一块的时日,是多么快乐的时日,因为他忘记了他的工作。因此他常常违拗一点她的禁止,多喝几杯酒。他常常感伤的抱着她喊道:"我要我们离开这世界才好。我们去学鲁滨孙飘流在无人的岛上去吧!"

她呢,还只是天真的附和着他。

夜深了,她枕在他手臂上睡得很酣适。他只望着她,更深的看出她的美,他们的生命的谐和。他痛苦的想那将要来到的恐怕。他能吗,能抱起丽嘉飞去吗?但是他也不能离开丽嘉。他想起他曾有过的挣扎,他是愿在这女人手中跑掉的,但是他只痛苦,却并没跑掉。只怪她,后来又找着他。然而他又打了他自己,为什么会有这思想?丽嘉只是太对他好了,给予他无上的快乐的享受。他想了许多,总想不出一个好的法子。他不能像从前与伊利亚的情形,那时他是没有觉得爱情和工作的冲突的。而丽嘉呢,起始的时候,就使他不敢接近,因为他不知觉间,便预感着这是不协调他的。但是这岂能怪她吗?她没有一次有妨害他工作的动机。虽说她舍不得他,她怕那分离的痛苦,但是她是没有会要求他留在家里的。那么,这冲突是并不在丽嘉或工作,只是在他自己。于是他来反省他自己了。他在自己身上看出两种个性和两重人格来!一种呢,是他从他父母那里得来的,从那一生潦倒落拓的多感的父亲,和那热情,轻躁以至于自杀的母亲,便使他们聪明的儿子在很早便有了对一切生活的怀疑和空虚。因此他接近了艺术。他无聊赖的以流浪和极端感伤虚度了他的青春。若是他能继续弄舞文墨,他是有成就的。不幸,那新的巨大的波涛,汹涌的来将他卷入漩涡了,他经受了许多久的冲积,他才找到了他的指南针,从此他有了研究社会主义的趣味。他跑到那北方的寒国,那俄罗斯,他更坚定了他的意志。他是完全换了一个人。他耐苦,然而却是极安心的做了三年工作。他又回国来。他用他明确的头脑和简切的言语,和那永远像机器一般的有力,又永久的精神干起事来。他得了无数的忠实的同志的信仰。但是,唉,他又遇着丽嘉了!这热情的,有魔力的女人,只要用一双眼便又将他已死去的,那部分又喊醒了,且更发展得可怕。他现在是无力抵拒,这个人的精神的奔溃。他看清了他自己,他也看清了一切。但是他还是不能判断他对那方的投降。他太爱她了,他不准自己有对于她一点不忠实。他在万般无奈时,他只有又竭力忘去这些可怕的,完全是他好为幻觉的憧憬。他狂乱的去吻她全身,这样他便又可完全浸润在爱情中,而不烦恼了。

于是他又请了几天假。丽嘉虽不纵恿,却也不反对的。她以为这是她的幸福。他又预支了一些薪水。他还常常带她到电影院去,或是饮食馆去。他无节制的,又不思虑的度过了一些时候,一些像是酗酒者般的醉在爱情中的一些难忘的快活时日。

六

丽嘉本很喜欢看电影的,现在有韦护伴着,她自然更乐意。她爱许多漂亮的明星,她更爱那些能表现出热的和迷人的一些。韦护则说都不如她,若是她能现身在银幕上,世间所有男子都会在他们的情人身上找出缺陷来。她常常从电影上学来许多可爱的动作来戏弄他,他便更迷乱起来。她也爱吃一点好味的东西。她更喜欢在温暖的房子里,将身子烤得热热的,又去跑在冷空气中呼吸,那凉飕的风,轻轻的打击着热的,嫩的,腻的脸颊,是有说不出一种微痒的舒服。

韦护呢,只要他不去办事,不去上课,不和那些难合的人在一块,他都是快乐而骄傲的。慢慢的,他竟有点怕到那些地方去了。每去一次,便愈觉得人是都在冷淡他了,怀疑他了,竟至鄙视他了。而那难处置的问题便又要来扰搅他一次。他未必要为这些将他的一点生命的甘露弃置去?他苦苦的避开这些。他想,让那自然的命运来支配我以后的时日吧。现在,且顾现在。但是到最后有几次,他真不能忍受他的被人歧视的态度了,他仿佛觉得人人在他背后,说他的名字,而摇头,而撇嘴。他很想自动辞脱他一切的职务,他愿退身出来。他离开这里,去到无人认识的地方去插田也好,做小买卖也好,甚或乞丐也好。而

且他做出一种闲谈的样子,对丽嘉说过:

"假使我们或者有一天不能不离开这里,而迫着到乡下去生活的时候,你觉得怎样呢?"

她毫不思虑的率直的答道:

"那正好呢。那时候,你便仍然穿起你蓝粗布短衣,我们第一次见面时,你穿的那件。你的头发长了起来,胡须也不剃了。你一定变得更好看,而且强壮。我呢,我也做一件蓝布衣穿,我最欢喜赤着脚在草地上走。我幼小时常那么顽皮的走过。我会做许多事。顶好我们得一个小的干净的茅屋。我们像一切乡下好农人生活起来。但是夜了,我们仍然可以在我们的小的摇摇不定的烛光下来读起诗来,那时你一定还可以做些好诗的。"

他不免苦笑起来,他还问她:

"若是连一个小茅屋也没有,要四处去讨呢。"

她对他便斜着望一眼,意思是说:"你怎么说一些无意思的话。"但她仍然答应他了。她觉得即使是这样,也仍然有趣味的。于是她笑着说道:

"那不更好玩吗?我可以不要你操一点心思。我能在各种人面前想出各种方法去使他们破钞的。什么地方都可以混过一宵,或是那些小山羊的栏前,或是那稻草堆上。你大约不会知道的,那干的稻草的香气,躺在那上面,比这鹅绒还舒服呢。"

于是她躺在床上滚了起来。她将那床看成稻草堆了。

他也常常为她的这无忧的气质鼓动了好些幻想,他知道无论他走到什么地方她不会丢弃他,而她一定比他更适宜那些新的环境。因为她是单纯,她唯一的只知有爱情。只是他,他虽说幻想了许多,然而他却不能得做一个最后的决断。那一切都是行不通的,因为他不能磨去他原来的信仰。他已不能真真的做到只有丽嘉而不过问其他的了。唉，若是在以前，当他惊服和骄恃自己的才情的时候，便得遇着丽嘉，那是一无遗恨和阻隔的了。而现在呢，他在他的生命还坚实的意志里，渗入了一些别的东西，这是与他的原来的个性不相调和的，也就是与丽嘉的爱情不相调和的。他怠惰了，他逸乐了，他对他的信仰，已有了不可饶恕的不忠实，而他对丽嘉呢，也一样的不忠实了。他想，与其这么强做快乐去骗她，是宁肯将一切均向她吐实。他又想，若是不能放弃工作而撇开她时，使她去尝试那失恋的苦，是无宁有一天自己死去，来让她哀哭的。那样她是不会对爱情生怀疑，对韦护生怀疑，她仍然还可以保存一颗完美的心，虽说失了他。假如他，他走了，虽仍是同样的失了他，然而，那情景，是多么不堪设想呵！她无论如何是承受不住的。他在自己已感到无力能拔起自己的时候，他便又要在丽嘉处找救援。他曾诚恳的问着她：

"你不是很讨厌康敏尼斯特吗？为什么你又要爱我？"

她也诚恳的答应他：

"那是你误解了。我固然也曾有过一点莫明其妙的反感，那只是我那时受了一点别的影响。还有，也因为你们那些同志的太不使人爱了。你不知道，他们仿佛懂了一点社会的学问，和能说几个异样的名词，他们就也变成只有名词了。而且那么糊涂的自大着。是的，我曾喜欢过一些无政府主义的青年，但是他们太荒谬和自私了。我很失望。他们还写信给我，是寄到珊珊那里的，满纸只是些任情的谩骂，他们以为我只该爱一个无政府主义者，甚或是无主义者。但是我却只爱你，韦护！而且敬重你！我还敬重一个人，便是孙九先生，他纯粹是一个理智的人，却并不是无感情的人。我只钦佩他，却永不会爱他。他好像是一个仁慈的老人似的。而你呢，你一切都完全！"

他又请她凭她的爱情说一点她对于他的工作的态度。他希望她会说一点她的不满意,她会强制的要他脱离那些。她是好胜的人,她一定可以将他抢过来的。

但是她只诧异的说:

"你怀疑我吗?我没有一点什么意思呀!虽说我不能同你分离得太久,然而那并不是我的爱情的矜夸,你不是也这么感到么?而且我并不希望你因我而弃置你的工作,我知道,你并不像我呢。唉,韦护!我感觉到呢,你常常在请了假后,你又不安呢。以后,我不准你再请假了。你知道我的意思么?"

她微微有点不高兴起来。

于是他又去哄她玩,他说:

"唉!我的嘉!怎么你会这么多心?你不知道我是毫没有别的意思,只怕我的爱会有一丝一忽在我身上感到不满吗?你看,你若还生我的气,我怎么好呢?"

他是装得太好了,所以总容易骗过她。她还是快乐的,而他则真是一切都失败了。假使她要带起他走,那就好了。

因此他仍陷在苦恼中。

七

可是时间一天一天的紧迫起来了。学校已快放假,他到底还是辞了这事,还是继续下去。而且,他知道不满意他的人是太多了。若是他现在愿退了出来,或是无通知之必要的他就走了,那至少在一部分人看来,是值不得惋惜的事,因为他是太不忠实了。即使他有了勇气,他愿减少了这一面不光荣的负咎,那他以后就得到了安慰吗?是的,他是有丽嘉，他为爱而牺牲了事业，并不为名为利的事业。他仍然是可以骄傲而生存着的。只是真的他们能跑到一个无人的岛上么，他们能恢复到简单的农人的生活么？这不只是要生活简单，而是全靠他们有简单的精神的。所以虽说他曾筹算过他最近还可以得到的经费的全部，这是能足够两人跑到什么没有人认识的小县城里或是乡下，可以无事的，靠极低的粮食，和爱情度过一年以上的。但是无论他计算得是若何周密，连他自己也仿佛了然这只是想骗过自己，以安慰自己之对待丽嘉是无所抱愧的那么爱的深切。实际他却不能这么做，且可怕的想到若是丽嘉能不爱他，能丢弃他，则他总可以被释放了。总可以照旧努力了。

于是有一次，他将性子变得很无理，很粗野的。为一点小到可怜的事上，他咒骂了她。她没有说一句话，只用着怜悯的眼光望着他，最后她说：

"我触怒了你吗？我相信你不会介意我的。那么，一定是有别的人或别的事使你烦恼了。那，韦护，你不可以告诉给我听吗？"

一些眼泪便糊住了那双巨大的迷人的眼睛。而他，他忍不住大哭了起来。跪在她膝前像一个忏悔的教徒。她又说：

"一定的，你有些什么，韦护！你说呀！"

他抱紧她的腰肢，一任他的眼泪涂污她的新衣，他神经质的哭道：

"是的，我有的，我有的……"

然而他清醒了，他用那男性特有的茹苦的忍耐，他不愿说出来，他改正道：

"是的，我有的这不可饶恕的坏脾气呵！我爱的，忘掉这可怕的记忆吧！我并不是真的对你这么坏的！你能饶恕我么？我的爱嘉？"

"没有饶恕存在的，韦护！我只爱你！"

这一幕短短的悲喜剧，更证明了他的失望。他又开始振作，只是越振作，就越感到内心的衡突，就越痛苦。而这时，那最使他能给以相当敬重的陈实同志，给了他一个警告的暗示。他离了家，在那冬天的无人跡的公园里，苦思了一个下午。他知道这是最后的一刻了，他不能再延缓。于是在一个长的激烈的争斗之后，那一些美的，爱情的，温柔的梦幻与希望，与享受，均破灭了。而那曾有过一种意志的刻苦和前进，又在他全身汹涌着。他看见前途比血还耀目的灿烂着。他走到他办事的地方，答应了他们的委派，他要到广东去。

他再回到丽嘉的面前时，他是已有铁的意志的决断的。唉，只这女人太可怜了，她还在无感觉的沉醉在爱情中，当她去抚着他的瘦胸和那怦怦跳着的心时。虽然，他也不免偶尔又起了犹疑。只是他认清了这局面之不可再延长，这不特害了他，而于丽嘉也决是有益的。他在第三天上，选到了一个绝好的机会，便是珊珊也在这里的时候，他硬起心肠，他向丽嘉的全身作了一个最后的长久的深切的观望。于是他穿起大衣，说是要出外打一个转。他用力吻了她嘴唇，便握着珊珊的手说：

"可感谢的，朋友！你且留在这儿吧，请一直等到我再回来。"

声音有点哽咽了。手微微抖颤着，于是珊珊也不觉的在心里抖颤了一下，她骇得直着声音说：

"不，我不能等你的。你还是留着吧！"

但是他早已松脱手跑走了。

在楼下他还伫立了一会，听到楼上没有一点声响，于是他才阔步的向外走去，眼泪不觉得流满脸上。呵！这不可再得的生命的甜蜜啊！

两个女人都不安的坐在火炉边，那曾充满了欢乐的火炉边。等了好久，而且夜也来临了。丽嘉不快的像是自语的说：

"怎么还不回来呢?"

"以我觉得他仿佛有点难过似的。为什么呢?"

"你也觉得吗?我常常都觉得呢。但是他没有向我说一句,他只反复说他是爱我,唉,珊,你说他会永远爱我吗?我很怕呢。"

珊珊不知怎么回答才好,她只好竭力安慰了她朋友。她说了一些别的故事。然而十一点了,韦护还是没有回来。丽嘉焦急起来,她要在夜暗中去寻找她的爱。却被珊珊阻住了。她说:

"若是你跑走了,他回来又怎办呢?"

于是她们又耐心的等到一点半。楼下这时有人在大门口按铃,丽嘉跳起来嚷道:

"一定是韦护!"

两人都走到走廊上去,丽嘉向着下面的黑暗的大门,大声的问,欢喜得声音都变得有点抖颤了:

"是谁?韦护吗?"

听差走出来在开门,也同时在问:"是谁?"

"是送信来的,韦先生有一封信送给楼上的小姐。"

丽嘉骇得不知所可的望着珊珊,喃喃的喊着奇怪。

她再跳到楼梯口时,听差给了她一封厚的信,她发昏的跑回房里扯去那信封。

八

信是这么的写着:

"丽嘉!准韦护再这么一次来喊你的名字吧!唉!我这不可饶赦的人!现在呢,我是在残酷的撞起这可怕的钟,而且像霹雳一般的来喊给我爱听：韦护是走了！永远的走了！永不再回！

唉！我心痛的爱人呵！你不会惊诧吗，当你看到这封信。而且我哀求你莫哭吧，韦护值不得你这么的深爱呢。然而我希望你听我解释几句。

说我还爱你吗，这只是使你更其生恨的。因为我是这么无情的负心的竟丢弃你走了。唉！我的小嘉！你可以骂我的，而且你该咒骂我的。你说我骗了你，骗了你纯洁的爱吧！但是，韦护呢，韦护之自责是超过了宇宙间所有的诅咒的。但是无论怎样，他自己却知道，他不能不承认他是永远爱他的小嘉的。

但是事实是这样，一切旁人对于韦护的恶意的批评，都成了确评了！韦护又有了流氓的行为，又欺骗了女人。而你所最恐怕的，也便如斯之快的来摧残你那纯真的性灵了。不过韦护却感到他的小嘉是有对他的宽容，所以他要说一点他近来的莫大的苦闷：

我相信你是会比其他一切人都能了解我的。当你听了我述完我幼时的困苦，和我母亲自杀之后，你抱着我为我过去嘤嘤啜泣的时候，你便应知道我是得了一种怎么样的天秉啊！是一种完全神经质的对一切都起着幻灭之感的人。若果在那时，我能得到一点爱，即使只有你所给我百分之一，我一定也满足了我的梦想，我一定能永远睡在爱情的怀中呕歌一世，可是你是知道的，我却在未得爱情以前，接受了另一种人生观念的铁律，这将我全盘变了，这我所同你讲过的我三年的冷静的劳苦生活可为证！但能诅咒谁呢，我竟遇着了你，你喊醒了我曾有过的，和未敢梦想的一切热求。于是争斗便开始了。一面是站在我不可动摇的工作上，一面站在我生命的自然需要上。我苦斗了好些时,我留下了一束诗作为纪念。但是太不幸了,(真是你的不幸)你为什么爱我呢?我一看到我是有希望你听我说一句话的时候,我便发狂也似的觉得有倾倒在你面前之必要了。于是爱情战胜了!这要感谢你,呵,多么甜蜜的时日呵!我们是享有过的,只是太短促了。不久这争斗便又开始,而错误(若果有错误)却也应有一部分归咎于你的。假如当我犹疑而希冀于你的决断的时候,只要你一种动作,我便可以完全是你的了。多么可惜呵,你没有看出我的怯懦来。你没有一丝一毫想从我工作上取得胜利。于是终究造成了我们的爱情的不可弥补的缺憾,这分离的惨剧!所以我要说,韦护终究是物质的,也可以说是市侩的,他将爱情亵渎了,他值不得丽嘉的深爱呵!

现在我走了!就在明天清晨我回到广东去,也许不久还要转来,也许……总之,丽嘉!却永不会回到你的怀里了。

而你呢,你不必伤心!我再三说这是不值得的。你应该去找一条你应走的人生大道。而且,你是那么聪明,只要你稍微刻苦一点,一切在你都不是难题呵!我现在只有一点遗恨,我悔没有在这三月之中给你一点俄文的基础,使你还能去读我所读过的那些诗句。然而这也是多么可笑的遗憾呵!

一切都不必多说了,因为这只能给你以更多的纷扰。你可以忘去我的!而我呢,虽说是离你而走了,但即使是当枪弹打倒我时,我也可以感到充实,因为我是爱你的呵!

最后,我的那些书籍,我很想送给你(我永不看了。)那些诗,还有我过去的日记,则均随你处置,焚去亦是幸事。房租是多交了三个月,最好你能继续住下去，因为这可以作为我想像你之根据，虽说我是希望我能忘掉你一点的。

好！不再说了！最后再喊你一次吧：我爱的丽嘉！而且准我再向你的眼，唇，一切……作一次最后的想象吧！

好……

你爱的韦护给予你的唯一的信。"

丽嘉几乎昏过去了。只见这可怕的字组成一些可怕的句，而竟成了一切可怕的印象，她疯狂的叫道：

"这是不可能的！这是不可能的！我要追他去！要来追他去！"

她跳着冲去，却被珊珊挡住了。珊珊得不到一点方法，她看了那信，她知道一切已不可挽回了。然而她却不能不守着她朋友，她很希望得一点什么强暴的力，将这可怜的人麻醉去，免得看这惨剧，她抱着她朋友说道：

"镇静一点吧！强一点吧！既然他能离开你而生活，那你为什么一定要他伴着你呢？而且，他还是说他是爱你呢！纵使他以后会忘掉你，但是他却那么热烈的爱过你呀，这是不可否认的事实。嘉！你平和点吧！我们再一同好好生活吧！韦护是决心走了，我看找他恐怕也找不回来了。我们还是要来盘算我们自己的事！"

于是丽嘉失望的痛哭起来。一切韦护的声音和神态都分明的显现在她眼前，但是都是多么的辽远了呵！她不听珊珊的劝告，她只固执的在床上滚着，大声的沉痛的哭着，她不知喊了韦护多少声，不知是恨，还是爱的不断的叫着那动人伤心的名字。她还是嚷着要去追他回来。即使再见一次也好，因为他想起了许多还未曾，又必须要向他说的话。

可是这时天已在发亮了。一切的市声已轰起,她幻觉的又明晰的看见那向海中走去的船,而韦护便用着苍白的脸色,向着海的这方。于是他又哭起来。她递过一双手去给抱着她的珊珊,无力的说:

"唉,什么爱情!一切都过去了!好,我现在一切都听凭你。我们好好做点事业出来吧!只是我要慢慢的来撑持呵!唉!我这颗迷乱的心!"

选自1930年《小说月报》第21卷1-5期

年前的一天

人是一个平常一样的女人,名字叫着辛,约摸二十四岁的光景。微微有点粗野和顽强。浓黑有力的长眉,和坚定的眼光是表示了一部分个性的。没有职业和家庭,常常写一点小说之类的东西,拿到可以换钱的杂志里去登载,还正和一个年龄相仿佛也是靠卖文的年轻人住在一块。文章是稍稍与人相异,虽说却常常也要将自己的,觉得很是伟大的寂寞的心,隐秘的在字里行间吐露着,然而终是比人要来得温柔细腻,所以欢喜看这类文章的读者,还不十分零落。只是在一种并不属于身体,却完全是天禀的,这女人自己知道神经却不十分健全。所以每每在一种重的压迫下,常常要想到一切事的伤心处,而歇斯底里的哭起来。她自己深恨这行为,觉得是懦弱的表示。她常常竭力压制着自己的感慨。她说:"哭什么!诉什么!哼也不要哼一声,埋着头干就是的。"她的朋友,也就是她的爱人,不免也嫌她太神经质了,常常要叹息般又玩笑般的说道:"女人到底是女人呢。"但是她却从没有在人面前吐露过一句颓丧的话。她觉得在这牢骚之后,纵是得到了同情,也是可耻的事。她不会有这愚蠢的动作。然而虽说是如此一个不能经受一点剧变的人,在梦里却常常要掉在一种喧闹的怕人的波动中。这天早晨,便又正在做这一类梦。这是若果是现实,那她是只能受一种莫明其妙的力支配着，不知是快乐得要笑，还是哭得那么难受。不过，在梦里，却仿佛是很强有力的。将身体在狂乱的嘶喊着的群众中拥挤着。她要钻到那最前面去。她气喘，一种压不住的兴奋，在一片模糊中，只觉得四周是更发狂了起来。她听到了刺刀的声响，马蹄的声响，救火车的火轮也轧轧的响起。于是她看见许多兵士，许多血，许多被砍杀了的人的脸。她正要大声喊出时，她却醒了。只觉得一切都相反的。是正在一种缓滞的空气中，温柔中。被袄软软的包着。房子里为清晨的阳光反射着，一切家具都似乎新涂了一层浅浅的柔和的髹漆。而胸前正压着一只灼热的手。后颈边也微微嘘着一股热气。她稍稍转侧了一下，握住了那手。于是一个甜蜜的声音便吹送过来：

"辛！醒了吗？"

在后颈边，便被一个软软的热东西，紧紧的压了一下。

她翻转身来，钻到更热的怀中去，抽了一口气。像放下一肩重担似地那末抽气。她细声的喊了一声："爱！"

两条有力的臂膀，简直正是一个篮球选手才能具有的那末两条有力的臂膀便很紧地抱了她一下。他像母亲般捧起那头来，又去掠那额上的短发。她觉得他的脸要显得更年轻些，而那眸子又黑又大了起来。她不竟对那贴近的面孔妩媚地一笑。这是惟有在爱人前才肯这末笑着的。于是嘴唇便又贴合了。这年轻男人是常常更能给她以过分的温柔的，虽说在有些时间中，也能粗暴得像只熊。他赞美着她，爱抚着她，却不敢过分亵渎了她，他知道他应该在什么样的情形中去表示他的爱情的欲望。所以她便完全享福一般的偎在他肩膀上。他低低问：

"还想睡吗？我看着你的。"

她不答他，将眼闭着，忘记了一切。

"做梦吗？梦到情人了吗？"

于是她想起了适才的梦,她断断续续的,无头无尾的告了他一些。

他说:

"你常常总爱做这些梦,有几回都将我叫醒了。我看你还是少思虑点吧。这末神经会受伤的。"

"真恨呢。总希望自己要强一点才好。"

"恐怕太睡迟了也有关系呢。以后我们都该早点睡。你不常常要失眠吗?"

"早也是不成,躺在床上还是不能睡着的。"

"躺着也好,只是我总反对你睡在床上看书呢。"

她不做声了。她想起两人在夜晚要为看书而争执的事。而且她认为这完全是他的固执和无理。她又极希望能找一本书来在未起床之前躺着看。但她却只多情地去吻了吻他的嘴角。他没有审察出那隐秘着的似乎是抱歉的一面。便沉醉的接受了。她便在他耳边轻声说她要求的事:

"一下,就转来,拿一件东西,你莫怪我,好不好?"

他顺从而许可了。

她便轻轻的溜下了床。在床的那头的地下,捡起一本小说来,是她夜来没有看完,又为着他的不高兴去丢掷到那里的。

"只看两页,就只这一段,可以不可以?"

他默然的吭了一声。

她便又拿背朝着他,很舒适的躺着在看书。

她是常常有这末一点自私,不能体贴到那正热中于爱情的彷徨的心。或者她是了解到,然而不凑巧,却正有这末一本不能放弃的小说在占据着她。她是正在躲避着他,而且慢慢忘记他,将全心灵放在书上了。

男的年轻人,慢慢的便起了一层怨恨,于是手臂也感觉得麻木了起来,他寻衅似的将手从那颈项上抽了出来。但她还是没有一动的在看着书本。他是更寂寞了,觉得有一股压制不住的愤恨,只想能想出一个惩罚她的法子。不过当他将眼睛四方去搜索的时候,他看见那摊在写字台上的未完的稿子。他想:"唉,没有时间了。还是起来先写文章吧!"但是他却又轻轻地抱住她的腰。

房里静了好一会,一点声音也没有。连辛去翻那书页时都觉得那响声是太大了。她诧异的掉转头去看她爱人,爱人是大睁着眼在。她说道:

"只以为你睡着了呢。在想些什么?"

"我在想无论怎么你一切都不能属于我的了,你还是属于你自己。"

"你怎么不说我现在是属于这书呢?"她将书丢到枕边,便又翻过身来。而这时男人却弓起身,将被袄掀开,淡静的说:

"我要起身了。"

"生了气吗?"

她想去扳他,他却挣着起来了。而且将书也捡给她,说:

"看吧。没有生你的气,只是忙得很,没有时间陪你了。"

她还想去温存一下,但没有动作,便又赌气般的去看书。

一会儿便又忘记了。

过了好久,男人已洗了脸,吃了牛奶,穿好衣服,走到桌边去写文章,看见她还动也不动的躺着,便不觉又走了拢来,在她眉弯上用力吻了一下说道:"喂,小姐!火都已经生好了,总快到日中,起来得了吧?"

她匆忙的回报了他一下,便又看书去了。

火炉里的煤,着得呼呼的响,在很远的器具上,都闪动着一抹不定的红光。她不觉伸出头来看了一下,便异常高兴了起来。一跳的便坐起身。在侧面衣柜的镜子里，便自己看见了那只穿一件做睡衣的大领坎肩的半身像。头发飞蓬得很高，又大，将那圆的脸的下半部，就衬得很尖了，她撮起嘴唇向那正在会意而又骄傲的笑着般影子做了一个要接吻的样子，便急急叫了一声："我爱！看我！"

没有人理她。他正在写一篇他得意的小说。

"爱！看我呀！"她又做一个怪俏的样子。

喊到第三遍，他才放了笔走过来，然而却忽略了，只敷衍地吻她两下，递给她一件黑色的衣便又伛偻的伏在桌上，凝神的在构思了。

她生气的做了一个不屑于的脸相，便又对着镜中将眉扬了一扬，觉得很满意了，才将衣披在身上，去找袜子的，看见袜子又断了一根丝，于是将袜子丢开了，便又蜷坐着翻开那本书来。

书上讲一个革命的青年。那青年，是生有一个坚实的额和两颗沉静的眼珠的，而且那丛生着眉毛的地方，有力地凸了出来，说是这样子是正表示了一个深刻的严肃的灵魂的。她仿佛这模样很熟，她抬起头去望那在写文章的人。是侧面。在那颇高的鼻子上正隆起了一个线条。而且那眉边仿佛正蹙紧着呢。她望了半天，心里有点好笑起来，以为这远方的俄国人的作者，是将她爱人的美的脸作了模型的。但是她觉得他是好像很苦闷的想着什么，她便又叫着他了。

"唉，为什么呢？——你是蹙拢了眉头——有什么不快吗？——呵，我知道了，你还在生我的气。"

他没有听清她说些什么，只回头望了一下。

"什么事那末苦闷呢，你说一点给我听不可以吗？"

他又望她一下，还看见床上的书，于是他答道：

"怎么不苦闷呢？创作并不是儿戏的事呀！我还没有得着空闲去欣赏别人小说的清福呢。"

她抗议着："能够创作却是最快乐的时候。"

"那总在写完之后，自己感到满意的时候。"他又匆忙的回望了一下。

"我却不是那样的呢。"

"呵，呵……"他不做声，拿着那枝一年来了每天不离手的红色的笔向稿纸上写去。她的话便自然不得不停顿下来了，微微感到一点寂寞的自语着："你最不满意我的时候，是在床上我看书的时候，而一当你写文章的时候，便也使我不高兴了。总觉得一到了这时候，我只变成一个赘瘤了似的……"她发现了他还是并没有听她的，便又停住了。她重复又歪在床上去看书。

等到她起床的时候，是饭已摆好，而炉里的煤也加到第二次了。男的年轻人，搓着手，愉快地笑着又走到床前来。他写了三页满稿纸，而且都觉得是些很好的句子。且已有了把握，心想是纵还没写完，也已经能够看出全篇还不失为无意义的作品。

两人都很愉快的吃了饭，像一对小孩似的，常常为了极小的事都要摇着椅子的大笑。两人都仿佛更加相爱了起来，不觉的时间便混去了好久，都微微有点感到倦意似的坐在小圆桌旁。于是辛又想起了那本大约只剩二十个单页没有看完的书来。男人便也想起了另外一桩事。她又去找书，还自嘲说：

"总是不能忘掉这心心恋恋的书。"

男人便打开衣柜拿衣和帽子，她惊诧的问：

"到那儿去？今天这样冷。"

他只含蓄的笑道："到邮局取一点钱。是昨天一个远方的读者直接寄来买书的。我们可以先将这款子拿来用用，书可以到书铺去拿，作记账。"

她先还高兴，不过一听到只两元钱便懊丧了。但他却已经将大衣也穿好了,他说他必得去的理由。第一得去拿书,好寄去。第二煤没有了,米还不知怎样,得拿来救急。他只希望今夜他能将这篇稿子写好去换点钱来过年。他翻开日历给她看,是十二月二十六日。只是他这篇字太少,恐怕无济于事。若果她也能赶一短篇,则或者这年内可以敷衍得去。他不敢在她身上做希望。他也不愿她来为经济在创作上受压迫。所以他随即便又安慰道:

"不要紧,你乖乖看书吧。我马上就回来。钱的事,也许还有别的方法想……"他拍了拍她,吻了她一下,便出去了。

留下她一人,陡的这房子便似乎空阔了好多。她想:"也许同着出去跑还好一点。"但是已来不及了。她只得又歪躺在一张藤椅上去看书。书中写到被捕,坐牢,充军一些事便完结了。她仿佛还嫌太短了一点似的,紧拿着书不放。又从头至尾默想了一遍。这是一个没有情节的故事。然而却写了快十二万字,还找不到一点噜嗦的,或是费话。自始至终只是用着一种平淡的述叙,而一切人物便活泼的使你自己感印出。并且那情感的极浓厚极高潮的地方,也并没有用一些使人打颤的字,便觉得使人有了那感情的经验。她赞叹的将书抛开,脑子里却更显得空虚了起来。是觉得那书上,那作者的脑中太充实而便感到自己的贫乏了。于是她又想起了常常要向人说的一句话:"当读过一些外国的名著后,便自自然然缺少了创作的勇气。然而也要给许多在写作上更多的不逞的欲望的。"

"只是一读了近来的那些滥调的多角恋爱小说,就完全会感到灰心,觉得大众若还要走这条什么文艺的路,简直是条歧路。"这是同时会联想到而不愿说出的另外一句。

"总是别人显得深刻而又理解些,像无法可以追踪得上一样的……"她又如此感叹的想着。她更想到她一篇名为××的小说了。有些看过的人是都一致赞颂了的。即使是她爱人，常常愿站在陌生人地位去评判她的作品的，也说这篇是一篇好的作品。她在自己动笔以前，是也感到应有点力量的。然而在写后两星期中，都常常要不安的想起那里面所遗漏掉的一些精采的地方。她失悔太快的拿去付印了，连修改的余裕都没有。并且那文字了太呆笨，简直有时是觉得连一句的构造，一段落的构造，都是没有一点可以满自己的意的。但是那满纸只堆积了一些漂亮的费话，内容却空虚得很，只能成为一种在饭后使人看着很愉快的消食的唯一妙品的东西，也不是为她所欢喜的东西。她是常常要兴致很好的去提起笔，然而立即便为了一种求完美却感到为难的情绪弄得苦闷了起来。不过事实也正如她所说，若是在她能写的时候，她却是异常愉快，而各种情趣都是比较浓厚的。这时，她又想到了她预备写的一个长篇。这篇东西，想了十天了，先从最末想起，慢慢的推到开始去，但是她还没有动笔，像等待什么似的，老是等待着。现在她便反复再思虑了一过。一切都妥当了，她要去写了，写那开始在金铺里做学徒的一段。她在幻象中便看见了那大肚子，逛窑子的老手的掌柜。那几十个常常会为一句不关紧要的话便骂起娘来而至于打架流血的师父们粗暴的脸。她自己便仿佛变成了那年小的，却很俊秀的学徒在那里受着他们的呵叱，和一群轻薄者给予的侮辱。她走到桌边去，捡出一本一百张值二毛五的稿纸来。她预算着每张能写六百实字，那这篇至少也应该写一本半。她试了试这本子的厚薄，她便又微微笑着了。

　　她还没有坐得好久，只觉得脚都有点要发僵的神情，连身上也感到很冷了。她掉头去望，原来火没有人加，快熄了。她再煨在火炉边去，加煤，煤已剩得不多了。她又丢了几块柴进去，总算把火又救燃。她将那黑的破的旧大衣，将身体裹紧了一点，便去望天色。不知在什么时候已变得阴沉沉的，像要下雨的样子。她觉得有点焦急起来："唉，爱还没有回呢！不知什么时候了？本来不必出去的……"

"真的不必吗？"她反问后，便瞅着那剩下的煤块："才正要紧呢。"

于是那创作的情趣消逝了，只觉得更加的冷，更思念起那在外面跑走的未归的人。而且那已经有过的许多缺少了煤或是钱的日子，就都回旋了起来。这些窘困的情形，是当两人快乐的时候，也不免要说起以为笑谈的。但是在这时想起，便似乎有点凄冷的意识了。

但是她没有将那些情形想得好久，缺少时间呵！她破列的计算到最近的经济的艰难了。这是常常都为她不经意而让那年轻男人负载着的。唉，数目差得太远了，她自己都会不相信，她们至少还得要卖一本十万字的小说才能混过去。不是还欠着这朋友十元，那个又二十元的吗？总共是七十元吧。而这些朋友也穷呀，说不定还企望着这钱过年呢。房租又只一星期了，而且，唉，那息钱，上月还欠着，这月又欠着，别人也是真的不能等呢。十万字，卖两百块钱，确实还只能使眼前清爽一下呢。然而这十万字……

她不能再想下去了。头有点晕眩。她们欠的债是太多了。而她们决想不出法子可以偿清的。她们也曾写了不少文字，但是总不够。何况生活却一天一天的堆债了起来，怎么也不能得一段空格来休息。她想起另一本书上说的一伙工人的生活的事。先是还有希望和兴趣去将手足的硬皮弄得更厚，后来却越为生活拖下去了。从冬到春，从夏到秋，胼手胝足的操劳着，没有思想和感慨了，连爱情也没有了。完全是没有时间的原故呢。他们要那末盲然的为生活苦着，一直到手足没有了力的那天为止，于是他们为厂主驱逐了，倒毙在乱泥路上。然而她们呢？她仿佛很怕了起来，她觉得那些人与自己并不会两样。他们是疲倦了，麻痹了，而她们呢？她们若是还支持在这局面中。终有那末一天也会疲倦起来的吧，甚至要反感着这工作的。她来回在心中说道："无论如何，我是要丢弃这写作的事的,且趁着在未死以前,干点更切实的事吧。"

桌上的稿纸本大张着,仿佛只仅仅显出那嘲笑的意味一样,她忍不住去将它摔进抽屉里了,她也自嘲般的想着她平日常说的一句话,说是创作为自己第一乐趣,而爱情只能算第三的常常使得爱人听了不满的话。

天色是更阴了下来,毛毛的细雨已纷纷的飞起了。她焦躁的一人在房子里说不出的懊恼和伤心,又和另一种敌忾的恨心。而这时,爱人却推着门进来了。两人都像久别了似的互相抱着了。他天真的笑着从怀里抓出几张钞票来。

"嘿,跑了几个地方呢,都说年内没有钱。这是××编辑答应的呢,哼!预支稿费二十元!好,辛,我们可以过年了!"

"但是,那些债呢,那息钱呢……"一块大的黑影便向她心上罩过来,不过她却故意躲避了,她快乐地抓起那钞票,同时又感叹的道:"还是应该把钱放在第一项呢。"

然而爱人是太年轻了,全身都正澎湃着那健全的勇猛的生活的力。所以一切的生活的黑影也王和着那阴沉沉下着细雨的天气一样的不再在她脑中留住。在晚上的时候,便对坐在桌的两旁边,吃桔子边将那预备写的一篇开始了。

选自1930年《小说月报》第21卷6期

我在霞村的时候

因为政治部太嘈杂，莫俞同志决定要把我送到邻村去暂住，实际我的身体已经复元了，不过既然有安静的地方暂时修养，趁这机会整理一下近三月来的笔记，觉得也很好，我便答应了他到离三十里地的霞村去住两个星期。

我没有骑马去，同走的是宣传科的一位女同志，她大约有些工作，但她不是一个好说话的人，所以一路显得很寂寞，加上她是一个改组派的脚，我精神也不大好，我们上午就出发，可是太阳快下山了，我们才到达目的地。

远远看这村子，也同其他的村子差不多，但我知道的，这村子里还有一个未被毁去的建筑得很美丽的天主教堂，和一个小小的松林，而我就将住在靠山的松林里，这地方就直望到教堂的。虽说我还没有看见教堂，但我已经看到那山边的几排整齐的窑洞，以及窑洞上边的一大块绿色的树叶，和绕在村子外边的大路上的柳林，我意识到我很满意这村子的。

"可以说已经到了，让我们再休息一会儿走吧，你说好么？"我时时担心着我的女伴的脚。

"不，我们不要再休息了，你看天，我们还要找行李呢，知不知道他们已经替我们捎到没有。"

从我的女伴口里，我对这村子的认识是很热闹的。但当我们走进村口时，我却连一个小孩子，一只狗也没有碰到，只见几片枯叶轻轻的被风卷起，飞不多远又坠下来了。

"这里从先是小学堂，自从去年鬼子来后就打毁了，你看那边台阶，那是一个很大的教室呢。"阿桂（我的女伴）告诉我，她显得有些激动，不像白天的沉默了。她接着又指着一个空空的大院子："一年半前这里可热闹呢，那些军官们天天晚饭后就在这里打球。"

她又急起来了："怎么今天这里没有人呢？我们还是先到村公所去，还是到山上去呢？我说先到一个地方去问问再上山，尽管山上我也熟，先问清总是好的。唉，行李也不知捎到什么地方去了，我倒不要紧，就怕你冷。"

村公所的大门墙上，贴了很多白纸条，上面写着农民救国会办事处，妇女救国会霞村分会，民众武装自卫会……但是我们到了里边，却静悄悄的，找不到一个人，几张横七竖八的桌子空空的摆在那里，却匆匆的跑来一个人，他看了一看我，似乎想问什么，却又把话咽下去了，还想不停的往外跑，但被我们把他留下了。

他只好连连的答应我们："我们的人么？都到村西口去了，行李，喑，是有行李，老早就抬到山上了，是刘二妈家里。"于是他站住了打量着我们。

我们知道他是农救会的人之后，便要求他陪同我们一道上山去。并且要他把我写给这边一个同志的条子送去。

他答应了替我送条子，却不肯陪我们，而且显得有点不耐烦的样子，把我们丢下便独自跑走了。

街上也是静悄悄的，有几家在关门，有几家开着，里边却又黑漆漆的，我们想走上前去问，却又不知如何问起，幸好阿桂对于这村子还熟，她便引导着我走上山去，这时已经在黑下来了，冬天的阳光是下去得快的。

山不高，沿着山脚上去，错错落落有很多石砌的窑洞，也有土窑洞，洞外边常有些空地，大树，石碾子，也常有人站在空坪上眺望着，阿桂明知没有到，但一碰着人便要问：

"刘二妈的家是这样走的么？""刘二妈的家还有多远？""请你告诉我怎样到刘二妈的家里？"或是问："你看见有行李送到刘二妈家去过么？刘二妈在家么？"

回答总是使我们满意的，这些满意的回答一直把我们送到最远的，最高的刘家院子里。两只小狗最先走出来欢迎我们。

接着便有人出来问了，一听说是我，便又出来了两个人，他们掌着灯把我们送到一个靠右的窑洞里，这窑里面很空，靠窗的炕上堆得有我的铺盖卷和一口小皮箱。还和阿桂的一条被子。

她们里面有认识阿桂的，拉着她的手问长问短，后来她们便都出去了，把我一个人留在这屋子里。我只好整理着铺盖，心里有些闷。然而到我刚要躺下的时候，她们又涌进来了。有一个青年媳妇托着一缸面条，阿桂和刘二妈和另外一个小姑娘拿着碗、筷和一碟子葱同辣椒。小姑娘又捧来一盆燃得红红的火。

她们殷勤的督促着我吃面，也摸着我的两手，两臂，刘二妈和那媳妇也都坐上炕来了。她们露出一种神密的神气又接着谈讲着她们适才所谈到的一个问题，我先还以为他们所诧异的是我，慢慢我觉到我的来住并未能使她们感觉到如何神奇的趣味，她们只热心于一点，那就是她们谈话的内容。我不愿做出太好打听的样子，所以也不问她们，但只无头无尾的听见几句，却也弄不清，尤其以刘二妈说话之中，常常要把声音压低,像怕什么人听见似的那么耳语着。阿桂已经完全不是同一道走路时的阿桂了,她仿佛满能干似的,很爱说话,而且也能听人说话的样子,她表现出很能把住别人说话的中心意思。另外两人不大说什么,不时也补充一两句,却那末聚精会神的听着,深怕遗漏去一个字似的。

忽然院子里发生了一阵嘈杂的声音,不知有多少人在同时说话,也不知道闯进了多少人来。刘二妈几人慌慌张张的都爬下炕去往外跑,我也莫明其妙的跟着跑到外边去看。这时院子里实在完全黑了,有两个纸糊的红灯笼在人丛中摇晃,我挤到人堆里去瞧,什么也看不见,他们也是无所谓的在挤着而已,他们都想说什么,都又不说,只听见一些极简单的对话,而这些对话只有更把人弄糊涂的:

"玉娃,你也来了么?"

"看见没有?"

"看见了,我有些怕。"

"怕什么,不也是人么,更标致了呢。"

我开始以为总是谁家要娶新娘子了,他们却答立我不是的,我又以为是俘虏,却还不是的。我跟着人走到中间的窑门口,却见窑里挤得满满的是人,而且烟雾沉沉的看不清,我只好又退出来。人似乎也在慢慢的退去了,院子里空旷了许多。

我不能睡去,便在灯底下又整理着小箱子,翻着那些练习簿,相片和削着几枝铅笔。我显得有些疲乏,却又感觉着一种新的生活要到来以前的那种昂奋。我分配着我的时间,我要从明天起便遵守着规定下来的生活次序,这时却有一个男人嗓子在门外响起了:

"还没有睡么? ××同志。"

还没有等到我的答应,这人便进来了,是一个二十岁的还文雅的乡下人。

"莫主任的信我老早就看到了，这地方还比较安静，一切事情我都交托刘二妈，你要什么尽管问她。莫主任说你要在这里住两星期，不过若是住得还好时，就多住一阵也不要紧。我就住在邻院，下边的那几个窑，有事就叫这里的人找我。"

他不肯上炕来坐，底下又没有凳子，我便也跳下炕去：

"呵，你就是马同志，我给你的一个条子收到么？请坐下来谈谈吧。"

我知道他正在这村子上负点责，是一个未毕业的初中学生。

"他们告诉我，你写了很多书，可惜我这里没有买，我都没有见到。"他望了望炕上开着口的小箱子。

我们话题一转到这里的学习情形时，他便又说："等你休息几天后，我们一定要请你做一个报告：群众的也好，训练班的也好，总之，你一定得帮助帮助我们，我们这里最难的工作便是'文化娱乐'。"

像这样的青年人我在前方看了很多很多，当刚刚接触他们的时候常常感到惊讶，觉得这些同自己有一个距离的青年们都实在变得很快，不过一多了，也就失去了追求了解他们的热心了。所以我便又把话拉回来。

"刚才，他们发生了什么事么？"

"刘大妈的女儿贞贞回来了。想不到她才英雄呢。"即刻我感到在他的眼睛里多了一样东西，那里面放射着愉悦的，情热的光辉。

我正要问下去时，他却又加上说明了："她是从日本人那里回来的，她已经在那里干了一年多了。"

"呵！"我不禁也惊叫起来了。

他正安排再告诉我一些什么时，外边有人在叫他了，他只好对我说明天他一定叫贞贞来找我。而且他还提起我注意似的，说贞贞那里"材料"一定很多的。

很晚阿桂才回来睡,她躺床上老翻来覆去的睡不着,不住的唉声叹气。我虽说已经疲倦到极点了,仍希望她能告诉我一些关于今晚上的事情。

"不,××同志!我不能说,我真难受,我明天告诉你吧,呵!我们女人真作孽呀!"于是她把被蒙着头,动也不动,也再没有叹息,我不知道她什么时候才睡着的。

×××

第二天一早我便到屋外去散步,不觉得就走到村子底下去了。我走进了一家杂货铺,一方面是休息,一方面买了他们很多枣子,是打算送给刘二妈家里煮稀饭吃的。我请他们派个人帮我拿枣子同我一道回去,那杂货铺老板听说我住在刘二妈家里,便眨着那双小眼睛,有趣的低声问我道:

"她那侄女儿你看见了么?听说病得连鼻子也没有了,那是给鬼子糟踏的呀,"他又掉转脸去朝站在柜台里边门口的他的老婆说:"亏她有脸回家来,真是她爹刘福生的报应。"

"那娃儿向来就风风雪雪的,你没有看见她早前就在这街上浪来浪去,她不是同夏大宝打得火热么,要不是夏大宝穷,她不老早就嫁给他了么?"那老婆子拉着衣角走了出来。

"谣言可多呢,"他转过脸来抢着又说。这次他的眼睛已不再眨动了,却做出一付正经的样子:"听说起码一百个男人总睡过,哼,还做了日本官太太,这种缺德的婆娘,是不该让她回来的。"

我忍住了气,因为不愿同他吵,就走出来了,我并没有再看他,但我感觉得他又眨着那小眼睛很得意的望着我的背影。

走到天主堂转角的地方，又听到有两个打水的妇人在谈着，一个说："还找过陆神父，一定要做姑姑，陆神父问她理由，她不说，只哭，知道那里边闹的什么把戏，现在呢，弄得比破鞋还不如……"

另一个便又说："昨天他们告诉我，说走起路来一跛一跛的，唉，怎么好意思见人！"

"有人告诉我，说她手上还戴得有金戒子，是鬼子送的哪！"

"说是还到大同去过，很远的，见过一些世面，鬼子话也会说哪……。"

这散步于我是不愉快的，我便走回家来了。这时阿桂已不在家，我就独自坐在窑洞里读一本小册子。

我把眼睛从书上抬起来，就看见站在最里边的两个粮食篓子，那大约很有历史的吧，它的颜色同墙壁一般黑，我把一块活动的窗户纸掀开，就看见一片灰色的天，（已经不是昨天来时的天气了）和一片扫得很干净的土地，从那地的尽头上，伸出几株枯枝的树，疏疏朗朗的划在那死寂的铅色的天上。

院子里简直没有什么人走动。

我又把小箱子打开，取出纸笔来写了两封信，怎么阿桂还没回来呢？我忘记她是有工作的，而且我以为她是将与我住下去似的了。

冬天本来是很短的，但这时我却以为它比夏天的日子还长呢。

后来我看见那小姑娘出来了，于是跳下炕去到门外去招呼她，但她只望着我笑了一笑，便跑到另外一个窑洞去了。我在院子里走了两个圈，看见一个苍鹰飞入那教堂的树林子里边去了。那院墙里有很多大树。

我又在院子里踱起来，我走到靠右边的尽头处，我听见有哭泣的声音，是一个女人，而且在压抑住自己，时时都在濞鼻涕。

我努力的排遣自己，思索着这次来的目的和计划，我一定要好好休养，而且按着自己规定的时间去生活，于是我又回到房子里来了，既然不能睡，而旧笔记又是多么无聊呵！

幸好不久之后刘二妈来看我了；她一进来，那小姑娘跟着也来了，后来那媳妇也来了。她们便都坐到我的炕上，围着一个小火盆。那小姑娘便检阅着那小方炕桌上的我的用具。

"那时谁也顾不到谁，"刘二妈述说着一年半前鬼子打到霞村来的事："咱们家住在山上好些，跑得快，村底下的人家有好些都没有跑走，也是命定下的，早不早，迟不迟，这天咱们家的贞贞却跑到天主堂里去了，后来才知道她是找那外国神父要做姑姑去的，为的也是风声不好，她爹正在替她讲亲事，是西柳村的一家米铺的小老板，年纪快三十了，填房，家道厚实，咱们都说好，就只贞贞自己不愿意，她向着她爹哭过，别的事她爹都能依她，就只这件事老头子不让，咱们老大又没儿，总企望把女儿许个好人家，谁知道贞贞却赌气跑下天主堂去了，就那一忽儿，落在火坑了哪，您说做娘老子的怎不伤心……"

"哭的是她的娘么？"

"就是她娘。"

"你的侄女儿呢？"

"侄女儿么，到底是年轻人，昨天回来哭了一场，今天又欢天喜地到会上去了，才十八岁呢。"

"听说做过日本人的太太，真的么？"

"这就又难说了，咱也摸不清，谣言自然是多得很，病是已经弄上身了，到那种地方，还保得住干净么！小老板的那头亲事，还不吹了，谁还肯要鬼子用过的女人，的的确确是有病，昨天晚上她自己也就说了。

她这一跑,真变了,她说起鬼子来就像说到家常便饭似的,才十八岁呢,已经一点也不害臊了。"

"夏大宝今天还来过呢,娘!"那媳妇悄声的说着,又用着探问的眼睛望着刘二妈。

"夏大宝是谁呢?"

"是村底下磨房里的一个小伙计,早先小的时候同咱们贞贞同过一年学,两个要好得很,可是他家穷,就连咱们家也不如,他正经也不敢怎么样的,偏偏咱们贞贞痴心痴意,总要去缠着他,一弄又怪了他;要去做姑姑也还不是为了他,自从贞贞给日本鬼弄去后,他倒常来看看咱们老大两口子,起先咱们大爹一见他就气,有时骂了他,他也不说什么,骂走了第二次又来了,倒是一个有良心的孩子,现在自卫队当一个小排长呢。他今天又来了,好像向咱们大妈求亲来着呢,只听见她哭,后来他也哭着走了。"

"他知不知道你侄女儿的情形呢?"

"怎会不知道,这村子里就没有人不清楚,全比咱们自己还清楚呢。"

"娘,人都说夏大宝是个傻子呢。"

"暗,这孩子总算有良心,咱是愿意这头亲事的,自从鬼子来后,谁是有钱的人呢。看老大两口子的口气,也是答应的,唉,要不是这孩子,谁肯来要呢,莫说有病,名声就实在够受了。"

"就是那个穿深蓝色短棉袄,带一顶古铜色翻边毡帽的。"小姑娘闪着好奇的眼光。似乎也很了解这回事。

在我记忆里出现了这样一个人影,是今天清晨,我动身出外散步的时候,我看见这末一个年轻的小伙子,有着一副很精伶也很忠厚的面孔,他站在我们院子外边,却又并不打算走进来的样子,约末当我回家时,又看见他从后边的松林里走出来,我只以为是这院了里人或邻院的人，我那时并没有很注意他，现在想起来，倒觉得的确是一个短小精干很不坏的孩子。

我的休养计划是怕不能完成的了，为什么我的思绪这样的乱，我并不着急于要见什么人，但我幻想中的故事是不断的增加着。

×　×　×

阿桂现着一付很明白我的神气，望着我笑了一下便走出去了。

我也明白她的意思，于是来回在炕上忙碌了一番；觉得我们的铺、灯、火都明亮了许多，我刚把茶缸子去搁在火上的时候，果然阿桂已经又回到门口了，我听得见她后边还跟得有人。

"有客人来了，××同志！"阿桂还没有说完，便听见另外一个声音扑哧一笑"嘻……"

在房门口我握住了这并不熟识的人的手了，她的手滚烫，使我不能不略微吃惊。她跟着阿桂爬上炕去时，在她的背上，沉沉的垂着一条长辫。

这间使我感到非常沉闷的窑洞，在这新来者的眼里，却很新鲜似的，她拿着满有兴致的眼光环绕的探视着。她身子稍稍向后仰的坐在我的对面，两手分开撑住她坐的铺盖上，并不打算说什么话似的，最后便把眼光安详的落在我的脸上了。阴影把她的眼睛画得很长，下巴很尖。虽是很浓厚的阴影之下的眼睛，那眼珠却被灯光和火光照得很明亮，就像两扇在夏天的野外屋宇里的洞开的窗子，是那么坦白，没有尘垢。

我也不知道如何来开始我们的谈话，怎么能不碰着他的伤口，不会损坏到她的自尊心呢？我便先从缸子里倒了一杯已经热了的茶。

"你是南方人吧？我猜尔是的，你不像咱们省里的人。"倒是贞贞先说了。

"你见过很多南方人吗?"我想最好随她高兴说什么我就跟着说什么。

"不,"她摇着头,仍旧盯着我瞧,"我只看见几个,总是有些不同。我喜欢你们那里人,南方的女人都能念很多很多的书,不像咱们,我愿意跟你学,你教我好吗?"

我答应她之后忽的她又说了:"日本的女人也都会念很多很多书,那些鬼子兵都藏得有几封写得漂亮的信。有的是他们的婆姨的,有的是相好的,也有不认识的姑娘们写信给他们,还夹上一张照片,写上好些肉麻的话,真怪,怎么她们那末喜欢打仗,喜欢当兵的人,也不知道她们是不是真心,总哄得那些鬼子当宝贝似的揣在怀里。"

"听说你会说日本话是么?"

在她脸上轻微的闪露了一下羞赧的颜色,接着又很坦然的说下去,"时间太久了,跑来跑去一年多,多少就会了一点儿,懂得他们说话有很多好处。"

"你跟着他们跑了很多地方吗?"

"并不是老跟着一个队伍跑的,人家总以为我做了鬼子官太太,享富贵荣华,实际我跑回来过两次,连现在这回是第三次了,后来我是被派去的,也是没有办法,现在他们不再派我去了,听说要替我治病,也好,我也挂欠我的爹娘,回来看看他们,可是娘真没有办法,没有女儿是哭,有了女儿还是哭。"

"你一定吃了很多的苦吧。"

"她吃的苦真是想也想不到,"阿桂又做出一付难受的样子,像要哭似的,"做了女人真倒霉,贞贞,你再说点吧。"她更挤拢去,紧靠她身边。

"苦么，"贞贞像回忆着一件辽远的事一样，"现在也说不清，有些是当时难受，于今想来也没有什么，有些是当时倒也马马虎虎过去了，回想起来却实在伤心呢。一年多，日子也就过去了。这次一路回来，好些人都奇怪的望着我，就说这村子的人吧，都把我当一个外路人，也有亲热我的，也有逃避我的，再说家里几个人吧，还不是一样，谁都爱偷偷的瞧我，没有人把我当原来的贞贞看了。我变了么，想来想去，我一点也没有变，要说，也就心变硬一点罢了，人在那种地方住过，不硬一点心肠还行么，也还不是没有办法，逼得那么做的哪！"

一点点有病的象征也没有，她的脸色红润，声音清晰，不显得拘束，也不觉得粗野，她并不含一点夸张，也使人感觉不到她有过什么牢骚，或是悲凉的意味。我忍不住要问到她的病了。

"人大约总是这样，那怕到了更坏的地方，还不是只得这样，硬着头皮挺着腰肢过下去，难道死了不成？现在呢，我再也不那么想了，我说人还是得找活路，除非万不得已。所以他们说要替我治病，我想也好，治了总好些，这几天病倒不觉得什么了，路过张家驿时，住了两天，他们替我打了两次药针，又给了一些药我吃。只有今年秋天的时候，那才利害，人家说我肚子里面烂了，又赶上有一个消息要立刻送回来，找不到一个能代替的人，那晚上摸黑路我一个人来回走了卅里，走一步，痛一步，只想坐着不走了，要是别的不关紧要的事，我一定不走回去了，可是这不行哪，唉，又怕被鬼子认出我来，又怕误了时间，后来整整睡了一个星期，拖着又拖起身了。一条命要死好像也不大容易，你说是么？"

但她并没有等我的答复，却又继续说下去了。

有的时候，她也停顿下来，在这时间，她也望望我们，也许是在我们脸上找点反映，也许她只是思索着别的。看得出阿桂是比她显得更难受，阿桂大半的时候是沉默，有时也说几句话，她说的话总只为的传达出她的无限的同情，但她默着时，却更显得她为她的话所震慑住了，她的灵魂在被压抑，她踏上了她过去所受的那些苦难。

我以为那说话的人是丝毫没有意识到想博得别人的同情的，纵是别人正在为她分担了那些罪行，她似乎也没有感觉到，同时也正因为如此，就使人觉得更可同情了。如果当她说起她的这段历史的时候，并不是像现在这样，心平气和，甚至就使你以为她是在说旁人那样，那是宁肯听她哭一场，哪怕你自己也陪着她哭，都是觉得好受些的。

后来阿桂倒哭了，贞贞反来劝她，我本有许多话准备同贞贞说的，也说不出口了，我愿意保持住我的沉默，而且当她走后，我强制住自己在灯下读了一个钟头的书，连睡得那末邻近的阿桂，也不去看她一眼，或问她一句，那怕她老是翻来覆去的睡不着，一声一声的叹息着。

以后贞贞每天都来我这里闲谈，她不只说她自己，也常常很好奇的问我许多那些全不属于她的生活中的事，有时我的话说得很远，她便显得很吃力的听着，却是非常之要听的，我们也一同走到村底下去，年青的人都对她很好，自然都是那些活动分子。但像杂货店老板那一类的人，总是铁青着脸孔，冷冷的望着我们，他们嫌厌她，卑视她，而且连我也当着不是同类的人的样子看待了。尤其那一些妇女们，因为有了她才发生对自己的崇敬，才看出自己的圣洁来，因为自己没有被人强奸而骄傲了。

阿桂走了之后，我们的关系就更密切了，谁都不能缺少谁似的，一忽儿不见就会使人惊诧的，我是一个喜欢有热情的，有血肉，有快乐，有忧愁，却又是明朗的性格，而她就正是这样，我们的闲谈常常占去了我很多时间，我却总以为那些谈天，于我的学习和休养，都是非常有帮助的，可是日子一天天过去，贞贞对我并不完全坦白的事，竟被我发觉了；但我决不会对她有一丝怨恨的，而且我将永远不去触她这秘密，每个人一定有着某些最不愿告诉人的东西深埋在心中，这是与旁人毫无关系，也不会有关系于她个人的道德的。

× × ×

已经到了我快走的那几天了，贞贞忽然显得很颂躁，并没有什么事，也不像打算要同我谈什么的，却很频繁的到我屋子中来，总是心神不宁的，坐立不是的，一会儿又走了，我知道她这几天吃得很少，甚至常常不吃东西。我问过她的病状，但我也清楚她现在所担受的烦扰，决不只是肉体上的。但我也不愿问她，看着她来，说几句毫无次序的话，有时她似乎要求我说一点什么，做出一副要听的神气，但我看得出她却在想着一些别的，那些不愿让人知道的，她是正在掩饰着这种心情，装出无所谓的样子。

有两次，我看见那显得精悍的年轻伙子从贞贞母亲的窑中出来，我曾把他给我的印象和贞贞一道比较，我以为我是非常的同情他，尤其当现在的贞贞被很多人糟踏过，染上了不名誉的，难医的病症的时候，他还能耐心的来看视她，向她的父母提出要求，他不嫌弃她，不怕别人笑骂，他一定想着她这时更须要他，他明白一个男子在这样的时候，去对他相好的女人所应有的气概和责任。而贞贞呢，虽说在短短的时间中，我找不出她有很多的伤感和怨恨，她从没有表现出她现在很希望有一个男子来要她，或者就只说是抚慰吧。但她应该有些温暖才好，她是受过伤的，正因为她受伤太重，所以才养成她现在的强硬，她似乎是无所求于人的样子，但我总以为如果有些爱抚，非一般同情可比的怜惜，去温暖她的灵魂，是必须的。我喜欢她能哭一次，找到一个可以哭的地方去哭一次，我是希望着我有机会吃到这家人的喜酒，至少我也愿意听到一个喜讯再离开。

"然而贞贞在想着一些什么呢？这是不会拖延好久，也不应成为问题的"。我这样想着，也就不多去思索了。

刘二妈，她的小媳妇，小姑娘也来过我房子，估计她们的目的，无非想来报告些什么，有时也说一两句。但我总不给她们说话的机会，我以为凡是属于我朋友的事，如若朋友不告诉我，我又不直接问她，却在旁人那里去打探，是有损害于我的朋友和我自己，也是有损害于我们的友谊的。

就在那天黄昏的时候，院子里又热闹起来了，人都聚集在那里走来走去，邻舍的人全来了，他们交头接耳的，有的显得悲戚，也有满感兴趣的样子，天气很冷，他们好奇的心却很热，他们在严寒底下耸着肩，弓着腰，笼着手，他们吹着气，在院子中你看我，我看你，他们在探索着很有趣的事似的。

开始我听见刘大妈的房子里有些吵闹的声音，接着刘大妈哭了。后来还有男人哭的声音，我想是贞贞的父亲吧。接着又有摔碗的声音，我忍不住分开看热闹的人冲进去了。

"你来的很好，你劝劝咱们贞贞吧"。刘二妈把我扯到里边去。

贞贞把脸收藏在一头纷乱的长发里，却望得见有两颗狰狞的眼睛从里边望着众人，我只走到她旁边便站住了。她似乎并没有感觉我的到来，或者也把我当做一个毫不足以介意的敌人之一吧了。她的样子完全变了，几乎使我不能在她身上回想起一点点那些曾属于她的洒脱，明朗，愉快，她像一个被困的野兽，她像一个复仇的女神，她憎恨着谁呢？为什么要做出那末一副残酷的样子。

"你就这样的狠心，你全不为娘老子着想，你全不想想这一年多来我为你受的罪……"刘大妈在炕上一边捶着一边骂,她的眼泪就像雨点一样,有的打在炕上,有的落在地上,还有的就顺着脸往下流。

有好几个女人围着她,扯着她,她们不准她下炕来。我以为一个女人当失去了自尊心,一任她的性情疯狂下去的时候,真是可怕,我很想告诉她,你这样哭嚎是没有用的,同时我也明白在这时是无论什么话都不生效果的。

老头子显得很衰老的样子,他垂着两手,叹着气。夏大宝坐在他旁边,用无可如何的眼光望着两个老人。

"你总得说一句呀,你就不可怜可怜你的娘么?……"

"路走到尽头总要转弯的,水流到尽头也要转弯的,你就没有一点弯转么?何苦来呢?……"

一些女人们就这样劝着她。

我看出这事是不会如大家所希望的了。贞贞早已经做出不要任何人对她的可怜,也不可怜任何人。她是早已有决定,没有弯转的,要说赌气,就赌气吧。她是咬紧了牙关要和大家坚持下去的神情。

她们听了我的劝告,请贞贞到我的房子中去休息。一切问题到晚上再谈,于是我便领着贞贞出来了,可是她并没有到我的房子中去,她向后山上跑走了。

"这娃儿心事大呢……"

"哼,瞧不起咱乡下人了……"

"这种破铜烂铁还搭臭架子,活该夏大宝倒霉……"

聚集在院子中的人们纷纷议论着,看看已经没有什么好看的了,便也散去了。

我在院子中也踌躇了一会,便决计到后山去。山上有些坟堆子。坟周围都是松树,坟前边有些断了的石碑,一个人影子也没有,连落叶的声音都没有,我从这边穿到那边,我叫着贞贞的名字,似乎有点回声,来安慰一下我的寂寞,但随即更显得万山的沉静,天边的红霞已经退尽了,四周围浮上一层寂静的烟似的轻雾。绵延在远近的山的腰边。我焦急着我要找的人,我颓然坐在一块碑上,我盘旋着一个问题:再上山去呢,还是在这里等她,而且我希望着我能分担她一些痛苦。

我看见一个影子从底下上来了。很快我便认识出就是那个小伙子。我不做声,希望他没有看见我,让他直到上面去吧。但是他却在朝我走来。

"你找到了么?我到现在还没有看见她。"我不得不向他打一个招呼。

他却走到我面前,而且就在枯草地上坐下了。他沉默着,眼望着远方。

我微微有些局促。他的确还很年轻呢,他有两条细细的长眉,他的眼很大,现在却显得很为呆板,他的小小的嘴唇紧闭着,也许在从前是很有趣的,但现在只充满着烦恼,压抑住痛苦的样子,他的鼻是很忠厚的,然而却有什么用呢?

"不要难受,也许明天就好了,今天晚上我一定要劝她"。我只好安慰他。

"明天,明天,……她永远都会恨我的,我知道她恨我……"他的声音稍稍有点儿嘎,是一个沉郁的低音。

"不,她从没有向我表示过对人有什么恨。"我搜索着我的记忆,我并没有撒谎。

"她不会对你说的,她不会对任何人说的,她一定到死都不饶恕我的。"

"为什么她要恨你呢?"

"当然啰……"忽的他把脸朝着我，注视着我，"你说，我那时不过是一个穷小子，我能拐着她逃跑么？是不是我的罪？是么？"

但他并没有等到我的答复却又说下去了，几乎是自语："是我不好，还能说是我对么，难道不是我害了她么？假如我能像她那样有胆子，她是不会……"

"她的性格我懂得，她永远都要恨我的，你说，我应该怎样，她愿意我怎样，我如何能使她快乐，我这命是不值什么的，我在她面前也还有点用处么？你能告诉我么？我简直不知我应该怎样才好，唉，这日子真难受呀！还不如让鬼子抓去……"他不断的喃喃下去。

当我邀他一道回家去的时候，他站起来同我走了几步，却又停住了，他说他听见山上有声音，我只好鼓励他上山去，我直望到他的影子没入更厚的松林中去时，才踏上回去的路，然而天色已经快要全黑了。

这天晚上我虽然睡得很迟，却没有得着什么消息，不知道他们怎么过的。

× × ×

等不到吃早饭，我把行李都收拾好了，马同志答应今天来替我搬家，我已准备回政治部去，并且回到××去，因为敌人又要大举扫荡了，我的身体不准许我再留在这里，莫主任说无论如何要先把这些伤病员送走。我的心却有些空荡荡的，坚持着不回去么？身体又累着别人；回去么？何时再来呢？我正坐在我的铺盖上沉思着的时候，我觉得有人悄悄的走进我的窑洞。

她一耸身便跳上炕来坐在我的对面了，我看见贞贞脸上稍稍有点浮肿，我去握着那只伸在火上的手，那种特别使我感觉刺激的烫热又使我不安了,我意识到她是有着不轻的病症。

"贞贞!我要走了,我们不知何时再能相会,我希望,你能听你娘……"

"我就是来告诉你的,"她一下就打断了我的话,"我明天也要动身了。我恨不得早一天离开这家。"

"真的吗?"

"真的!"在她的脸上那种特有的明朗又显出来了。"他们叫我回××去治病"。

"啊!"我想我们也许要同道的。"你娘知道了么?"

"不,还不知道,只说治病,病好了又回来,她一定肯放我走的,在家里不是也没有好处么?"

我觉得她今天显得稀有的平静。我想起头天晚上夏大宝说的话了。我冒昧的便问她道:

"你的婚姻问题解决了么?"

"解决,不就是那末吗?"

"是听娘的话么?"我还不敢说出我对她的希望,我不愿想着那年轻人所给我的印象,我希望那年轻人有快乐的一天。

"听她们的话,我为什么要听她们的话,她们听过我的话么?"

"那末你是和她们赌气么?"

"和她们赌气?那才不值得。"

"那末,……你真的恨夏大宝么?"

她半天没有答应我,后来她说了,是更为平静的,"恨他,我也说不上,我总觉得我已经是一个有病的人了,我的确被很多鬼子糟踏过,到底是多少,我也记不清了,总之,是一个不干净的人,既然已经有了缺憾,就不想再有福气,我觉得活在不认识的人面前,忙忙碌碌的,比活在家里,比活在有亲人的地方好些。这次他们既然答应送我到××去治病,那我就想留在那里学习,听说那里是大地方,学校多,什么人都可以学习的。大家扯在一堆并不会怎样好,那就还是分开,各奔各的前程。我这样打算是为了我自己,也为了旁人,所以我并不觉得有什么对不住人的地方、也没有什么快乐的地方。别人说我年轻,见识短,脾气别扭,我也不辩,有些事也并不必要别人知道。"

我觉得非常惊诧,新的东西又在她身上表现出来了,我觉得她的确值得我研究,我当时只能说出我赞成她的打算的话。

我走的时候,她的家属全在那里,只有她到公所里去了,也再没有看见夏大宝。我心里并没有难受,我仿佛看见了她的光明的前途,明天我将又见着她的,定会见着她的,而且还有好一阵时日我们不会分开了。果然,一走出她家的门,马同志便告诉了我关于她的决定,证实了她早上告诉我的话很快便会实现了。

选自1941年《中国文化》第3卷1期

夜

晓 菌

一

羊群已经赶进了院子,赵家的大姑娘还坐在她自己的窑门口捺鞋帮。不时扭转着她的头,垂在两边肩上的银丝耳环,便很厉害的摇晃。羊群推挤着朝栏里冲去,几只没有出外的小羊跳蹦着,被撞在一边,叫起来了。

钻聚在这边窑里炕上的几个选举委员会的委员便陆续从窗口跳了出来。他们刚结束了会议,然而却还在叮咛些什么。捺着鞋帮的清子便又扭转过来,露出一副粘腻的,又分不清是否含着轻蔑的一种笑容。

被很多问题弄得疲乏了的委员们,望了望天色,蓝色的炊烟已经从窑顶上的烟突里吐出来而为风吹往四方,他们只好又重新决定赶到前边的庄子去吃饭,因为在这晚上还要布置第二天的第一行政村的选举大会。然而已经三四天没有回家的指导员却意外的被准许回家。区党委的副书记曾为他向大家说了一阵牧畜是很重要的等等的话。他的唯一的牛就在这两天要生产,而他的老婆是只能烧烧三顿饭的一个四十多岁了的女人。

招待员从扫着石磨的老婆身边赶了出来："已经派好了饭呢。怎的又走了呢？家里婆姨烧的饭香些么？"他抓住年轻的代理乡长的手，乡长在年下刚娶了一个才十五岁长得很漂亮的妻子，因此，常常会被别人善意的拿来取笑着。

站在大门口看对山盛开的桃花的又是那发育的很好的清子。长的黑的发辫上扎着粉红的绒绳。从黑坎肩的两边伸出着条纹花布袖子的臂膀，高高的举起，撑在门柱上边。十六岁的姑娘，长得这样高大，什么不够法定年龄，是应该嫁人的了啊！

在桥头上分了手。大家都朝南走，只有何华明独自往北向着回家的路上。他还看见那倚在门边的粗大姑娘，无言的眺望着辽远的地方。一个很奇异的感觉，来到他心上，把他适才在会议上弄得很糊涂了的许多问题全赶走了。他似乎很高兴，跨着轻快的步子，吹起口哨来。然而却又忽然停住，他几乎说出声音来的那么自语了：

"这妇女就是落后，连一个多月的冬学都动员不去的，活该是地主的女儿，他妈的，他赵培基有钱，把女儿当宝贝养到这样大还不嫁人……"

他有意的摇了一下头，让那留着的短发拂着他的耳壳，接着便把它抹到后脑去，像抹着一层看不见的烦人的思绪，于是他也眺望起四周来，天已经快黑了。在远远的两山之间，停着厚重的锭青色的云块，那上边有几缕淡黄色的水波似的光，很迅速的又是在看不见的情形中变幻着。山的颜色和轮廓都也模糊成一片，只给人一种沉郁之感，而人又会多想起一些什么来的。比较明亮的西边山上，人还跟在牛的后边，在松的田地里走来走去。也有背着犁，把牛从山坡上赶回家去的。只有这作为指导员的他还让土地荒着。二十天来，为着这乡的什么选举，回家的次数就更少，简直没有上过一次山。相反的，就是当他每次回家之后听到的抱怨和唠叨也就更多。

其实每当他看见别人在田地里辛劳着的时候，他就要想着自己那几垧等着他去种的土地，而且一意识到在最近无论怎样都还不能离开的工作，总是说不出的一种痛楚。假如有什么人关切的问着他，他便把话拉开去。他在人面前说笑，谈问题，做报告，而且在村民选举大会的时候，还被人拉出来跳秧歌舞，唱迷胡，他有被全乡的人所最熟稔和欢迎的嗓子，然而他不愿同人说到他的荒着的田地，他只盼望着这选举工作一结束，他便好上山去，那土地，那泥土的气息，那强烈的阳光，那伴着他的牛都在呼唤着他，同他的生命都是不能分离开来的。

转到后沟的时候，已经全黑下来了，靠着几十年的来来去去，和习惯了在黑处的视觉，他仍旧走的很快。而思绪也很快的转着。他是有很久的历史，很多可纪念的事同这条凶险、幽僻的深沟一道写着的。当他还小的时候，他在这里为了追一条麂子跑到有丛林的地带去而遇见豹的危险故事。他也曾离开过这里，挟着一个小包卷去入赘在老婆的家中，那时他才廿岁，她虽说已经三十二岁了，可是即使现在他也不能在回忆中搜出一个难看的印象。不久，他又牵了驮着老婆的小驴回来了。什么地方埋葬过他的一岁的儿子，和什么地方是安睡着他四岁女儿的尸体，无论在怎样的深夜他都能看见。而且有一年多他们在这沟里简直只能在夜晚才能动作。那个小队长不就是被打死在那棵大榆树边的么？那时他正在赤卫队。他自从做了指导员以来常常弄得很晚才回家，而这些过去的印象带着一些甜蜜、辛酸和兴奋来抚慰着这个被很多艰深的政治问题和工作的繁难弄得头昏了的他，因此他对于这孤独的夜行，虽说还不能说养成为一种爱好，但却实在是并不讨厌的。

两边全是很高的山，越走树林越多，汩汩的响着的水流，有时在左，有时在右。在被山遮成很窄的一条天上，有些很冷静的星星，眨着眼来望他。微微的南风，在身后斜吹过来，总带着一些熟习的却也分不清是什么的香味。远远的狗在叫了，有一两颗黄色的灯光在暗处。他的小村是贫穷的，几乎是这乡里最穷的小村，然而他爱它，只要他看见那堆在张家窑外边的柴堆，也就是村子最外边的一堆柴，他就格外有一种亲切的感觉。而他常常还以为骄傲的是在这只有二十家人家中却有廿八个是更亲密的同志，共产党的党员。

当他走上那宽坦的斜坡路，就走得更快了，他奇怪为什么这半天他几乎完全把他的牛忘记了。他焦急的要立刻明白这个问题。生过了呢？还是没有：平安无事呢，还是坏了？而在平日闲空时曾幻想过的一条小牛，同她母亲一模一样却是喜欢跳蹦的那影子倒完全没有了。他急急的便爬到了家，朝着关牛的地方奔去。

二

第二次从牛的住处回来后，老婆已经把炕上收拾好，而她自己却仍坐在灶门前，并不打算睡。她凝视着他，忍着什么，不说话。但他却在她脸上的每条皱纹里，看出都埋伏得有风暴，习惯使他明白，除了披上衣，赶快出门是不能避免的。然而时间已经很晚了，加上他的牛……他嫌恶的看着她已开始露顶的前脑，但为了省去一场风波便只好不去理她，而且在他躺下去时便说："唉，实在熬！"他这样说。也不过表示他的不愿意吵架。希望那女人会因为他疲乏而饶了他。

然而有一滴什么东西落在地下了，女人在哭，先是一颗两颗的，后来眼泪便在脸上开了许多条河流不断的流着。微弱的麻油灯，照在那满是灰尘的黄发上，那托着腮颊的一只瘦手在灯下也就显出怕人的苍白。她轻轻的埋怨着自己，而且诅咒：

"你是应该死的了，你的命就是这样坏的呀！活该有这末一个老汉，吃不上穿不上是你的命嘛……"

他不愿说什么，心里又惦着牛，便把身子朝窑外躺着。他心里想："这老怪，简直不是个'物质基础'，牛还会养仔，她是个什么东西，一个不会下蛋的母鸡。"什么是"物质基础"呢，他不懂，但他明白那意思，就是说那老东西已经不会再生娃的了。这是从这区党委副书记那里听来的新名词。

他们两人都极希望再有个孩子。他须要一个帮手，她一想到她没有一个靠山便伤心，可是他们却更不和气，她骂他不挣钱不顾家，他骂她落后，拖尾巴，自从他做了这乡的指导员以后，他们便更难以和好，像有着解不开的仇恨。

以前他们也吵架的，但使她更难过的是他越来越厉害的沉默。好像他的脾气变得好了，而她的更坏，但她感觉得他离去的更远，她毫不能把握住他。她要的是安适的生活，而他到底要什么呢，她不懂，简直是荒唐。更其令她伤心的，是她明白她老了，而他年青，她不能满足他，引不起他丝毫的兴趣。

她哭得更厉害，捶打着什么，大声咀骂，她希望能激怒他。而他却平静的躺着，用着最大的力量压住自己的嫌厌，一个坏念头便不觉的又来了：

"把几垧地给了她，咱也不要人烧饭。做个光身汉，这窑，这锅灶，这碗碗盏盏全给她。我拿一付铺盖，三两件衣服，横竖没娃，她有土地，家具，她可以抚养个儿子，咱就……"仿佛感觉到一种独身的轻松，翻了一个身，一只暖烘烘的猫正睡在他侧边，被他一打，躬着身子走了一步又躺下了。这猫被养了三年，是只灰色的猫，他并不喜欢别人家的,然而却很喜欢这只灰猫,每当他受苦回家后,它便偎在他身边,躺在热炕上等着老婆把饭烧好了拿上来。

老婆还在生气,他担心她失错把她旁边孵豆芽的缸打破,他是很欢喜吃豆芽的。但他却不愿说话,他又翻过身去。脚又触到炕角上的篓子,那里边罩了一窠新生的小鸡,因为被惊,便啾啾的叫了起来。

"知道我身体不成,总是'难活',连一点忙都不帮,草也是我铡的,牛要生仔,也不管……"她好像已经站了起来,他怕她跑过来,便一溜下炕,往院子里去了。他心里却还在赌气的说:"牛,小牛都给你。"

半个月亮倒挂在那面山顶上边,照得院子有半边亮。一只狗躺在院当中,看见他便站起来走过一边去。他信脚又到了牛栏边,槽里还剩下很多的草。牛躺在暗处,轻轻的喷着鼻子,"妈的,为什么还不生呢!"便焦急的想起明天的会。

他刚要离开牛栏的时候,一个人影横过来,轻声的问着:"你的牛生仔了没有?"这人一手托着草筐,一手撑在牛栏的门上,挡住他出来的路。

"是你,侯桂英。"他嘎声的说了。心不觉的跳得快了起来。

侯桂英是他间壁的青联主任的妻子,丈夫才十八岁,而二十三岁了的她却总不欢喜,她曾提出过离婚。她是妇联会的委员,现已被提为参议会的候选人。

这是第三次还是第四次了,当他晚上起来喂牲口时,她也跟着来喂,而且总跟过来说几句话,即使白天见了,她也总是眯着她那单眼皮的长眼笑。他讨厌她,恨她,有时就恨不得抓过来把她撕开把她压碎。

月亮光落在剪了的发上,落在敞开的脖子上,牙齿轻轻的咬着嘴唇,她望着他。他也呆立在那里。

"你……"

他感到一个可怕的东西在自己身上生长出来了,他几乎要去做一件吓人的事,他可以什么都不怕的。但忽然另一个东西压住了他,他截断了她说道:

"不行的,侯桂英,你快要做议员了,咱们都是干部,要受批评的。"于是推开了她,头也不回的,走进自己的窑里去。老婆已经坐到炕上,好像还在流眼泪。

"唉!"他长长的抽了一口气,躺到了炕上。

像经过了一件大事后的那么有着应有的镇静。像想着别人的事件似的想着适才的事。他觉得很满意。于是他喊他的老婆:"睡吧,牛还没有养仔呢,怕要到明天。"

老婆看见他在说话了,便停止了哭泣。吹熄了灯。

"这老家伙终是不成的,好,就让她烧烧饭吧。闹离婚印象不好。"

然而院子里的鸡叫了。老婆已脱了衣服,躺在他侧边,她唠叨的问着:"明天还要出去么?什么开不完的会……"

"牛是又怕侍候不成了……"但他已经没有很多时间来想牛的事,他需要睡眠,他阖着眼,努力去找瞌睡,却只见一些会场,一些群众,而且听到什么"宣传工作不够啰,农村落后呀,妇女工作等于零……"等等的话。他一想到这里,就免不了烦躁,如何能把农村弄好呢,这里没有做工作的人呀。他自己是个什么呢,他什么也不懂。他没有住过学,不识字,他连儿子都没有一个,而现在他做了乡的指导员,他明天还要报告开会意义……。

"第一,要发扬民主才能抗战胜利;第二,三三制就是……"

窗户纸在慢慢变白,间壁已经有人起身了。而何华明却刚刚沉入在半睡眠状态中,黄瘦的老婆已经睡熟了,有一滴眼泪嵌在那凹下去了的眼角上。猫又睡在更侧边,沉沉的打着鼾。映在曙光里的这窑洞倒也显得很温暖，很甜适。

天渐渐的大亮了。

一九四一年六月

选自1941年6月10日、11日《解放日报》

在医院中时

一

十二月里的末尾,下过了第一场雪,小河大河都结了冰,风从收获了的山岗上吹来,刮着拦牲口的篷顶上的苇杆,呜呜的叫着,又迈步到沟底下去了。草丛里藏着的野雉,便刷刷的整着翅子,更钻进那些石缝或是土窟洞里去。白天的阳光,照射在那些冰冻了的牛马粪堆上,蒸发出一股难闻的气味。几个无力的苍蝇在那里打旋,可是黄昏很快的就罩下来了,苍茫的,凉幽幽的从远远的山岗上,从刚刚可以看见的天际边,无声的,四面八方的靠近来,鸟鹊都打着寒战,狗也夹紧了尾巴。人们便都回到他们的家:那唯一的藏身的窑洞里去了。

那天,正是这时候,一个穿灰色棉军服的年轻女子,跟在一个披一件羊皮大衣的汉子后面,从沟底下的路上走来。这女子的身段很伶巧,又穿着男子的衣服,简直就象一个未成年的孩子似的,她在有意的做出一副高兴的神气,睁着两颗圆的黑的小眼,欣喜的探照荒凉的四周。

"我是没有什么工作经验的,将来麻烦你的时候一定很多,总请你帮忙才好啦,李科长!你是老革命,鄂豫皖来的吧"

她现在很惯于用这种声调了,她以为不管到什么机关去,总得先同这些事务工作人员弄好。在学校的时候,每逢到厨房打水,到收发科取信，上灯油，拿炭，就总是拿出这末一副讨好的声音，可是倒并不显得卑屈，只见其轻松的。

走在前边的李管理科长，有着一般的管理科长不急不徐的风度，俨然将军似的披着一件老羊皮大衣。他们在有的时候显得很笨，有时却很聪明。他们会恒用军队里最粗野的骂人术语，当勤务员犯了错误的时候。他们也会很微妙的送一点鸡，鸡蛋，南瓜子给秘书长，总务处长，或者主任。这并不要紧，因为只由于他的群众工作好，不会有其它什么嫌疑的。

他们从那边山腰又转到这边山腰，在沟里边一望，曾闪过白衣的人影，于是那年轻女子便大大的嘘了一口气，像特意要安慰自己似的说："多么幽静的养病的所在呵！"

她不敢把太愉快的理想安置得太多，却也不敢把生活想得太坏，失望和颓丧都是她所怕的，所以不管遇着怎样的环境，她都好好的替它做一个宽容的恰当的解释。仅仅在这一下午，她就总是这末一副恍恍惚惚，却又装得很定心的样子。

跟在管理科长的后边，走进一个院子，而且走进了一个窑洞。这就是她要住下来的。这简直与她的希望相反，这间窑决不会很小，决不会有充足的阳光，一定还很潮湿。当她一置身在空阔的窑中时，便感觉得在身体的四周，有一种怕人的冷气袭来，薄弱的，黄昏的阳光照在那黑的土墙上，浮着一层凄惨的寂寞的光，人就象处在一个幽暗的，却是半透明的那末一个世界中，与现世脱离了似的。

她看见她的小皮箱和铺盖卷已经孤另另的放在那冷地上。

这李科长是一个好心的管理科长，他在动手替她把那四根柴柱支着的铺整理起来了。

"你的被这样的薄！"他抖着那薄饼似的被子时不禁忍不住的叫起

来了。即是在队伍里像这样薄的被子也不多见的。

她回顾了这大窑,心也不觉的有些忐忑,但她是不愿向人要东西的,她说:"我不大怕冷。"

在她的铺的对面,已经有一个铺陈得很好的铺,他告诉她那是住着一个姓张的医生的老婆,是一个看护。于是她的安静的,清洁的,有条理的独居的生活的梦想又破灭了。但她却勉强的安慰自己;"住在这样大的一间窑里,是应该有一个伴的。"

那位管理科长不知怎样一搞,床却碎在地下了。他便匆匆的走了,大约是找斧子去的吧。

这年轻女子便蹲在地上将这解体的床铺诊治起来,她找寻着可以使用的工具,她看见靠窗户放有一张旧的白木桌。假如不靠着什么那桌子是站不住的,桌子旁边随便的躺着两张凳子。这新办不久的医院里的家具,也似乎是从四方搜罗来的残废者呵!

用什么方法可以打发走这目前的无聊的时光呢,那管理科长又没有来?她只好踱到院子里去。院子里的一个粪堆和一个草堆连接起来了,简直没有插足的地方。两个女人跪在草堆里,浑身都是草屑,一个掌着铡刀,一个把着草束,专心的铡着,而且播弄那些切碎了的。

她站在她们旁边,看了一会,和气地问道:"老乡!吃过了没有?"

"没吃嘛!"于是她们停住了手的动作,好奇的,呆呆的来打量她,并且有一个女人就说了:"呵!又是来养娃娃的呵!"她一头剪短了的头发乱蓬得象个孵蛋的母鸡尾巴。而从那头杂乱得像茅草的发中,露出一块破布片似的苍白的脸,和两个大而无神的眼睛,有着鱼的表情。

"不,我不是来养娃娃的。是来接娃娃的。"在没有结过婚的女子一听到什么养娃娃的话,如同吃了一个苍蝇似的心里涌起了欲吐的嫌厌。

在朝东那面的三个窑里,已经透出微弱的淡黄色的灯光。有初生婴儿的啼哭。这是她曾熟悉过的一种多么挟着温柔和安慰的小小生命的呼唤呵。这呱呱的声音带了无限的新鲜来到她胸怀,她不禁微微开了嘴,舒展了眉头,向那有着灯光的屋子里,投去一缕甜适的爱抚:"明天,明天我要开始了!"

再绕到外边时,暮色更低的压下来了。沟底下的树丛只成了模糊的一片。远远的半山中,穿着一条灰色的带子,晚霞在那里飘荡。虽说没有多大的风。空气却刺骨的寒冷。她只好又走回来,她惊奇的跑回已经有了灯光的自己的住处。管理科长什么时候走回来的呢。她的铺也许支妥当了。她到屋里时,却只见一个穿黑衣的女同志端坐在那已有的铺上,就着一盏麻油灯整理着一双鞋面,那麻油灯放在两张重叠起来的凳上。

"你是新来的医生,陆萍么?"当她问她的时候,就象一个天天见惯了的人似的那末坦直和自然,随便的投来了一瞥,又去弄她的鞋面去了。还继续的哼着一个不知名的小调。

她一点也没有注意从这新来的陆萍那里是送来了如何的高兴。她只用平淡的节省的字眼在回答她。她好象一个老旅行者,在她的床的对面,多睡一个人或少睡一个人或更换一个人都是一样,没有什么可以引起波动的,她把鞋面翻看了一会之后,便把铺摊开了。却又不睡,只坐在被子里,靠着墙,从新又唱着一个陕北小调。

陆萍又去把那几根柴柱拿来敲敲打打,怎末也安置不好,她只好把铺开在地上,决心熬过这一夜。她又坐在被子里,无所谓的把那个张医生的老婆打量起来了。

她不是很美丽吗,她有一个端正的头型,黑的发不多也不少,五官都很均正,脖项和肩胛也很适衬:也许正是宜于移在画布上去的线条,可是她仿佛没有感情，既不温柔，也不凶暴，既不显得聪明，又不见得愚蠢，她答应她一些话语，也述说过，也反问过她，可是你是无法窥测出她是喜悦呢，还是厌憎。

忽然那看护象被什么针刺了似的，陡的从被子里跳出来了，一直冲了出去。陆萍听见她推开了间壁的老百姓的门，一边说着些什么，带着高兴的走了进去，那曾因她跑走时鼓舞起一阵大风的被子，有大半拖在地上。

现在又只剩陆萍一个人。被子老裹不严，灯因为没有油只剩一点点凄惨的光。老鼠出来了，先是在对面床底下，后来竟跳到她的被子上来了。她蜷卧在被子里，也不敢脱衣裳，寒冷不容易使人睡着。她不能不想到许多事，仅仅这一下午所碰到的也就够她去消磨这深夜的时候了。她竭力安慰自己，鼓励自己，骂自己，又替自己建筑着新的希望的楼阁，努力使自己在这楼阁中睡去，可是窑对面牛棚里的牛，不断的嚼着草根，还常常用蹄子踢着什么。她再张开眼时，房子里已经漆黑，灯不知在什么时候已经熄灭，老鼠便更勇敢的迈过她的头。

很久之后，才听到间壁的窑门又开了。医生的老婆便风云叱咤的一路走回来，门大声的响着，碰倒了一张凳子，又踩住了自己的被子，于是她大声的骂："狗禽的，操他奶奶的管理员，给这末一滴儿油，一点便黑了，真他妈拉格厌！"她连串的熟悉的骂着那些极其粗鲁的话，她从那些大兵们学的很好，不过即使她这末骂着的时候，也并看不出她有多大的憎恨，或是显得猥亵。

陆萍这时一声也不响，她从嘴唇的动弹中，辨别出她适才一定吃过什么很满意的东西了。那看护摸上床之后，头一着枕，便响起很匀称的鼾声。

二

　　陆萍是上海一个产科学校毕业的学生,是依照她父亲的理想,才进去了两年,她自己就感到她是不适宜于做一个产科医生。她对于文学书籍更感到兴趣:她有时甚至讨厌一切医生,但仍整整住了四年。八一三的炮火把她投进了战争,她到伤兵医院去服务,耐心的为他们洗换,替他们写信给家里,常常为了一点点的须索奔走。她象一个母亲一个情人似的看护着他们。他们也把她当着一个母亲一个情人似的依靠着。他们伤好了,她为他们愉快。可是他们走了,有的向她说了声再会,也有来一封道谢的信,可是也就不会再有消息。她便悄悄的拿回那寂寞的感情,再投掷到新来的伤兵身上。这样的流浪生活,几乎消磨了一整年,她受了很多的苦,辗转的跑到了延安,才做了抗大的学生。她自己感觉到在内在的什么地方有些改变,她用心的啃着从未接触过的一些书籍,学着在很多人面前发言。她仿佛看见了自己的将来,一定是以一个活跃的政治工作者的面目出现。她很年轻,才二十岁,自恃着聪明,她满意这生活,和这生活的道路。她不会浪费她的时间,和没有报酬的感情。在抗大又住了一年,她成了一个共产党员。而这时政治处的主任找她谈话了,为了党的需要,她必得脱离学习到离延安四十里地的一个刚开办的医院去工作。而且医务工作应该成为她终身对党的贡献的事业。她声辩过,说她的性格不合,她可以从事更重要的或更不重要的。甚至她流泪了。但这些理由不能够动摇那主任的决心,就是不能推翻决议。除了服从没有旁的办法。支部书记也来找她谈话,小组长成天盯着她谈。她讨厌那一套。那些理论她全懂,事实是要她割断这一年来她所憧憬的光明前途,又重复回到旧有的生活,她很明白,她决不会成为一个了不起的医生,她不过是一个很普通的产婆,或者有没有都没有什么关系。她是一个富于幻想的人,而且有能耐去打开她生活的局面。可是"党","党的需要"的铁匝套在头上,她能违抗党的命令么?能不顾这铁匝么,这由她自己套上来的?她只有去,但她却说好只去做一年。而且打扫了心情,用愉快的调子去迎接该到来的生活,伊里基不说过吗?"不愉快只是生活的耻辱"。于是她到医院来了。

院长是一个四川人,种田的出身,后来参加了革命,在军队里工作很久。他对医务完全是外行。他以一种对女同志并不须要尊敬和客气的态度接见了陆萍,像看一张买草料的收据那样懒洋洋的神气读了她的介绍信,又钉着她瞪了一眼:"唔,很好!留在这里吧。"但他是很忙的,他不能同她多谈。对面屋子里住得有指导员,她可以去找他。于是他不再望她了,端坐在那里,也并不动手作别的事。

指导员黄守荣同志,一副八路军里青年队队长的神气。很谨慎,却又很爱说话,衣服穿得很整齐。表现出一股很朴直很幼稚的热情。有点羞涩,却又企图装得大方。

他告诉她这里的困难,第一,没有钱。第二,刚搬来,群众工作还不好,动员难。第三,医生太少,而且几个负责些的都是外边刚来的,不好对付。

把过去历史,做过连指导员的事也同她说了。他是多么想到连上去呵。

从指导员房里出来之后,在一个下午还遇见了几个有关系的同事。那化验室的林莎,在用一种怎样敌意的眼睛来望她。林莎有一对细的弯的长眼,笑起来的时候眯成一条半圆形的线,两角往下垂,眼皮微微肿起,露出细细的引逗人的光辉。好似在等着什么爱抚,好似在问人:"你看,我还不够漂亮么?"可是她对着刚来的陆萍,眼睛只显出一种不屑的神气："哼！什么地方来的这产婆，看那寒酸样子！"她的脸有很多的变化，有时象一朵微笑的花，有时象深夜的寒星。她的步法非常停当。用很慢的调子说话，这种沉重又显得柔媚，又显得傲慢。

陆萍只憨憨的对她笑，心里想："我会怕你什么呢，你敢用什么来向我骄傲？我会让你认识我。"她既然有了这样的信心，她就要做到。

又碰到一个在抗大的同学，张芳子，她在这里做文化教员。这个常常喜欢在人面前唱唱歌的人，本来就未引起过她的好感的。这是一个最会糊糊涂涂的懒惰的打发去每一个日子的人。她有着很温柔的性格，不管伸来怎样的臂膀，她都不忍心拒绝的，可是她却很少朋友，这并不会由于她有什么孤僻的性格，只不过因为她象一个没有骨头的人，烂棉花似的没有弹性，不能把别人的兴趣绊住。陆萍在刚看见她时，还涌起一阵欢喜，可是再看看她那庸俗的平板的脸孔时，心就象沉在海底下似的那末平稳，那末凉。

她又去拜访了产科主任王俊华医生，她有一位浑身都是教会女人气味的太太——她是小儿科医生。她总用着白种人看有色人种的眼光来看一切，象一个受惩的仙子下临凡世，又显得慈悲，又显得委屈。只有她丈夫给了陆萍最好的印象，这是一个有绅士风的中年男子，面孔红润，声音响亮，时时保持住一种事务上的心满意足，虽说她看的出他只不过是一种资产阶级所惯有的虚伪的应付，然而却有精神，对工作热情，她并不喜欢这种人，也不需要这种人做朋友，可是在工作上她是乐意和这人合作的。她不敢在那里坐的很久，那位冷冷的坐在侧边的夫人总使她害怕，即使在她和气和做得很明朗的气氛之下，她也感到有一种说不出的压抑。

不管这种种的现象，曾给与她多少不安和傍徨，然而在睡过了一夜之后，她都把它象衫袖上的尘土抖掉了。她理性的批判了那一切。

她又非常有原气的跳了起来,她自己觉得她有太多的精力,她能担当一切。她说,让新的生活好好的开始吧。

三

每天把早饭一吃过,只要没有特别的事故,她可以不等主任医生,就轮流到五间产科病室去察看。这儿大半是陕北妇女,和长征来的四川女同志,和很少的几个抗大,陕公或鲁艺的学生。她们都很欢迎她,每个人都用担心的,谨慎的眼睛来望她,亲热的喊着她的名字,琐碎的提出许多关于病症的问题,有时还在她面前发着小小的脾气,女人的爱娇。每个人的希望都寄托在她的身上。象这样的情形在刚开始,也许可以给人一些兴奋和安慰,可是日子长了,天天是这样,而且她们并不听她的话。她们好象很怕生病,却不爱干净,常常使用没有消毒过的纸,不让看护洗濯,生产还不到三天就悄悄爬起来自己去上厕所,甚至她们还很顽固。实际她们都是做了母亲的人,却要别人把她们当着小孩子看待,每天重复着那在叮咛的话,有时也得假装生气,但结果房子里仍旧很脏,做勤务工作的看护没有受过教育,什么东西都塞在屋角里,洗衣员几天不来,院子里四处都看得见有用过的棉花和纱布,养育着几个不死的苍蝇。她没办法,只好带上口罩,用毛巾缠着头,拿一把大扫帚去扫院子。一些病员,老百姓,连看护在内都围着看她。不一会,她们又把院子弄成原来的样子了。谁也不会感觉的有什么抱歉。

除了这位张医生的老婆之外,还有一位不知是哪个机关的总务处长的老婆也在这里。她们都是产科室的看护,她们一共学了三个月看护知识,可以认几十个字,记得十几个中国药名。她们对看护工作既没有兴趣,也没有认识。可是她们不能不工作。新的恐惶在压迫着。

从外面来了一批又一批的女学生，离婚的案件经常被提出。自然这里面也不缺少真正的觉悟，愿意刻苦一点，向着独立做人的方向走，不过大半仍是又惊惶，又懵懂。这两位夫人，尤其是那位已经有了廿六七岁的总务处长的夫人担着十足的架子，穿着自制的中山装，在稀疏的黄发上束上一根处女带，自以为漂亮满想骄傲一下的那么凸出肚皮在院子中摆来摆去。她们毫无服务的精神，又懒又脏，只有时对于鞋袜的缝补，衣服的浆洗才表示无限的兴趣。于是，她不得不催促她们，催促不成就只好代替，她为了不放心，也只得守着她们消毒，替孩子们洗换，做棉花球，卷纱布。为了不愿使病人产妇多受痛苦，便自己去替几个开刀了的，发炎的换药，这种成为习惯了的道德心，虽不时髦，为许多人看不起，而在她却是在很小的时候，就已经被养成。

　　一到下午，她就要变得愉快些，这是说当没有产妇临产而比较空闲的时候。她去参加一些会议，提出她在头天夜晚草拟的一些意见书。她有足够的热情，和很少的世故。她陈述着，辩论着，倾吐着她成天所见到的一些不合理的事，她不懂得观察别人的颜色，把很多人不敢讲的，不愿讲的都讲出来了。她得到过一些拥护，常常有些医生，有些看护来看她，找她谈话，尤其是病员，病员们也听说了她常常为了他们的生活管理，和医疗的改善与很多人冲突，他们都很同情她，但她已经成为医院里小小的怪人，被大多数人用异样的眼睛在看着是不成问题了的。

　　其实她的意见已被大家承认是很好的，也决不是完全行不通，不过太新奇了，对于已成为惯例的生活中就太显的不平凡。但做为反对她的主要理由便是没有人力和物力。

　　而她呢，她不管，只要有人一走进产科室，她便会指点着："你看，家具是这样的坏。这根唯一的注射针已经弯了。而医生和院长都说要学着使用弯针,橡皮手套破了不讲它,不容易补完,可是多用两三斤炭是可以的。这房子这样冷,如何适合于产妇和落生婴儿……"她带着人去巡视病房,好让人知道没有受过教育的看护是不行的。她形容这些病员的生活,简直是受罪。她替她们要清洁的被衽,暖和的住室,滋补的营养,有次序的生活。她替他们要图画、书报,要有不拘形式的座谈会,和小型的娱乐晚会………

听的人都很有兴趣的听她讲述,然而除了笑一笑以外再没什么有用处的东西了。

然而也决不是毫无支持,她有了两个朋友。她和黎涯是在很融洽的第一次的接谈中便结下了坚固的友谊。这位在外科室做助手的同属于南方的姑娘,显得比她结实、单纯、老练。她们两人谈过去,现在,将来,尤其是将来。她们织着同样的美丽的幻想。她们评鉴着在医院的一切人。她们奇怪为什么有那末多的想法都会一样,她们也不去思索,便又谈下去了。

除了黎涯之外,还有一位常常写点短篇小说或短剧的外科医生郑鹏。他在手术室里是位最沉默的医生。他不准谁多动一动。有着一副令人可怕的严肃面孔,他吝啬到连两三个字一句的话也不说,总是用手代替说话。可是谈起闲天来便漫无止境了,而且是很长于描绘的。

每当她在工作的疲劳之后,或者当感觉到在某些事上,在某些环境里受着一些无名的压迫的时候,总不免有些说不出的抑郁,可是只要这两位朋友一来,她可以任情的在他们面前抒发,她可以稍稍把话说的尖刻一点,过分一点,她不会担心他们不了解她,歪曲她,指摘她,悄悄去告发她。她的烦恼便消失了,而且他们计划着,想着如何把环境弄好,把工作做的更实际些。两个朋友都说了她:说她太热情,说热情要是没有通过理智便没有价值。

她们也谈医院里发生的一些小新闻，譬如林莎到底会爱谁呢？是院长，还是外科主任，还是另外的什么人。她们都讨厌医院里关于这新闻太多或太坏的传说，简直有故意破坏院长威信的嫌疑，她们常常为院长和林莎辩护，然而在心底里，三个人同样讨厌着那善于周旋的女人，而对院长也毫不能引起尊敬。尤其在陆萍，几乎对林莎有着不可解释的提防。

医院里还传播着指导员老婆打了张芳子耳光的事。老婆到卫生部去告状，所以张芳子便被调到兵站上的医务所去了。而且大家猜测着她在那里也呆不长。她会重复着这些事件。

医院里大家都很忙，成天嚷着技术上的学习，理论上的学习，常常开会，可是为什么大家又很闲呢，互相传播着谁又和谁在谈恋爱了，谁是党员，谁不是，为什么不是呢，有问题，党籍是政治问题，那就有嫌疑！……

现在也有人在说陆萍的闲话了，已经不是关于那些建议的事，她对于医院的制度，设施，谈得很多，起先还有人说她放大炮，说她热心，说她爱出风头，慢慢也成了老生常谈，不大为人所注意。纵使她的话还有反响，也不能成为不可饶恕，不足以引起诽谤。可是现在为了什么呢，她竟常常被别人在背后指点着，甚至躺在床上的病人，也听到一些风声，暗暗的用研究的眼光来望她。

但敏感的陆萍却一点也没有得到暗示，她仍在兴致很浓厚的去照顾着那些产妇，那些婴儿，为着她们一点点的须索，去同管理员，总务处，秘书长，甚至院长去争执。在寒风里，束紧了一件短棉衣，从这个山头跑到那个山头，脸都冻肿了，脚后跟常常裂口。她从没有埋怨过。尤其是夜晚。有大半数的夜晚她得不到整晚的睡眠，有时老早就有一个产妇等着在夜晚生，有时半夜被人叫醒，那两位看护的胆子很小，黑夜里不敢一人走路，她只好就在那冻得可以死人的深夜里到厨房去打水。接产室虽然烧了一盆炭火，而套在橡皮手套的手，常常冰得发僵，她心里又急，又不敢露出来，只要不是难产，她就一个人做了，因为主任医生住得很远，她不愿意在这样的寒夜里去惊醒他。

她不特是对她本身的工作，仍然抱着服务的热忱，而且她很愿意得到更多的经验在其它的技术上，所以她只要逢到郑鹏施行手术的时候，恰巧她又没有工作，她便一定去见习。她以为外科在战争时期是最需要的了。假如她万不得已一定要做医务工作的时候，做一个外科医生是比做产婆好得多，那末她可以到前方去，到枪林弹雨里奔波忙碌，她总是爱飞，总不满于现状。最近听说郑鹏有一个大开刀，她正准备着如何可以使自己不失去这一个机会。

四

记挂着头天晚上黎涯送来的消息，等不到天亮就醒了。也因为五更天特别冷，被子薄，常常会冷醒的。一醒就不能再睡着。窗户纸透过一层薄光，把窑洞里的物件都照得很清楚。她用羡慕的眼光去看对面床上的张医生的老婆。她总象一个在白天玩的太疲倦了的孩子似的那末整夜喷着平匀的呼吸，她也同她一样有着最年轻的年龄，她工作得相当累，可是只有一觉好睡，她记得从前睡也会醒，却醒的迷迷糊糊，翻过身，挡不着瞌睡的一下就又睡着了。然而睡不着，也很好，她便凝视着淡白的窗纸而去想起许多事；许多毫不重要的事，平日没有时间想这些，而想起这些事的时候，却是一种如何的享受呵！她想着南方的长着绿草的原野，想着那些溪流，村落，各种不知名的大树。想着家里的庭院，想着母亲和弟弟妹妹，家里屋顶上的炊烟还有么？屋还有么？人到何处去了？想着幼小时的伴侣，那些年轻人跑出来没有呢？听说有些人是到了游击队……她梦想到有一天她回到那地方，她呼吸着那带着野花，水草气息的空气，她被故乡的老人们拥抱着，她总希望还能看见母亲。她离家快三年了，她刚强了许多，但在什么秘密的地方，却仍需要母亲的爱抚呵！……

窗户外无声的飘着雪片，把昨天扫开的路又盖上了。催明的雄鸡，远近的啼着，一阵阵的号音的练习，隐隐约约传来。于是她便又想着一个问题："手术室不装煤炉如何成呢？"她烦恼着院长了，他只懂得要艰苦要艰苦，却不懂医治护理工作的必需有的最低的条件。她又恨外科主任，为什么她不固执着一定要装煤炉，而且郑鹏也应该说话，这是他们的责任，一次两次要不到，再要下去呀！她觉得非常的不安宁，于是她爬了起来，她轻轻的生火，点燃灯，写着恳求的信去给院长。她给黎涯也写了一个条子，叫她去做鼓动工作，而她上午是不能离开产科病室的。她把这一切做完后，天便大亮了，她得紧张起来，她希望今天下午不会有临产的妇人，她带着欢喜的希企要去看开刀呵！

黎涯没有来，也没有回信。她忙着准备下午手术室里所需要的一切。假如临时缺少了一件东西，而影响到病人生命时，则这责任应该由她一个人负担。所以她得整理全个屋子，把一切都消毒过，都依次序的放着，以便动用时的方便。她又分配了两个看护的工作，叮咛着她们应该注意的地方，她是一点也不敢懈怠的。

郑鹏也来检查了一次。

"陆萍的信你看看好么？"黎涯把早晨收到的纸条给他。"我想无论如何在今天是不可能，也来不及。所以我并没有听她的话，不过假如太冷，我以为可以缓几天再动手术。这是要你斟酌的。"

郑鹏把纸条折好后还了她。没有暴露什么，皱了皱眉头，便又去审视准备好了的那些刀钳子，剪子。那精致的金属的小家具，凛然的放着寒光，然而在他却是多么熟悉和亲切。他把一切都巡视了一遍之后，向黎涯点了点头，意思是说："很好。"他们在这种时候，便只是一种工作上的关系，他下命令，她服从，他不准她有一点做为朋友时的顽皮的。最后，在走出去时，才说："两点钟请把一切都弄好。多生一盆火。病人等不得我去安置火炉。"

一吃过午饭，陆萍便逃也似的转过这边山头来。

黎涯也传染了那种沉默和严肃。她只向她说病人不能等到装置火炉。她看见手术室里已经有几个人。她陡的被一种气氛压着，无言的去穿好消毒的衣帽。

病人是在肋下的肚腹间中了一小块铁，这是在两月前中的炸弹，曾经在他身上取出过十二块，只有这一块难取，曾经取过一次，没有找到。这是第二次了，因为最近给了他些营养，所以显得还不算无力。他能自己走到手术室来，并且打算把盲肠也割去。不过他坐上床时脸色便苍白了。他用一种恐怖而带着厌倦的眼光来望着这群穿白衣的人。他颤抖着问道："几个钟头？"

"快得很，"是谁答应了他。但陆萍心里明白医生向病人总是不说真话的。

郑鹏为着轻便，只穿一件羊毛衫在里边。黎涯也没有穿棉衣，大家都用着一种侍候神的那末虔诚和谨慎。病人躺在那里了。他们替他用药水洗着。陆萍看见原来的一个伤口，有一寸长的一条线，郑鹏对她做了一个手势，她明白要她帮着看护滴药。科罗芳的气味她马上呼吸到了。但那不要紧，她只能嗅到一点，而数着数的病人：很快就数不出声音来了。

她看见郑鹏非常熟练地去划着，剪着，翻开着，紧忙的用纱布去拭干流着的血,不断的换着使用的家具,黎涯一点也不紊乱的送上每一件。刀口剪了一寸半,红的、绿的东西都由医生轻轻的从那里托了出来。又把钳子伸进去,他在找着,找着那藏得很深的一块铁。房子里烧了三盆木炭火,却仍然很冷。陆萍时常担心把肚子露在外边而又上了蒙药的病人。她一点不敢疏忽自己的职守,她时时注意着他的呼吸和反应。

医生又按着,又听,又翻开很多的东西,盘结在一起,微微的蒸气从那翻开的刀口望外冒,时间过去快半点钟了,陆萍用担心的神色去望郑鹏,可是他没有理会她,他把刀口再往上拖长些,重新在靠近肋骨的地方去找。而血仍在有的时候流出,她仍得试干它,病人脸色更苍白,她很怕他冷,而她自己却感到有些头晕了。

房门关得很严密,又烧着三盆熊熊的炭火。陆萍望着时钟焦急起来了。已经三刻钟了,他们有七个人,这么关在一间不通风的屋子里,如何能受呢?

终究那块铁被他用一根最小的钳子夹了出来。有一粒米大,铁片周围的肉有一点点地方化了脓。于是他又开始割盲肠。陆萍觉得实在头晕得厉害,但她仍然支持着,可是黎涯却忽然靠在床上不动了。她因为在这间屋子里登的最久,炭气把她熏坏了。

"夹到冷院子里去。"郑鹏向两个看护命令着。另外两个医生马上接替了黎涯的工作。陆萍看见黎涯死人似的被人抬着拖出去,她泪水涌满了眼睛,她不知道她会活不会活,只想跟着出去看,可是她明白她在管着另一个人的生命。她不能走。

郑鹏的动作更快,但等不到他完毕,陆萍也支持不住地呻吟着。"扶她到门口,把门开一点缝。"

陆萍躺倒在门口,清醒了一些,她挥手喊道:"进去!进去!他一个人不行的。"

于是她一人在门口往外爬,她想到黎涯那里去。两个走回来的看护,把她拉了一下又放下了。

她没有动,雪片飞到她脸上。她发抖,牙齿碰着牙齿,头里边有东西猛力的往外撞。不知道睡了好久,她听到很多人走到她身边,她意识到是把病人抬回去。她心想天已经不早了,应该回去睡,但又想她要去看黎涯,假如黎涯有什么好歹,啊!她是那么的年轻呀!

冷风已经把她吹好了,但仍被一种激动和虚弱主宰着。她飘飘摇摇在雪地上奔跑,风在她周围叫,黄昏压了下来,她满脸挂着泪水和雪水,她哭喊着:"就这么牺牲了么?她的妈妈一点也不知道呵!"

她没有找到黎涯,却跑回自己的窑。她已经完全清楚,她需要静静的睡眠,可是被一种不知是什么东西压迫着,忍不住要哭要叫。

病人都挤在她屋子里,做着各种的猜测,有三四床被子压着她,她仍在里面发抖。

到十一点郑鹏带了镇静剂来看她。郑鹏一样也头晕得利害,但他却支持到把手术弄完。他到无人的雪地山坡上坐了一个钟头,使自己清醒,然后才走回来,吃了些热开水。他去看黎涯,黎涯已经很好的睡了。他又吃了点东西,便带着药片来看她。

陆萍觉到有朋友在身边,更感到软弱,她不住地嘤嘤的哭了起来,她只希望能见到她母亲,倒在母亲的怀里痛哭才好。

郑鹏服侍她把药吃好后才回去,她是什么时候睡着了的呢,谁也不知道。然而即使在第二天,黎涯也走过来看她的时候,她还没有起来。她对黎涯说,似乎什么兴趣都没有了,只想就这么躺着不动腰。

五

陆萍像害了病似的都没有出来,而医院里的流言却四处飞。这些话并不相同。有的说她和郑鹏在恋爱,有的说郑鹏不爱她,她那夜就发疯了,现在还在害相思病。有的更说是组织不准他们恋爱,因为郑鹏是非党员,来历不明。

陆萍自己无法听这些,她只觉得自己脑筋混乱。现实生活使她感到太可怕。她想为什么那晚有很多人在她身旁走过,却没有一个人援助她。她想着院长为节省几十块钱,宁肯把病人,医生,看护的生命来冒险。她回省她日常的生活,到底于革命有什么用?革命既然是为着广大的人类,为什么连最亲近的同志却这样缺少爱。她踌躇着,她问她自己,是不是我对革命有了动摇呢。

旧有的神经衰弱症便又来缠着她了,每晚都失眠。

支部里也有人在批评她了。小资产阶级意识,知识分子的英雄主义、自由主义等等的帽子都往她头上戴,总归就是说党性不强。院长把她叫去说了一顿。

病员们也对她冷淡了,说她浪漫。

是的,应该斗争呀!她该同谁斗争呢?同所有人吗?要是她不同他们斗争,便应该让开,便不应该在这里使人感到麻烦。那么,她该到什么地方去?她拼命地想站起来,四处走走,她寻找着刚来的这股心情。然而一切更不顺眼了,她只能成天锁紧了眉毛在窑洞里冥想。

郑鹏两人也奇怪着为什么她一下就衰弱下去。他们常常来同她谈天,替她减少些烦闷,而谴责却更多了。甚至连指导员也相信了那些谣传而正式地责问她,为恋爱而妨害工作是不行的。

然而像这样的谈话,虽使她感到惊讶,与被侮辱,却又把她激怒起来了,她寻仇似的四处找着缝隙来进攻,她指摘一切。她每天苦苦寻思,如何能攻倒别人,她永远相信,真理是在自己这边的。

现在她似乎为另一种力支持着,只要有空便到很多病房去,她搜集着许多意见,她要控告他们。她到了第六号病房,那里住有一个没有脚的害疟疾病的人。他没有等她说话,他就招呼她坐下。用一种家里人的亲切来接待她。

"同志!我来医院已经两个多星期了,听到些别人说你的事,那天就想和你谈谈,你来得正好,你不必同我客气,我总得靠着墙才能接待你的。我的双脚都没有了。"

"为什么呢?"

"因为医务工作不好,没有人才,冤冤枉枉就把双脚锯了。"

"这是什么时候的事?"

"三年了。那时许多夜只想自杀。"

陆萍不懂得如何安慰他,便说:"我实在呆不下去了。我们这医院像个什么东西!"

"同志,现在,现在简直太享福了,你看,我身上虱子很少。早前我为这双脚住医院,几乎把我整个人都喂了虱子呢。你说院长不好,可是你知道他过去是什么人,是不识字的庄稼人呀!指导员不过是个看牛娃娃,他在军队里长大的,他能懂得多少?是的,他们都不行,要换人,换谁,我告诉你,他们上边的人也就是这一套。你的知识比他们强,你比他更能负责,可是油盐柴米,全是事务,你能做么?这个作风要改,对,可是那末容易么……?你是一个好人,有好的气质,你一来我从你脸上就看出来了。可是你没有策略,你太年轻,不要急,慢慢来,有什么事尽管来谈谈,告状也好,总有一点用处。"他呵呵地笑着,望着发愣的她。

"你是谁？你怎么什么都清楚。我要早认识你就好了。"

"谁都清楚的，你去问问伙夫吧。谁告诉我这些话的呢？谁把你的事告诉我的呢？这些人都明白的，你应该多同他们谈谈才好。眼睛不要老看在那几个人身上，否则你会被消磨下去的。在一种剧烈的自我的斗争环境里，是不容易支持下去的。"

她觉得这简直是个怪人，便不离开。他像同一个个别的小弟妹们似的向她述说着许多往事。一些属于看来太残酷的斗争。他解释着，鼓励着，却耐心地教育着。她知道他过去是一个学生，到苏联去过，现在因为残废了只编一些通俗读本给战士们读。她为他流着泪，而在却似乎对本身的荣枯没有什么感觉似的。……

没有过几天，卫生部来找她谈话了。她并没去控告。但经过几次说明和调查，她幸运地是被了解着的。而她所要求再去学习的事也被准许了。她离开医院的时侯，还没有开始化冰，然而风刮在脸上已不刺人。她真真地用了迎接春天的心情来离开这里的。虽说黎涯和郑鹏都使她留恋，她却只把那个没有双脚的人向她说的话而转赠给他们。

新的生活虽要开始，然而还有新的荆棘。人是要经过千锤百炼而不消溶才能真真有用。人是在艰苦中成长。

选自 1941 年《谷雨》（创刊号）11 月 15 日

田保霖

——靖边县新城区五乡民办合作社主任

黄昏的时候，把两手抱在胸前，显出一副迷惑的笑容，田保霖送走了区长之后，便在窑前的空地上踱了起来。他把头高高地抬起来望着远处，却看不见那抹在天际的红霞；他也曾注视过窑里，连他婆姨在同他讲些什么也没有听见，他心里充满了一个新奇的感觉，只在盘算一个问题：

"怎搞的？一千多张票……咱是不能干的人嘛，咱又不是他们自己人；没有个钱，也没有个势，顶个球事，要咱干啥呢？……"

他被选为县参议员了，这完全是他意外的事。

他是一个爱盘算的人，但也容易下决心，这被选为参议员的事，本没有什么困难一类的问题，也不需要下什么决心，像他曾有过的遭遇那样，不过他却被一种奇怪所纠缠，简直解不开这个道理。

当许多年前他全家经年流浪在碾盘渠，下王渠，沙口一带替人安庄稼而不得一饱的时候，为着糊口，曾经在教堂里工作，学会念经，小心谨慎，慢慢地做了一个小掌柜，管了上王渠一村四十四家人，总算他为人公正，农民对他很好。后来神父换了，他成天挨骂受气，于是他走了。他走到保定，走到宁夏，走到洛川，流浪着，贩着羊，贩着猪，贩着盐和粮食。他赚了一点钱，吃了一些，再还一点账，生活还是没法搞好，还欠着账。但他有了经验，他成为一个有点名气的买卖人了。本来就打算这样搞下去，可是石老姚、杨候小来了，抢了东西，吃了胖猪。接着是黄马队，接着是来打土匪的二岔抢头的张团长。百姓被抢得一无所有，人都逃到沙漠中藏了起来，张家畔热闹的街市，变得寂无人烟。田保霖也逃到了外县。然而"红"了。三十军军长阎洪彦到了靖边，接着又来了二十七军贺晋年，靖边县翻了个身，穷人都分了土地。但田保霖却仍留在城川。有人告诉他，说他是买卖人，他的二叔父是豪绅，带过民团，最好不回去。于是田保霖第二次不得不好好盘算了："共产党打的是富有，是贪官，咱末，做点小本买卖，咱无土无地，欠粮欠账，一条穷人嘛，咱当过掌柜，可是没做过坏事，人都说咱好，咱还怕他个啥？杀头，杀了咱有啥用呢？人都说卅军好么，那么咱就回去，不怕他。"于是他回去了。抱着一个不出头不管事的态度，悄悄地回到草山梁（现改名和渠沟），一大片荒地，没有人住。他有了地，也不必交租子。他欠的账也跟着旧政权吹了。他没了有负担和剥削，经过几年的经营，他有了六七十垧地，有了牛、马、羊，开了个小油房，日子过得很好。心里想："共产党还不错，可是，咱就过咱的日子吧，少管闲事。"

不过做了参议员就得同他们搞在一起，这起人究竟是哪一号子人呢？

结果他决定了："就到县上开会去，还有高吉祥、冯吉山末，他们在旧社会比咱还有地位，怕个啥，就去。"

田保霖虽然这末想了，但他仍没有懂得为什么会有一千多人投他的票。他是一个买卖人，曾受过教堂的宣传，虽说回到了长渠沟，在革命的政权下，生活一天天变好，却不接近这号子人，也不理解他们。

但他的一举一动，这号子人都是清清楚楚的。从长渠沟一带的老百姓口中都曾说过他的好话，说他是一个平和而诚实的人，是一个正派人。在头年（四一年）缺粮的时候，政府发起调剂运动，他自动借出了一石多，而且每天到各乡去借，维持了许多贫苦农民的生活。他对于公益的事热心奔走，人民对他有好感，他是被他不了解的这号子人所了解的，因此他被选为县的参议员。

"这是一个新问题，好是好，怕不能成……"当惠中权同志提出靖边要发展农业，首先要兴修水利的时候，田保霖同别人一样有着上面的想法。靖边土质太薄，不适耕种，要修水地和水漫地，实在是困难的太，要筑壕、坝，要修"退水"，工程都是很大的，而且在这些地方常有宽到几百亩的沙滩，而且谁去修呢？这里是缺乏劳动力的地区；唉，问题可多着呢。再譬如地是地主的，却要农民去修，修好了地又该是谁家的呢？但这些问题都有了适当的解决。又讨论了剥小麻子皮、割秋草的事，好像不重大，算起来利可大的太呢。又计划了栽树的事，都是好事嘛。从前田保霖解不开参议会是个啥名堂，老百姓都说是做官，现在才明白，白天黑夜尽谈的怎个为老百姓想办法啦。田保霖从这次才算开了眼界，渐渐地明白了他们，他们活着不为别的，就只盘算如何把老百姓的生活搞好。

因为他又被选为常驻议员，经常来县上开会，他看见杨家畔的石坝修起来了，胡家湾的也修起来了。修水利的农民一天一天地加多，外县外乡的人都到这里来，杨家畔就打了廿多个窑等他们来住。他们在有沙堆的地方修了水道，利用水力慢慢地不觉地便把那怕人的沙堆冲平。同时农民可以得到十分之八的土地，地主也高兴这种坐享其成的分配法。

"唉，这伙人能成，一个劲儿直干么！"

他和参议会的议长，也就是县委书记惠中权同志做了朋友。

"你是顶能干的，为大伙儿做点事吧。咱们把靖边搞得美美儿的。"惠中权只要有机会便劝说他。

"咱是没有占上字的光的人，会办个啥？这话怕不顶真吧？"开始他还这末想。但慢慢地他觉得这是实话，他们要做的事太多，简直忙不过来，人心同一起，黄土变成金。他的心活动了，有时甚至觉得很惭愧，觉得自己没意思，人应该象他们一样活着，做公益事情。

"唉，咱能干啥呢？咱是买卖人，别的事解不开嘛。"这样的话他也同惠中权谈了。

现在惠中权又劝他办合作社了。

"你要能办好一个合作社，你对靖边就有一个大功劳。你看咱们新城区老百姓要个啥都得到友区的宁条梁去，到宁条梁去人也好，牲口也好，都还要上什么修城税，物价又贵，又误工，而且咱们要买别人东西，别人就抬高物价，你看春上一匹布才卖八百元，秋后就卖八千元，而咱们的麻子从二千四也不过涨到八千元，至于盐就等于不涨价。你要是在你五乡能办好一个合作社，那咱靖边的合作事业，咱们的经济就有办法，你回去鼓吹，咱们尽力帮助你，这个你能成的。"

田保霖便又盘算了，人多不怯力气重，只要政府能帮咱，咱就好好地干出一番事业吧，也不枉在世一场。"对，能行。"他答应了。

于是他踏上了新道路，为建设新民主主义的新靖边而工作了。他是有意识地要和惠中权一道，和共产党一道，热心为人民服务。这是去年二月间的事。

田保霖回到了乡上，十余天他收到了七十四万四百元的股金，有二百四十一户都把公盐代金入了股。老百姓四处传说："田保霖在做好事了。公盐事小，误工可大，现在他替咱们包运，赶快把钱交给他吧，又省事，又赚钱，明年还可不管呢！"大家知道他有能耐，于是赶牲口来入股的也有，拿麻子粮食来入股的也有，人工也打成了份子。他们去办货，合作社就成立起来，大家选他做了主任。

六月的时候，八个牲口出发了，他们走了盐池又走延安，一个牲口驮着一千一百三十一元的盐，到了延安，这盐便值二万块钱，除去了运费，他替咱合作社赚了一万余元。而他们回来的时候，背上又驮了布匹，又赚一万多。于是他们得不到休歇，又把春毛驮上米脂，又把铁锅驮回来。他们总是驮着人们需要的东西，而替合作社赚钱，半年的时间赚了九十六万九千多元。

现在呢，田保霖的运输队发展到七十四个牲口了，没有一个坏牲口。他用的是有经验的干部，运输队长石有光是好的长脚户，他懂得喂养牲口，他参加合作社是份子制，所以他更积极负责。

也有些运输队赔过钱，为什么田保霖会赚钱呢？因为他不特制度好，管理好，自带草料，不特会根据群众需要来调剂货物运销，而他最主要的是懂得放青囤盐，上槽卖盐。

接着，油房也办起来了。宁条梁的人都说："田保霖是个什么人，为什么不准麻子出口，现在要去采买也不成，老百姓的麻子都卖给合作社了。他妈的，非揍他不可。"但他们是威吓不了的，老百姓愿意把麻子卖给合作社，合作社出的价钱公道，将来要买油也方便。田保霖的油房一共榨了一百六十四榨，出油一万五千七百四十四斤，赚了二百三十二万七千一百六十元。这个生意使靖边的人都兴奋起来了，今年靖边县政府扩大种麻三万垧，能打一万八千担麻子、九千担油，而宁条梁是不产麻子的。

田保霖替人民办了事，一下便吃开了，他又被选为模范工作者，他出席劳动英雄大会，政府里送了他的匾，老百姓也慰劳他。在会上大家都询问他为什么一下便集了那末多股金。他谦虚地笑着说："一切替老百姓想，只要于他们有益，他们就拥护，离了他们也是办不了事的。"他有了新的经验，人人都说他能行，能办大事。

　　这个会也讨论到许多生产问题，大家都说靖边县吃亏的是布匹。田保霖一盘算，每人每年至少要穿三丈三，全区一万〇九十五个人就须三万三千三百一十三丈五尺，合市价二百六十元一尺计算，共需八百七十六万一千五百十元，这样大的数目，如何能行呢？可是在乡上开展妇纺实在不容易，就需要有一个妇女会纺，而且这些妇女很怕羞，要叫她们去学，她们一定会当作奇闻扭转头云笑。不过天下无难事，只怕有心人，田保霖下决心要开展这个工作。他一回去，便做了二百四十一架纺车，分配到全区。他找到了一个难民邹老太婆，她会纺线，田保霖便替她把家安置好，首先请到自己家里来教纺线。年轻的婆姨们都笑了，原来这并不难，几天后，大家都学会了。他便又把她请到另一家去教，邹老太婆骑着一个牲口，带着一架纺车在五乡走了这家又那家。邹老太婆得了奖励。纺花的工资很大，纺一斤交半斤，于是妇女们便争着来请邹老太婆，大家说："描云绣花不算能，纺线织布不受穷。"要是听到谁家的又会了，心里就焦急："唉，邹老太婆还不来咱们村子，看别人都穿上自己的布了。"这样，在三个月中教会了卅五个。田保霖又要这卅五个再教人。关于邹老太婆，去年就上了报，也成了有名气的人。

　　田保霖听到张清益在关中办义仓，他是边区特等劳动英雄。田保霖说："咱靖边跌年成更多，年年防荒旱，这是一件大好事，咱合作社也办了吧。"于是他纠合众人开了一百一十五亩荒，又租了一百八十五亩，一共有三百亩，每亩收二斗，便可收六十石，而这个义仓还可推广，还可发展，要是每乡都有一个那就不怕天灾了。

因为他曾经向神父磕了八年头，仍然得不到一口饱饭，革命的政权才救了他，所以他格外讨厌他庄子上的关巫神，一看见上坛、下地狱、退煞谢神就恨："这二流子又在骗人的钱。"他想出了一个治巫神的办法，他找了一个医生来，开一个药铺，四处替人灌羊治病，三个月中治了三百个人，灌羊三千，有病的人都找到合作社来。关巫神说："田保霖本领大，神神也不敢来了。"

五乡的合作社一出了名，新城区的合作社便有了师傅。田保霖的合作社又成了总社。他们常来打听行情，学习方法，也开油房，邹老太婆也到了六乡，还要到三乡去。他们也跟着栽树，也跟着赚钱。田保霖合作社在九个月之中，老百姓分到百分之九百的红利，他们笑着把红利又入了股，天天念着田主任的名字。

现在田保霖到延安来了，参加边区合作社主任联席会议。他带着极高的热情，他要见刘建章，他听到过延安南区合作社的各种方法，他要向刘主任学习，学习到能把合作社办成老百姓的亲人一样，人人相信它，依靠它，他也要把他的经验告诉别人，为大家研究。

这个会议马上要开幕了，它一定会把田保霖更提高一步，他的眼界也就更宽广，他一定会更坚定，更耐烦，做更多的事而为人民所拥护。

田保霖是一个爱名誉的人，但他牢牢记得惠中权同志的话："要好名声只有一条路，替老百姓办好事。"

三日杂记

到麻塔去

也许你会以为我在扯谎,我告诉你我是在一条九曲十八湾的寂静的山沟里行走。遍开的丁香,成团成片的挂在两边陡峻的山崖上,把崖石染成了淡淡的紫色。狼牙刺该是使刨捎的感到头痛的吧,但它刚吐出嫩绿的叶,毫无拘束的伸着它的有刺的枝条,泰然地盘踞在路的两边,虽不高大,却充满了守护这山林的气概。我听到有不知名的小鸟在林子里叫唤,我看见有野兔跳跃,我猜想在那看不见底黑洞洞的深邃的林子里,该不知藏有多少种会使我吃惊的野兽,但我们的行程是新奇而愉快的。

这沟将走到什么地方为止呢?

快黄昏了,我们要去的麻塔村该到了吧?

果然,在路上我们发现了新的牲口粪,我们知道目的地快到了。不远,我们便听到了吆牲口的声音,再转过一个山坡,错落的窑洞和柴草堆便出现在眼前,已经有炊烟在这村庄上飘漾,几只狗跑出来朝我们狂吠,孩子们远远的站在树底下好奇的呆呆的望着,而我们也不觉的呆呆注视这村庄了。它的周围固然也有很宽广的新辟的土地,但上下左右仍残留着一丛丛的密林，它是点缀在绿色里面的一个整齐的小农村。它的窑洞分上中下三层，窑前的院子里立着大树，一棵，两棵，三棵，喜鹊的巢便筑在那上边。

忽然从窑上面转出了一群羊，沿着小路下来了，从那边树底下也赶出了一群羊，又绕到上边去。拦羊的娃娃把铲子使劲的抛着土块，沙沙地响，只看见好几个地方都是稀稀拉拉挤来挤去的羊群，而留在栏里的羊羔听到了外面老羊的叫唤，便不停的咩咩的号叫，充满了山沟，于是大羊们更横冲直撞的朝窄狭的门口直抢，夹杂着孩子们的叱骂。我们便也跟到羊栏边去瞧看，瞧着那些羊羔在它们母亲的腹底下直钻，而钻错了的便被踢着滚出来，又咩咩的叫着跑去钻到另外的羊腹下去。

"嘿，今年羊羔下得倒不少，可就前个夜里叫豹子咬死了几个。"

回过头来我们看见一个六七十岁的老人站在身后，瘦瘦的个子，微微有点伛偻，有着一副高尔基的面型和胡须，只是眼睛显得灰白和无光，静静地望着拥挤在栏里的羊群。

"豹子？吃了你几个羊羔？"

"，豹子。今年南泥窑开荒的，豹子移民到这搭来了。"

"哈……，豹子移民到这搭来了。"立刻我们感到这笑的不得当，于是便问道："这是麻塔村么？我们要找茆村长。"

"这搭就是，我就是村长，叫茆克万，嘿，回来，回窑里来坐，同志！你们从乡上来，走熬了吧。望儿媳妇！快烧水给同志喝。"

老村长

"说起有，记起有，边区有个吴满有，今年计划两犋牛，起鸡叫，睡半夜，半夜起来拾粪料。叫兄弟，快快起，拾柴担水把牛喂，鸡儿叫，狗儿咬，庄里邻家听见了，叫大伙，快快起，抬头看，真早哩，急忙起来拿上衣，大伙一听发起气，为何吴满有没磕睡，……"

谁在院子里小声唱着呢。我睁开眼睛，窑里还是黑洞洞的，窗户纸上透过一点点淡白。

"老村长！快起来！今天咱起在头里了，哈……"这唱歌嗓子在窗外低低的喊着。

没听到回音时，他便又喊了："老村长！老村长！"

"别叫唤了，他老早就起身了，咱们窑里还盛得有同志呢。"睡在我身旁的村长婆姨从被窝里把头伸了出来，她的形体更使我感到像个小孩子。

"村长起身真早。"我轻轻问她。

"有时还早呢。上年纪了，没有觉。本来还可多躺躺会儿，不行，好操心末，天天都是不见亮就起身，去催变工队上山，他是队长啦。同志，你多歇会儿，还早。"

"唱歌的是谁？谁教的？"

"是茆不珍，谁，这还要教？茆不珍是个快活人，会编，会唱，会说笑话，会吹管子，是个好劳动呢。变工队的组长，不错，好小伙子。"

我看不见她，但听她的声音，我猜想她一定又挂出一副羞涩的笑容，我到这老的残废妇人，心里有些疼，便同她谈起家常来。

这婆姨是个柳拐子，不知道是因为得了病才矮小下去还是在很小的时候就得了病。她的四肢都伸不直，关节骨在瘦削的胳膊、手指、腿的地方都突的暴了出来，就像柳树的节一样。她的头发又黄又枯又稀少，不像是因为老了脱落的，像从来如此。她动作也不灵便，下地行走很艰难，整天独自坐在炕头上搓鞋底，纺线线，很少人来找她拉话。但我觉得她非常怕寂寞，她欢迎有人跟她谈，谈话的时候，常常拿眼色来打量人,好像在求别人多坐一会儿。我同她谈久了,不觉的就在她脸上慢慢捉住了一种与她皮肤、与她年龄完全不相调和的幼稚的表情。

"他是个好人,勤俭、忠厚;命可不济,我跟他没几年就犯了病,又没个儿花女花,一辈子受熬煎。望儿是抚养的孩子,十个月就抱了过来,咱天天喂米汤,拉到十七岁上了,望儿拦羊,他媳妇年时才娶过来,十四岁,贪玩,还是个娃娃家,顶不了什么。"

睡在她背后的望儿媳妇也翻了翻身子,我猜她又在笑,她常常憨憨的望着我笑,悄悄地告诉我说她欢喜公家婆姨。接着她坐起来了,摸摸索索的下了炕,准备做早饭。

我也急急忙忙起身去看变工队出发,可是老村长回来了,他告诉我变工队已经走了,今天到十里外的一个山头上去刨梢。这时天还只黎明,淡白的下弦月还悬在头顶上。

我向他表示了我对他的称赞:他是一个负责任的村长,他谦虚地回答我:

"说不上,咱是个笨人,比不上枣园有劳动英雄。年时劳动英雄在'边区'(延安)和别人挑下了战,要争取咱二乡做模范,咱麻塔的计划是开一百廿垧荒地,梢大些个,镢头手也不多,只好多操心,后晌还要上山去看看呢,抓得紧点,任务就完成得快点。笨鸟先飞,咱不爱说大话,吹牛,可也不敢落后。自己的事,也是公家的事嘛!"

老村长六十三岁了,就如同他婆姨所说一样,一辈子种了五十年庄稼,革命后才有了一点地,慢慢把生活熬得好了一点,已经有了三四十垧地安了庄稼,又合伙拦了六十多头羊,但他思想里没有一丝享受的念头,他说:"咱是本分人,乡长怎样讲,咱就怎样办,革命给了我好日子,我就听革命的话,劳动英雄是好人,他的号召也不会错。"因为他人平和、公正,能吃苦,所以全村的人都服他,他们说:"老村长没说的，是好人，咱们都听他。"他人老了，刨不了梢，可是从早到晚都不停，务瓜菜，喂牲口，检查变工队，他是队长。他劝别人勤开地，千万别乱倒生意，一籽下地，万籽归仓，干啥也顶不上务庄稼。他说："劳动英雄说这是毛主席的意思，毛主席的话是好话，毛主席给了咱们土地，想尽法子叫咱们过好光景，要不听他的话可真没良心。依正人就能做正人，依歪人没下场。"

当我问他们村子里人的情况时，他都像谈到自己的子弟一样，完全了解他，对每个人都有公正的批评和不失去希望：

"那个纺二十四个头梭子纱的叫茆丕荣，有病，掏不了地，婆姨汉两口子都纺线，也没儿子，光景过得不错，心里还够明白，不肯多下劲，从开年到如今才纺二十来斤。不过，识字、读得下群众报、我要他念给大家听，娃娃家也打算让他抽点时间教教。"

说起冯实有家的婆姨，他就哈气，说这村上就她们几个不肯纺线，因为她们家光景好，有家当，劝说也不顶事。他盘算今年在村子上安一架织布机来，全村子人都穿上自己纺自己织的新布衣，看她们心里活动不活动。

他是一个有办法的人，麻塔村年少时还有吵架的事，今年就没有了。二十九家人有五辆纺车，是二乡妇纺最好的村子，荒地已经开了一百五十垧，超过了三十垧，这数目字是乡上调查出的，靠得住。他立有村规，要是有谁犯了规，盛在家里不动弹，就要把他送到乡上当二流子办。全村子人对他领导的意见证明了乡长告诉我的话没有错："茆克万是二乡最好的一个村长。"

娃娃们

望儿媳妇听到外窑里有脚步声音,心里明白是谁,便忙着去搬纺车,一个穿大红棉袄,扎小辫的女娃便站在门旁了。她把手指头含在嘴里,歪着头望着那柳拐子婆姨。

"走!兰道!到你家院子里去。"望儿媳妇把纺车背在肩上走了出来。会意的望着这小女子一笑。

"嘻!"兰道把手指从口上拔了出来,扭头就跟在望儿媳妇身后跑。她们都听到村长婆姨在炕上又咕咕哝哝起来了。她们却跑得更快,而嘴却嘻得更开了。

任香也在兰道家的院子里等着她们。

三个人安置好纺车,便都坐下来开始工作。兰道的妈妈坐在她旁边捺鞋帮,爸爸生病刚好,啥事也不做,靠在木柴堆上晒太阳,望着他的小女子兰道。时时在兰道望过来的时候,便送给她一个慈蔼的笑。

这女子才九岁,圆圆的面孔,两颗大眼睛,睫毛又长又黑,扎一个小辫子,穿一件大红布棉衣,有时罩一条浅蓝色的围腰。是她父母的宝贝,那两老除了一个带彩退伍的儿子以外就这个小女子了。她在他们的宠爱之下,意味自己的幸福,因此时时都在跳着,跑着,不安定,和满足的笑着。

任香也有十四岁了,黑黑的脸孔,高高的鼻子,剪了发,却非常之温和沉静,她和望儿媳妇兰道都非常之要好,每天都把车子搬到这边院子里来纺线线。

本来刚刚吃过饭不久,可是兰道纺不了几下,便又倒在她妈妈怀里哼着。

"妈!肚子饿了!我要吃饭!"

"不，不成！看你才纺的那么一点点，又调皮，再不听说就不让你纺了，咱明日格把车子送还合作社去。"

于是她便又跳到爸爸面前，说她没有棉花条了。老爸爸便到窑里替她拿了来，她然后再坐到车子跟前，歪着头，转着车轮，唱起昨天刚学会的：

"杨木车子，溜呀溜的转……

……

棉花变成线呀嗯唉哟。"

"这猴女子淘气的太，"她妈又告诉我了，"平时看见这庄子上婆姨女子都纺线线，也成天吵着要纺，咱不敢叫她纺，怕她糟蹋棉花。今年吵的没办法，妣大才自家掏钱买了十二两棉花，就算让她玩玩不图个啥利息；不过一个月纺一斤是没问题的，一年也能赚九斗米，顶得上她自己吃的粮……"兰道只要看见她妈那愉快的笑容，就知道在说她自己，抿着嘴也笑了起来。纺车便转得更起劲。

比兰道还要小也在纺线的有贺光勤家的金豆。金豆才七岁，头发披散着，垂到颈子边，见人就羞得把头低下去，或者跑开了又悄悄的望着人，或者等你不知觉时猛然叫一声来吓唬你。可是她也一定要纺线。看见兰道有了纺车，便成天同她妈吵。她妈忙得连替她去领车子的时间也没有。她等着她妈一离开车子便猴在那上边。她纺得并不坏。我去看她们的时候，贺家的正在勒柳树叶，她赤着胭盘坐在炕上纺线线。

"咱们金豆的线线纺得好，明日格送到延安做公家人去吧，要做女状元的啦。"她妈一边拾妥屋子一边笑着同我说。我便也顺着她逗金豆玩："对，明日跟咱们一道走延安去，你妈已经应承下啦！"

金豆回过头来审视了我们一下，便又安心去纺了。

上边窑里还有一个十一岁的三妞，瘦瘦的，不说话，闪着有主张的坚定的眸子,不停手地纺着。纺线对于她已经是一个很沉重的负担了。年时她死了爸,留下她妈,五岁的小妹妹和她自己。她拾柴,打扫屋子,喂猪喂鸡、纺线线,今年已经纺了八斤花了。她全年的计划,别的不算,是四十斤花。按七升一斤计算可得二石八的小米,可以解决她的一切用度还有多。她才十一岁,比兰道高不了很多,可是已经是一个好劳动了。她是她妈得力的帮手,全村的人都说这娃成。

看谁纺的好

还是前年的时候,老村长到南区合作社领了第一部纺车给他婆姨。这时全村只有一个从河南来的瞎子老婆会纺,她便被请到村长家里来当教员了。这事真新鲜,村子上婆姨们都来瞧。村长就劝说,大家也便拿这车子来学,一下便会了六七个人。一连串大家都去领纺车。纺线的热潮就来了。这时的工资是纺一斤线有一斤棉花,纺五斤线合作社还奖一条毛巾。大家都嚷着利大的太,冬天都穿了新棉衣,也换了被头。去年纺的人便更多了,可是今年大家都有了意见,工厂为提高质量把线分成了几等,要头等线才能拿一斗米的工资,而纺头等线的人实在太少。虽然南区合作社又替她们想了办法:只要你入股一万元,便可借到棉花三斤,纺成了线,加点工资仍可换到一匹四八布,不特同去年一样的换布,而且还有红利可分。村长婆姨第一个入了股,别人也跟着入了股。可是大家仍要说工厂把他的线子评低了。向着我们总是发牢骚,希望我们会替她们想出一个好办法来使工厂能公道些,把她们的线评成头等。

我们看了她们的线,实在不很好,车子欠考究,简直有些马马虎虎凑在一起就算了。于是我们替她们修车子,有的高兴了,有的人还觉得车改了样，纺起来不习惯，又把车子弄回原来的样子。我们不得不同老村长商量，如何能提高她们的质量和速度。老村长同意我们在我们走的前一天，开一个全村的妇纺竞赛会。

一吃过午饭，山上的婆姨们挽着柳条篮子下山来了。她们的娃娃们或者留在家里的老汉替她们背着纺车，像赶庙会一样的笑着嚷着，住在底下一层的婆姨女子们也自己拿着盛棉花条的小盒盒跟在纺车后边，走到山坡坡上茆丕荣家的院子里去，纺车也是背在娃娃们的肩上。也有自己背纺车的，如同望儿媳妇，如同贺光勤家的。老太婆们也拿着捻线锤子赶来看热闹。村长婆姨已经一年多没出过院子，今天也拿着一个线锤一拐一拐地走来看热闹，她不打算参加比赛，车子让给她望儿媳妇了，她孙儿媳妇是同她婆婆共一把车子的。小孩们更一堆挤在这里瞧，一堆挤在那里瞧。兰道老早已经把她的车子放在许多车子中间，得意洋洋的坐在那里唱："杨木车子，溜呀溜的转，……"金豆没有车子，不能参加比赛，用小拳头打着她妈。老村长和文化主任很忙碌，清查人数，写名字，点香。我们一边帮着他们写，一边替她们修理车子，卷棉花条，说明那些道理。

老村长讲话了："……咱们的线纺得不好，工资就低，织的布就不耐穿，今日个大家比赛，看谁家纺得快？纺得匀，咱们要纺得好，就要考究车子，考究门道。纺的好的有奖品，还要她把门道讲给大家听，这几位同志也会帮咱们讲解……"

"唉，纺就得了，还要啥门道呢。"有谁在笑了。

"对着吗！老村长讲的对，要纺得好的说说她的诀窍吗。"又有谁赞叹着。

"咱们车子不顶事……"大家又一阵嗡嗡起来。

听到老村长命令动手，二十五辆车子一同转动起来了。周围看热闹的都退远了些。那二十五个纺车手都紧张的，用心的抽着摇着。有的盘坐在地上、有的坐一个小凳子，这里有纺了很久的，也有今年才学的。贺光勤家是年时由山西敌占区来的难民，她在家里就会纺，她是这村里纺得的好的，可是她的事太多，常常帮她汉子掏地，送饭，车子也顾不上好好修理，纺着纺着，弦线又断了。

　　茆丕荣的机子在屋子里也踏开了。二十四个头呢。一天就好纺二斤。她婆姨也参加了比赛。

　　车子转动的声音搅成了一片，人们在周围道长论短，娃娃们跑来跳去，喊着妈，哄笑着，闹成一片，香燃过了半截，大家加油呵！看，天升庭家的纺的最快，她的锤子上的线团最大。

　　时间越短促，大家纺的越起劲，村长宣布香已经熄灭了，才停止下来，轻轻地嘘着气，手与腰肢才得了活动。村长把线团都收了去，一个一个的在小戥子上称，几个人细细的评判，我和妇女们便拉开了，她们笑得好厉害，拿手蒙着脸笑，但她们对这谈话是有趣的，咱们拉的是怎样养娃娃。

　　评判的结果，几个车子修理好了的都有了进步，棉条卷的好的线都纺的比较匀。大家这才相信纺线线有很多门道。大家都争着留我们到她们家去吃晚饭，要我们帮助她们修理车子，卷棉花条。这天下午到晚上，我们都成了这村子上妇女们的好朋友，我们一刻也不得闲，她们把我们当成了知己，一定留我们第二天不走，问我们下次啥时候再来。我们也不觉的更加惜别了，心里想着下次一定要再来才好。

五月的夜

　　王丕礼的婆姨以全村最会做饭的能手招待我们吃了非常鲜美的酸

菜洋芋糊糊下捞饭，王丕礼便很有兴趣的说:"走，找茆丕珍去！""对，咱一道去。"我们都从炕上跳了下来。

"哎，看你！"他婆姨用责怪的调子向他埋怨着，"才吃完饭么，烟也没抽，就拉着客人走啦。"又把身子凑近我们："，多坐会，多坐会，没啥吃的，又没吃饱。唉……"

那年轻男人就没理她跨步站到窑外，拦住那两条大狗。

院子里凉幽幽的，微风摇动着几棵榆树和杨柳，它们愉快地发出颤动的声音。隔壁窑门也大开，灯光从里面透出来，满窑升腾着烧饭的水蒸气，朦朦胧胧看见有一群人，他们一定刚谈到一个顶有趣的事，连女人也在纵声的笑着。

山坡坡上散开的野花可真香，我们去分辨那是酸枣的香气，那是野玫瑰的香气和那是混的和香气。

转过一个小弯，管子（芦笛）的声音便从夜空中传来，王丕礼便加快了脚步："喂，走哇！"我们跟着他飞步向一个窑门跑去，还没有调好的胡琴声也听到了。

原来已经有好些人都集汇聚在茆丕珍家里了，炕上坐了四五个人，炕下面还站得有几个娃娃，婆姨们便站在通里窑的小弄里。

我的同伴都是唱歌的能手，他们一跨进窑门便和着那道情的十字调而唱起来了：

"太阳光，金黄黄，照遍了山岗……"

茆丕珍便吹得更有劲了。老高横下那胡琴，挪出空地方来。

这几个青年人都是这庄子上的好劳动，身体结实，眉眼开朗，他们的胳膊粗，镢头重，老年人都欣赏他们的充满朝气，把自己的思想引回到几十年前去。他们又是闹社火的好手，身腰肢灵活，嗓音洪亮，小伙子们都乐意跟着他们跑，任他们驱遣。他们心地纯良，工作积极，是基干自卫军里的模范。妇女们总是用羡慕的眼光去打量，因为她们加强了兴致，也因为他们不觉得便会发现自己丈夫的缺点。

我们刚来时还不能很熟悉，他们都带着一种质朴的羞涩说不会唱，但等我的同伴们一开头，他们也就没有什么拘束了。唱了一个又唱一个，唱了新编的又唱旧的。

老高会很多乐器，可惜村子上借不到一个唢呐，只有一把胡琴和一根管子，他不爱说话，只是吹了又吹，拉了又拉，整晚整晚的都是如此。他们告诉我说，他的管子就等于每人腰上插的旱烟管，从不离开身子。

这些《顺天游》《走西口》《五更》《戏莺莺》实在使我们迷醉，使我们不愿离开他们，离开这些朴素活泼而新鲜的歌曲，离开这藏有无穷的歌曲的乡村，譬如茆丕珍唱出这样的情歌，从"好一朵鲜花，好一朵鲜花，满院的花儿赛不过它，我有心采一枝儿带，恐怕那看花人儿骂……"开始，很细微的述说两人如何见面，相识，相爱，到第九段时便发生了这样的问题："你今儿把奴瞧，明儿也把奴瞧，瞧来瞧去爹娘知道了，大哥哥儿刀尖儿死来，小妹子悬梁吊。"这是中国几千年婚姻不自自，梁山伯，祝英台所不能解决的问题，而哥哥却接下去唱："刀尖上死不了，悬梁上吊不成，不如咱二人就偷走了吧，大哥哥偷钱，小妹子随后跟。"于是二人逃走了，过河，爬山，当他们休息在山上时，却："雪花儿飘飘，雪花儿飘飘，雪花儿飘了三尺三寸高，飘下一对雪美人，小妹子怀中抱。"然而歌词的转折，情致的飘逸是如此之新鲜："太阳下来了，太阳下来了，太阳下来雪美人儿消，早知道露水夫妻，你何必怀中抱。……"

王丕礼在唱歌上跟在种地上一样是不愿服输的，所以他也唱了很多山西小调："……半碗碗的红豆半碗碗儿米，端起个饭碗记起你，唔黄黄的六月暑伏伏的天，为了奴的情人晒了奴的脸……十冬冬的腊月数九九的天，为了奴的情人冻了奴的脸……"

但他们都喜欢唱他们自己编的调子，如："……骑白马，挂洋枪，三哥哥吃的是八路军粮，有心回家去看姑娘，打日本顾不上。……"或者就是："延安府，开大会，各区调咱自卫队，红缨杆子大刀片，保卫边区打土匪。西安省，太原省，毛主席扎在延安城。勤练兵来勤生产，抗战为了救中原。……"

这样的晚上我们只有觉得太短了的，但我们却不能不反而催着他们去睡，因为他们要赶这几天去耕完杂田。茆丕珍父亲也提醒那充当变工队小组长的儿子说："快鸡叫了，明儿还要起早呢。"

他们用管子吹到门口送我们下坡，习习的凉风迎着我们，天上的星星更亮了。我们跨着轻松的步子，好像刚从一个甜美的梦中醒来，又像是正往一个轻柔的梦中去。呵！这舒畅的五月的夜呵！

三天过去了，我们在第四天清早背着我们的青囊，匆忙的踏上归途，离开了这美丽的偏僻的山沟，遍山漫开的丁香，摇动它紫色的衣裳，把我们送出沟来。

我们也只以默默的注视回报它，而在心里说："几时让我们再来。"

选自 1945 年 5 月 19 日《解放日报》

杜晚香

一枝红杏

  春天来了,春风带着黄沙,在塬上飞驰;干燥的空气把仅有的一点水蒸气吸干了,地上裂开了缝,人们望着老天叹气。可是草却不声不响地从这个缝隙、那个缝隙钻了出来,一小片一小片的染绿了大地。树芽也慢慢伸长,灰色的、土色的山沟沟里,不断地传出汩汩的流水声音,一条细细的溪水寂寞地低低吟诵。那条间或走过一小群一小群牛羊的陡峭的山路,迤迤逦逦,高高低低。从路边乱石垒的短墙里,伸出一枝盛开的耀眼的红杏,惹得沟这边,沟那边,上坡下沟的人们,投过欣喜的眼光。呵!这就是春天,压不住,冻不垮,干不死的春天。万物总是这样倔强地迎着阳光抬起头来,挺起身躯,显示出它们生命的力量。

  杜家八岁的那个晚香闺女,在后母嫌厌的眼光、厉声的呵叱声和突然降临的耳光拳头中,已经挨过了三年,居然能担负许多家务劳动了,她也就在劳动里边享受着劳动的乐趣。她能下到半里地的深沟里担上大半担水,把她父亲的这副担子完全接了过来,每天中午她又担着小小饭食担儿爬到三里高的塬上送给刨地的父亲。父亲是爱她的,却只能暗暗的用同情的眼光默默望着这可爱的闺女。可是晚香这个小女子,并不注意这些,只尽情享受着寥廓的蓝天,和蓝天上飞逝的白云。这塬可大咧,一直望到天尽头,满个高塬平展展,零零星星有些同她父亲差不多的穷汉们,弯着腰在这儿在那儿侍弄地块,还有散散落落几十只、十几只绵羊在一些没有开垦过的地边找草吃。多舒坦呵!小小眼睛,一双象古画上的丹凤眼那末一双单眼皮的长长的眼睛向四方搜罗。几只大鹰漫天盘旋,一会在头顶,一会又不见了,它们飞到那里去了呢?是不是找妈妈去了?妈妈总有一天要回来的。妈妈的眼睛多柔和,妈妈的手多温暖,妈妈的话语多亲切,睡在妈妈的怀里是多么的香甜呵!晚香三年没有妈妈了,白天想念她,半夜梦见她,她什么时候回来呵!晚香从来就相信自己的想法,妈妈有事去外婆家了,妈妈总有一天会回来的。一到了海阔天空的塬上,这些想法就象大鹰一样,自由飞翔。天真的幼小的心灵是多么的舒畅呵!

晚香就是这样,象一枝红杏,不管风残雨暴,黄沙遍野,她总是在那乱石墙后,争先恐后地怒放出来,以她的鲜艳,唤醒这荒凉的山沟,给受苦人以安慰,而且鼓舞着他们去作向往光明的遐想。

作媳妇

一年过去又一年,五年了,晚香满了十三岁,由后母做主许配给对门塬那边什么地方一个姓李的家里做媳妇。那天她背了一个很小很小的包袱,里边放一件旧衫子,一条旧单裤,一双旧鞋,一个缺齿的木梳,一块手心那么大的小镜子,跟着父亲走出了家门。正是冬天,山沟里的人家都关着门,只有村头那家的老爷爷站在门口等着他们过去,还对她说了一句:"香女呵!去到李家,听人家的话,规规矩矩做人家的事,不要惹人生气才是呵!"就这样一个人,一句话,的确使得心硬的晚香眼角疼了一阵,她把这话,把这老人的声音相貌永远刻在脑子里了,尽管她后来一直也没有见到过他。这就是她生活了十三年的偏僻的穷山沟对她唯一的送别。

塬上纷纷下开了雪,父亲一句话也不说,只在前边默默地走。他舍不得这小闺女到人家去做媳妇,也想到自己对不住她死去了的娘,他没有按照她的心愿好好看承这闺女。可是他觉得一切事情都不如他的愿望,他没有一点办法呵!就让她凭命去吧。

路不近,晚香吃力地在寒冷的塬上,迎着朔风,踏着雪地上的爹的脚印朝前走,她懂得她就要踏入另一个世界了。她对新的生活,没有幻想,可是她也不怕。她觉得自己已经不小了,能经受住一切。她也看见过做媳妇的人。她能劳动,她能吃苦,她就能不管闯到什么陌生的环境里都能对付。她是一棵在风霜里面生长的小树,她是一枝早春的红杏,反正她是一个失去了母亲的孤女,公公婆婆,大姑小叔也无非是另一个后母。

李家是一个人口众多的人家,老俩口有四个儿子,和四个孙子,晚香是他们小儿子的媳妇。虽说是穷人家,可比晚香家过得宽裕多了。他们有二十来亩地,自种自吃。他们替小儿子和新来的儿媳妇在他们的房子里砌了一盘小炕。晚香有生以来第一次铺了一床新擀的羊毛毡,她摸着那短毛的硬毡,觉得非常暖和。三个嫂嫂看见她瘦弱的身体都叹气:"这毛丫头能干什么?五十块大洋还不如买头毛驴。"

晚香不多说话,看着周围的事物,听着家人的议论,心里有数。婆婆领着她,教她做着家里各种各样的活儿。晚香安详地从容不迫地担水,烧火,刷锅做饭,喂鸡喂猪。不久就同几个嫂嫂一样的值班上灶。轮班到她的日子,她站在小板凳上一样把全家十几人的饭食做得停停当当,一样能担着满担水、米汤和饭食上坡、下沟,她在地里学着耩、耪、犁、刘，她总能悄悄地赶上旁人。公公是一个好把式，也挑剔不出她什么毛病。嫂嫂们都是尖嘴薄舌，也说不出她什么。晚香就在这个小山沟又扎下根来，勤勤恳恳，为这一大家子人长年不息地劳累着。

这个新的小山沟如今就是她全部的世界，外边的惊天动地，改天换地，并没有震动过这偏僻的山沟。公公有时也把在村上听到的一星半点的消息带回家来，但这些新闻对于一个蒙昧的小女子，也无非象塬上的风，沟里的水，吹过去，淌下来那样平平常常。但，风越吹越大，水越流越响，而且临到了每个偏僻的大小山沟。这李家沟也不由自己地卷进去了。这沟里没有地主，没有富农，少数地块是自己的，大片大片的是租种别村的。现在忽然来了解放军、共产党、工作队，忽然地亩这块那块都归种地的人了。晚香家里按人口也分进了不少地。公公婆婆成天咧开着嘴，老两口天天爬到塬上，走过这个地块，又走过那个地块，看了这片庄稼又看那片庄稼，绿油油，黄灿灿，这是什么世界呵！有这样的好事！晚香一时半刻是不能深刻体会老人们的心意的，可是全家分到土地的喜悦，感染着她，她也兴致勃勃地忙碌着。不久，解放军扩军了，只听人人说什么抗美援朝。抗美援朝，晚香还来不及懂得这个新名词，李家的小儿子就报名参军了。两个老人说这是应该的，我们家有四个儿子。于是不久，晚香的丈夫李桂就披红戴花辞别了这高塬深沟。这是一九五一年的事，那时晚香十七岁了。

"妈妈"回来了

就在这个时候，又来了土改复查工作队。工作队里有个中年妇女，这个女同志落脚晚香家里，睡在晚香那小炕上。她白天跟着她们爬坡种地、烧饭、喂猪，晚上教村里妇女识字。没有一个妇女能比晚香更上心的,她看中了这个十七岁的小媳妇,夜夜同她谈半宵,晚香听得心里着实喜欢,她打开了心中的窗户,她看得远了,想得高了。她觉得能为更多的人做事比为一家人做事更高兴。这个女同志又再三劝说,公公婆婆只得答应让晚香去县上住了三个月的训练班。她回来时变得更为稳定和坚强,外表看起来却又比小时更温顺谦和,总是带着微微地含蓄的笑容。好象对一切人一切事,对生活怀着甜甜的心意。人们都会自然地望着她,诧异地猜想她到底遇着什么高兴的事咧。

的确是的,晚香好象又回到了妈妈怀里似的,现在有人关心她了,照顾她了,对她满怀着希望。她象一个在妈妈面前学步的孩子,走一步,望一步,感到周围都在注视着她,替她使力,鼓舞着她。她不再是一个孤儿,一个孤零零,只知道劳动,随时都要避免恶声的叱责和狠毒的打骂的可怜人了。现在是温暖的春风吹遍了原野,白云在蓝天浮游,山间小路好似康庄大道。晚香白天跟在兄嫂们后边耩耪犁刈,挑着担儿爬上爬下,晚上走家串户,学着那些工作队的人们,宣传党和政府的各项政策。她懂的,就现身说法,她还不懂的,就把听来的,生吞活剥地逐条念一遍。她当了妇女组长,又当了妇女主任,这个村才二十来户人家,她得把全村的一半人的心意摸透。随后她被吸收参加了共产党。她有了真正的妈妈,她就在这个村里,慢慢地成长,她生活在这里,就象鱼在水里一样,自由,安适。没有一个人小看她,也没有一个人不服她。

一九五四年,那个抗美援朝的志愿军回来了,天天晚上向村里的大伯小叔,哥哥弟弟,讲述一些闻所未闻的战斗故事,大家把他看成非凡的人。晚香知道他是"同志",她的心几乎跳出来了。她不再把他看成只是过日子的伙伴,而是能终身依靠的两个有着共同理想、共同言语的神圣关系的人。李桂没住几天,便到四川上学去了,学文化,学政治，学军事。党要培养这批从朝鲜回来的勇敢而忠诚的战士，使他们几年后成为一批有实战经验的初级军事干部。

杜晚香仍旧留在这个闭塞的小山沟。她为他们一大家子人辛勤地劳动着，她又为这个山杧的妇女工作而奔波。年复一年，她是否就在这条山沟里，随着它的建设和发展，缓缓地按步就班地走向社会主义、共户主义社会呢？

飞向北大荒

一九五八年的春天，李家沟全村人都在谈论一件新鲜事：李桂从四川的军事学校集体转业到东北的什么北大荒去了。小小的村里各种猜测都有，那是什么地方啊！远在几千里的边戍，那是古时候犯罪的人充军流放的地方，就是受苦的地方。李桂这孩子是咋搞的，抗美援朝，打过仗，受过苦，是有功的人，怎么却转业到那里去呢？这事大约不好。从李桂的信上来看，也看不出什么头绪，只说是支援边疆建设，叫媳妇也去。这能去吗？北大荒，北大荒，究竟在哪里呢？听说那里是极冷极冷的地方，六月还下雪，冬天冰死人，风都会把人卷走，说摸鼻子，鼻子就掉，摸耳朵，耳朵也就下来。嫂嫂们用同情的眼光望着晚香，那是不能去的。公公婆婆也说，媳妇要是再走，儿子就更不容易回家了，还是向上级要求，转业就转回老家吧。村里党支部同志也说，不一定去，去那里当家属，没意思，不如留在村上做工作。晚香默默地含着微笑，听着这各种各样的议论和劝说，最后才说："妈，爸，还是让我去看看，好歹我能告诉你们真情况。李桂能去的地方，我有什么不能去？李桂是集体转业，那就不止他一个人，而是有许许多多的人。那么多人能住的地方，我有什么不能住？去建设边疆么，建设就是工作，我不会吃现成饭。村上的工作,能作的人也多,有我没我是一个样。我看,我是去定了。"

公公婆婆,众人看她意志坚定,只得同意她。她仍旧背着一个小包袱,里面放几件换洗衣服,梳头洗脸零用东西,几个玉米饼子,还有李桂寄来的钱,离别了在这里生长二十多年的故乡。公公陪她走几十里路到天水车站,嘱咐她到了地方千万详详细细写信回来。

火车隆隆地奔驰向东。不断的远山,一层一层向后飞逝。车两边的道路,原野,无尽的一片一片地移近来,又急速地流过去。天怎么这样蓝,白云一团一团地聚在空中,可是又随着转动的蓝天袅袅地不见了,一忽又是一团一团新的白云涌上来。晚香过去常常在塬上看到寥廓的天空,也极目天地的尽头,可是现在却是走不完,看不完的变化多景的山川河流,田野树林,风是这样软,一阵一阵从车窗口吹进来,微微飘动她额前的短发,轻拂着她绯红的脸颊。

太阳红彤彤地浮在西边天上,火车在转向北方时,那漫天火一样的红光直照到车窗里边,透明而又好似罩在一层轻雾里边。那个射着金光的火球,慢慢沉下去了。天象张着的一个大网,紫色的雾上升了,两边又呈现出暗青色,黄昏了,夜正在降临。

火车走过了一个小站,又一个小站,一座大城市又一座大城市。无数的人群,牵着孩子,扶着老人,背着大包小包,跑到站台,拥进车厢,坐在刚腾空出来的座位上。可是在车站上又有了一列长长的队伍,在歌唱伟大的祖国的乐曲声中走过剪票的地方。刺目的灯光,在站台照耀着,火车又开动了,远远近近,遮遮掩掩的繁星,又比繁星还亮的闪闪的灯光,更是一大团一大团的掠过。呵!祖国,祖国呵!您是这样的辽阔,这样的雄伟,这样的神秘和迷人呵!杜晚香从一个小山沟被抛到这末一个新的连作梦也想不到的宇宙里来了。她紧张得顾不上多看,来不及细想,好象精疲力竭,却又神情振奋,两个眼睛瞪得大大的,好象有使不完的力量。她就这样坐在车上,吃一点带的玉米饼,喝一点白开水。她随着人流,出站进站,下车上车,三天三夜过去,同车旅客告诉她,北大荒到了。呵!北大荒到了。

这是什么地方

火车停在道轨上,车站和站台两边的雪地里,排满了各种各样的红色的,绿色的,蓝色的,黑色的,叫不出名字来的象房子那样大、比房子还要大的机器。机器上面覆盖着绿色的,黄色的,灰色的雨布,雨布上存留着厚厚一层积雪。到处都围着一圈一圈的人,穿大衣的,穿棉衣的,大皮帽下面露出闪光的眼睛,张着大嘴笑呵呵,他们彼此都象很熟识,只听这个人问:"你是哪个农场的?"那个说:"呵!看呵!这几台洛阳东方红是给我们场的!"远处又在喊,"喂,这是什么机器,哪国造呵?我们要国产的。"还有人说:"你哪天回场,赶着把豆种和拖拉机零件都运走,家里等着咧……"远远近近一群一群的人,喊着号子,扛着抬着什么东西往汽车上装。大包小包装满了汽车,出厂不久的解放牌,大轮上绕着防滑铁链,一队一队开走了。站外的汽车停车场真说不来有多宽有多大,汽车就象大匣子似的,密密麻麻,全是十个轱辘的大卡车,一打问,啊呀,都是农场的,是哪个农场的?却说不清,这里农场可多咧。站在坡坡上一望,路就象蜘蛛网似的从这里向四面八方延伸出去。这末多条路,通到哪里去呢?通到农场嘛!街道不多,铺子也不算多,可是路宽着咧,路两边都挖有排水沟,沟边栽着小白桦树,整整齐齐,都是新栽的。街道上的人象赶会一样,拥挤得很。这里的人真怪,买东西都拣着那几样东西买:热水瓶,饭盒,防蚊帽，花毛巾……买的卖的都象老熟人一样。常常听见售货员亲切地问："春麦播上了吗？新到的防蚊油，广州来的，顶有效。"买的也问："依兰镰刀有了么？雨季麦收，我们要得多咧。"

最热闹的地方，数豆浆油条小铺子。从火车上下来的，从汽车上下来的，住招待所的，都爱来这里喝一碗热豆浆，吃两根刚出锅的炸油条。这里也是交换新闻的好地方。新闻也就是一个方面的——农场。"听说你们那里来了转业军官，上甘岭战斗的英雄呀！""听说部长又来了，到××农场去了！"

"来了！到我们场去的！部长一来，不到场部，不进办公室，还是当年开垦南泥湾的那股劲头，坐着小吉普先到地头，看整地质量，麦播质量，又一头扎进驾驶棚，亲自试车，检查机车，农具的保养质量，和拖拉机手、农具手们说说笑笑，热乎着呢！"

"我刚到农场，思想不稳定，不知怎样让部长知道了。他找到我住的马架子，和我谈道：'你们当年打过仗，有过功，现在在这里屯垦戍边，向地球开战，同大自然搏斗，搞共产主义社会，这是豪迈的事业，要有豪情壮志，要干一辈子！子孙万代都会怀念你们，感谢你们！'我听部长的话，把爱人、小孩都接来了，就在这里扎根落户干一辈子了，哈哈！"

"去年麦收时，连月阴雨，队里人、机、畜齐上阵，我们队一个转业排长，却拿上镰刀，坐在道边树荫下看书。一会过来一个老汉，手拿镰刀，脚穿解放鞋，裤腿卷起，看见了问他；'为什么在这里看书，不下地？'他答道：'谁乐意干，谁干吧，我不去！'老汉停步，问：'这是龙口夺麦，大家都去，你为什么不去。'他回答说，'就是不乐意！'老汉发火了，猛地喊道：'你不去，我关你禁闭！'他说：'你管不了我，你算老几！'老汉笑道：'我是王震，管得了你吗？'排长吓一跳，拿起镰刀就跑，满心惭愧，到地里见人便说部长怎么怎么……这天他创纪录割了三亩五分地！"

杜晚香听到这些，也跟着笑，把这些最初的印象，刻在心的深处了。豆浆铺里的顾客走了一批，又换来一批，从早晨四点到晚上八点。怎么早晨四点就有人？原来北大荒天亮得早，再往亣三点就天亮了，天一亮就有人动弹，谁能等到太阳老高才起炕！现在这里的早晨是一天的最好时辰。四点，往后是三点两点，东边天上就微微露出一线、一片透明的白光。微风带着溶雪时使人舒适的清凉，带着苏醒了的树林泛出来的陈酒似的香味扑入鼻孔，沁入心中。白光慢慢变成绯色了，天空上的星星没有了，远远近近传来小鸟的啾唧，一线金红色的边，在云后边涌上来了，层层云朵都镶上了窄窄的透亮的金色的边。人们心里不禁说："太阳要出来了"，于是万物都显露出无限生机，沸腾的生活又开始了。

杜晚香被接待在招待所了。招待所住得满满的，房间，过道，饭厅，院子，人来人往，大家很容易不约而同地问道："你是哪个农场的？你分配在哪里？做什么工作？……你们农场房建怎么样？还住帐篷吗？……"

杜晚香的房间里还住有两个女同志和一个小男孩。一个十八九岁的女同志是学生样子，动作敏捷，说话伶俐，头扬得高高的，看人只从眼角微微一瞟。她听到隔壁房间有人说北大荒狼多，便动了动嘴唇，露出一列白牙，嗤嗤笑道："狼，狼算个什么，家常便饭。那熊瞎子才真闯咧，看到拖拉机过来，也不让开，用两个大爪子，扑住车灯，和拖拉机对劲呢……"原来她是一个拖拉机手，来农场一年，开了多少荒，自己都算不清了。杜晚香真佩服她，觉得是一个高不可攀的人。另一个是转业海军的妻子，带一个半岁多的男孩，这是一个多么热情而温柔的女性呵！她亲切仔细地问杜晚香的家乡、来历，鼓励她说："北大荒，没有什么吓人的。多住几天就惯了。我是南方人，在大城市里长大，说生活，我们那里吃的、穿的、享受的，样样都好，刚听说要来这里，我也想过，到那样冷的地方去干什么。刚来时，正是阳历二月底，冰天雪地，朔风刺骨，住无住处，吃的高粱米黄豆，一切都得从头做起，平地起家，说不苦，也实在有些过不惯。嘿，忙了一阵子，真怪，我们都喜欢这里了，我们决心在这里安家落户，象部长说的，开创事业。享现成的，吃别人碗里的残汤剩水，实在没有什么味道。我现在是要把这孩子送到他姥姥家，过两年这里有了幼儿园时再接回来。一个人呀，只有对党，对革命，对穷苦百姓，充满无限的热爱，就没有什么困难不能克服，就没有什么事情不愿为之尽力，就才能懂得什么叫真正的生活和幸福……"这个越说越激动的女性看了看晚香，感到自己说得太多太远了，才遗憾似地慢慢说道："象你这样的人，受过苦，会劳动，是党员，又有一个志愿军战士的丈夫，你一定会喜欢这个地方，一定能过得很好的。我真希望你能生活得好，工作得好啊！"

她的曾经是海军战士的丈夫，长得堂堂一表，浓眉俊眼，谦虚和蔼，也走到房间里来，彬彬有礼地招呼杜晚香，幸福地抱起他们的儿子，挽着爱人到外边去散步。这是些什么人呵！这到底是什么地方？

这就是家

接待站的人，按地址把杜晚香交给一位司机，搭乘他的大卡车去××农场。同车的，还有两家的家属，都是拖儿带女，另有三个办事的干部。这天天气明朗，地还是硬硬的，斑斑点点未化完的雪，东一片西一片，仍然积在大道上，车轮辗过去，咔咔发响。太阳照在远山上，照在路两边的地里,有的地方反射出一道道刺目的白光,在凸出的地面,在阳坡边全是沾泥带水的黑色土壤。从黄土高原来的人,看到这无尽的,随着汽车行走的蒸发出湿气,渗出油腻的黑色大地,实在希罕可爱。同车的人告诉她:"黑龙江人常说,这里的土插根筷子都会发芽咧。"

一路上远处有山,近处是原,村庄很少,人烟很稀,汽车就在只能遇到汽车的大道上驰骋,景物好象很单调,可是谁也舍不得把眼光从四周收回,把一丝一点的发现都当作奇迹互相指点。

一阵微风吹过,只见从地平线上漫过来一片轻雾,雾迅速地重起来,厚起来,象一层层灰色的棉絮罩在头上,人们正在怀疑,彼此用惊奇的眼光询问,可是忽然看见小小的白羽毛,象吹落的花瓣那样飞了下来,先还零零落落,跟着就一团一团地飞舞,司机棚里的小孩欢喜得叫了起来,大人们也笑道:"怎么,说下就下,可不真的下起雪来了。"汽车加快速度,在飞舞的花片中前进。花片越来越大,一朵朵一簇簇的,却又是轻盈地横飞过来,无声的落在衣衫上,落在头巾帽子上,沾在眼睫上,眉毛上;消了,又聚上来,擦干了,又沾上来。空中已经望不见什么了,只有重重叠叠,一层又一层地扯碎了的棉花团,整个世界都被裹进桃花,梨花,或者绣球花里了。车开不快了,一步一步摸索着前进。司机同志在这满天飞雪的春寒中,浑身冒着热汗呢。不远了,农场就在前边,快点到达吧。

不久,就听见花雾中传来人声,车子停了,一个人,一群人走了出来,牵人的,扶人的,抱小孩的,拿东西的,都亲切地问道:"路上还好走吧。我们真担心事咧。快进屋,暖和暖和。"

这里是农场的汽车站,人群里有没有李桂呢?李桂来接没有?没有,没有。杜晚香随着被人们拥进一间大屋,屋中燃烧着一个汽油桶做的大火炉,炉筒子就有房梁粗,满室暖融融的。屋子里没有什么陈设,只有一张白木桌子,几条板凳,有些人围在刚下车的家属们周围,问寒问暖,连说:"一路辛苦了,先到场部招待所呆几天,好好休息。有什么需要,有什么困难,尽管说。这就到了家嘛。"这些人杜晚香一个也不认识,却象来到一个亲戚家被热情招待着,又象回到久别的家里一样。样样生疏,样样又如此熟稔。她也就象在家乡一样习惯地照顾着别人。有人拿开水来了,她接过来一碗一碗的倒着,捧到别人面前:看见地上有些泥块,烟头,便从屋角拿起一把条帚扫了起来。旁人先还有点客气,慢慢也就不觉得她是一个新来乍到,从好几千里远方来的客人,倒好象她也是一个住久了的主人似的。那个同车来的干部,一路来很欣赏杜晚香的那种安详自若,从容愉快的神情,他对她说:"这就是家,我们都在这里兴家立业。我们刚来时,连长带着我们一连人,说是到农场去,汽车走了两天,第二天傍晚,汽车停在一块靠山的荒地上,连长说:'下车吧!到家了,到家了。'家在哪里呢?一片原始森林,一片荒草地,哪里有家呢?我们迟疑地你望着我,我望着你,不动弹。连长说:'都下车吧。都到家了,还不下来。'又说;'快下车,砍木头,割草,割条子,盖个窝棚,要不今晚就要露营了。'连长首先跳下车,我们一个一个也都下车了。忙忙乱乱,就这样安下家来。哼,现在可不一样了。你明天看看场部吧,电灯电话,高楼大厦咧。回想当初真够意思。"

家属生活

离场部三十多里路的第十三生产队,是一个新建队。李桂是这个队的一名拖拉机手,虽是新手,但他谨慎,勤奋,有问题找老师,一面工作一面学习,在这都是初来乍到的人群里,谁都在做着没有学习过的新鲜事儿，因此他很忙。妻子来了，他很高兴。他从集体宿舍搬了出来，在一间刚盖好的干打垒的草房里安了家，一切整修过日子的事，都交给晚香，心里很满意，在他家乡整整辛勤劳累了十一年的媳妇，该安安闲闲过几天舒服日子，他的工资很够他们过的。

杜晚香忙了几天，把一个家安下来了。从生活看来是安定的。但人的心境，被沿路的新鲜事物所激起的波浪却平静不下来。她觉得有许多东西涌上心头，塞满脑子，她想找一个人谈谈，想找一些事做做，可是李桂很少回家，回家后也只同她谈谈家常，漫不经心地说："先住下，慢慢再谈工作。再说，你能干什么呢？无非是地里活，锄草耪地，可这里是机械化，大型农场，一切用机器，我看把家务活做好也不坏嘛。"

五月正是这里播种的大忙季节，红色的拖拉机群，在耙好的大块大块的地面上走过去，走到好远好远，远到快看不见的地边，才轰轰轰地掉头转回来。杜晚香在宿舍前边一排刚栽的杨树跟前，一站半天。她不是一个会表达自己思想的人，她才从小山沟旦出来，觉得这里人人都比自己能干。连李桂现在也成了一个很高很大的角色。他出过国，在朝鲜打过美国鬼子，他学习了几年，增长了许多知识，现在又是一名拖拉机手，操纵着那末大的，几十匹马力的大车，从早到晚，从晚到早的在这无垠的平展展的黑色海洋里驰骋。他同一些司机们，同队上的其他的人有说有笑，而回到家里，就只是等着她端饭，吃罢饭就又走了，去找别的人谈，笑，或者是打扑克下象棋，他同她没有话说，正象她公公对她婆婆一样。其实，他过去对她也是这样，她也从没有感到什么不适合，也没有别的要求，可是现在她却想："他老远叫我来干什么呢？就是替他做饭，收拾房子，陪他过日子吗？"她尽管这样想，可是并没有反感，有时还不觉得产生出对他的尊敬和爱慕，她只是对自己的无能，悄悄地怀着一种清怨，这怨一天天生长，实在忍不住了,她便去找队长:"队长,你安排点工作给我作吧。我实在闲得难受。"队长是一个老转业军人,同来自五湖四海的家属们打过交道,很懂得家属们刚来这里生活的不习惯,总是尽量为她们想办法,动脑筋,做细致的思想工作。可是对于现在这个急于要求工作的人,还不很了解,也还没有领会到她的充满了新鲜、和要求参加劳动的热情,他只说:"你要工作么,那很好嘛,我们这样一个新建队,事事都要人,处处有工作,你看着办嘛,有什么事,就做什么事,能干什么,就干什么。唉,要把你编在班组里,还真不知道往哪里编才合适咧……"

晚香没有说什么。可是这个新凑合起来,还只有三十多户的家属区,却一天天变样了。原来无人管的一个极脏的厕所忽然变得干净了,天天有人打扫,地面撒了一层石灰,大家不再犯愁进厕所了。家家门前也光光亮亮,没有煤核、垃圾烟头。开始谁也没有注意,也没有人打问,只以为是很自然的事。有些人家孩子多,买粮,买油常常感到不方便,看见晚香没孩子,就托她捎东西,看看孩子。慢慢找她帮忙的人多了起来,先还说声谢谢,往后也就习以为常了。有的人见她好使唤,连自己能做的事也要找她,见她在做鞋子,就请她替孩子也做一双;看见她补衣服,也把丈夫的衣服拿来请她补补。还有向她借点粮票,或借几角钱的,却又不记得还。晚香对这些从不计较。反正这家属区有了这样一个人,人人都称心。队长也顾不上管她们,生活从表面上看起来就象一潭平静的湖水,悠然自得地过下去。李桂觉得妻子不再吵着要工作,也以为她很安心地在过日子。活了多少年,就几乎劳累了多少年的一个孤女子,现在也该象一只经历了巨风恶浪的小船,找到了一个避风的小港湾,安安稳稳地过几天太平生活了。

欢乐的夏天

　　七月的北大荒，天色清明，微风徐来，袭人衣襟。茂密的草丛上，厚厚的盖着五颜六色的花朵，泛出迷人的香气。粉红色的波斯菊，鲜红的野百合花，亭亭玉立的金针花，大朵大朵的野芍药，还有许许多多叫不出名字的花，正如丝绒锦绣，装饰着这无边大地。蜜蜂、蝴蝶、蜻蜓闪着五彩缤纷的翅膀飞翔。野鸡野鸭、鹭鸶、水鸟，在低湿的水沼处欢跳，麇子、獐子在高坡上奔窜。原来北大荒的主人们，那些黑熊、野猪、狼、狐……不甘心退处边远地带，留恋着这蔚蔚群山，莽莽草原，还时常偷跑到庄稼地里找寻食物，侵袭新主人。表面上看来非常平静的泽国，一切生物都在这里为着自己的生长和生存而战斗。

　　被包围在这美丽的天地之间的农场景色，就更是壮观，玉米绿了，麦子黄了，油漆的鲜红鲜红的拖拉机、联合收割机，宛如舰艇，驰骋在金黄色的海洋里，劈开麦浪，滚滚前进。它们走过一线，便露出了一片黑色的土地，而金字塔似的草垛，疏疏朗朗一堆堆排列在土地之上，太阳照射在上边，闪着耀眼的金光。汽车一部接着一部在大路上飞驰。场院里，人声鼎沸，高音喇叭播送着雄壮的进行曲和小调，一会儿是男低音，一会儿是女高音，各个民族的醉人的旋律，在劳动者之间飘荡。人们好象一会儿站在高山之巅昂首环顾；一会儿浮游在汹涌的海洋，随波逐浪；一会儿又仿佛漫步于小桥流水之间，低徊婉转，但最令人注意的，仍然是场院指挥部的召唤，或是关于生产数量与质量进度的报告。

　　杜晚香带领着一群家属，一会儿在吞云吐雾的扬场机旁喂麦粒，一会儿又在小山似的麦堆周围举着大扫帚，轻轻地扫着。什么时候见过这样多的麦子这群穿得花花绿绿的年轻妇女，一会儿又排成雁翎队在晒麦场上，齐头并进帮晒麦粒。这时杜晚香觉得整个宇宙是这样的庄严，这样的美丽。她年轻了，她抬头环望，洋溢在同伴们脸上的是热情豪迈，歌声与劳动糅合在一起；她低头细看，脚下是颗颗珍珠，在她们的赤脚上滚来滚去。那热乎乎、圆滚滚的麦粒，戏耍似地痒苏苏地刺着脚心。她踩了过去，又踩着回来；翻了这片，又翻那片。她好象回到了幼年，才七八岁，只想跳跃和呼叫。可这是幸福的幼年，同当年挑着半担水，独自爬上高塬，又独自走回家来，整天提心吊胆的幼年是多么的有了天渊之别！她不觉地放肆地把幼年时代的山歌，放声唱了起来。歌声吸引着人群，人们侧耳聆听着这来自西北高原上的牧歌，高亢清朗，油然产生了广阔的情怀和无尽的遐想。人们惊异地望着这个经常只默默微笑着的小女子；更多的人响应她的颤动的歌声，情不自禁地也唱起自己熟悉的乡歌来了。整个场院在纯朴的音乐旋律中旋转着，歌声与笑脸四处浮动与飘扬。多么活跃的生命，多么幸福的人生呵！

杜晚香在充满愉快的劳动中，没有疲劳的感觉，没有饥饿的感觉。大家休息了，她不休息，大家吃饭，她也不停下手脚。在场院参加劳动的工人、家属的工资，有计时的，有计件的，而她的工资，是既不计时，又不计件。全场院的人都用惊奇的眼光望着这个个儿不高，身子不壮，沉静地，总是微微笑着的小女子，奇怪她为什么有那末多使不完的劲，奇怪在她长得平平常常的脸上总有那末一股引得人家不得不去注意的一种崇高的、尊严而又纯洁的光辉。

平凡不平凡

冬天来了，北风呼啸，一阵烟儿泡（北大荒特有的暴风雪）卷起遍地雪沙,漫天飞洒,一时天昏地暗,不辨东西南北,人们即使付出全身精力,也难站得稳身体,北大荒的严寒是不会对任何人让步的。但北大荒人却能骄傲地享受着胜利者的幸福。在零下卅度,胡子眉毛沾满了雪花,眼睫毛凝成了两排细细的冰棍,可是汗水依然打湿了额上的短发,而又冻在额上。衬衣被汗水湿透了,罩在外边的毛衣或绒衣后背上是厚厚的一层雪白的霜花。上山伐木,野外刈草,取石开渠,这些都是只有被挑选出来的年轻棒小伙子,才能争得的鏖战权利;可是已经为自己闯开了劳动闸门的杜晚香,也象小伙子一样,勇敢地投入到这一些汹涌的劳动波涛,踏千层浪,攀万仞峰。就这样冬去夏来,年复一年,杜晚香在平凡的岗位上,做出了不平凡的成绩。她总是从容不迫,沉静地跨越过去,远远地走在同伴们的头前。心服她的,越来越服,不服她的,那就努力追赶吧。杜晚香在激流中涌进,在涌进中振奋起无穷力量。她总是在她遇到的各种各式的人和事物中,显出她宽大的胸怀;她只是悄悄地为这个人、为那个人做些她认为应该做的小事。可是一到年终评比,也总是象泉水一样,从这里那里冒出来数不清的颂扬。说起来事情很平常,但一思量,人人都会觉得这是一般人不容易做到的。于是不管她自己怎样谦虚,她总是被全体一致地推选出来。她是队的,然后又是农场的、全垦区的标兵了。看起来杜晚香象开顺风船似地青云直上,实际同长江大河一样有暗流险滩。杜晚香也常常在一些意想不到的事情上遇到麻烦,她也就从这里锻炼成长的。她原是一个温和的人,从来不同人吵嘴打架,闹意见,可是家属队伍也不是好领导的。有一次,她遇上一个偷公家东西的人,她上去好言好语劝阻,谁知那个人反而大耍威风,骂她多管闲事。她气得直发抖,红着脸,拉着那只偷东西的手,沉重而严厉的呵叱道:"怎么能这样呢?这是公家的东西,谁也不能拿,快放回去!"她的正气压倒了对手，那人软了下来，灰溜溜地走了。在低标准那年，农场粮食供应标准降低了，李桂的父母又从乡下迁来，他们还生了一个女孩，生活一时困难些。秋收以后，许多人到收割了的地里去捡点粮食，这年因为雨水多，机器收割不干净，地块不大能捡得不少，李桂的父亲跟着去捡点。后来一些职工也利用休息时间去捡，到晚边，大包小包、麻布口袋都背回自己家里去。杜晚香也跟着去，她眼快手勤，捡得比别人多，可是她却把捡来的黄豆、麦粒，一麻袋一麻袋的扛到场院去了。于是有人指着她瘦伶伶的背影笑她傻，有人背地骂她讨好出风头。家庭里也闹开了矛盾。婆婆不作饭了，说哪有婆婆作饭给媳妇吃的？公公不吃饭了，说省给小的吃。李桂站在父母一边，唠唠叨叨说："公家撂下的粮食，大家捡一点回家，算不了什么，你自己不去捡也行，何必辛辛苦苦捡来交公，背后惹人埋怨……"杜晚香不顾别人笑骂，好言好语说服家庭，照旧去捡，捡了交到场院。她说："这是国家的粮食。我们是国营农场的工人，要看到六亿人口呵！我们农场职工的口粮标准，已经比哪里都要高。"眼睛大了，身子瘦了的杜晚香硬是影响了许多人，连小学校的学生也组织起来为国家去捡粮。

  有一年，农场里来了许多大城市的知识青年，大都是中学毕业生，懂得许多名词，会说会道，能歌能舞，好不天真活泼，十三队来了二十多个这样天之骄子的姑娘，杜晚香被分配给她们当队长，带领她们劳动、学习，照顾她们的生活。姑娘们一听介绍，好不惊异呵！什么，这个土里土气、一点也不起眼的小个儿女子是共产党员，全垦区的标兵？真看不出！唉，还有一个不坏的名字咧，也不知道谁给取的！

  这群多变的女孩子，开头高高兴兴地玩了几天，后来有的想家了，有的哼着不知道何人编的歌，什么"谁的青春谁不爱惜……"

  她们开始几天，也还喜欢过她们的组长，觉得她诚恳严肃、和蔼可亲、工作细致，可是慢慢地，老看着她打过补丁的蓝布衣服，和那不时兴的发式不顺眼。唉，真是毫无风趣！杜晚香耐心地向她们讲农场的建场事迹，讲王震部长、讲老红军场长……凡是她听到的，感动过她的，教育了她的那些有伟大人格的人们的往事。有的人爱听，决心振作起来，学习老红军。可也有人嫌她罗嗦，噘嘴望着她冷笑："哼！一个半文盲，土包子，家属妇女，跟我们上什么政治课？让你带领劳动，就算客气了，也不拿镜子照照？"

但杜晚香好象不懂得她们的轻视，只是无微不至地，信心百倍，始终如一，兴致勃勃地照顾她们，引导她们，她打心眼里爱这群姑娘，她们是遵照毛主席的指示，离开了温暖的家庭，放弃了城市的优裕生活，到艰苦的边疆来学习劳动的，是一群有着雄心壮志的幼苗，她应该以爱毛主席、爱党的一颗热心去照顾她们，她觉得自己也还要向她们学习咧。因此该体贴她们的时候，她象一个妈妈，该严格的时候，她象一个老师。她了解她们，宽得是地方，严得是时候。慢慢地这群女孩感到离不开她，有困难的时候要找她，欢喜的时候，也忘不了她，探亲回来，总要把爸爸妈妈捎来的纪念品塞给杜姐，原来那几个看不起她的人，也认识到自己的不是，慢慢转变了对她的态度。

有一次杜晚香带她们去十里外的树林里背柴。早晨出去时，小沟里的水还结着薄冰，可回来时，冰化了，水有六七寸深，却有丈把宽。走到沟边，前面的一个姑娘停步了，叫道："杜姐！水太凉了，怎么办？"杜晚香毫不迟疑地脱下了自己的水靴。可是跟上来的第二个又叫了起来，晚香一蹲身，说道："上来吧，我背你。"晚香来回背了几趟，最后一个小姑娘没有等她，脱了鞋，咬着嘴唇，蹚着冰水走了过去，过了沟，却因为脚冻得疼，忍不住，哭起来了。晚香即刻陪她坐在地上，把她的双脚放在自己怀里，用棉衣和胸前的温暖捂着，还替她揉着双腿。

姑娘们围了上来,才发现杜晚香那双冻得发紫了的双脚,不禁惊叫起来:"杜姐!杜姐呀!"这天晚上,大家躺在炕上,许久睡不着。一个姑娘说:"我看我们谁也做不到,我是真服了。"另一个说:"我们这些中学生,光说漂亮话,什么向工农兵学习,思想革命化,可是行动呢?……哼!"又一个补充道:"我看呀,我们里边说不定还有人利用工农同志们忠厚,占了人家便宜,还说人家是傻瓜咧。"另一个纠正道:"不要把杜姐看扁了,杜姐才不傻,傻还能当标兵?杜姐才是名副其实的共产党的好党员,我们就是该向她学习。"

根深叶茂

宏伟的文化宫的二楼工会办公室,从一九六四年一月起,杜晚香每天来这里上班,她是工会的女工干事了。工会主席是抗日战争时期的老同志,几个干事、秘书都是解放战争胜利后来农场的转业军官,最年轻的一个女会计,也是抗美援朝时期志愿军文工团的小团员。杜晚香对他们都很尊敬,把他们看成自己的老师;他们对她也真心爱护,都愿意帮助她工作,辅导她看文件、小册子,替她起草工作计划,整理学习心得,还有各种各样的发言稿……因为杜晚香经常被邀请出席一些模范工作者的座谈会,要到生产队去讲经验,讲学习毛主席著作的体会,有时又要参加农垦区、省的劳模经验交流会议,此外,还要会见来采访的记者,接待来参观的领导同志。荣誉象春风和流水一样迎面扑来,温柔滋润。但杜晚香却没有醉倒,她跑出大楼,短时间内跑遍场部的直属机关、企业和附近的生产队,以后又跑到那些边远队,住几天,和职工家属一同劳动,和干部群众谈话,开座谈会。她把了解到的,看到的,学习着整理成材料,提出问题。她坚持到夜校学文化,两年来，一同学习的人，都奇怪她进步的速度。同一个办公室的那些干事、秘书，原来以为她只不过是一个受党提拔的普通妇女干部，现在才感到不仅如此。她的与日俱进，十分令人注目。到底是什么原因使得她那样一天比一天更具有一种伟大高尚的纯粹的情操呢？

杜晚香又要讲学习心得了。周围几个同志又忙了起来，他们十分热心，乐意帮助她把这次的发言写得更好，更生动。他们和她谈话，翻阅报纸、杂志、文件，翻阅马列著作和毛主席著作，把发言稿写得完美通顺，清楚。杜晚香读着这些讲稿，觉得十分好，只是她感到一种曾经有过的痛苦又要来打扰她了，这不能再重复了。过去在台上，在几千人瞩目中，在念完讲稿后的鼓掌声中，她曾经常常感到一种不安，一种空虚。讲稿的确写的很好，里面引用的有报纸社论，有学习毛主席著作的体会，有先进人物的经验，可是杜晚香总觉得那些漂亮话不是她自己讲的。而是她在讲别人的话，她好象在骗人。她不能继续这样。她可以不当标兵，不讲演，名字不在报纸上出现，而一定要老实。她尽管现在不会写文章，但她可以、而且应该讲自己的真心话。她是怎样想的，就怎样讲嘛。于是她决定重新起草，自己去想，理出线索，用自己理解的字词，说自己的心里话。她先写了一个提纲，讲给工会的几个同志们听，讲给夜校的老师听，请他们提意见，然后就在职工大会上，第一次照着自己准备的，用自己的语言来讲，这是一九六五年年底的时候。

那天夜晚，明镜似的天空，闪耀着繁密的星辰，没有一丝风，文化宫前广场上的柏树林，覆盖着一层厚厚的白雪，显得挺拔庄严，远远近近的马路上，浮漾着、反射着淡淡的白色微光。夜是寒冷而宁静。可是从文化宫里却闪耀出辉煌灿烂的灯光，还不时传出欢腾的笑声和掌声，原来是杜晚香在文化宫，在楼上楼下都挤满了人的、暖融融的大礼堂里向全场职工汇报自己的工作和思想。

她从她的幼年讲起,那穷僻的小山沟,那世世代代勤劳苦干、受尽剥削压迫,而又蒙昧无知的人们的艰难岁月;在这样落后的受折磨的痛苦生涯中,她是多么幻想过另一个世界,另一种生活,和另一种人与人的关系呵!听的人都跟着杜晚香走进了阴暗而沉重的时代,走进了劳苦人民的心灵。他们回想到自己、回想到被狂风暴雨侵袭鞭打过的祖祖辈辈,回想到祖辈们的坚强的生的意志和斗争的毅力。尽管旧中国的头上曾经压着三座大山,但劳动人民显示了力量,杜晚香就是从无限的干旱的高塬上挤出来,冒出来的一株小草,是在风沙里傲然生长出来的一枝红杏。

杜晚香的汇报,转到了革命胜利后带来的新的光辉天地。于是一阵春风吹进文化宫的礼堂,人们被一种崭新的生活所鼓舞,广阔的、五彩绚丽的波涛,随着杜晚香的朴素言辞滚滚而来,祖国!人民的祖国!你是多么富饶,多么广袤!你蔚蓝的明朗的天空,你新鲜柔嫩的草原,你参差栉比的村庄,你浓荫护盖的绿色林带,你温柔多姿的河流,你雄伟的古城和繁华似锦的新都……一切一切,祖国的一切都拥抱着人们的心,每个人的心都如醉如痴,沉浸在幸福中,而又汹涌澎湃,只想驾狂风,乘巨浪,飞越高山大流,去折蛟擒龙。

什么地方是最可爱的地方?是北大荒!什么事业是最崇高的事业?是开垦建设北大荒!什么人是最使人景仰的人?是开天辟地、艰苦卓绝、坚忍不拔、从斗争中取得胜利、从斗争中享受乐趣的北大荒人。他们远离家乡,为祖国开垦草泽荒原,为祖国守住北大门,保卫边疆,建设边疆。他们同传统的意识感情决裂,豪情满怀,建设现代化的社会主义农业基地,把自己锻炼为有高尚品德的新型劳动者。他们生产财富,创立文化。这里是远离祖国的边疆,却又紧紧联系着祖国的心脏。人们听到这里,从心中涌出一股热流,只想高呼:"党呵!英明而伟大的党呵!你给人世间的是光明!是希望!是温暖!是幸福!我们将永远为你、为共产主义事业战斗,我们是属于你的!"

杜晚香最后说道:"我是一个普通人,做着人人都做的平凡的事。我能懂得一点道理,我能有今天,都是因为你们,辛勤劳动的同志们和有理想的人们启发我,鼓励我。我们全体又都受到党的教育和党的培养。我只希望永远在党的领导下,实事求是,老老实实按党的要求,为共产主义事业奋斗终身。"

杜晚香讲完了,站在台前,谦虚地望着满礼堂的人微笑着。楼上楼下却依然鸦雀无声,人们还在等着,等着这宛如淙淙流水、袅袅琴音般的讲话继续下去。他们从她的讲话中看到了、听到了、感触到了自己还没有看到、没有听到、没有感触到的东西,或者看到过、听到过、感触到过却又忽略了的现实生活和一些有意义的、发人深思的人和事。杜晚香没有引经据典,但经典著作中的某些名言哲理,都融合在她的朴素的讲话里了,就象庄稼吸收阳光雨露那样,一些好人、好事、好话都能浸润在她的心灵里边,血液里边,使她根深叶茂,使她能抵抗一切病毒。杜晚香没有慷慨激昂,有的只是亲切细致。不管她怎样令人景仰信服,但她始终是那末平易近人,心怀坦白,朴实坚强,毫不虚夸,始终是一个蕴藏着火一样热情的,为大家所熟悉的杜晚香。

这时党委书记走近她的身边,紧紧地握住她的手,欣喜而又诚挚地说道:"晚香同志,你确实给我上了很好的一课,我,我代表大家谢谢你。"

猛然,礼堂里轰地响起了春雷似的掌声。从沉思中醒过来的广大职工,如同在深夜发现了一团火光似的,心中涌起了无限的希望,他们完完全全肯定了杜晚香，她不愧是我们的排头兵，我们一定要向她学习，和她共同前进。

注：塬：系中国西北部对高山平原之称。

附　记

一九六六年的春天，我以东北垦区一位女标兵为模特儿写了《杜晚香》这篇散文。那时我只能把它珍藏在自己的帆布箱里，留到它得以问世的那一天。

一九六六年下半年起，林彪伙同"四人帮"利用"文化大革命"制造混乱，在乱中篡党夺权。我在农场的一间小屋，反复被查抄了几十次。我的所有长短篇稿件、日记、笔记、资料、片纸只字。全都不翼而飞，《杜晚香》也自然消失无踪。

粉碎"四人帮"以后，在全国大治声中，报纸上曾多次报道黑龙江垦区许多机械化农场，响应党中央的号召，为国家提供更多的农畜产品，为我国农业的新发展而奋斗，读了令人感奋。十余年的垦区生活重回脑际，益加怀念，于是我搁下正在续写的一个长篇，提笔重写《杜晚香》，仍以当年使我得过许多教益的这位标兵为模特儿，虽然时隔多年，但这位标兵的精神形象在我脑中是永远不会忘掉的。我只希望能描写出她的朴素的、扎实的、高贵的品质，哪怕只能神似一二分也就满意了。

一九七八年八月

选自1979年《人民文学》第7期